KB260525

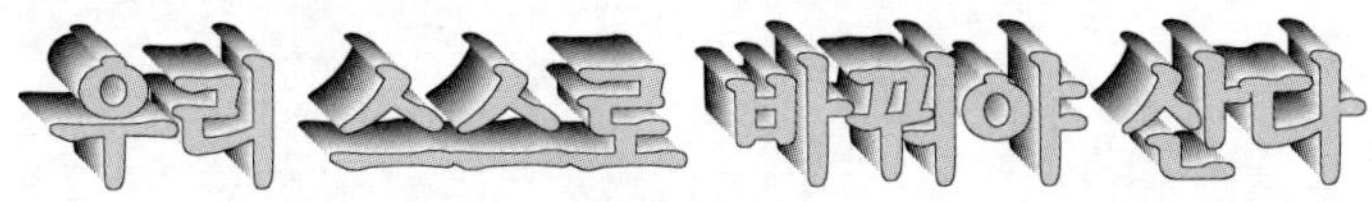



# 우리 스스로 바꿔야 산다

지식산업사

우리 스스로 바꿔야 산다

지은이  이 성 주
펴낸이  김 경 희
펴낸곳  (주)지식산업사
초판 제1쇄 인쇄  2000. 3.  7
초판 제1쇄 발행  2000. 3. 10
등록번호  1-363
등록날짜  1969. 5. 8
주    소  서울시 종로구 통의동 35-18
전    화  734-1978,1958 팩스 720-7900
천리안ID  jisikco
홈페이지  www.jisik.co.kr
책    값  10,000원

ⓒ 이성주, 2000

ISBN 89-423-7012-8  03810

* 이 책을 읽고 지은이에게 문의하고자 하는 이는
  지식산업사 편집부로 연락 바랍니다.

# 근본을 생각하자

**세**기의 전환점에 서서, 또 새로운 천년을 맞이한다는 감격으로 우리는 찬란한 21세기를 말하고 있다. 새로운 제안이 나오고 새로운 사고의 패러다임이 강조되고 있다.

이것은 단지 2000이라는 숫자의 이미지 때문만은 아닐 것이다. 인간의 생활양식이 전면적으로 급변하고 있기에 새로운 세기는 모호한 지평선이며, 따라서 우리의 감성과 지성을 동시에 긴장시키고 있는 것이다.

우리에게는 구세대는 말할 것도 없고, 신세대도 공유하는 잠재의식이 있는데, 그것은 21세기에는 우리도 세계 일류의 문명국가로 비약해야겠다는 바람이다. 상황이 이러하기에 현재에 대한 비판과 미래에 대한 대책이 많이 나오고 있으며, 이들은 그 내용이야 어떻든 일단은 사람들의 관심을 증폭시킨다는 점에서 환영할 만한 현상이다.

그러나 필자는 안타까움에 젖어 있다. 왜 그런가.

그것은 무수한 제안이 개별적으로는 모두 필요 적절한 것으로 판단되고 있음에도 문제의 본질에 총체적으로 접근하고 있는 것이 거의 없기 때문이다. 다시 말하면 고도의 문명을 창조할 인간적 역량으로서 사람의 정신에 대한 깊은 성찰이 보이지 않는다는 것이다.

일부이기는 하지만 그래도 '우리의 의식구조가 바뀌어야 한다'고 강조하는 사람들이 있기는 하다. 그러나 우리 의식의 정체는 무엇인지, 그것이 어떤 역사적 사회적 배경에서 형성된 것인지에 대해 천착하는 노력은 빈약하다. 더구나 의식의 전환을 위해서는 무엇을 어떻게 해야 할 것인지에 대한 근본적인 논의가 거의 없다.

우리가 흔히 말하는 의식·정신문화·민족의 심성·집단 무의식 등의 표현은 문명창조의 제1원인이라고 확신한다.

그렇다면 함께 생각해 보자. 현재 우리가 갖고 있는 왜소한 정신구조로 21세기에 선도(先導)문명의 대열에 올라설 수 있을까. 도저히 어렵다고 본다.

본질에 대한 깊은 인식 없는 가시적 조치는 없는 것보다야 낫지만 그 효과는 지극히 제한적일 수밖에 없다. 예컨대 하루도 거르지 않고 뉴스의 주종을 차지하는 부패·허위·폭력 등의 부정적 현상이 대책이 미진하고 처벌이 약해 기승을 부리고 있는가.

우리에겐 양심이 성장하지 않았다. 개인행위의 최후의 심판자요, 가장 강력한 억제기능인 양심이 자라지 못한 것이다. 이 점이 도덕과 질서를 얘기할 때 문제접근의 기초가 되어야 한다.

전통사회의 유산으로서 가족·지역·친지 등 1차집단의 정서적 유대는 강력해서 소집단 안에서는 부정적 행위가 서양사회에서보다 훨씬 적은 편이다. 그러나 언제 우리가 인간으로서의 품위·자존·명예를 키웠고, 근대시민사회의 윤리가 존엄한 것을 의식화했는가. 가정·교회·학교 등에서 인간적 성숙을 위해 무슨 노력을 해왔는가.

요령, 출세를 위한 기회주의, 겉치레의 의식(儀式) 등 껍데기 문화 속에서 우리는 성장했다. 그럼에도 지식계층에서까지 '양심의 실종'

이니 '도덕적 해이'니 하면서 개탄한다. 실종은 있었던 것이 없어졌을 때 쓰는 말이고, 해이는 굳건하던 것이 풀어졌을 때 쓰는 말 아닌가. 그렇다면 이제껏 우리에게 인간적 양심이 키워졌고 시민적 덕성이 심어졌던가. 지적 접근에서도 우리는 이렇듯 껍데기만 보며 입씨름을 해왔다.

이 책은 우리의 정신문화의 형성과정을 살피면서 현재의 정신상태로는 도저히 선진화가 될 수 없음을 밝혔다. 아무리 밀레니엄을 외쳐도 지복(至福)은 오지 않으며, 21세기라는 시간의 흐름이 구원은 되지 않을 것이다. 이미 2000년 들어 정치사회의 혼돈상태가 이를 말해주고 있다.

분석의 내용에서, 해결의 방도에서 필자와 다른 견해를 갖게 될 독자들도 있겠지만 그것은 사소한 문제이다. 핵심을 보려는 자세가 생긴다면 그것으로 이 책의 소임은 끝나는 것이다.

이 책은 순수한 탐색이며 내적 성찰이고 냉정한 비교이다. 그러나 서술은 엄밀한 학술적 형식을 취하지 않았다. 좀더 자유스럽게 말하고 생각하고 싶었기 때문이다.

출판에 앞서 원고의 제1부를 읽은 김경희 사장이 "읽히는데…. 우리 출판사에서 내기에 적당한 내용이요"라고 말했을 때 적은 수나마 이 땅에도 정신적 동지들이 있다는 느낌을 확인할 수 있어 기뻤다.

혈연·지연·학연·성별·나이 등 좀스러운 것들을 세기의 바뀜과 함께 모두 던져 버리고 진정 새로운 인간, 새로운 사회를 모색하는 신선한 문화세력의 확산을 소망하면서 이 책을 그들에게 바친다.

2000년 2월

이 영 주

# 차 례


제 1 장   일류문명국가 가능할 것이가

더 높은 곳을 향하여 / 3
먼 지평을 보자 / 10
완고한 슈퍼 이데올로기 / 16
껍데기는 가라 / 24
마지막 장벽, 정신혁명 / 29


제 2 장   새로운 인간, 새로운 사회

똑똑한 바보 키우는 교실 / 41
개판사회의 책임 / 49
사이비 지식인과 대학 / 55
엘리트에 대한 오해 / 63
혁명적 교체의 필요 / 71
한국사와 진정한 엘리트의 소외 / 77
중산층의 품격, 역할 / 85
부패·양심·종교 / 93
자유인·자유사회 / 99
21세기의 도약 / 104

제 3 장  가슴이 머리 위에 있다

감성적인 너무나 감성적인 / 111
카타르시스가 필요했었다 / 115
샤머니즘 영향일까? / 119
자기 감각으로 남을 판단한다 / 126
연고라는 거미줄 / 134
획일주의 소심증 / 141
편협·편견이 서로의 행복을 해친다 / 148
계속되는 가족·고향의 이중주 / 155


제 4 장  권위주의 파괴 이제 겨우 시작이다

제대로 알아야 한다 / 165
생리가 된 권위의식 / 171
명령만 내리는 부모 / 177
권위주의 기원 / 183
한·일간 권위주의 차이 / 194

# 차 례


제 5 장  전통과 근대의 어색한 악수

준비 부족 근대화 한 세기 / 203
이승만, 이중성의 전형 / 211
박정희, 절반의 근대화 / 219
DJ, 결론과 시작 / 226
고유문화와 문명수렴 / 233


제 6 장  근대화의 변두리 - 여성문제

남녀관계의 문명 / 243
남자의 욕구, 여자의 욕구 / 250
왜 가정 밖 일이 중요한가 / 255
결혼식 재고(再考), 시부모 재고 / 260
사랑이 있던가 / 267
사랑의 육화(肉化) / 274
새로운 한국인, 어머니의 역할 / 280

제 7 장  문명의 틀에서 자신을 본다

문명과 계급질서 / 287
아시아의 전제권력 / 294
황하문명의 성격 / 299
동·서양은 왜 달라졌을까 / 306
저항 없이 자유 없다. / 313
과거 추종과 과거 비판 / 317

# 제1장
# 일류문명국가 가능할 것인가


- 더 높은 곳을 향하여
- 먼 지평을 보자
- 완고한 슈퍼 이데올로기
- 껍데기는 가라
- 마지막 장벽, 정신혁명

# 더 높은 곳을 향하여

소설가이자 언론인인 최일남 씨는 필자의 언론계 선배이기도 한데, 1980년대에 수십 명의 인사들과 인터뷰한 내용을 잡지《신동아》에 실었다. 그는 한 인터뷰 기사에서 독백 같은 말을 했는데, 그것은 자기는 늘 한국이란 정말 가능성이 있는 나라일까 하는 의문에 싸였으며, 여러 인터뷰 상대에게 그 답을 듣고 싶었다는 것이다. 사실 당시의 지식인들은 그런 의문을 강하게 갖고 있기도 했다. 왜 이런 의문이 많은 이들의 머리를 혼란케 했을까

이제 21세기를 맞아 1980년대라고 하면 먼 옛날로 생각되겠지만, 한 시대의 상황, 특히 우리의 미래와 관련해 1980년대는 주목해야 할 시기이다. 당시 지식인들은 경제개발도 웬만큼 이룩했고, 오랜 독재체제도 끝날 수 있는 계기가 주어져 미래에 대해 많은 기대를 하고 있었다. 그러나 알다시피 전두환이라는 도깨비 같은 존재가 나타나 종횡무진 휩쓸기 시작했다. 많은 국민들은 그와 그의 패거리들이 내건 혼란을 실제 상황으로 착각하고 '혼란은 파멸이다'는 식의 공포감에 싸여 순응하기 시작했다. 여기에서 지식인들이 씁쓸함을

되씹으며 '우리는 과연 가능성 있는 민족일까' 하는 회의를 품기 시작했다.

만약 1980년대에 대학가마저 숨죽이고 있었다면 이런 회의는 체념이나 절망으로 악화되었을 것이다. 당시의 대학생 등 젊은이들은 사회체제나 우리의 의식 문제에 대해 비상한 관심을 갖고 토론하고 연구했으며, 행동에도 과감했다.

이들이 이제 사회의 중견인 30대 후반과 40대 초반이 되었다. 따라서 1980년대를 주목할 시기라고 말한 것이다. 젊은 시절의 사색·방황·교우·연애, 그리고 빛나갔든 어쨌든 투쟁의 경험은 사람을 편협에서 벗어나게 하고 인간과 사회를 넓고 깊게 보는 성숙의 씨를 키우게 된다.

이것이 중요한 것이다. 1960년대의 4·19나 6·3세대는 경제개발이라는 질풍노도에 밀려나 생각하고 행동하는 시기가 짧았다. 1970년대에는 유신에 대한 저항운동이 있었지만, 1980년대만큼 저변이 넓지 않았다. 1980년대야말로 젊은이들이 도서관에서, 미팅 자리에서, 공장이라는 생산 현장에서, 길거리에서, 그리고 교도소 감방에서 괴로워하고 고민한 의미있는 시대였다고 본다.

이제 21세기를 맞아 우리는 다시 '한국은 가능성이 있는 나라인가'라는 화두에 접하게 된다. 그러나 이 화두는 1980년대와 같은 좌절이 있었기에 튀어 나온 것이 아니라, 새로운 환경에서 '우리도 21세기에 과연 세계 일류의 문명국가가 될 수 있을 것인가' 하는 한차원 높아진 것이다.

이런 물음에 대해 우리가 '그럭저럭 살지' 하며 무기력하게 답한다면 깊이 있게 토의할 필요가 없을 것이다. '그럭저럭 살지' 한다면 몇몇 사람들은 21세기에 한국이 인도네시아나 라오스 등과 경쟁하는 위치로 추락될 것이라고 경고하지만, 필자의 생각으로는 그렇게까지는 안 되어도 현재의 위치, 즉 중진국 수준의 '만년 중간국가'로 남을 것 같다. 이것이 한민족의 운명인가. 이 정도가 우리의 한계인가.

구태여 지식인이 아니더라도 조금이라도 의식이 있는 사람이라면, 가끔 우리의 미래나 우리 민족의 능력에 대해 생각해 봤을 것이다. 그렇다 하더라도 가능성이 있다든가 없다든가 하는 판단은 하기 어려웠을 것이다. 미래란 그 자체가 안개이며 자신의 역량도 객관적으로 평가하기 힘든데 민족 전체의 능력을 말하기란 더욱 어려운 것이다.

다만 말을 함부로 하는 사람은 결론을 쉽게 낸다. '아직 멀었어…' 하며 피상적으로 알고 있는 일본의 예를 들면서 우리 자신을 폄하한다. 또 어떤 사람은 지난 한 세대 동안의 경제성장을 들먹이며, 한국이 곧 선진국 수준에 도달할 것이라고 열을 올린다. 그러나 IMF 사태 이후 이런 낙관론은 일단 주춤했다. 어쨌든 많은 사람들이 우리의 미래에 대해 관심을 갖는다는 것은 일단 고무적이다.

일본인 이케하라 씨의 한국인에 관한 책이 1999년 상반기에 베스트 셀러였다고 하는데, 이것도 한국 독자가 단지 외국인의 눈에 비친 한국 사람의 모습이 궁금했기 때문에 잘 팔린 것만은 아닐 것이다. 한국 독자들이 미래에 관심이 없고, 미래에 소망을 담고 있지 않다면 이런 비판서에 그렇게 큰 관심을 갖지는 않았을 것이다.

그러나 이런 비판서는 같은 일본인으로서 과거 교토통신의 구로다 씨가 1980년대 초에 펴냈고 한국인이 쓴 것도 거의 10여 권이 된다. 그러나 이케하라 씨의 책만큼 관심을 끈 것은 없었다. IMF 사태로 자기 반성의 시간이 주어졌다는 조건, 그리고 내용도 독자들에게 어필했겠지만 '맞아 죽을…'이란 제목이 괴력(怪力)을 발휘했다고 출판계 사람들이 전하고 있어 필자는 웃었다.

그러나 필자의 이 책은 일반적 의미에서 읽는 재미와는 거리가 멀 것이다. 또 국내 인사나 외국인이 그 동안 써 온 한국인 비판과도 초점에서 다르다. 1920년대 이광수의 '민족개조론' 이후 우리 정신문화를 긍정이든 비난이든 비판해 온 글은 적지 않다.

그러나 여기서는 비판 자체보다 한국인의 주요 특성이 생겨나게된 자연적 역사적 조건을 살펴보려는 게 주목적이다. 먼저 정확히 자신을 인식하자는 뜻에서 그렇게 한 것이다. 그렇다고 한국인의 특성을 전반적으로 모든 면에서 접근한 것은 아니다. 우리 문화 전체를 살펴본 것이 아니라 사회 발전이라는 측면에서 목적의식을 갖고 발전을 막는 정신적 요소와, 무엇이 우리의 잠재된 에너지인지를 살펴보려고 애썼다.

그럼 다시 '한국은 가능성 있는 나라일까'로 돌아가 보자. 앞에서 잠깐 살핀 대로 이것은 판단하기도 어렵고 사람마다 생각도 다르다. 필자의 경우 현재 우리가 가지고 있는 의식 상태로는 '아무래도 어렵겠다'는 판단을 하고 있으며 바로 이것이 이 책의 집필 의도이다.

그런데 한국인은 의욕에서는 세계 최고 수준이며 체력이나 지적 능력에서도 뒤질 것이 없는데 왜 일류의 문명국가가 되기 어려울까. 우리의 어디에 결점이 있는가. 그리고 그것은 수정이 불가능 할까.

과거 우리는 많은 시행착오를 겪었지만 그래도 성취한 게 적잖이 있었다. 축구경기로 말하면 전반전에서는 승리한 셈이다. 후반전의 승리가 어렵다고 본다면 어떤 이유에서인가.

사실 이런 의문과 문제의식은 오래 전부터 갖고 있었던 것이며, 언젠가 나름대로 정리하여 독자들과 함께 생각할 기회를 갖고 싶었다. 그런데 IMF 사태 이전까지는 그럴 분위기가 아니었다. 경기는 호황이었고, 정치에서도 오랜 권위주의 체제가 외형적으로나마 바뀌고 있었다. 사람들은 해외여행을 즐기고 외제품은 시골의 수퍼마켓에서도 널려 있었으며, 외국인 노동자는 밀물처럼 밀려 왔다. 이런 상황에서는 이성적인 판단도 어렵게 되어 당연히 낙관론이 판치게 된다.

당시 필자는 속으로 '이게 아닌데' 하면서도 솔직히 의견을 뚜렷이 말할 자신이 없었다. '선진국되는 게 그렇게 쉬운 게 아닌데' 하면서도 멈칫거린 것이다. 그래서 신문의 칼럼을 통해 부분적으로 문제점을 지적하기는 했으나 총체적으로 접근하지는 못했다. 더 정확히 말한다면 한국의 미래에 대해 부정적 견해를 갖고 있었으나, 이 정도로 해도 남들이 우리보다 못하다면, 어쩌면 우리는 밀려서 선진국이 될 수 있을지 모른다는 생각을 하게 되었다.

사실 당시 지구촌 사정은 우리에게 유리한 것처럼 보였다. '한국은 선진국도 아니고 후진국도 아니어서 양측의 공격을 당할 위험도 있지만, 후진 공업국이나 과거 공산주의 국가들이 한국을 따라오려면 20년이나 30년은 걸릴 것이다.' 또한 선진국들은 '아무래도 전성기가 지난 것 아닌가' 하는 느낌 속에서 그럭저럭 잘 될지도 모른다는 생각에 젖기도 했다.

당시는 서구의 지식인들도 비슷한 생각을 해서 집단주의적인 가치나 정서, 이른바 '아시아적 가치'에 상당히 비중을 두기도 했다. 반면 자신에 대해서는 날카로운 지적을 서슴지 않았다. 1990년대 초에 《세계경제전망》이라는 책(이 책은 11개 국어로 40여 개 나라에서 번역되었다)을 내놓은 영국 《이코노미스트》(*The Economist*)지의 편집책임자는 이렇게 예상했다.

"지금까지 그랬듯이 무한한 번영을 가장 성공적으로 이룩해 나갈 나라들은 동아시아 지역 국가들이다. 아시아 지역의 자본주의 국가들은 미국이나 유럽보다 2배 정도의 성장률을 보일 것이다."

이른바 아시아의 네 마리 용들은 계속 하늘 높이 날 것이며 세계에서 이들을 앞설 나라는 없는 것처럼 보였다. 반면 선진국들은 거의 비관론 쪽에 빠져 있었다. 일본은 1980년대를 정점으로 정체기에 접어들었다고 아우성이었고, 유럽은 과거의 활력을 잃은 데다가 동구권의 몰락으로 그 뒤치다꺼리에 상당 기간 분주할 것이라고 한숨지었다.

세계 유일의 초강대국으로 남았다는 미국에서는 폴 케네디의 《강대국의 흥망》이라는 저서가 심각한 충격을 주었다. 미국도 과거 스페인·프랑스·영국 등의 전철을 밟을 운명에 있다는 내용의 이 책은 미국인들에게 미국이 주도하는 세계평화 즉 팍스 아메리카나(Pax Americana)는 끝나가는구나 하는 서글픔을 주었다.

이 책이 나온 뒤 하버드대학의 J. 나이 교수가 과거 미국의 압도적 우세는 2차대전 후의 '비정상적 상태'에서 가능했던 것이며, 미래에도 상당기간 동안 군사·경제·문화라는 힘의 총합에서 미국을 앞설 나라는 없을 것이라고 말하면서, 지나친 우월의식이나 패배의식 모두가 위험하다고 경고했다.

우리에게 널리 알려진 앨빈 토플러는 새로운 힘에 대해 자세히 설명한 사람인데, 《권력이동》(*Power Shift*)이란 책에서 미국은 정보·통신·지식산업과 그것을 이용하는 능력에서 세계 최고이며, 비록 경제적 위상이 축소되어도 미국은 여전히 최강국으로 남을 것이며, 문제되는 것은 공동체 의식의 쇠퇴와 같은 미국인의 정신적인 자세라고 지적했다.

어쨌든 IMF 사태가 오기 전의 우리를 포함한 아시아의 신흥 자본주의 국가들은 떠오르는 해처럼, 그리고 선진국들은 논쟁은 있었지만, 오후의 태양처럼 여겨지는 것이 일반적이었다.

그러나 1997년의 IMF 사태는 모든 것을 바꾸어 놓았다. 대만이나 싱가포르는 여전히 건재하지만 이미 '아시아의 용'이니 유교 윤리니 아시아적 가치니 하는 말은 쑥스러운 것이 되었다.

IMF 사태는 기본적으로 금융 혼란이다. 냉전 후 네편 내편이 없어진 무한경쟁시대라는 배경에서 세계적 규모의 투기자금의 횡포 등이 가세했겠지만, 우리의 경제가 튼튼했다면 아무 흔들림이 없었을 것이다.

여기서 우리는 본론에 들어가야 겠는데, 기업구조개선 등으로 경쟁력이 강화되고 이어 IMF 사태가 완전히 극복된다면 만족해도 될 것인가.

지난 1, 2년 동안 새로운 천년이라고 해서 '밀레니엄'이란 말을 많이 쓰고 있는데, 사실 천년의 세월이란 어떤 예측도 불가능한 것이다. 500년 이후면 세계의 언어도 서너 개밖에 남지 않을 것이라는 말도 있지 않은가.

의미 있는 것은 한 세대 또는 두 세대 후, 그리고 길게 보아야 한 세기 정도이다. 지난 한 세기, 우리는 망국(亡國)의 치욕에서 시작해 식민지, 전쟁, 독재, 그리고 경제개발이란 우여곡절을 겪었으나, 그래도 이제는 세계 최고 수준을 겨냥해도 괜찮은 기본 입지는 확보했다. 조국의 산하에 젊은 피를 뿌린 우리의 조상이나 선배들, 이국땅에서 쓰러진 무수한 원혼들은 우리가 이 정도로 만족하는 것을 바라지는 않을 것이다.

'너희들은 나가라, 더 높은 곳을 향하여!'

그들은 지하에서 이렇게 외치고 있는 것은 아닐까.

# 먼 지평을 보자

독자들 가운데에는 다음의 시를 기억하는 분들이 있을 것이다. 영국 시인 윌리엄 워즈워드의 작품으로 우리에게는 〈무지개〉로 번역된 것이다. 원문도 함께 읽어 보자.

하늘의 무지개를 볼 때  
내 가슴은 뛰네  
내 어릴 적 그러했고  
이제 어른이 되었어도 마찬가지  
내 늙어서도 그렇게 되기를,  
아니면 나를 죽게 하라.  
아이는 어른의 아버지  
내 바라건대 하루하루의 삶이  
경건함으로 이어지기를  

My heart leaps up when I behold

A rainbow in the sky;

So was it when my life began;

So is it now I am a man;

So be it when I shall grow old,

Or let me die!

The child is father of the Man;

And I could wish my days to be

Bound each to each by natural piety

이 시는 청소년 시절에는 꿈을, 그리고 장년이 되어서는 세파에 때 묻은 가슴을 씻어 내듯 청량감을 준다. '아이는 어른의 아버지'라고 한 표현은 우리에게 얼마나 많은 것을 생각하게 하는가.

요즘 여러 사람들에게서 '단순·소박하게 사는 게 좋다'라는 말을 듣는다. 그렇게 말하는 사람들은 소년·소녀 시절의 마음을 어느 한 쪽에 간직하고 있을 것이다. 이런 사람들은 사실 이 땅에서 괴롭다. 외롭기도 하다. 그래서 교회를 찾기고 하고 인생론에 관한 철학서를 읽기도 하고 휴일에는 훌훌 털고 어디론가 떠나 버리기도 한다.

우리는 실제 덜 받아도 될 스트레스를 지나치게 받고, 고민하지 않아도 될 일로 고민한다. 그래서 어떤 사람들은 멀리 떠나면, 즉 이민을 가면 그곳에 무지개가 있을 것으로 생각한다.

필자는 '단순 소박하게 살았으면' 하고 말하는 사람에 대해 이렇게 답한다. "단순하게 살려면 먼저 복잡하게 생각해야 합니다." 이런 대답을 하는 까닭은 단순하게 살기 위해서는 복잡한 사회와 인간 심리에 대해 상당한 이해가 있어야 가능하다고 생각하기 때문이다. 또 스트레스를 많이 받는다고 아우성치는 사람들에게는 이렇게 묻고 싶다.

'당신은 쓸데없이 남에게 스트레스를 주고 있지는 않습니까?'

단순·소박함은 좋은 것, 이것이 상징적으로 무지개이다.

우리가 진정 소박한 삶을 살려면 정신적 성장과 함께 모순처럼 들릴지 모르지만 '물질적 여유'가 없으면 안 된다고 생각한다. 머리가 빈 채 돈만 있으면 타락하게 마련이고, 주머니가 빈 채 현자(賢者)가 될 수 있는 사람은 드물다.

앞의 시를 쓴 워즈워드는 '생각은 높게, 생활은 낮게'라고 말한 바 있지만, 이것은 가난을 선택하라는 이야기가 아니다. 물질보다 정신적 가치를 높게 하라는 뜻일 것이다. 물론 디오게네스는 아무것도 없는 것으로 평안을 찾았고, 오늘날에도 종교적 신념에 따라 청빈을 선택하는 사람들이 있다. 그러나 여기서는 보통사람들, 즉 사회 전체라는 시각에서 물질을 보고 있는 것이다.

최근 황금만능주의니 무소유의 삶이니 경제지상주의 비판이니 하는 말들이 많지만 필자는 개인소득 2만~3만 달러 수준이 되기까지 우리는 열심히 전진해야겠다고 주장한다. 일할 기회는 있어도 자발적 가난을 택하는 극소수의 예외적 사람을 제외한 보통의 서민이, 집 한 채를 갖고 자식을 고등학교까지는 걱정 없이 보낼 수 있는 경제력은 갖춰야겠다는 것이다.

물질의 부족은 아무리 종교가 위로하고, 철학이 합리화하더라도 대부분의 사람을 비굴하게 만든다. '곳간에서 인심난다'는 속담처럼 넉넉한 마음은 궁핍에서는 생겨나지 않는다.

현재 스위스·베네룩스 3국·미국·일본·독일·프랑스 등의 한 사람당 소득이 3만~4만 달러 수준이고, 영국·이탈리아·캐나다·싱가포르 등이 2만 달러 안팎이다. 우리가 2만 달러의 개인당 소득을 올리려면 현재의 환율로 2배 이상 소득이 뛰어야 한다. 2만 달러 정도가 행복의 어떤 경제적 필요조건이 되는지 알 수는 없지만 그 정도면 앞서 말한 대로 서민층도 다소 여유 있는 삶을 누릴 수 있을 것으로 여겨진다.

소득 2만 달러 수준의 영국인들이 미국이나 일본을 시샘할 것으로 보이지만 1999년 초에 조사한 것을 보면 유럽의 여러 나라 가운데 행복지수가 가장 높게 나타난 곳이 영국이었다.

필자가 영국 여행중 분명히 미국만큼 활력은 없다고 느꼈으나, 택시 운전기사에게 휴일에는 무엇을 하느냐고 물었더니 "아이들과 박물관 구경가는 때가 많다"고 대답했다. 그러면서 박물관 입장료는 프리(공짜)라고 덧붙이기도 했다.

필자는 그때, 이 정도의 경제수준에 이 정도의 생활이면 구태여 환경이나 파괴하는 경제성장에 열중할 필요가 있을까 하는 생각을 하였다. 그러면서 영국을 흘러간 스타처럼 가련한 눈으로 보는 세계의 시선이 옳은지에 대해서 의문을 가졌다. 오히려 영국이야말로 인간주의 시대를 열어 가는 새로운 문명의 선두에 서 있는지 모른다는 느낌이 들었다.

현재(1999년 하반기)의 수준보다 높았던 IMF 이전에 우리나라의 자칭 중산층은 60% 정도로 조사되었다. 나머지 40%는 극소수의 부유층을 빼고는 서민층이었다. 이들의 소득이 적어도 2만 달러는 되어야 인간다운 삶에 접근할 것이다. 또 이 정도는 되어야 개인의 생활뿐 아니라 사람이 모여 사는 공동체의 물질적 기초도 웬만큼 갖추어질 수 있다. 즉 인구 몇만 명의 소도시라도 필요한 만큼 유치원이나 노인 요양시설이 갖추어지고, 문화시설이나 체육시설이 들어서고, 갓길도 없는 좁은 도로가 넓어질 것이다.

그러나 2만 달러 이상이라는 목표달성이 결코 쉬운 일은 아니다. 최근 지식인 가운데에는 기업의 구조조정도 웬만큼 되고 성장률도 높아지니까 "경제는 나아지는 것 같은데 다른 게 문제야. 윤리는 타락하고 질서는 엉망이잖아. 나아질 징조가 안 보여" 하며 어두운 표정을 짓는 사람들이 많다.

단기적으로 본다면 이런 사람들의 말처럼 경제는 잘 되고 다른 것은 잘 안 되는 상황이 전개될 수 있다. 그러나 장기적으로, 자유와 번영과 인간적 연대감이 서로 손잡고 호흡하는 고도의 문명사회란 어느 한쪽의 결핍으로는 결코 이루어질 수 없을 것이다. 쉽게 말하면 경제도 높은 정신문화의 도움 없이는 결코 고도화될 수 없으며, 경제의 뒷받침 없이 수준 높은 문화국가의 성취도 불가능하다.

우리는 이 진리를 잘 모른다. 후진국이 개발 초기에 중앙집권의 동원체제로 어느 정도 성공한 사례는 많다. 과거 소련이 그러했고, 북한도 1960년대까지 우리보다도 높은 소득을 올렸으며, 남미의 여러 나라들도 초기에는 성공을 거두었다. 그러나 그 후 어떻게 되었는가.

우리 역시 큰 틀에서 보면 지금 갈림길에 서 있다고 생각한다. 자유와 민주의 질서 속에서 계속 성장하느냐, 이 정도에서 정체하느냐의 갈래에 우리가 서 있다고 느끼는 것이다.

이른바 현재의 선진국을 보자. 어느 한 나라도 수준 낮은 문화적 바탕 위에서 선진국이 된 예가 있는가. 오늘의 선진국들은 적어도 정부 운영체제에서는 합리성과 공정, 개인 간에는 상호존중과 계약관념이라는 근대정신은 확고히 하고 있다. 그러나 근대화를 이룩한 선진국에서도 21세기의 새로운 산업과 개성시대에는 이제까지의 근대정신만으로는 부족하다는 자성의 소리가 높아지고 있다.

일본에서는 전래의 집단주의 사고방식으로는 제조업에서나 성공할 수 있는 것이며, 새로운 시대에는 맞지 않다는 비판이 1990년대 내내 일어났으며 유럽은 보수성때문에 진보가 어렵다고 한탄하고 있다. 미국만이 자신하는 편이데, 이것은 미국은 원래 다민족, 다문화의 복합국가인데다 기본적으로 개인의 창의를 존중하는 전통이 있어서 새로운 시대의 파이어니어로 앞서가고 있는 것이다.

　그럼 우리의 정신구조는 어떤가. 선진국에서 비판받고 있는 근대정신이라도 제대로 갖추고 있는가? 답변은, 아직도 근대는커녕 전근대요소가 압도하고 있다는 것이다. 왜 이런 답을 하는지는 뒤에 자세히 설명될 것이다.

　그러면 21세기의 지식·정보산업 시대에 걸맞는 개성과 창조성은 갖추고 있는가. 한국인은 기본적으로 집단의식보다 개인의식이 강하고 괜찮은 머리와 예민한 감성 등 창조의 잠재력은 가지고 있다고 생각한다. 그래서 오히려 21세기에 적합한 자질을 갖춘 것으로 보인다.

　하지만 오랜 억압적 통치, 편협한 윤리 규범, 폐쇄된 생활, 겉핥기식의 교육 등으로 우리의 자질은 제대로 성장하고 개화(開花)하지 못했다고 판단한다. 그리하여 개인의식은 이기주의로 왜곡되고 창조의 두뇌는 잔머리나 굴리는 식으로 기형화했다고 보는 것이다.

# 완고한 슈퍼 이데올로기

이제 다소 이론적인 얘기로 넘어가 보자.

성향·가치관, 정신세계를 좀 깊이 있게 검토해 보려면 어떤 과정을 통해 그런 정신세계에 이르는지, 또 그 정신세계는 변화 가능한 것인지를 체계 있게 살펴보아야 한다. 이런 탐구는 철학이기도 하고 사회심리학의 분야이기도 하다.

우리 속담에 '세 살 버릇 여든까지 간다'는 말이 있다. 그런가 하면 말할 수 없는 개구쟁이에다 골목대장이었고 책이라고는 거들떠보지도 않던 아이가 어느 날 갑자기 변해 우등생이 되는 경우도 있다. 대도(大盜) 조세형이 저렇게 변할 줄은 누가 알았겠는가.

여기서 우리는 사람의 타고난 성격에 대해 먼저 살펴볼 필요가 있다. 만약 한국인의 여러 장점과 단점들이 타고난 것이라면 바꾸기는 대단히 어려울 것이다.

개인 사이에는 분명히 천성의 차이가 있다. 지적으로도 명민한 아이가 있는가 하면 둔한 아이가 있고, 기질적으로도 침착 신중한 아이가 있는가 하면 즉흥 다혈질의 아이가 있다. 형세 자매 사이에도 이런 차이가 있다. 거의 같은 환경에서 자랐는데도 차이가 크다는 것은 생래적인 것으로밖에 설명할 수 없다.

그러면 각 민족을 어떨까. 과연 민족성이라는 게 있는 것이며, 민족마다 태생적인 차이는 있는 것일까. 우리는 인종주의(racism)라는 악몽 같은 역사의 경험을 알고 있다. 히틀러의 지배민족이니 열등·노예 민족이니 하는 얘기도 많이 들었다. 일본인들 역시 우리를 열등민족으로 취급했다. 식민지사관이란 것은 그것을 이론화한 것이다.

히틀러 이전에 이미 인종주의 학자들이 많이 있었다. 위대한 문명은 모두가 게르만인의 창조로서 심지어 그리스도까지 북방에서 남하한 종족의 후예이며, 그리스·로마문명도 토착문명을 파괴하고 게르만인이 새로 건설한 것이라고 주장했다.

인종주의 이론의 창시자인 체임벌린과 고비노에 이어 나치의 공식 인종학자가 된 A. 로젠버그는 이른바 우수민족이라는 아리안의 신화를 북구인(Nordic)으로 축소해서 큰 키에 블론드 머리털, 파란 눈의 북구인이야말로 세계문명의 창조자라고 주장했다. 이런 근거 없는 주장들이 광기의 독재자에게 이용되어 유대인 수백만 명이 희생되었다. 독일군이 폴란드·소련 등지에서 대량학살을 자행한 배경에는 열등민족을 쓸어 없앤다는 기본목표가 있었다. 우수민족이 '생활권'(生活圈)을 차지해야 한다는 것이었다.

일본은 이런 형질적 인종론에 따르지는 않았다. 그 대신 그들은 몇 가지 역사적 사례로서 우리를 피지배민족으로 숙명지워졌다고 떠들어댔다. 이론 만들기에 적당한 몇 가지 사례만으로 이론을 만들었다. 이것을 우리는 '구성의 오류'라고 부른다. 반면 식민지시대의 우리 학자들은 일본 학자에 대항하기 위해 민족의 우월성을 과장하기도 했다.

과거 중국 문헌에 나오는 동이(東夷)의 여러 행적은 모두 조선족의 일이며, 심지어 한문이나 정전법(井田法), 도량형도 우리가 중국 측에 가르쳐 준 것이라고 했다. 우리는 지금도 동이족이라고 하면 우리 민족과 동일시하고 있는데, 고대에 동이족은 만주와 중국 산둥 반도 등 동부 해안 지역에 널리 퍼져 살았다. 강태공(姜太公)도 동이 족 출신이라고 중국인은 기록했다. 이들 동이가 다 조선족이거나 조 선의 식민지 백성이었을까.

2차대전 후 인종주의는 학설과 실제에서 터부시되었다. 식민주 의·인종주의·제국주의 등의 말은 지식인 사이에서 기피되었다. 가 해자·피해자 모두 깊은 상처를 건드리고 싶지 않았기 때문이다. 다 만 옹졸한 일본인 사이에서만 망언이 계속 튀어 나왔고, 호소카와 총리에 이르러서야 지식인다운 반성의 소리가 나오기 시작했다.

냉정한 과학의 눈으로 봤을 때 인종 간의 우열은 없다는 것이 현재 의 정설이다. 풍토와 생활, 음식 등에서 오는 기질적 차이는 후천적 인 것이다. 언뜻 선천적인 것으로 오해될 수 있을 뿐이다. 유럽인들 도 북구인·알프스인·지중해인 등으로 구분해 북구인이 진취적인 데 비해, 알프스인은 유순하며 지중해인은 나태하다고 한다. 이것은 환경의 영향이 크지만 선천적인 것으로 오해되기 쉽다. 이런 오해가 생길 수 있는 것은 어떤 성향이나 기질 같은 정신적 특성을 후손들 이 자기도 모르는 사이에 답습하기 때문이다. 마치 유전처럼 전승되 는 것이다.

우리의 경우를 보자. 이미 도시에서 태어난 아이들도 부모를 따라 고향에 가고, 명절 때면 고향이나 친족, 성묘 얘기를 자주 듣고 자란 다. 그러면 자기도 모르게 부모의 사고나 정서에 절반은 젖어들게 되는 것이다. 그리고 이런 요인은 어렸을 때의 경험이 거의 평생을 지배한다.

필자가 미국에 있을 때 한 유학생에게 이런 말을 들었다. "우리 한국 사람들은 어릴 때부터 무덤에 대해 무서운 얘기를 많이 듣고 자라지 않습니까? 도깨비가 나온다든가 여우가 들락거린다거나 하는 얘기 말이에요. 서양 사람들은 무덤을 공원으로 조성해서 보기에도 산뜻해요. 그들은 공원묘지 주변에 사는 것을 아무렇지도 않게 생각합니다. 그런데 한국인은 미국에 와서도 묘지 근처에는 절대 안 살려고 해요.”

이렇게 어릴 때의 영향은 이성이나 의지로 어쩔 수 없을 만큼 결정적으로 평생 동안 영향을 준다. 뇌세포와 신경망에 단단히 입력되어 수정이 어려운 것이리라. 우리는 이래서 유아기·소년기의 교육에 많은 관심을 가질 수밖에 없다. 기본의식과 태도는 그때 이미 결정되는 것이다.

사람의 두뇌 속 신경망은 어릴 때에는 산만하게 흩어져 있다가 열두 살 전후로 정돈이 된다고 학자들은 말한다. 어린아이가 이것저것 두서없이 말하고 행동하는 것도 이 신경망이 어수선하기 때문이라는 것이다. 열두 살 전후로 일단 신경망이 축소·정비되면 감정도 통제되기 시작하고 사고 기능도 정리되기 시작한다고 한다.

그래서 연구자들은 어릴 때의 올바른 교육을 강조하는 것이다. 예를 들면 거짓말 안 하기, 자기 일에 책임지기, 남과 협동하는 등 사람 또는 시민으로서의 기본덕목은 일찍 의식화해야 평생 동안 좋은 효과를 거둘 수 있다는 것이다.

일본에서 얼마 전까지 초등학교 1~2학년 때 다음과 같은 시범을 보인 사례가 많다고 한다. 굵은 장대 하나를 운동장에 갖다 놓고 선생님이 한 아이에게 부러뜨려 보라고 한다. 힘을 써도 안 부러진다. 두 명이 나와서 해도 안 부러진다. 이때 선생님은 대여섯 명이 나와서 함께 해 보라고 한다. 장대는 이때 부러진다. 선생님은 부러진 장대를 학생들에게 보이며 “한두 사람의 힘은 약해 이 장대를 꺾지 못했지만 여럿이 하니까 부러지죠? 협동을 하면 이만큼 큰 힘이 생기는 것입니다."

일본인의 단결심을 우리는 오래전부터 들어왔다. 집단주의 정서나 사고의 원천이 바로 이 단결심이다. 물론 오늘날에는 비판받고 있지만 여기서 핵심적인 얘기는 단결 문제가 아니라 어릴 때의 교육적 효과를 생각해 보자는 것이다. 아이들의 머리속에 장대 부러진 장면이 지워질 수 있을까.

일본의 예를 하나만 더 들어 보자. 우리는 일본인의 기본윤리 가운데 으뜸이 '남에게 폐를 끼치지 말자'임을 잘 알고 있다. 몇 년 전 우리의 공중도덕 문제를 몇 명이 얘기하다가 도쿄에서 근무했던 필자의 선배가 이런 목격담을 전했다.

"지하철을 타고 가는데, 어린애가 자꾸 보채며 시끄럽게 하니까, 엄마가 몇 번 나무라는데 애가 막무가내더라고. 엄마는 손님들을 보며 미안해 하는 것 같았는데 다음 역에서 내리더군. 나는 어떻게 하나 싶어 창밖을 보았는데 엄마가 기둥 옆에 애를 세워 놓고 사정없이 뺨을 때리더라니까."

우리는 어떤가. 차츰 나아지고 있는 것은 분명하지만 아직도 멀었다는 느낌이 든다. 일상에서의 생활예절이니 에티켓이니 공중도덕이니 해가며 '잘해 봅시다' 해도 효과는 미미하다. 큰 사건이 있을 때, 모든 매스컴이 요란스레 떠들고 나야 일시적으로 효과를 보이는 것이다. '88올림픽 때만 질서가 있었다'고 외국인이 꼬집는 것도 그런 이유에서이다.

사정이 이러하므로 우리는 어머니 교육 같은 사회교육의 중요성을 얘기한다. 그러나 우리에게는 사회교육이란 게 거의 없었다. 해방 후 건국기가 사회교육에서 가장 중요한 시기였으나 정치싸움과 분열만 일삼다가 전쟁을 맞았다.

휴전이 된 후에도 새사회·새조국·새시대에 걸맞는 의식화교육은 없었다. 전통사회가 해체되면서 유교윤리가 무너지는 것을 안타까워하는 소리는 많았으나 근대의 시민사회에 필요한 정신교육에는 전혀 신경쓰지 않았다.

북한은 해방 직후부터 대대적인 사회주의 교육을 했다. 이것이 북한 주민의 복종심리를 굳히는 하나의 씨가 되었을 가능성은 크지만, 어쨌든 자기네 체제에 필요한 사회교육은 철저히 한 것이다. 우리에게는 물론 자유세계의 성격과 자유시민의 윤리에 대한 교육이 있어야만 했다.

앞으로 자세히 얘기하겠지만 산업화에 나선 박정희 정권은 전반기에 열심히 일하자는 취지의 자율·자조 정신은 강조했다. 그러나 1970년대에는 유신체제를 합리화하기 위해 시대착오적인 충·효 논리만 강조했다. 이 충이란 것도 민주주의에 대한 충성이라면 환영할 일이었지만, 자기가 영도하는 체제에 대한 충성을 의미했고 그에 대한 저항은 반국가 행위로 처벌했다.

사회교육이 없었거나 잘못되었다 해도 가정이나 학교에서 제대로 교육이 이루어졌다면 그래도 사정이 호전되었을 것이다. 그러나 가정에서는 거의 전근대 요소가 지배해 왔고, 학교는 겉치레 수업이나 해 오면서 국민의 교육수준이 높다고 떠들어 왔다. 이렇듯 우리는 제대로 배우지 못하면서 지난 30, 40년 간 산업화에 돌진했고, 이에 따라 도시화도 급속히 진행되었다.

전통사회가 근대 산업사회로 변한 것이다. 이런 급속한 혁명적 변화 속에서 우리가 과거에 정신적 근대화 준비를 해 왔다면 혼란은 줄어 들었을 것이다. 그러나 준비 없이 동원체제로 시작된 경제개발인지라 어느 정도의 물질적 성공은 이루었지만 정신은 오히려 대혼란의 아노미 상태로 떨어졌다. 이것이 한국인의 정신적 지체현상의 가까운 원인이라고 본다.

이제 21세기를 말하고 있지만 우리는 아직도 정신의 앙시앵 레짐 (ancien regime · 구체제)에서 허우적거리고, 사람과 사람 사이에는 농촌의 정서, 즉 연고주의가 위력을 발휘한다. 넥타이 매고 입으로는 포스트 모던이니 말하면서 의식은 두루마기 입고 짚신을 신은 격이다.

필자는 현재의 우리를 '일차 인간'이라고 부르기로 했다. 행동유형도 감각·감정에 즉시 반응하는 일차적 성격을 유지하고 있는데다 가족·지역·학교 등 일차 집단 정서에서 벗어나지 못하고 있기 때문이다. 그렇다고 이 일차적 성격이 바뀌기가 불가능한 것은 아니다. 이 문제에 대해서는 심리학자들의 도움이 필요한데 여기서는 개요만 간단히 소개한다.

우리가 오래전부터 들어온 무의식의 발견이란 획기적 업적, 즉 지그문트 프로이트의 이론은 마치 19세기의 다윈의 진화론이 생명계의 베일을 벗겼듯이, 인간 의식의 밑바닥에 깔려 있는 보이지 않는 세계를 들추어 낸 것이다. 그리하여 우리가 그저 예외적 성격의 탓으로만 돌렸던 여러 가지 행위, 특히 병적인 행동에 대한 많은 것을 해명해 주었다.

그러나 프로이트와 융, 그리고 그 후의 정신분석학은 어느 한쪽에 치우쳤다는 비판을 받게 되었다. 프로이트는 성적인 욕망과 그 좌절로 많은 것을 풀이하려 했고, 그 밖의 정신분석학자들은 범위를 넓혀 어린 시절의 여러 가지 충격·갈등이 성격에 미친 영향을 풀이했다. 그러나 그들은 인간을 너무 '결정된 것'으로만 보았다.

반면 1950년대 이후의 심리학자들은 성격 형성 과정에서 어린 시절의 갈등에 대한 중요성을 인정하면서도 결코 인간은 완전히 결정된 '과거의 희생물'은 아니라고 주장하고 있다. 다시 말해 사람은 끝없이 성장 발전하며 자기 완성의 길로 갈 수 있는 '희망의 존재'로 보고 있는 것이다. 그러니까 비관보다도 낙관에 기울고, 변화의 불가능보다는 가능에 초점을 옮기고 있는 것이다

우리는 실제로 경험에 의해, 그리고 과거 역사 인물의 사례에서 탕아가 성자가 되고, 도둑이 자선사업자가 되며, 이기적 인간이 여생을 자원봉사에 나선 사례를 숱하게 보게 된다. 이런 극적인 사람들의 경우를 제외하더라도 게으른 사람이 부지런해지고, 거친 사람이 온순해지고 교만한 사람이 겸손해지는 변화를 수없이 보아왔다. 이 책 역시 이런 변화의 가능성을 인정하고 있기에 쓸 수 있는 것이다. 모든 것을 결정론으로만 설명할 수 있다면 쓰는 번거로움도, 읽는 수고도 할 필요가 없다.

그러나 개인의 경우와 마찬가지로 한 민족에게 오랜 동안 전통으로 굳어진 의식은 앞에서 말한 대로 알게 모르게 후대에 전달되어 좀처럼 변화가 쉽지 않다.

현재의 대학생이 신세대라고 하지만 그들 사이에 선후배의 위계질서 의식은 대단하다. 기성세대와 무엇이 다른지 알 수 없을 정도이다. 이처럼 위계질서라는 권위주의 의식은 파괴하기 힘든 전통이다. 그래서 이런 민속적 전통적 문화의식을 앨빈 토플러는 '슈퍼 이데올로기'라고 표현했다. 인위적으로 만들어진 어떤 이론체계나 사상보다 강력하다는 뜻에서 '슈퍼'라는 형용사를 붙였을 것이다.

사정이 이러하기에 우리는 이런 결론을 내리지 않을 수 없다.

'어려운 만큼 정체(正體)를 제대로 알아야 한다. 아는 것이 변화의 첫걸음이다. 어떻게 해서 한국인의 특성이 생겨났으며, 그 특성들이 현재와 미래사회에 유익한가, 유해한가. 알고 나면 숙명론에 빠지지도 않을 것이며 환상적인 낙관론에 취하지도 않을 것이다.'

# 껍데기는 가라

시인 신동엽은 '껍데기는 가라, 껍데기는 가라'고 절규했다. 필자는 이 껍데기란 말이 한국인의 의식, 한국 정신문화의 실체를 어떤 아카데믹한 용어보다 적절하게 표현했다고 느끼면서 감탄한다. 역시 시인은 껍데기가 아닌 본질을 꿰뚫어 보는 직관력이 뛰어나다.

한번 '세상은 그런 거야'라고 하는 나태한 자세가 아닌 진지한 자세로 우리 주변을 돌아보자. 국회에서는 자기네 이익이나 지엽말단의 주제가 아닌, 즉 장래를 생각하는 토론이 벌어지고 있는가. 종교인은 우리의 양심과 영혼을 올바르게 인도하기 위해 헌신하고 있는가. 교육가는 교육다운 교육을 하고 있는가. 언론인은 진실을 전달하기 위해 애쓰고 있는가. 모두가 엉터리요 거짓이라고 말할 수는 없어도 뭔가 잘못되어 있다는 느낌이 들지 않는가.

원래 자유주의 세상이란 옳고 그른 것, 아름다운 것과 추한 것, 착한 것과 악한 것이 뒤섞여 있게 마련이며 지나친 엄격주의는 인간주의란 측면에서도 경계해야 할 대상이다. 그러나 문제는 무엇이 주류이고 무엇이 예외적인 것인가 하는 점이다.

독자 여러분은 한국 사회에서 이런 사회의 두 얼굴 가운데 어느 쪽이 우세한지 한번 곰곰히 새겨 보시라.

이미 우리들 자신이 오염되어 있는데다 본질과 껍데기를 구별해 보려는 진지한 노력은 해봤자 머리만 아프고 소용없다는 체념에서 많은 사람들이 문제의식조차 갖고 있지 않다. 그냥 흘러가는 대로 방관하고, 자신도 세상의 흐름에 맡겨 버린다.

그러나 예외는 있다. 소수의 '깨어 있는 정신'이 있는 것이다. 이들은 누구일까. 바보일까. 바보일 수도 있다. 실제로 바보 취급을 받아온 것도 사실이니까. 이들 바보들은 그래도 이 땅에서 양심이라는 도덕의 알맹이, 진실이라는 지적인 알맹이를 소중히 여기며 크게든 작게든 뭔가 개선해 보려는 사람들이었다. 이 가운데 특히 두드러진 사람은 희생이 되기 쉬웠다.

한 예로 1999년 씨랜드 화재사건 때문에 알려진 한 여성 공무원이 있었다. 진입도로도 제대로 안 되어 있고 건물도 엉터리여서 도저히 청소년 수련시설로 허가할 수 없다고 판단한 화성군 부녀복지계장 이장덕 씨. 이씨는, 매스컴에 보도되었지만, 결재를 올리지 않자 상사인 과장, 씨랜드 대표 등에게 온갖 협박과 회유를 받았다. 50만원의 뇌물도 전달받았다. 그는 돈을 다시 돌려 보내고 일기장에 "내가 굶어 죽어도 그러고 싶지 않다"고 적었다. 그런 그녀도 결국 견디다 못해 결재서류에 사인을 했다. 그러면서 다시 일기장에 '누가 이런 공무원 사회의 부정행위를 뽑을 수 있을까'라고 개탄했다. 그녀는 결국 다른 직위로 옮겨졌고 화재사건이 난 뒤에는 공직을 떠났다. 스물두 평짜리 임대아파트의 주부로 돌아갔다.

박정희와 전두환 정권 때에는 중립을 지켜야 할 공무원들이 선거 때문에 또 얼마나 고통을 받았나. 여당측을 싸고돌며 지원하지 않았다가는 그야말로 생존이 위태로웠다. 당시 한 공무원이 '더러워서 못해먹겠어. 그러나 그만둘 수는 없고……' 하며 한탄하던 모습이 아직 필자의 기억에 남아 있다.

양심….

이 양심의 싹이 고사(枯死)하고 마는 풍토.

필자는 오랜 동안 나름대로 생각해 왔는데, 개인 개인이나 사회 문제에서 도덕적으로 핵심적인 중요성을 갖는 것이 이 양심의 존재가 아닐까, 그것이 알맹이요 알파와 오메가라는 생각이 든다.

우리에게 양심은 어느 정도의 무게를 갖고 있을까.

여기서 양심은 사람에게 선천적인 것이냐 후천적인 것이냐 하는 철학적 논의를 할 생각은 없다. 해 봐야 결론도 나올 수 없는 것이다. 중요한 것은 인간은 양심의 씨를 갖고 있으나 이것이 후천적 요인에 의해 거의 없어진 것처럼 성장이 정지되기도 하고 크게 발육 · 개화도 할 수 있다는 사실이다.

예컨대 거칠고 각박한 환경에서 자란 아이가 '바람에 이는 잎새에도 나는 괴로워했다'는 정도의 감수성을 지닐 수 있을까. 있을 수는 있겠지만 극히 예외적일 것이다. 반대로 사랑과 정직과 겸손을 어려서부터 부모나 교회에서 배우고 끼니 때마다 '일용할 양식을 주어 감사합니다'라는 기도 속에 자란 아이라면 거짓투성이에다 모든 일에 감사할 줄 모르는 막된 아이로 클 수 있을까. 여기서도 예외는 있을 수 있을 것이다. 그러나 우리는 지금 일반적인 얘기를 하는 것이지 특수한 경우까지 생각의 폭을 넓히려는 것은 아니다.

필자는 과거 우리의 종교나 교육, 사회환경이 양심의 성장을 기하는 데 무력했거나 소홀히했고 이것은 현재까지 거의 변함없이 이어졌다고 본다. 그리하여 개인행동에서 최후의, 그리고 가장 강력한 통제기능이 훼손되어 버린 것으로 생각한다.

그 수많은 부패나 사기사건의 예도 양심이 바로섰다면 그렇게 비일비재할 수 있을까. 뇌물을 받는 것은 양심을 파는 것이고, 내 영혼을 파는 것이라는 의식이 있다면 쉽사리 넘어갈 수 있을까.

셰익스피어의 희곡《템페스트》에는 '양심이라는 신(神)'이란 말이 나온다. 진정 우리 인간에게 신의 목소리라고 부를 수 있는 게 있다면 양심의 소리 이외에 무엇이 있겠는가. 우리는 신을 볼 수 없고, 제 아무리 훌륭한 지성을 가지고 있다 해도 신의 존재를 증명할 수도 없다. 그래서 많은 철학자들이 하나의 원리로서 신을 보기도 하고 인식의 너머에 있는 믿음의 대상으로 여기기도 한다.

하지만 우리에게 최소한 양심의 씨가 심어져 있다는 것은 분명하며, 이것은 또 얼마나 다행스러운 일인가. 만약 신이 있다면 양심의 씨를 주셔서 감사할 뿐이지만 신이 없다면 이것은 자연이 준 인간만의 행운이다.

어느 생명체에 인간이 갖고 있는 양심과 비슷한 정신상태가 있는가. 외계의 지적 생명체라면 몰라도. 이 인간만의 고귀한 양심의 씨를 키우지 못했기에 서글프게도 우리는 성경을 걸고 서약한 국회에서의 증언도 서로 엇갈리는 것을 목격했고, 현대그룹 어느 회장의 자동차 사고도 베테랑 운전사가 시동 당시에 저지른 실수이지 급발진 사고가 아니라고 했을 때, 그것을 믿지 못한다. 우리에게 양심이 바로섰다면 왜 그 말을 믿지 않겠는가.

자세한 얘기는 뒤로 미룬다. 여기서는 양심의 기능을, 인간다운 삶의 대전제로서 양심의 존귀함을 되새겨 보면서 넘어가기로 한다.

독자들 가운데는 더러 양심과 도덕을 혼동하고 있을 수도 있다. 그러나 생각해 보면 명확히 다른데, 양심은 글자 그대로 선량한 마음씨이고, 도덕은 사회의 안녕과 질서를 유지하기 위한 시대적 요청이다. 양심을 밭이라고 한다면 도덕이나 윤리는 그 밭에 심는 식물이라고 할 수 있다. 따라서 양심이란 비옥한 밭이 있어야 도덕이란 식물도 잘 자랄 수 있다. 또 이 밭에 심는 식물은 환경에 따라 달라질 수 있다. 다시 말해 도덕은 시대와 생활조건에 따라 변하게 마련이다.

예컨대 사냥으로 먹거리를 구하던 시대에는 폭력적 용맹, 잔인함이 남성의 최고 덕성이 될 수밖에 없다.(이런 시대는 수십만 년이나 되니까 잔인함이나 폭력성은 인간의 유전자에 영향을 주었을 것이고, 현재의 우리에게도 잠재해 있다고 본다)

농경시대에는 논·밭일을 꾸준히 해야 하니까 폭력적인 용맹보다 근면이, 잔인성보다는 대가족을 이끌어 나갈 의젓한 가부장적 자세가 강조되었을 것이다.

현대에는 또 시대가 바뀌니까 가부장적 권위는 배척되고 있는 것이다. 이렇듯 도덕·윤리규범은 가변적이지만 양심은 불변이며 보편적인 것이다. 그러므로 시대를 초월하는 양심은 정신문제를 얘기할 때 절대가치를 갖는 것이다.

# 마지막 장벽, 정신혁명

우리는 앞에서 양심과 도덕을 이야기했다. 독자들은 인간의 정신 활동 가운데 도덕적 측면과 같은 비중으로 지적 능력이 중요함을 알고 있을 것이다. 사물(자연)과 인간과 사회를 어떻게 분석 파악하고 평가하는가 하는 문제가 지적인 활동 분야에 해당될 것이다.

그런데 이 방면에서도 단도직입으로 말한다면 우리는 겉핥기식의 지적 활동에 그쳐 왔다고 지적하지 않을 수 없다. 다시 말해 현상 뒤에 숨겨진 본질을 파악하거나 궁극적 원인에 대해 생각하는 버릇이 우리에게는 부족하다는 것이다. 이것은 다른 말로 하면 정신의 깊이가 없다는 뜻이며, 그 결과로 수다한 억측과 주관, 자기합리화, 궤변이 이 사회에 횡행하게 되었다.

지성 결핍….

혼란스러움의 근본원인은 양심의 미숙과 함께 이 지성 결핍에 있다고 본다. 양심을 갖고 또 지성적으로 어떤 현상에 접근해 보면 많은 사람들이 거의 비슷한 판단에 이르게 된다. 그러나 반대로 양심 아닌 자기의 이해 관계로, 지성 아닌 감정이나 편견으로 현상을 보면 어떤 공약수도 찾아내기 어렵다.

우리는 진리란 하나의 신기루이며 기껏해야 어떤 개인이 가지고 있는 관념에 불과하다는 인식론자의 주장에도 동의한다. 그러나 중요한 것은 무엇이 진리일까 하고 탐구하는 진지한 자세일 것이다. 이런 자세가 확실히 자리매김되면 적어도 사이비가 진실보다, 겉치레가 알맹이보다, 형식이 내용보다 위에 서는 전도된 현상은 생기지 않을 것이다.

지성적 태도가 없다는 것, 생각의 깊이가 얕다는 것은 개인에게는 거품 같은 삶을 살게 한다. 항상 불안하고 불만이며 남의 눈치나 살피는 타율 인생을 살게 한다. 사회적으로는 컨센서스라는 공감대를 만들지 못하고 분열과 혼란을 일으키게 된다.

예컨대 현재의 개혁에 대해 생각해 보자. 국민의 정부는 개혁을 구호이자 자기네 정권의 존재 이유로 천명해 왔다. 그리고 여러 방면에서 개혁을 추진해 왔고, 더러는 개혁이 중도에 멈추거나 희석되기도 했다.

그러면 우리는 이 개혁의 필요성에 대해 어느 정도 진지하게 생각해 왔는가. 한국 사회의 정치·경제·사회 운영이 과거대로 유지되어도 21세기 한국에 도약의 희망이 보일까. 깊게, 다면적으로, 그리고 작은 이해에 얽매이지 않고 생각한다면 개혁의 강도나 방향, 대상 등에 대한 논쟁은 있을 수 있고 또 있어야겠지만 터무니없는 횡설수설은 있을 수 없을 것이다. 심지어 개혁성향의 지식인 그룹까지 1999년 봄, 기업의 구조조정이 한창일 때 구조조정의 정도와 필요성에 대해 심도 있는 논의를 하기는커녕 '정권을 잡으니 집권층이 기업인 등 유산층의 배로 옮겨 탔다'고 비난했다.

보수층에서는 구조조정을 할 때에는 근로자를 희생시킨다고 아우성이었고, 대기업에 손을 대면 사기업의 자유를 침해한다고 반발했

다. 교육 분야에서는 개혁성향의 장관이 등장하니까 현장을 모른다
느니 과격하다느니 하다가 장관이 바뀌니까 개혁이 지지부진하다든
가 병폐를 시정하지 못하고 있다고 떠든다. 이런 마구잡이의 몰지성
적 풍토는 다수 국민의 지적 수준에 영합하는 매스컴의 무분별 상업
주의에다 이른바 지식인 스스로 지성에 결함이 있기에 개선이 안 되
고 있는 것이다.

우리는 제대로 알아야 한다. 양심이 미숙하고 지적 계발이 안 된
사회는 결코 고도의 비약이 불가능하다는 것을…….

이 문제에 대해 뒤에 자세한 소개가 있겠지만 우선 간략히 역사적
사례를 보자.

1936년에 스페인 내전이 시작되었다. 이 내전은 선거에 의해 수립
된 개혁성향의 공화정부에 대해 군부와 기득권 세력이 연합해 일으
킨 반란으로 3년 동안이나 계속되었다.

작가 헤밍웨이는 기자로서 내전에 참가했고, 이 전쟁을 배경으로
《누구를 위하여 종은 울리나》라는 소설을 썼다. 영화로도 우리에게
널리 알려진 소설이다. 이 소설의 제목은 존 던이라는 영국 시인의
시에서 빌린 것인데, 소설의 주인공 로버트 조던의 의용군 참여에 대
한 의미 설명뿐만 아니라 수백 년 동안 변화를 거부해 온 스페인의
만가(輓歌)로도 적절한 것 같다.

어느 누구도 하나의 섬은 아니로다.
어느 누구도 스스로 온전하지는 않도다.
사람은 모두가 대륙의 한 조각, 한 조각의
땅덩어리가 파도에 씻기면, 씻긴 만큼 유럽의
대지는 줄어 드나니…….

사실 스페인은 파도에 씻긴 황량한 땅이었다. 중세가 끝나면서 유럽대륙에서 최초의 강대국으로 등장한 스페인이었지만 진화을 못했다. 세계 각지에서 수탈해 온 금과 은은 왕족과 귀족의 호사생활을 위해, 더러는 왕들의 스포츠라는 전쟁에 소모되었다. 국내산업에 투자되지 않은 것이다. 민중은 무지와 가난에 시달렸다. 시대는 종교개혁으로, 이성의 혁명으로 치닫고 있었지만 스페인은 가톨릭의 비호 아래 구체제를 유지하고 있었다. 토지개혁은 엄두도 내지 못했다.

19세기 초 나폴레옹군이 침입했을 때 독일은 그 지성적 태도로 나폴레옹이 상징하는 혁명의 정신을 찬양 수용하면서 한편으로는 국민적 단합의 계기로 삼았다. 스페인에서는 마치 우리가 서양의 충격에 반발했듯이 나폴레옹과 프랑스혁명의 정신을 오직 증오로서만 대응했다. 아무런 자극도 받지 못했고, 따라서 아무런 개혁도 하지 못했다. 이것이 20세기의 스페인 내란 때까지 이어져 온 것이다. 결과는 물론 유럽의 낙제생이 된 것이다. 그래서 존 던의 시에 나타난 것처럼 파도에 씻긴 가련한 땅으로 남은 것이다. 현재에도 피레네 산맥 너머와 스페인과는 엄청난 차이가 있다.

알다시피 유럽 대륙에서 이탈리아는 르네상스로, 알프스 너머에서는 종교개혁과 이성의 혁명으로 근대정신을 키웠고, 이 근대정신은 과학과 산업혁명, 그리고 정치의 민주화를 끌어냈다. 스페인과 동유럽은 이런 변화에 둔감했고, 당연히 사회발전은 뒤쳐지게 되었다.

아시아 지역에서는 자생적인 변화가 없었다. 서세동점(西勢東漸)이라는 무력에 의한 충격을 받고서야 뭔가 생각하기 시작한 것이다. 그러나 생각은 하되 이래서는 안 되겠다고 불끈 일어선 나라는 일본밖에 없었다. 흔히 요즘도 일본의 급속한 근대화는 일찍 쇄국의 빗장을 풀었기 때문이라고 생각하는 사람들이 있는데, 이는 터무니없는 오해이다.

개국의 시기로 말하면 일본은 중국보다 뒤졌고 우리보다는 겨우 20여 년 앞섰다. 이미 막부시절에 상·공업도 상당한 수준에 와 있었고, 도덕은 타락하지 않았으며, 국민들의 문자 해독률은 개항 당시 영국의 수준과 비슷했다고 한다. 그리고 무엇보다 자주의식이 있었으며, 전체를 생각하는 정신이 강했다.

우리가 거의 맹목적으로 공·맹의 유학을 답습하면서 점차 왜곡까지 한 데 비해 17세기의 일본의 유학자 야마자키 안사이는 '공자와 맹자가 일본에 쳐들어 오면 그들과 싸워야 한다. 그것은 공자와 맹자의 가르침을 실천하는 것도 된다'고 말할 정도로 유학을 민족의식 아래 객화(客化)시킨 것이다.

한편 중국이나 한국은 서양세력에 저항하고, 저항이 무력해지자 멈칫거리다 안 되니까 마지못해 손을 내밀어 악수를 하게 된 것이다. 그러나 이미 때는 늦어 중국은 반식민지로 전락했고, 우리는 망국이라는 유사 이래 최대의 모욕을 당한 것이다.

우리는 이제 제2의 각성을 해야 할 때이다. 제1의 각성은 뒤늦게나마 근대화의 필요성을 깨달은 것이라면 제2의 각성은 한단계 더 도약해 일류의 문명국가를 세우기 위한 것이다. 만약 제2의 각성에도 시기를 놓치면 과거와 같은 불행은 아닐지라도 빛나는 미래는 보기 어려울 것이다.

그리고 이 각성은 이제는 민중적 규모에서 진행되어야 한다. 우리나라에 진정한 엘리트 그룹이 있다고 생각하지도 않지만, 어쨌든 소수의 지도층에 의한 개혁은 하는 척하다가 일시의 현상으로 끝나거나 자칫하다간 오도될 위험도 있다.

흔히 개혁은 혁명보다도 어렵다는 말을 한다. 이는 다시 말하면 민중이 잘 몰라서 개혁의 필요성에 공감 못 하고 일시의 혼란을 두려워하면 기득권 세력이 이를 악용, 개혁은 민중에게 손해라는 식으로 왜곡 선전하기 때문에 어렵다는 말이 나오는 것이다. 현재의 한국 중산층 가운데도 개혁이라면 갸우뚱하는 사람들이 적지 않은데, 진정 개혁이 되어 기업이 건전해지고 투명해지면 장기적으로 주가가 올라 중산층은 이익을 보게 되는 것이다. 그럼에도 일시의 충격이나 혼란으로 주가가 떨어지면 개혁 때문에 큰일이나 생긴 것처럼 겁을 낸다. 정치에서나 행정개혁도 마찬가지이다. 개혁이 제대로 되면 서민층은 세금을 훨씬 덜 내도 된다. 누구나 부담하는 간접세가 얼마나 많은지 생각이나 해 보았는가.

개혁과 민중이 괴리되면 개혁은 혼란이나 극단으로 흐르기 쉽고, 그 피해는 두고두고 문제가 된다. 개혁을 넓은 의미로, 즉 혁명도 개혁의 테두리에 넣고 간단히 검토해 보자.

1917년의 러시아혁명은 당내에서는 다수파(볼셰비키)에 의한 것이었지만 민중적 기초가 없었다. 민중은 전쟁의 피로에 지쳐 있었고 빵 한조각이 아쉬워 혁명에 동참했을 뿐 계몽된 민중은 아니었다. 그러니 엘리트 독재가 이어질 수밖에 없는 노릇이었다. 그 피해는 지금 러시아 민중이 당하고 있다.

중국의 경우도 농민층의 지지를 받기는 했으나, 그것은 농노 상태에서의 해방이라는 신분적 경제적 이익에 농민들이 동조했을 뿐이며, 그들은 자기네 운명을 스스로 결정할 만큼 의식화되어 있지는 않았다. 만약 중국의 농민들이 깨어 있었다면 처음에 공산주의 체제가 도입되었어도 짧은 시일 안에 덩샤오핑(鄧小平) 이후의 개혁과 같은 자기 변화의 길을 재촉했을 것이다.

북한의 경우도 비슷했다. 1990년대 초 소설가 황석영이 김일성과 만난 뒤 쓴 글에 김일성은 빨치산 시절 '조선의 스탈린이 되겠다'고 결심했다는 대목이 나온다. 물론 이 결심은 현실화되었다. 그리고 지금도 북한에는 작은 스탈린, 작은 김일성이 군림하고 있다.

아무리 통제사회라고 하더라도 민중이 깨어 있다면 오늘의 북한이 존재할 수 있을까. 현재의 북한 민중의 무의식상태는 여러 시각에서 분석할 수 있겠으나 필자는 6·25전쟁 틈에서 북한의 비판세력이 대거 남하한 것이 북한 주민의 우민화에 결정적 영향을 주었다고 본다.

중남미 여러 나라의 혁명도 소수 엘리트들이 주도한 혁명으로 민중적 자각이나 세력이 약했기에 그 혁명은 페론주의자에서부터 우익 극단까지 표류했다.

한편 서유럽은 민중적 기초가 탄탄했다. 이미 대중까지 르네상스니 종교개혁이니 이성의 혁명이니 하면서 정신적 성장의 통과의례를 마친 상태였다. 예컨대 프랑스혁명 뒤 볼테르의 시신을 팡테옹으로 옮길 때 파리 거리에는 60여 만 명의 시민이 참여했다고 한다. 한 철학자의 유해를 옮기는 데 60여 만 명의 군중이 모였다는 것은 무엇을 의미하는가. 미국 독립전쟁 때 독립전쟁의 당위성을 주장한 '커먼센스'라는 팸플릿은 당시 미국인의 6분의 1이 읽었다고 한다.

독자들 가운데에는 프랑스 국기인 삼색기의 깃대에 붉은 장미가 그려진 것을 본 적이 있을 것이다. 이것은 혁명의 영광을 상징한 것일까. 사실은 사회주의자, 노동자의 기여를 표현한 것이다. 2월혁명에서는 파리코뮨의 전통을 이어받은 근로자가 큰 몫을 했다. 이들은 삼색기를 버리고 적기(赤旗)를 프랑스의 국기로 하자고 주장했다. 이때 시인이자 정부 수반이기도 했던 라마르틴느가 거리에서 유명한 연설을 했다.

'적기는 국민의 피를 연상시키지만 삼색기는 조국의 영광과 자유을 상징하는 것이다. 그러나 혁명에서 보여 준 노동자의 위대한 공헌을 기념하여 삼색기의 깃대에 붉은 장미를 그려 넣자.'

군중은 박수 갈채를 보냈다. 이렇듯 넓은 의미의 민중이 의식화된 나라에서 소수의 엘리트가 멋대로 나라를 끌고 갈 수 있을까. 오늘날 유럽의 사회민주주의가 큰 세력을 유지하고 있는 것도 이미 오랜 세월 시민세력뿐만이 아니라 제4계급이라고 불리던 근로계층이 의식화된 민중이었기에 가능한 것이다.

좋은 세상, 풍요한 삶, 높은 문화와 인간의 품격이 유지되는 사회는 모든 계층의 소망이지만 소망만으로 달성되지는 않을 것이다.

우리 언론계의 한 원로가 필자와 대담하면서 "세상에는 공짜가 없는 법이요"라고 말했다. 이것이 진리이다. 개인에게는 복권에 당첨된다거나, 우연히 친구 말 듣고 산 주식이 몇 배로 뛰어 돈방석에 앉는 수도 있지만, 민족단위로 볼 때 공짜는 없는 것이다.

이 책이 정신문제를 주제로 다룬 것은 의식의 문제만 가지고 짧은 기간 안에 모든 것을 해결하기는 어렵다고 해도, 이제까지 살핀 대로 그것이 기본이며 우리가 한단계 높게 비약하려면 반드시 넘어야 할 최후의 장벽이라는 판단이 서기 때문이다.

앞으로 10년 이상 개혁이란 말이 지겨울 정도로 시민사회의 논리에 따라 정치나 경제·교육 등 모든 분야에서의 가시적 개혁도 필요하다. 그러나 역시 본질은 개인의식에 있다고 생각한다.

'정신문제는 막연해요', '의식개혁이 한두 해에 되는 겁니까' 하며 외면할 수는 없다. 의식개혁이 어려운 것이라 해도 우리가 깊게 생각하고 철저히 자성하며 하나씩이라도 고쳐 나간다면 100년 걸릴 것이 50년 만에, 그리고 50년 걸릴 것이 더 짧아져 한 세대 뒤쯤에는 크게 달라질 수도 있는 문제이다. 그리고 변화가 시작되면 가속도가 붙는 법이다.

IMF 이후 기업문화의 변화속도를 보라. 어렵다고 미루고, 기득권층의 반대가 있어 미룬다면 미룬 만큼 손해이며, 아무리 밀레니엄을 외쳐 봐도 우리의 선진화는 어려울 것이다.

1999년 초여름, 한 후배기자가 집으로 찾아왔다. 그는 캐나다로 이

민갈 것 같아 인사차 왔다고 했다. 술잔을 기울이다가 그가 말했다.

"도저히 이 땅에서 저는 더 못 살겠습니다. 모든 게 엉터리요 가슴만 답답합니다. 캐나다 가서도 한국인이 없는 곳에서 장사나 하며 살려고 합니다."

필자는 뭐라고 답하기 앞서 한숨만 나왔다. 한참 뒤 이렇게 말했다.

"그래도 한국인을 미워하지는 말아요. 대부분 한국인의 마음이 뒤틀려 있는 것은 사실이지만 그만한 사연이 있었던 거요. 그것을 이해하는 게 중요해요. 그리고 지식인이라면 어떻게 고쳐 나갈 것인지를 생각하는 게 의무 아니겠어?……"

그럼 이제 무엇을 어떻게, 그리고 왜 고쳐야 하는지 생각해 보자.

제2장

# 새로운 인간, 새로운 사회

- 똑똑한 바보 키우는 교실
- 개판 사회의 책임
- 사이비 지식인과 대학
- 엘리트에 대한 오해
- 혁명적 교체의 필요
- 한국사와
  진정한 엘리트의 소외
- 중산층의 품격, 역할
- 부패·양심·종교
- 자유인·자유사회
- 21세기의 도약

# 똑똑한 바보 키우는 교실

자식을 키워 본 사람은 모두 같은 심정이겠지만 어린 자식이 아장아장 걷는 것을 보며 귀엽고 흐뭇함을 느끼는 동시에 이 아이가 건강하고 훌륭하게 자랄 수 있을까 하며 한가닥 걱정에 휩싸이기도 한다. 자식이 조금 더 커서 유치원이라도 다니면 지능에 각별한 관심을 갖지 않을 수 없다. 그래서 유치원이나 초등학교 선생님이 '공부 잘합니다' 하면 그렇게 고마울 수가 없다. 그래서 선생님께 작은 선물이라도 하고 싶어진다.

몇 년 전에 학원 운영자들과의 만남이 있어 요즘 신세대 부모들은 자녀 교육에 얼마나 관심을 갖고 있는지 물어본 적이 있다. 예상했던 대로 자녀 교육열은 대단하다는 것이었다.

그런데 한 사람이 대강 이런 말을 했다.

"학교나 학원에서나 마찬가지라고 보는데 부모들이 성적에만 너무 관심을 갖는 거 같아요. 학원에 두어 달 다녔는데도 학교 성적이 오르지 않으면 학원 집어치우라고 하는 거예요. 젊은 엄마들이 찾아오면 으레 구구단은 잘 외우는지, 한글은 다 깨우쳤는지 묻습니다. 자기 아이가 어디에 소질이 있는지 그런 것은 관심밖이에요."

필자는 들으면서 속으로 '그럴 겁니다' 하며 고개만 끄덕였다. 우리나라의 수십 년 교육풍토가 그러했고, 학부모 스스로 그런 환경에서 학교를 다녔으니 당연한 노릇이다.

교육문제에 대해서는 전국민이 전문가라고 한다. 누구나 한마디씩 한다는 얘기이다. 이 말에는 비꼬는 의미가 들어 있어 듣기 좋은 얘기는 아니다. '누구나 전문가'라는 것이 못마땅하다면 그럼 전문가라는 사람들은 한국 교육을 잘 이끌어 왔는가. 솔직한 심정으로 말한다면 잘하기는커녕 엉터리 교육을 수십 년 해왔다고 분개하는 바이다.

물론 교육에 대해서는 교사나 교육 행정가, 학부모 등 우리 전체에 책임이 있다. 그러나 가장 큰 책임은 현장에 있는 사람들이다.

과거 전교조가 문제되었을 때 필자는 신문 칼럼에서 원칙적으로 전교조는 합법화해야 하며, 한편 교사들은 1980년대의 이념성에서 벗어나 한국 교단에 새로운 바람을 일으켜 진정한 신교육의 기폭제가 되기를 기원한다고 썼다. 그 다음날인가, 독자라며 전화가 왔는데 시비조로 얘기하더니 "너 같은 자는 교무실에서 빗자루 들고 청소나 해야 마땅하다"고 소리치며 전화를 끊어 버렸다. 필자 역시 화가 났지만 이미 오래 전부터 학교에나 교육 행정 부서에나 아주 썩어 빠진 자들이 많다는 얘기를 누차 들어온 터라 곧 잊고 말았다.

당시 전교조 합법화를 지지한 가장 큰 이유는 현행 대학 입시 제도 아래에서 교육은 필연적으로 파행일 수밖에 없고 이것을 개혁하자면 전교조 같은 조직으로도 어려운 것은 사실이지만 그래도 그들이 현장에서 부르짖으면 그 반향이 적지 않을 것으로 기대했기 때문이다.

1998년 어느 세미나에서 필자는 "교육에는 개혁이 아니라 혁명이 필요하다"며 또 열을 올린 일이 있다. 사람들이 끄덕거렸으나 얼마만큼 교육에 문제의식을 갖고 있는지는 알 수 없었다. 현 김대중 정부는 학력을 따지는 것을 자주 비판하며 21세기의 지식 사회에 걸맞게 상당한 메스를 가하려 했으나 최근에는 이것마저 주춤거리는 모습이다.

입시문제를 비롯한 구체적인 제도는 이 책의 방향에서 빗나가는 것이므로 왜 교육이 뿌리부터 바뀌지 않으면 안 되는지 근본만을 살펴보기로 한다.

한국의 학교에서 길러낸 우등생은 위대한 요령꾼이다. 책을 많이 읽으면 점수를 적게 딸 수 있다. 시간을 그만큼 빼앗기고, 깊은 생각을 하는 중에 자잘한 OX 문제나 4지 선다형 골라잡기에 둔감해질 수 있다. 요즘은 그래도 논술고사라는 것이 생겨서 다소 나아진 편이지만 그래도 전반적인 학습방식은 과거와 크게 달라지지 않았다.

1990년대 초에 대학교수 몇 명을 초청해 좌담을 한 적이 있었다. 필자는 그때 사회를 보면서 우리가 제도를 조금씩 바꿀 수 있는 것 아닌가, 간단한 논문쓰기도 출제하고 며칠 걸리더라도 면접시험을 철저히 실시해서 학생 실력의 깊이와 소질을 파악하는 게 중요한 것 아니냐고 했더니 참석자 모두가 그건 '절대 불가능하다'는 것이었다. 왜 그러냐고 했더니 첫째는 시험 관리가 어렵고 둘째는 주관이 개입했다고 사방에서 아우성칠 게 뻔하다는 것이었다. 그래서 필자는 시험 관리가 어려운 것보다 자기 대학에서 뽑고 싶은 학생을 뽑는 게 훨씬 의미있는 일이 아니냐, 그리고 주관적이라는 비난이 있더라도 만약 대학에서조차 공정의 시범을 보이지 못하면 대한민국 어디에서 자기 주관을 갖고 일할 곳이 있겠느냐고 반문했다. 어쨌든 그 후 몇 년 뒤에 논술고사라는 것이 등장했다. 그러나 이 정도로 그칠 일은 물론 아니다.

우리의 교육 현장에서 그래도 교육다운 교육이 이루어지는 곳은 초등학교와 중학교라고 생각한다. 고등학교는 말 그대로 입시학원이

다. 그러니 원죄는 대학입시에 있다. 초등학교와 중학교에서도 교육
은 부실하지만 그래도 학생들이 이것저것 관심사에 대해 알아보기도
하고 취미생활도 하며 독서도 하는 편이다.

고등학교의 입시교육은 심하게 말하면 '똑똑한 바보'를 만드는 것
이다. 무척 많은 사건과 개념, 숫자에 대해 기억해야 하고 어느 것
하나에 몰두하면 시험성적은 뚝 떨어지게 마련이다.

1990년대 초에 교육 문제를 신문에 다루면서 우리의 시험 문제와
외국 것을 비교해 보았다. 프랑스 대입시험 문제로 '예술가는 실정
법을 위반해도 괜찮은가'라는 것이 있었다. 이런 문제라면 우리의
사법고시 응시생도 답하기 어려울 것이다.

당시 우리 대입시험 문제는 간단한 문장에 줄 그어 놓고 뜻풀이 하
는 것이나 분석하는 것이 대부분이었는데, 이것도 자기 의견을 쓰기
보다 설명해 놓은 것 중에 옳은 것이나 적절한 것을 골라잡는 것이
었다.

여학생 시험과목 중에는 '다음에 비타민 C가 가장 많은 것은?' 하
며 채소 과일 같은 것을 몇 개 열거해 놓은 것이 있었다. 소위 이런
게 객관식이라는 것이었다. 이런 시험이 과연 학생의 요리 능력 향
상에 무슨 도움이 되는가. 이런 자잘한 것은 음식을 만들게 되면 스
스로 알고 싶어지는 것이다. 오렌지와 시금치 사이에 어떤 영양소가
얼마나 더 많은지 그것을 기억하는 게 실력인가. 오히려 '한국 음식
의 좋은 점, 나쁜 점은 무엇인가'라든가 '한국 음식에 낭비적 요소가
많다고 지적하는 데 어떻게 하면 낭비를 줄일 수 있는지 의견을 쓰
시오'라는 식으로 여학생의 사고력을 키우게 하는 게 얼마나 더 중
요할까.

암기와 단편지식을 주입하는 껍데기 공부는 시험이 끝나면 그것마
저 잊어버릴 뿐이다. 더 큰 피해는 사람의 머리를 요령과 편법에 기

울게 한다는 것이다. 그리고 피상적인 지식이 지식의 전부인 양 착각하게 만들어 속내용도 모르면서 아는 체하는 얌체 지식인을 만들어 내는 것이다.

여기에다 암기에 질려 버려 보통 수준의 학생들에게는 학교를 졸업한 뒤 책 보는 것, 머리 쓰는 것을 피하게 만드는 치명적 부작용도 가져온다. 이 점을 우리 대부분이 간과하고 있는데 한국 사람들이 책을 적게 읽는 이유 중 하나가 입시 공부할 때 책에 질려 버린 기억을 갖고 있기 때문이라고 생각한다. 책을 읽고 독후감을 쓰거나 서로 토론하게 하면 지적 흥미도 생기고 진정한 교훈도 얻는다. 책에 질리기보다 재미있는 것이 책이 될 수도 있을 것이다.

서울의 어느 여고에서 시 낭송회를 가진 적이 있었다. 한 학생이 '시가 이렇게 가슴을 흐뭇하게 하는 줄 몰랐다'고 말했다. 그 학생은 교과서에 나오는 시 몇 편을 몇 번씩 읽고 이 시에서 어떤 시험문제가 나올 것인지 참고서나 뒤적였을 것이다. 이런 학생에게 시가 좋게 받아들여질까. 시에서 어떤 아름다움을 느끼며 감동을 얻고, 그럼으로써 소녀의 정서를 풍부하고 세련되게 하는 것, 그것이 국어 공부의 중요한 기능이 되어야 하는 것이다. 한두 편의 시를 천상의 선물이라도 되는 양 요리조리 뜯어 분석한 뒤 교묘한 질문에 어느 답이 맞는지 골라라 하는 것은 문학 공부가 아니라 문학을 멀리하게 하는 것이다.

이 시험 공부와 성적의 부작용은 또 학생들 사이에 근거 없는 우월감과 열등감을 심어주는 데 있다. 요령이나 터득하고 책상에 끈기 있게 앉아 외우기나 잘해 시험성적이 좋으면 자기가 실력 있는 학생으로 착각한다. 이 착각상태는 약간의 예외를 제외하면 평생 지속된다. 한국의 이른바 엘리트층 사이의 학연 관념도 이 콤플렉스에 기인하는 점이 크다.

　반면 시험에 능력 없는 학생은 똑같이 근거 없는 이유에서 열등감을 갖는다.

　사람에게는 막연하나마 자신을 평가하는 직관적 능력이란 게 있어서 자기보다 시험을 잘 보는 동료에게 표면적으로는 열등감을 보일 망정 '너와는 다른 나의 능력이 있다. 잘난 체하지 마라'는 느낌을 갖게 된다. 그러나 주변에선 자신의 자질을 전혀 인정해 주지 않고 중위권이니 하위권이니 하며 공식적인 차별을 한다. 이렇게 무시당한 학생은 이웃이나 사회, 국가에 대해 반감을 갖게 마련이다.

　청소년 범죄의 여러 이유 중 마음의 심층에 자리잡고 있는 것은 이 같은 소외의식이 아닌가 한다. 환락적 환경이나 배금주의도 들먹이지만 그것 이상으로 '인간으로서' '사회의 일원으로서' 제대로 인정을 못 받기에 파괴심리가 항상 따라다니고 있다고 보는 것이다.

　그러나 성적이 뒤진 학생에게 담임 선생님이 '사회에는 여러 기능의 사람이 필요한 거야. 김군은 내가 보기에 부지런하고 손재주도 있잖아. 자기 잠재력을 잘 살리라구. 나중에 성공하면 선생님한테 소주 한 잔 사. 그때는 나보다 돈도 많을 테니까' 하고 말해 준다면 아예 비뚤어진 학생이 아닌 한 격려를 받게 될 것이다.

　하지만 이렇게 말해주기는커녕 분별 없는 교사는 졸업을 앞둔 교실에서 몇 명이 일류대학에 합격했느니, 우리 고교가 전국에서 몇 번째로 합격률이 높았다느니 하는 자랑만 늘어 놓는다. 이때 대학에 못 가는 학생들은 어떤 심정에 빠질까. 더구나 개중에는 경제사정으로 못 가는 학생도 있을 터인데….

　교육을 말하는 책이나 학교에서는 흔히 지·덕·체라 해서 사람의 지적, 도덕적, 체력적 성장을 교육의 목표로 삼고 있다. 그런데 우리 교육은 도덕은 둘째 치고 앞에서 말한 대로 지적 교육도 부실투성이인 것이다. 그래서 교육에는 개혁이 아니라 혁명이 필요하다고 주장하는 것이다.

　중·고교에서의 학생들의 노력은 최근 우려의 소리가 커지고 있지만 그래도 세계 최고 수준일 것이다. 문제는 교육의 내용이요, 가르치는 방식이다. 이것을 개선하는 것은 돈이 더 드는 것도 아니고 단지 어떻게 생각하느냐 하는 결단의 문제에 불과한 것이다. 그러기 때문에 교육 애기만 나오면 필자는 흥분하게 된다. 잘할 수 있는 것도 못하니까 화가 나고 안타까운 것이다.

　그런데도 개혁은 지지부진하다. 일부 대학이 신입생 선발 방식을 조금씩 바꾸고는 있으나, 대부분은 배점 방식을 조정한다거나 봉사활동을 점수로 매긴다는 또 하나의 형식주의·요령주의를 추가하는 것이다.

　교육 개혁이 잘 안 되는 이유는 학부모와 정치인, 교육 행정가 모두가 무엇이 진정 실력인지, 무엇이 교육의 최고목표인지에 대해 개념이 희미하기 때문이다. 이른바 객관식 시험(이것은 채점자의 편리에서만 객관적이다)에서 점수가 높으면 그것을 실력으로 알고 있는 것이다.

　우리 학생들이 중·고교에서 수학을 잘한다고 해서 그것을 실력으로 생각하면 오판이다. 공식을 잘 외우고 이미 풀어본 문제와 유사한 시험에서 좋은 점수를 얻는다고 수학실력이 있는 게 아니다. 그런 것은 뒤늦게라도 필요한 경우 알게 되는 것이다. 중요한 것은 수학적으로 푸는 방법을 찾아 내는 능력인 것이다.

　다른 분야에서도 마찬가지이다. 예컨대 우리의 박사 학위 소지자들이 외국에서 별로 대우받지 못하고 있다고 한다. 그 이유가 어디에 있을까.

　1998년 말로 기억되는데 신경과 의사 이시형 박사는 TV강의에서 한국의 박사들이 외국에서 환영받지 못하는 이유는 창의성 부족 때문이라고 말했다. 더구나 국내에 들어와서는 연구조차 잘 않는다고 한탄했다. 대학이란 철밥통이 깨지지 않기 때문이라는 것이다.

필자가 보기에는 여기에 한가지 이유가 더 있다고 생각되는데 그것은 순수한 지적 흥미, 진리에 접근한다는 매력을 못 느끼는 박사가 많기 때문이라고 본다. 앞서 시험 공부만 하던 학생이 나중에 책은 보기도 싫다고 하는 식으로 학위를 따기 위한 세속의 목표로 공부했던 박사는 그것으로 질려버려 더 이상 연구에 흥미를 잃었기 때문이라고 본다. 이것은 심리적 메커니즘으로 충분히 근거가 있는 추측이라고 생각한다.

학술 담당 기자들에 따르면 우리나라의 여러 학문 분야에서 연구 실적은 법학이 제일 뒤진다고 한다. 이것 역시 시험에만 매달리는 분위기에 교수조차 오도되었기 때문이 아닐까.

우리의 학교교육 문제에 대해서는 아무리 이야기해도 전적으로 동감하는 사람은 만나기 어렵다. 그러나 도올 김용옥 교수가 텔레비전에서 노·장사상 강의를 하는 중에 필자의 생각과 비슷한 지적을 하는 바람에 위안을 받기도 했다.

# 개판 사회의 책임

**아**마 한국인에게 퍼붓는 비난 속에서 가장 많이 지적되는 것이 시민 생활의 무질서와 무례일 것이다.

이 문제를 독자 투고 형식의 시리즈로 다루고 있는 《조선일보》에 초등학교 여학생의 글이 실렸다.

"나는 부모를 따라 미국에 1년 동안 가게 되었다. 나는 한국 학교에서 애들한테 돼지니 뚱보니 하고 너무 놀림을 받아 학교 가는 게 겁이 나기도 했다. 어떤 남자애들은 치마를 들쳐보기도 했다. 미국 학교에 가면 말도 잘 안 통하는데 미국 애들이 또 놀려대면 어쩌나, 나는 걱정을 하며 미국에 갔다. 그런데 그곳의 남자애들은 나를 전혀 놀려대지 않았다. 치마를 들추는 애들도 없었다. 오히려 가끔 새 옷을 입고 가면 'Nicely dressed up'이라고 하며 칭찬을 해주었다. 1년 뒤 다시 한국에 오게 되었을 때 나는 정말 귀국하기가 싫었다. 그러나 오지 않을 수 없었다."

어려서부터 어떻게 우리가 이렇게 마구 행동하게 되었는지, 그래서 도처에서 나쁜 소리를 들어야 하는지 한심스럽다. 동방예의지국이니 군자의 나라니 하는 얘기는 이제 전설이 되고 말았다.

그렇다고 옛날의 그 부자연스럽고 형식적이던 양반의 예의를 끄집어 낼 수도 없고 새로운 시민 윤리나 예의는 생겨나지 않고….

한국인이 신사·숙녀로서 세련되지 않았고, 언행이 조잡하다는 것은 이제 거의 세계적인 조롱거리가 되었다. 이런 지적은 하도 많아서 여기서 다시 언급할 기분도 나지 않는다. 정말 더 이상 창피당하지 않기 위해서 국내에서나 외국에 나가서나 제발 신경 좀 쓰며 행동할 일이다.

한번은 어떤 일본 목욕탕에서 한국인을 출입금지시켰다는 얘기를 들어서 도쿄 특파원을 지낸 사람에게 그게 사실일까 하고 물어 본 적이 있다. 그 사람은 '있을 수 있는 일'이라고 했다.

지금 서울의 중심가 목욕탕에는 외국인들도 자주 찾는다. 수도꼭지에는 으레 비누 묻은 수건이 걸려 있다. 몇 발자국 떨어진 곳에는 수건 버리는 통이 있건만 자기가 쓰던 수건을 그대로 걸어 둔다. 오후에 목욕탕에 들어가면 그런 수건이 즐비하게 걸려 있다. 자기가 쓰던 것을 어떻게 다른 손님에게 버리도록 할 수 있는가. 요즘에는 또 지하철이나 버스 안에서 휴대폰을 들고 사적인 통화를 큰소리로 하는 사람도 적지 않다.

우리는 정말 집에서, 학교에서 이런 시민 생활의 기본을 너무 소홀히 한다. 이것은 작은 것 같지만 결코 작은 것이 아니다. 타인을 무시하는 심성이 자라면 온갖 부정부패라는 악의 꽃이 피고 만다.

필자 자신도 아이를 키우면서 이 방면에 소홀히한 느낌이 들어 후회하는 기분에 젖기도 한다. 그러나 가정에서는 역시 어머니 쪽이 아이에게 올바른 예의나 질서 의식을 심어주는 데 더 큰 역할을 할 수밖에 없다.

그런데 우리의 여학교에서 현대적 의미의 좋은 어머니, 좋은 아내

교육, 그리고 숙녀의 교양을 제대로 익히게 하는지 의심스럽다. 여학교에서의 교육 내용에 대해서 필자는 무지와 마찬가지 상태이지만 우리네 학교가 입시학원 같은 곳이고 보니 여학교도 별로 다르지 않을 것으로 추측한다.

실제 여성 독자들은 기분이 나쁘겠지만 필자의 관찰로는 한국 남자와 마찬가지로 한국 여자 중 정말 숙녀 같은 사람이 얼마나 될지 의문이다. 한때 여자들은 그래도 남자보다 나은 것 같다고 생각한 적이 있었다. 적어도 표면적인 예의나 몸가짐에서는 그렇게 보였던 것이다. 그러나 '내숭떤다'는 얘기를 듣고부터는 여자들을 다른 눈으로 보게 되었고 그후 판단도 달라지게 되었다.

처음 어느 여류 소설가가 자기가 아는 어떤 동창생에 대해 내숭떤다는 말을 했을 때 사실 필자는 그 말의 뜻을 잘 몰랐다. 언젠가 들은 적은 있는데 그게 정말 무슨 뜻일까 하고 갸우뚱했다. 그런데 남자만 있으면 어쩌구 하는 말을 하는 바람에 아, 저런 것이 내숭떠는 것이구나 하고 알게 되었다.

그후 어떤 FM 방송을 통해 여자 MC가 내숭떠는 여자들을 비웃는 말을 하는 바람에 여자의 속마음은 그렇게 간단한 것이 아니라는 것을 확실히 알게 되었다. 이 여성 MC는 웃어가며 하는 말이 개고기도 잘 먹는 어떤 친구가 남자만 앞에 있으면 쇠고기도 못 먹는 것처럼 내숭을 떤다는 것이었다.

여하튼 거친 말로 표현해 한국 시민사회의 윤리를 '개판'이라고 한다면 그 많은 책임이 가정과 학교의 부실한 교육에 있다고 말하지 않을 수 없다. 말로만 교육은 백년대계라고 하면서 몇 년 후의 대학입시에만 정력을 쏟아 온 게 우리 현실이었다. 그리고 세상을 곰곰이 살펴보면 사람 사이에 경쟁보다는 협력해야 할 것이 훨씬 많은데도 경쟁만 조장하는 교육을 해왔다. 이런 조건에서 타인에 대해 배려하는 심성은 아예 자라날 수 없는 것이다.

　서양처럼 개인주의가 철저한 나라도 개인의 이기주의는 경멸된다. 예컨대 대학에서도 저 혼자 학점 따기에나 열심이고 학교 문제나 세계 문제, 지역사회 문제 등에 관심을 두지 않으면 그런 학생은 '사회에 무슨 필요가 있느냐' 하며 배척받는다. 실제 우리가 경험으로 알고 있듯이 저 혼자 똑똑한 이기주의자는 사회 전체로 봐서 이익이 되기보다 해악을 끼치는 경우가 더 많다.

　필자가 1년 수학했던 미 일리노이대학에서도 남미에 무슨 일이 벌어지거나 아프리카의 굶주리는 부족의 이야기가 신문이나 TV에 보도되면 즉각 학생회관에 모금운동 포스터가 붙고 토론회 같은 것도 열린다. 이들은 학교나 지역 문제뿐만 아니라 세계의 모든 곳에서 일어나는 이같은 일에 인도적 관심을 갖는다. 이런 현상은 미국 학생들이 선량한 마음을 갖고 태어나서 그렇게 된 것이 아니다. 어려서부터 그렇게 암시적, 명시적으로 교육받아 왔기 때문일 것이다.

　한번은 크리스마스를 앞둔 때인데 아이가 다니던 초등학교 여선생이 전화를 걸어왔다. 내용인즉 크리스마스때 애들끼리 선물을 주고받는 관례가 있으니 5달러 미만으로 선물을 준비해서 아이가 주고 싶은 클라스메이트에게 주게 하면 어떠냐는 것이었다.

　이 전화를 받고 필자는 이것은 선물을 주고 받는 관행이 중요한 게 아니라 크리스마스를 계기로 해서 다른 사람을 생각하게 하는 마음을 어려서부터 심어주려는 교육적 배려가 깔려 있다고 느꼈다. 이런 습관을 익힌 어린이가 성인이 되었을 때 불쌍하고 가난한 이웃에 동정심을 갖게 되는 것은 당연한 일일 것이다.

　우리의 경우는 어떠한가. 요즘은 사람들의 생각하는 수준이 다소 높아져서 그래도 분별 있는 부모나 선생님이 늘고 있는 것은 사실이다. 그러나 아직도 대부분은 이웃집 아이가 장난감을 샀다면 내 아이는 더 좋고 비싼 것을 사줘야 한다는 그런 천박함에서 벗어나지 못하고 있다.

그리고 TV에서도 '내 새끼' 어쩌고 하는 장면이 계속 나온다. 내 새끼는 강조하지 않아도 누구나 귀여워한다. 병적인 부모가 아닌 한. 이 땅에서는 내 새끼를 계속 강조할 게 아니라 옆집 아이도 조금은 생각하는 보편적인 정신을 강조하는 분위기가 조성되었으면 한다.

모두들 생각이 왜 이다지도 옹색한지 한심스럽다. 하긴 모두가 잘못된 문화, 잘못된 교육의 희생자들이다. 배운 게 그런 것밖에 없고, 듣고 본 것이 그 정도인데 어떻게 엄청난 변신을 할 수 있겠는가.

이 책의 1부에서 말한 대로 이런 '결정된 인간'으로 그치지 말고 이제부터라도 반성하고 비판하면서 새로운 한국인으로 태어나자.

가정에서의 문제를 한가지 더 짚고 싶은 것이 있다.

그것은 우리의 가정 교육에서 권위주의는 잘 눈에 안 띄는 것 같지만 실은 엄청나게 작용하고 있다는 것이다. 부모가 미쳐 그것을 의식하지 못하고 있고 아이도 이에 대해 비판 능력이 없으니까 그대로 넘어가는 예가 많을 뿐이다.

어머니도 사소한 것 같지만 아이에게 '밥 먹어라' '그만 먹어라' '이 옷 입어라' '입지 말아라' 하고 명령조의 말을 습관적으로 하는데, 이런 게 모두 아이에게 권위주의 의식을 심어주는 것이다. '밥 먹을 시간이 되었잖아' 한다든가 '오늘은 날씨가 화창한데 좀 화려한 옷도 괜찮을 것 같다. 네 생각은 어떠냐' 하는 식으로 상대의 반응을 유도하고 생각할 시간을 갖게 하는 게 중요하다.

어머니보다 한층 권위적인 것은 아버지라는 존재이다. 명령, 지시, 엄격함이 아버지의 미덕은 아니다. 그것은 불가피할 때 나타내야 한다.

한번은 MBC의 DJ 김기덕 씨가 이런 에피소드를 방송중에 말한 적이 있었다. 목욕탕에 갔는데 탕 속이 대단히 뜨거웠다. 어떤 남자가 데리고 온 어린아들에게 탕 속에 안 들어온다고 야단을 쳤다. 아이는 뜨거워 울상을 짓고 있었다. 아버지는 '사내새끼가 이 정도도 못 견뎌' 하며 큰소리쳤다.

이때 같은 목욕탕에 있던 어떤 사람이 '아이들은 체온이 높아서 너무 뜨거운 물에 들어가면 해롭습니다' 라고 말하더라는 것이다. 젊은 아버지는 당신이 웬 참견이냐는 식으로 그 사람을 흘겨보았다. 그 사람은 상대를 누그러뜨리려는 뜻에서인지 '사실 저는 소아과 의사입니다. 그래서 애들에 대해 잘 알고 있습니다' 라고 말하더라는 것이다.

이 경우는 그 젊은 아버지가 아이의 체질에 대해 잘 모르기 때문에 생긴 일일 것이다. 그러나 여기서 중요한 것은 '사내자식…' 하면서 윽박지르는 태도이다.

이런 권위주의 태도는 한두 가지가 아니다. '아비한테 그게 무슨 말버릇이냐', '나이 든 분한테 꼬치꼬치 대드느냐' 하면서 말의 옳고 그름은 생각지도 않고 단지 태도에 대해 나무라는 예가 아직도 얼마나 많은가. 권위를 갖고 얘기하면 그만큼 강요성이 크고, 상대에 대한 설득력이 약하며, 인간 대 인간이라는 순수함도 희석된다.

이 가정교육 문제와 관련해 잠깐 덧붙이고 싶은 것이 있다. 그것은 2000년 2월 현재 오전 11시대에 DJ 김광한 씨와 김기덕 씨가 음악 프로를 진행하고 있는데 두 분이 프로를 매끈하게 진행할 뿐 아니라 상당한 품위와 교양으로 여성들에게 유익한 얘기를 부담 없이 들려주고 있다. 두 사람 모두 전진적 사고를 갖고 있는 것 같아서 좋아 보인다. 그들의 짧은 코멘트에는 의외로 교훈적이며 시사하는 게 많다.

# 사이비 지식인과 대학

**만**약에 출세했다는 사람, 돈 많이 번 4, 50대 중년에게 '지금의 지위와 돈을 다 버리고 가난했던 대학생으로 돌아갈 수 있다면 당신은 현재와 과거를 바꿀 수 있겠습니까' 하고 물어 본다면 어떤 대답이 나올까. 아마 대부분은 '젊은 게 좋지, 그때가 그래도 행복했어'라고 말할 것이다.

젊은 시절의 방황, 고뇌…….

젊은이는 '어휴, 이젠 안정되고 싶어. 직장도 얻고 결혼도 했으면 좋겠어' 하며 탈 청춘을 바라기도 할 것이다. 그러다 결혼하고 아이를 갖고 집도 장만하고, 그리하여 뭔가 안정을 찾았다 싶으면 40대를 바라보는 중년의 문턱에 설 것이다. 술집의 아가씨는 어느덧 '아저씨'라고 부르고 머리털은 희끗희끗 변한다.

C'est la vie(이것이 인생이다) 하고 자위해 봤자 허전함은 가슴 속에서 계속 맴돈다.

여성들의 심리는 정확히 알 수 없지만 아마 중년에 들어서면서 허무는 계속 가슴에 파고들 것이다. 살림, 아이 키우기, 남편 뒷바라지에 이것저것 생각할 여유도 없었던 시절이 오히려 행복하게 느껴질지 모른다. 아이도 중학교에 들어서면 예전의 아이가 아니다. 자신을 확인하려 하고 엄마 대신 친구를 찾는다. 이리하여 중년의 남녀는 20대로 끝났을 것으로 치부했던 번뇌가 다시 찾아온다. 고독, 생의 무의미 등등.

이렇듯 정신적인 갈등을 겪을 나이에 최근에는 경제난까지 겹쳐 상당수 사람들이 물질생활의 기본까지 위협받게 되었다. 위협 정도가 아니라 실제 30대 후반이나 40대 초에 직장에서 쫓겨난 사람도 수다하게 많다. 이들이야말로 정말 심각한 사회 문제의 대상들이다. 이럴 때 어디에서 구원을 얻나. 더러는 '새로 시작하는 것이다' 라는 과감한 도전으로 오히려 더 잘된 사람도 있고 더러는 자포자기, 더러는 이상한 종교나 마약 등에 빠지기도 한다.

여기서 필자는 구원은 사랑밖에 없다고 말하고 싶다. 어깨 늘어진 남편에게 용기를 줄 수 있는 것은 아내의 사랑밖에 없고, 말없는 고민을 숨기며 속으로 흐느끼는 아내에게 어깨 두드려 주는 남편의 손길 이상 힘을 줄 수 있는 게 무엇이겠는가.

자녀? 아예 바라지도 마라. 바라면 실망만 커진다. 줄 수 있는 데까지 주고 조금이라도 감사해 한다면 그것이 보상이요 부모의 보람으로 생각하자.

사랑은 위대한 종교에서도 찾을 수 있다. 수십 년간 이기적으로 살아온 사람이 어느 날 갑자기 나보다 못한 사람에 관심을 갖게 되고 이를 계기로 자신의 평안까지 얻는 경우를 흔히 보게 된다.

사랑은 철학에서도 구할 수 있다. 인류가 문자를 발명한 이후 가장 뛰어난 사람들이 종교와 철학에 몸 바쳤다. 철학은 인간과 신, 인간과 인간 사이, 인간과 자연 사이에 관한 가장 깊은 사색이다. 철학은 우리의 고독과 삶의 자세에 대해 얘기해 준다. 철학은 또 사회가 어떻게 움직여야 하는가에 관해 얘기해준다.

위대한 문학은 구체적인 삶을 매개로 철학을 전달해 주면서 우리의 편견과 우매함을 깨우친다.

필자 나이인 50대 가운데에서도 지천명(知天命)이라고 하지만 고뇌가 많은 사람들이 적지 않다. 직장을 그만두면 죽는 것처럼 생각하고 끈적한 인간 관계가 없으면 살맛이 없는 사람이 있다. 이들에게 이런 말을 한다. '세 끼 먹을 수 있고 집 한 채 있으면 행복은 마음먹기에 달린 것이오.' 그러면 대답은 대체로 이렇다. '사람이 어찌 먹고 사는 것만으로 만족할 수 있나요.'

맞는 말이다. 그러니 나이에 맞는 새로운 삶의 방식과 의미를 찾아보자는 것이다. 어쨌든 이 책은 인생론에 관한 것은 아니고 사회 문제를 다루는 것이니까 이 정도로 그쳐두자.

대학은 젊은이에게 개인·사회·인류에 대한 포괄적인 인식을 하도록 마련된 장소이며 학문과 진리, 정의에 대해 생각하게 하는 곳이다.

한국의 대학과 대학생은 대사회적 활동에서는 사회 발전의 최대의 기여자였다고 본다. 4·19, 6·3한일협정 반대 투쟁, 1970년대의 반유신 투쟁, 1980년대의 반파쇼 투쟁 등이 한국의 정치, 사회 발전이라는 큰 줄기에서 빛나는 역할을 해왔음을 누구나 인정할 것이다.

산업현장에서의 민주화의 씨앗도 대학생이 뿌린 것이다. 이들은 거리에서 투석으로 싸우고 교도소에서 고난을 겪었으며, 여름철에는 농촌 계몽에 나서는 정열도 보였다. 대학에서의 체험과 MT 과정에서의 의식 향상은 이들이 직장에 들어섰을 때 직장의 분위기를 바꾸는 데도 한몫을 했다.

지난 1997년 대선 때 젊은 기자들의 노조활동 등 끊임없는 투쟁이 없었던들 TV나 신문은 계속해서 집권당 측에나 유리하게 보도했을 것이다. 신문의 스틸 사진이나 TV의 무비까지도 교묘하게 여당은 밝고 화려하게, 야당 측은 어둡고 초라하게 보이도록 잔재주를 부린 게 과거의 언론이었다. 이런 조작은 대중으로 하여금 무의식적으로 여당을 선호하게 만든다. 더구나 우리는 감성적인 성향이 강해서 그 효과는 의외로 컸다.

한국 대학생, 또는 대학생활의 가장 큰 결함은 깊이 있는 공부, 폭넓은 체험, 심각한 사색의 과정이 소홀하거나 생략되고 있다는 점이다. 대학생 중에는 대학이라고 해봐야 고등학교 수업의 연장 같다고 불평하는 사람들이 많다. 대학의 이상을 따지기 전에 개인의 체험에서 절실히 느낀 바 있어 몇 마디 하고자 한다.

필자가 대학생활 중 이래서는 안 되겠다고 나름으로 여러 가지 책도 보고했으나, 대학 졸업 후에 자신의 독서나 사색의 정도가 형편없이 부족하다는 것을 절감하지 않을 수 없었다. 또 미국 대학에서 연수하는 동안 기술계는 잘 모르겠지만 인문·사회계의 경우, 학부 시절에는 거의가 교양 과정이란 것도 알게 되었다.

일리노이대학에 한국인 경제학 교수가 필자 집을 방문한 적이 있어 '상과대학에서는 경제 관련 강의가 얼마나 되느냐'고 물어 본 적이 있었다. 그의 말로는 '그저 졸업 때까지 몇 개 과목 정도'라는 것이었다. 대학마다 조금씩 다르겠지만 이렇듯 미국 대학은 소위 전공이란 것은 대학원에서 하는 것이고 학부는 이름으로만 이런 저런 과가 있을 뿐이었다.

우리나라에서 문제가 되고 있는 법학 교육도 알다시피 그곳에는 Law School이란 것이 있는데 이것은 대학원이다. 이 대학원 과정의 법학교에 들어가는 학생의 비율도 일리노이 대학의 경우 대체로 학부의 법학과 출신이 반, 나머지 학과 출신이 절반 가량이라는 것이었다.

여기서 외국 제도가 좋고 우리 제도가 나쁘다는 얘기를 하자는 것이 아니다. 대강 공부 좀 했다는 사람은 교양 과정을 중요시한다. 이것은 말 그대로 사람의 교양을 높여야 한다는 취지도 있지만 전공을 제대로 하자면 폭넓은 지식이 필수적이고 폭넓은 지식을 얻자면 고전에서부터 인간과 사회, 자연을 다룬 여러 학문에 대한 기초 공부가 없어서는 절대로 안 되기 때문이다.

영국의 옥스퍼드·케임브리지에서는 고전이 제일 중요한 과목이다. 그리스와 로마의 철학, 역사, 문학 그리고 성서 등 서양 문화의 기초가 되는 공부 없이는 지식인이 될 수 없고 어떤 전공을 하던 이런 지식인의 기초는 반드시 갖추어야 한다는 것이다. 영국 대학은 특히 역사 교육을 강조하고 있는데 영국인이 실례를 중시하며 실용적이고 보수성이 강하지만 창조력도 뛰어난 것이 역사의 만화경을 통해 폭넓은 사고를 할 수 있었기 때문이 아닌가 한다. 특히 영국의 정치 지망생은 역사 공부를 정치학이나 법학 이상으로 중요하게 여긴다.

서양인 학자의 책을 읽으면 영문 해석이 가능한 사람에겐 오히려 한국 학자가 쓴 것보다 쉽고 명료하게 내용이 전달된다. 이것은 필자가 보기에 폭넓은 교양이 있어 문제의 접근을 쉽게 하고 또 쉽게 전달하는 능력이 생긴 것으로 본다.

우리의 대학에서 과(科)를 없애자는 주장도 있다. 이것은 '과' 중심이라는 것 때문에 일찍부터 기초도 없이 전공에 매달리는 폐단을 줄이자는 생각에서 나온 것이다. 그러나 학과마다 교수가 매달려 있는 형편에서 쉽사리 실현되기 어려울 것이다. 이런 형편에서 학생들은 스스로 교양 넓히기에 힘쓰지 않을 수 없다.

교양 공부에서 개인적 의견으로는 이론 서적보다 실제를 다룬 책, 예컨대 역사서나 전기물, 여행기 등을 많이 읽었으면 한다. 실제로 한 개인이, 한 사회가 어떻게 행동했고 움직여 왔는지도 모르면서 이론서만 읽으면 내용 파악도 잘 안 될 뿐만 아니라 학생들이 독선에 빠지기 쉽다. 이렇게 독선에 빠지면 궤변에나 능하게 된다.

다행히 지금의 대학에는 책도 많은 편이다. 자기가 약간 노력하면 관심 있는 책을 쉽게 볼 수 있다. 옛날에 필자가 한때 사회주의에 관심이 있어서 대학 도서관을 뒤졌더니 소련혁명에 관한 일본어 책이 약간 있었고 나머지는 루카치의 독일어 저서 한 종밖에 없었던 기억이 난다. 지금은 한국인 학자가 쓴 것도 여러 권 있다.

대학 시절의 독서는 대부분의 경우 평생에 영향을 끼친다. 학자의 길로 나가지 않는 한 직장에 다니거나 자기 사업을 하면서 플라톤을 읽고 셰익스피어를 읽는 것은 대단히 어려운 일이다. 그때그때 전문에 관련된 책, 그것도 실용서나 읽고 어쩌다 화제가 된 책을 사보게 되는 것이다.

이런 태도는 물론 나쁘고 우리 사회가 저급의 지적 풍토 속에 허우적거리는 이유도 되지만 어쨌든 사회에 나오면 자유롭던 대학 시절과는 비교도 할 수 없을 만큼 책과 멀어지게 된다.

젊은 시절의 독서는 또 자기 정신의 형성기라는 점에서 기성인이 된 후의 독서보다 훨씬 유익한 것이다. 대학 시절에 많은 책을 읽고 동료와 토론하고, 교수들에게 자문을 구하고, 그리고 사색하는 시간을 가진 학생은 필연적으로 리버럴한 정신을 갖게 되고 균형을 갖춘 지식인이 될 수 있는 것이다.

지금의 50대나 60대 사람들은 극소수를 제외하고는 열악한 조건에서 시험 공부나 하고 단편적인 지식이나 주워 섬기면서 지식인 행세를 해왔다고 본다. 50대 이하의 중년 세대도 필자가 경험한 바로는 조금씩 나아지고 있지만 현저한 차이를 느끼지 못했다.

고교 시절부터 시험에 매달려 온 습성에서 벗어나지 못한 것이고 사회가 또한 피상적인 지식 이외에 지성이나 품성을 중요시하지도 않았다. 그래서 심하게 말하면 이 나라에는 '사이비 지식인'만 넘치게 된 것이다. 다만 이런 과정에서도 정치적 억압으로 인해 386 세대로 불리는 1980년대의 젊은 세대들이 사회에 대한 문제의식을 갖게 된 것이 그나마 다행이라면 다행이다.

실제 운동권 학생으로 교도소에도 있어 본 사람들은 뛰어난 점이 많았다. 교도소가 대학보다 더 훌륭한 학교가 되어 독서도 많이 하고 나름의 사색도 하는 계기가 되었기 때문일 것이다.

젊은 시절 특히 대학생 때는 독서뿐만 아니라 세상의 모든 것에 관심을 갖고, 젊음의 기쁨과 고통을 함께 맛보며, 기성 세대에 반항도 하고 반(反)문화의 새로운 시도도 해봐야 하는 시기이다. 그래야만 발전이 가능하기 때문이다.

잡담이나 나누고 유치한 짓거리나 하며 술집, 당구장, 옷가게나 들락거리는 대학생이라면 그 젊음이 아깝다. 그런 것은 어쩌다 여흥에 그쳐야 한다. 취직시험 준비도 어차피 필요하겠으나 그것에만 매달려 일신의 안전만 생각하는 대학생이 많다면 한국의 미래는 암담하다. 현재와 같은 상황이 반복될 것이기 때문이다. 이 암담한 상황이란 거듭 말하지만 모방, 무질서, 부패, 부정한 돈과 환락, 그리고 이기주의의 경연장을 말한다.

젊은 세대는 이 땅에서 권위주의를 추방하면서 질서 있는 자유가 만개하도록 해야 하고, 창조의 정신으로 민족문화를 새로 세워야 하며, 정의가 뚜렷하고 사랑이 미풍처럼 스며드는 사회를 만들어야 한다. 그러므로 많은 것을 파괴해야 한다.

파괴에는 위대한 설계가 전제되어야 한다. 그런데 설계 능력을 갖추기 위해 젊은 세대는 무엇을 하고 있나.

나이 70대의 대통령이 오히려 참신한 말을 하고 있는 이 현실을 우리는 어떻게 평가해야 할 것인가. 이제는 제발 지식인으로 자처하려면 지식인 다운 자격을 갖춰야겠다.

　끝으로 이른바 일류 대학교 학생들에게 말하고 싶다. 이 말은 필자
가 저녁 자리에서 참여연대의 김중배 대표한테 들은 것으로 대신한
다. 내용이 같기 때문이다. 그는 서울대 매스컴 전공 학생들에게 다
음과 같이 말했다고 한다.

　"여러분은 엘리트라고 자처하고 있지만 시험의 능력으로는 엘리트
이겠지요. 그러나 진정한 엘리트가 무엇인지 생각해 보기 바랍니다."

# 엘리트에 대한 오해

직장생활을 하다보면 즐거운 일도 있지만 불쾌하고 언짢은 경우도 많아서 개성이 강한 사람들은 수시로 뛰쳐나가고 싶은 충동을 느낀다. 그러나 속된 말로 '목구멍이 포도청'이라고 가련한 아내와 아이들의 얼굴을 떠올리면 마음이 약해진다. 그래서 아주 용기 있는 사람이 아니면 하루 이틀, 한 해 두 해 지내다가 어느덧 중년에 접어든다. 지위는 높아졌지만 벌어논 큰 돈도 없고 애들은 커서 용돈이다 과외비다 해서 씀씀이는 커진다. 아내는 "당신, 벌어논 것도 없이 직장 그만두면 어떡할 거요" 하고 말한다. 누가 그걸 모르나. 누가 그걸 걱정 안 하나. 괜히 걱정하는 내색을 했다가는 식구들까지 우울해질까봐 태연한 척하는 것이다.

한국 40대 남자의 세계 최고 사망률은 의사들의 말과 같이 과도한 스트레스에 있다. 스트레스는 술과 담배에 친화적이고, 이것은 말할 것도 없이 건강에 적대적이다.

아내들도 나름의 고독과 번민이 있겠지만 남자를 헤라클레스라도 되는 것처럼 생각하지 말았으면 한다. 오히려 '당신 너무 무리하지

말아요. 정 어려우면 내가 나가 파출부라도 할 수 있는 것 아녜요'
한다면 어떤 비루먹은 남자가 아니라면 그런 말을 듣고 안심하려 할
것인가. 오히려 용기백배, '저런 착한 아내를 두고 내가 어찌 주저
앉으랴' 하며 불끈 손을 쥘 것이다. 사랑의 에너지는 다시 강조하지
만 무한이다.

그런데 이런 대다수의 사람과 달리 돈 잘 벌고 출세하고 이름 깨나
알려진 유능한 사람들이 있다. 이들은 고뇌라는 것도 하지 않는다.
그 대신 정권이 바뀌든가 직장 내 노조가 활성화하면 직장에서 느닷
없이 쫓겨나거나 교도소에 잘 가는 특성은 있다. 필자는 유감스런
말이지만 한국의 엘리트는 이런 사람들이 다수를 이룬다고 본다. 그
리고 이것이 큰 불행이다.

그럼 엘리트의 존재에 대해 그 필요성과 몇 개 나라의 사례를 살펴
보자.

많은 사람들은 현대의 민주국가, 대중사회에서 구태여 엘리트라고
지칭할 만한 사람들이 있는가, 또 엘리트라는 것이 필요한가에 대해
의문을 가질 것이다. 이런 문제는 좀 깊이 연구하지 않으면 제대로
파악하기 어렵다.

옛날처럼 왕이나 귀족, 양반이 외형적으로 뚜렷이 있는 것도 아니
고 누구나 능력과 행운이 있으면 대통령도 되고 재벌총수도 되는 세
상이니까 세습 엘리트란 거의 없다.

그러나 현대 사회에도 엘리트는 있다. 미국 학자들은 미국 정치를
말할 때 대중 민주주의를 말하면서도 미국을 지배하는 계층은 소수
의 엘리트이며 정권 교체는 단지 '엘리트의 순환'이라고까지 말한다.
다시 말해 엘리트가 바뀌는 것이 정권 교체라는 뜻이다.

영국이나 프랑스 같은 선진 민주주의 국가에서는 아직도 과거의
귀족제 유산이 남아 있다. 1999년 들어 영국의 상원법이 또 개정되었

지만 영국은 그동안 몇 차례에 걸쳐 상원법을 고쳐 일반 시민의 대표 기관인 하원에 간섭을 못 하도록 했다.

프랑스에는 이런 제도는 없으나 프랑스의 정계나 관계 그리고 주요 기업이나 언론 기관에는 엘리트가 실제로 존재한다. 그들 자신도 인정하고 외국에서도 지적한다. 이 나라의 엘리트 계층은 특정 가문과 명문의 몇 개 학교 출신으로 구성된다. 이들이 사회의 상층부에 포진해서 보이지 않는 유대를 형성한다.

일본에서는 도쿄대 출신의 관료가 제1급 엘리트로 지칭된다. 일본의 대중은 묘하게도 자기네가 선거로 뽑은 국회의원이나 지방자치단체장보다도 특정 학교 출신에다 시험을 거쳐 관리로 임용된 사람을 더 신용하는 의식이 있다고 한다. 일본 자체 내에서도 반성이 일어나고 있지만 어쨌든 이 관료 세력은 '실제로 일본을 지배하는 엘리트'로 평가받고 있다. 일본의 한 평론가는 국회에서 의원들이 아무리 떠들어 봤자 정치인이 움직일 수 있는 예산 규모는 관리들이 편성해 놓은 예산액의 0.1%밖에 안 된다고 지적하면서 일본이 21세기를 앞두고 변신이 잘 안 되는 이유 가운데 가장 큰 것은 이 관료기구의 경직성 때문이라고 말한다.

이렇듯 잘 보이지는 않지만 엘리트는 있는 것이고 그것은 또 어느 정도 어쩔 수 없이 필요하기도 하다. 만약 스위스라면 사정은 다를 것이다. 이 나라는 작은 나라임에도 수십 개의 지방자치조직이 있어서 공직을 순차대로 맡는가 하면 그리스의 폴리스(도시국가)처럼 주민 모두가 회의에 나와 의사 결정을 하는 지방 조직도 있다.

그러나 대부분의 나라에서는 간접민주정을 할 수밖에 없다. 즉 대표를 뽑아 그들에게 공무를 맡기고 국민은 선거 때에 잘잘못을 심판하는 것이다. 참여 민주주의라고 해서 시민의 직접참여가 강조되고 있고 2000년 초 우리나라에서 시민단체들이 국회의원 공천에 큰 영향을 주었지만 그래도 한계가 있게 마련이다.

기업의 경우에는 국회에 해당하는 주주총회가 있으나, 소주주가 할 수 있는 일은 정치 쪽보다 더 희소하다. 그러므로 정치의 참여폭을 넓히고 소주주의 권익을 신장하려 노력하는 것은 바람직하지만 아직 조직의 운영은 소수의 엘리트가 주도적 역할을 하고 있다.

이 엘리트가 비꼬는 말로 미국에서는 '회전문을 드나드는 자'라 칭해진다. 건물 입구의 회전문처럼 정계, 관계, 기업계를 순환해서 들락거린다는 얘기이다. 미국 클린턴 행정부에도 이런 인사가 수두룩 하다.

일본에서는 '하늘에서 떨어진 자'라고 한다. 엘리트 그룹에 일단 끼면 관청에 있다가 은행, 보험 회사나 기타 주요 민간기구에 하늘에서 떨어지듯 한자리 차지하고 들어간다는 것이다.

우리나라에서는 '낙하산 인사'라고 하는데 형태는 일본과 비슷하지만 당사자가 엘리트라기보다 정치권이나 관의 입김이 작용, 그저 한 자리 차지하는 것이다.

그럼 엘리트란 사실상으로는 있는 것이고 또 있어야 할 필요성도 어느 정도 인정된다면 중요한 것은 무엇일까. 그것은 과연 엘리트다운 엘리트가 있느냐 없느냐 하는 문제이다.

1970년대나 1980년대에 어떤 장관이나 기타 주요 정부 부서의 책임자가 되어 인물 프로필이 신문에 나오면 모 대학 출신에 무슨 시험 합격한 엘리트라는 표현이 으레 씌어졌다.

당시 필자는 기회 있을 때마다 "그 엘리트란 말 좀 그만 씁시다. 무슨 대학 나오고 무슨 시험 합격했다 해서 그만한 능력과 책임의식이 있는 것입니까"라며 반론을 폈다.

기자끼리 잡담할 때도 엘리트론을 여러 번 들먹인 기억이 있다. 일부 듣는 사람은 그저 고개나 끄덕일 뿐이고 어떤 사람은 아예 듣지도 않았다. 신문에는 계속 엘리트란 말이 씌어졌다. 다행히 1980년대 후반부터 덜 쓰이기 시작했다.

우리나라의 모든 부정적 현상, 특히 공직 수행에서는 머리보다 정직이나 성실성의 부족이 가장 큰 문제점이다. 예를 들어 얘기해 보자.

여러분이 서울의 강변도로를 달리면서 도로 표지판을 유심히 살펴보라. 출구 표시가 바로 기로점에 있는 것을 발견할 것이다. 그것을 보고 차선을 바꾸려면 이미 늦었거나 자칫 차선을 급히 바꾸다가는 사고 내기 십상이다. 출구가 1차선에서 들어서는 것도 있고 마지막 3차선 또는 4차선에 있기도 하다.

이런 교통 행정은 머리의 문제가 아니다. 일하는 자세에 근본 문제가 있는 것이다. 좋은 학교 나왔다 해서 성실한 자세를 갖고 있는가.

해방 후 신생 한국은 친일파를 옹호한 데다가 약간의 실무 경력이 있다 해서 일본 총독부 밑에서 일하던 사람들을 그대로 공직에 썼는데 여기에서부터 잘못이 있었다고 생각한다. 만약에 해방 후 경험 없고 학력이 없어도 정직하고 민족의식 있는 사람들을 공직에 대거 채용했다면 우리의 행정 풍토가 달라져 이렇듯 무책임하고 지저분한 분위기는 생겨나지 않았으리라고 본다.

대부분의 공직이란 사실 상식만 있으면 누구나 할 수 있는 일이다. 주요 부서의 책임자나 보좌관 몇 명만 폭넓은 식견과 전문 지식이 있으면 되는 것이며 아주 특수한 분야는 민간전문기구에 의뢰해서 판단을 하면 되는 것이다.

실제 미국식 행정은 그렇게 하고 있다. 재판까지 배심원을 두어 판사의 독단을 예방하는 것은 재판도 일반 시민의 건전한 상식을 벗어나서는 안 된다는 생각 때문이다.

우리의 외형상 엘리트 코스에서 결정적인 승자는 대부분 지독한 속물주의자라는 것도 간과해서는 안 된다. 책임, 사명감, 봉사 같은 덕목은 둘째이고 출세, 명예, 돈에 대한 욕구가 엄청나며 나서기 좋아하고, 떠들기 잘하고, 기회 편승에 능하고, 무슨 행사가 있으면 얼굴 내미는 데 굉장히 부지런한 사람들이 거의 높은 지위에 오른다. 정치인은 아마 이 한국판 엘리트의 대표격일 것이다.

유권자인 민중 스스로도 그 사람의 본질은 알려고도 안 하며 쇼맨십이나 두드러진 사람을 좋아하는 경향이 있다. 알지 못하는 사람이 선거에 나오면 그 사람에 대해 알려고도 하지 않는다. 최소한 들어본 이름이어야 한다. 매스컴에 자주 등장해 유명해진 사람에게는 호감을 갖는다.

유명하다, 높은 지위의 경력이 있었다고 하는 것은 나쁠 것은 없지만 유명하다고 해서 그만한 실력과 봉사의식이 있는 사람인가.

세상에는 정말 엉터리 같은 유명인사도 꽤 있다. 허명(虛名)이란 말이 있지만 정계뿐 아니라 모든 분야에서 가려내야 할 인물이 적지 않게 있다.

설치기 좋아하고 진실보다는 쇼가 아름답다고 생각하는 사람, 연줄을 파고들며 개인 의리를 공적 의리보다 중요시하는 사람, 자녀 결혼한다고 천여 장의 청첩장을 띄우는 사람들이 한국 엘리트의 다수를 구성하는 한 이 나라는 혼란스러울 수밖에 없다.

그러나 이런 모습은 상당 기간 계속될 것이다. 학교에서조차 대부분 설치는 성향의 인물들을 학생회장으로 뽑는다. 그러니 역사는 되풀이 될 수밖에.

사정이 이러하니 간부층을 구성하고 있는 사람 중 소수의 양식 있는 자들은 고독하다. 밀려나는 수가 많다. 다행히 자리를 유지하고 있어도 위에서는 평가가 좋지 않다. 그러니 주변에서라도 용기를 북돋아 주어야 할 것이다. 이런 소수까지 몰락하면 정말 암담하다. 다행히 조금씩 나아지고는 있다.

엘리트 충원에서 현실적인 대안은 정치인, 상층 관료나 경영층이 부패에 물들 수 있는 소지를 과감히 없애는 것이다. 부패가 없으면 파리가 꼬이지 않는다.

대통령 등 정부의 최고 책임자, 기업의 오너나 사장, 각 단체의 리더들은 개념으로만 노블레스 오블리제(책임감 있는 귀족)를 알고 있어선 안 된다. 자기 개혁과 함께 엘리트 형성에서 그레샴의 법칙이 더 이상 통용되지 않도록 분위기를 조성해야 한다. 시인 신동엽의 '껍데기는 가라'는 외침을 다시 새겨보자. '정직한 놈이 바보'라는 말도 앞으로는 영원히 없어져야 한다.

한국형 엘리트에게 도덕적, 지적 성숙을 빠른 시일 내 기대하기는 어렵다고 본다. 이것은 뿌리 깊은 권위주의처럼 과정의 정당성을 따지지 않는 출세나 돈, 지위가 우리 정신문화의 기층을 형성하고 있기 때문이다.

흔히 일본을 예로 들며 일본도 엘리트가 나라를 이끌고 있는 것 아니냐고 말하는 사람이 있는데 이것은 사실이지만 일본 사회의 기능적 성격도 잘 알아야 한다. 뒤에 권위주의를 말할 때 소개하겠지만 그들은 윗자리에 있거나 아랫자리에 있거나 책임, 역할, 기능을 철저히 인식하고 있고 윗자리에 있다고 해서 우쭐거리거나 권한을 남용하는 일은 드물다.

어느 한국 특파원이 일본의 금맥정치에 대해 물었을 때 일본의 거물 정치인이 이렇게 답한 바 있다. "돈이 문제되는 것은 사실이지만 그렇다고 진흙탕 속에서 돈싸움을 하는 것은 아니며 또 정치자금을 사용(私用)해 축재하는 사람은 별로 없다."

대표적 엘리트라는 대장성·통산성 등 강력한 행정부서의 관리들도 깨끗한 편이다. 1990년대 후반에 대장성 관리들이 오직(汚職) 사건으로 구속되고 도쿄대 총장이 이를 개탄하기도 했지만 내용을 소상히 살펴보면 향응이나 골프 초대 같은 것이 주된 것이다. 우리 식의 부패와는 우선 규모에서 다르다.

한국에서 진정한 엘리트가 각 분야에서 제자리를 잡기에는 상당한 시일이 소요될 것이지만 인사 제도의 개혁이나 학교 교육의 정상화, 그리고 현행 방식의 시험을 재평가한다면 시일은 앞당겨질 수 있을 것이다.

지금과 같이 대입에서 취직 시험에 이르기까지 형식적인 테스트나 한다면 학생들은 계속 요령주의 공부에나 매달릴 것이다. 교수의 추천, 철저한 구두 시험, 논문 작성 등도 현행 제도를 바꾸는 데 일조가 될 것이다.

미 조지워싱턴 대학의 박윤식 교수는 한국의 정부 지도층의 자질에 대해 워싱턴에 있는 외국인에게 물어봤더니 홍콩, 싱가포르, 대만과는 비교도 할 수 없고, 필리핀, 인도네시아에도 뒤지며, 겨우 몽골이나 베트남 수준이 될 것이라는 대답을 들었다고 신문에 쓴 적이 있다. 그는 이런 말을 듣고 일시 기분이 나빴지만 곰곰이 생각해 보니 자기가 느끼기에도 인정하지 않을 수 없었다고 했다.

엘리트 충원, 특히 공공분야에서는 이제까지의 방식으로는 도저히 엘리트다운 엘리트가 나오기 어렵다. 부패가 엄격히 처벌되고 그것이 부동의 질서로 자리잡으면 소득은 적고 비판은 많이 받으며 사생활의 자유까지 구속받는 공직을 바라는 사람은 줄어들 것이다.

그러면 야심 있고 재능 있는 젊은이들이 각 분야의 민간 조직에서 두각을 나타내거나 최근의 벤처기업 러시처럼 창업 쪽에 열을 올릴 것이다. 또 이래야 경제도 제 페이스로 발전하게 된다.

이른바 고시촌으로 상징되는 공직 지망 열기, 그곳의 젊은이가 진정 '국민에 봉사' 하기 위해 시험준비를 하고 있는가. 한마디로 어리석고 낭비적인 현상이 국가적 규모로 수십 년간 지속되어 온 것이다.

# 혁명적 교체의 필요

우리는 앞에서 한국형 엘리트의 비엘리트성을 살펴보았다. 엘리트 중에서도 진정한 엘리트가 소외되는 현실도 안타까운 심정으로 언급했다.

현정부는 젊은 피의 수혈을 강조하면서 신진 세력의 영입을 추진하고 있다. 야당 쪽도 비슷한 움직임을 보이고 있다. 이것은 대단히 바람직한 현상이다. 그러나 넓게 보면 의식 있는 사람은 워낙 소수이고 다수는 '흘러가는 대로' 아니면 부패 심리에 중독된 상태여서 정치권의 새바람도 진정한 엘리트로 수혈하지 못하면 단순한 얼굴 바꾸기로 끝날 가능성이 크다. 그러므로 근본적인 해법은 현재의 소수가 다수가 되고 다수가 소수가 되는 역전 현상이 일어나야 한다.

이것은 정치권에서뿐만 아니라 모든 사회 조직에서 광범위하게 전개되어야 한다. 그래야만 한국 사회의 모습이 질적으로 달라지고 정신문화의 성격이 바뀔 수 있고 신한국인이 태어날 토양이 마련될 수 있을 것이다.

이런 관점에서 시민단체들의 선거개입선언과 투쟁은 방법에 논란은 있으나 그 정신이 다른 분야에까지 번지는 횃불이 되었으면 한다.

지난 1990년대 초 필자는 서울대에서 철학의 명강의로 소문났던 조가경 박사와 만난 적이 있었다. 그는 당시 미국에서 교편을 잡고 있었다. 그는 서양 철학에 대한 전반적인 이해뿐만 아니라 역사와 인간에 대한 매우 깊은 이해력을 갖고 있는 분이다. 그와 인터뷰하면서 몇 번씩 묻고 답한 것이 한국의 미래와 우리의 정신 문제였다. 현재의 정신 구조로 밝은 미래가 가능한가 아닌가에 대한 문답이었다. 그는 "신한국인이 나와야 한다"고 강조했다.

당시는 우리 자신에 대해 매우 낙관적이었던 때였다. 이제 곧 선진 대열에 낄 수 있다는 어느 정도의 자신감도 있었다. 한편 남미 여러 나라처럼 중도에 꺾일 수도 있다는 불안감이 교차되기도 했다. 그러나 대체로 낙관론이 우세했다.

조가경 박사는 이런 분위기에서 '신한국인론'을 펼친 것이다. 필자 역시 그의 말에 동감하며 "그럼 어떻게 해야 새로운 한국인이 탄생할 수 있습니까" 하고 물었다. 그는 '의식 개혁을 해야 한다'고 답했다. 그럼 어떻게 해야 의식 개혁이 가능한가라는 질문이 나올 수밖에 없었다. 이것은 한두 시간 내 답변할 수 있는 문제가 아니었다. 그러나 그는 간단하나마 교육, 정치, 시민운동 등 여러 가지 의견을 제시했다.

사실 철학자에게는 근본만을 물어야 하는 것이다. 그가 '신한국인'이란 말을 한 것은 근본에 대해 답한 것이다. 신한국인의 등장 없이 미래가 어둡다는 것은 그의 학문과 서양 여러 나라의 관찰에서 얻어진 신념이자 결론일 것이다.

최근 우리는 신지식인이란 말을 자주 접한다. 창조적 지식인이라고 말할 수 있는 신지식인은 새로운 산업시대에 꼭 필요하다. 그러나 위압적인 권위주의 아래, 감정과 연고라는 거미줄 틈에서 창조의 정신이나 창조적 인간이 생육하고 번성할 수 있을까? 신한국인은 그래서 신지식인의 전제가 되는 것이다.

현재의 엘리트가 스스로 각성해 변신하기를 바라는 것은 가망이 없다. 현 정부가 그런대로 의식을 갖고 추진하고는 있으나 기득권층의 저항에서 보듯 결코 손쉬운 과제가 아니다. 더구나 현정부 이후의 사태를 예상한다면 솔직히 말해 걱정이 앞선다. 한국 사회의 병리에 대해 깊은 이해를 가진 지도자도 드물 뿐더러 미래 사회에 대한 조망 능력을 갖춘 사람은 더욱 찾기 어려울 것이다. 여기에다 공동 책임 성격의 내각책임제가 채택되면 한국 엘리트의 속성대로 책임은 덜지고 챙기기에는 열심일 터이니 걱정이 안 생길 수가 없다. 공동책임은 공동무책임이 되기 쉬운 것이다.

그러므로 빠른 시일 안에 모든 조직에서 대규모의 인사 교체가 있어야 한다. 그리고 이 일을 밀고 나갈 계층은 엘리트 아닌 사람들이다. 흔히 rank & file이라고 불리는 보통 사람들이다.

독자들은 이같은 주장에 의아해 할 것이다. "보통사람들이 어떻게 그런 일을 할 수 있느냐"고 물을 것이다. 답변은 할 수 있고 또 반드시 해야만 한다는 것인데 그 이유는 다음과 같다.

먼저 정치분야부터 얘기해 보자. 알다시피 정치 지도자는 선거에 의해 선택되며 또 선거에 의해 심판받는다. 그런데 누가 뽑아주는가. 그것은 당연히 인구의 대다수인 민중이다. 민중이 사람을 제대로 봐야 하는 것이다. 민중이 사람을 볼 능력이 있는가 하고 물을 사람이 있겠지만 다수라는 민중은 결코 어리석지 않다. 다만 일시 미혹이 될 뿐이다. 어떤 한 사람의 천재도 세상 문제서는 민중의 삶의 지혜보다 뛰어날 수 없다. 보통사람들이 정상적인 건강한 태도만 견지한다면 지도자를 간별해 낼 수 있는 눈이 트인다. 최근의 시민운동은 사이비만 개재되지 않으면 대중의 눈을 더 밝게 해 이런 간별 능력을 높인다는 점에서 큰 의미를 찾을 수 있다.

보통사람들도 자성해야 한다. 대부분은 내심으로 '지역을 강조하는 것은 좋지 않은데' 하고 느낀다. 또 국회의원이야 국사를 다루는 사람인데 '저 사람은 표 하나 얻으려고 지역 감정을 자극하는구나' 하고 느낄 줄 안다. 이 느낌이 중요한 것이다. 민중은 삶의 체험을 통해 말을 과장하고 허세를 부리는 사람을 믿지 않으려 한다. 누가 속임수가 많은지, 누가 진실한지 어느 정도 간파하고 있다. 그럼에도 실제로는 쇼 같은 분위기에 휩쓸리거나 누구의 청탁이 있거나 점심 한번 얻어 먹었다고 표를 던지는 수가 많았다. 이래 가지고는 올바른 정치 엘리트가 등장할 수가 없다.

시민단체는 계속해서 민중의 의식 개발이나 가짜 엘리트의 색출에 앞장서야 할 것이다.

경제나 기타 사회 각 분야에서는 훌륭한 엘리트를 선택하는 것이 정치분야에서보다 훨씬 쉽다. 왜냐하면 속사정을 자세히 알기 때문이다.

우리는 과거 대학 총장을 선출하기 시작했을 때 긍정과 부정의 양론이 있었던 것을 기억한다. 또 선거 후에 잘 뽑았다는 말이 있는가 하면 선거 후유증이 크다며 불평하는 소리도 있었다. 후유증은 선거가 끝난 뒤 없던 파벌의식이 생겼다거나 서로 서먹해지고 적대감까지 생겼다는 것이다. 당시 필자는 동료들과의 대화에서 '그 정도 부작용이야 당연한 것 아닌가, 또 교수라는 사람들이 그런 후유증을 극복하지 못하면 한국의 어느 조직에서 민주주의가 뿌리 내리겠는가' 하고 떠든 기억이 난다.

모든 조직에서 선출이 최선은 아니다. 예컨대 군대에서 지휘자를 뽑아야 할 것인가. 그러나 될수록 많은 조직에서 선출제는 유용하다고 본다. 선거 과정에서 잡음이 있고 선거 후에 후유증이 있다 해도 그것은 사소한 것이고 시간이 흐를수록 극복할 수 있는 것이다.

사람들이 여럿이 모여 토의하고 생각을 가다듬으면 거의 현명한 판단을 하게 된다. 그리고 본능적으로 지도자감에 대해 누가 적당한지 감지한다. 얼렁뚱땅하거나 사기성 있는 사람, 아첨이나 잘하는 사람은 아무래도 밀리게 된다. A.링컨의 말처럼 대중을 영원히 속일 수 있는 사람은 없다.

선출된 지도자는 임명된 사람보다 조직 전체에 대해 충성심이 강하게 마련이다. 자기를 뽑아 준 사람에게 보답하려는 감사의 마음도 당연히 생긴다.

국내의 몇 개 언론기관에서 주요 책임자를 뽑거나 추천하는 방식을 택하고 있는데 여기에도 처음엔 논란이 있었지만 이제는 모두 좋은 성과를 내고 있다. 이렇게 선출된 책임자들이 있기에 지난 대선에서 언론이 그만큼의 공정성도 유지되었다고 본다. 물론 그 배경에는 노동조합의 성장이 있었다. 노조가 활성화함으로써 선출제도 실시될 수 있었다.

두 차례의 법조 비리 폭로 같은 것이나 대기업의 횡포를 고발하는 기사 등도 이같은 기자나 프로듀서, 아나운서들의 오랜 투쟁으로 생긴 사내의 새로운 분위기 때문에 가능했다.

일반 기업에서도 이제는 한 걸음씩 산업 민주화의 방향으로 나가야 할 것이다. 10여 년 전만 해도 이런 제의를 하면 용공분자 보듯이 했다.

산업 민주화의 모범으로는 서독의 경우가 널리 인용된다. 실제 서독의 산업 평화는 근로자의 경영 참여로 오히려 공고해졌다. 여기서 근로자는 인사권은 없더라도 책임자 선정에 의견을 말할 수 있고 어느 정도 실제적인 영향력을 행사할 수 있다. 이렇게 되면 아무래도 사주 측에나 충성하는 사람, 소비자에 대해 부도덕한 짓을 자행하면서 경영 실적을 올렸다고 자랑하는 사람, 부하에게 군림하는 사람

등은 도태되게 마련이다.

선출의 장기적 이익은 미래의 엘리트를 키워낸다는 점에도 있다. 선출이 제도화하면 사람들의 마음가짐이 달라지게 마련이다. 내가 지도자가 되고 싶다고 한다면 평소에 성실하며 동료나 후배에게 관심을 안 가질 도리가 없는 것이다.

흔히 인기에나 영합한다는 얘기도 있지만 이것은 시행 초기에나 있을 수 있는 현상인 동시에 작은 흠에 불과하다. 또한 인기에는 바람직한 의미의 인기도 있는 것이다. 장기적으로는 사필귀정이란 말이 있듯이 진정한 지도자의 능력을 갖춘 사람이 인기를 얻게 되는 것이다.

엘리트 교체는 밑에서부터의 개혁의지가 확고하다면 가능한 것이며 우리의 미래를 생각할 때 필수적인 것이기도 하다.

# 한국사와 진정한 엘리트의 소외

**앞**에서 한국 엘리트의 교체가 왜 필요한지에 대해 살펴보았다. 새로운 시대에 새로운 기풍을 조성하기 위해 그것은 꼭 필요하다고 강조해 왔다. 그러나 사람들 중에는 강력하게 그 필요성을 느끼지 못하는 분들도 있을 것이다. 그래서 우리는 역사적으로 진정한 엘리트의 부재가 우리의 역사를 얼마나 뒤쳐지게 했으며 또 이로써 얼마나 민중의 고난이 가중되었는지에 대해서도 고찰할 필요를 느낀다.

과거에 한국 엘리트가 부적절했다고 해서 현재와 무슨 관계가 있느냐고 묻는 독자도 있겠지만 이것 역시 역사적 맥락과 깊은 관련이 있다. 직접적으로는 해방 직후의 엘리트 형성과 4·19, 5·16 등의 과정에서 등장한 엘리트의 성격을 살피면 이해되는 점이 많지만 정신적으로는 그 이전의 세월까지 거슬러 올라가야만 전체적인 윤곽이 뚜렷해진다.

그럼 유원한 얘기지만 삼국시대부터 살펴보자.

삼국시대의 엘리트는 물론 귀족이었다. 삼국시대는 국토 확장과 쟁투의 시대였고 전쟁이 나면 왕이 진두지휘하는 게 보통이었다. 귀족들은 문·무에 뛰어나야 했다. 당시의 귀족은 우리가 서양사를 읽을 때의 로마의 귀족을 연상하게 한다. 용기·헌신·명예·우정 등 아름다운 정신 세계가 그들이 추구하는 이상이었다. 화랑에 관한 기록들에서 우리는 무척 감명을 받지 않는가.

그런데 비참하게도 세월이 지날수록 한국사에서 감동을 주는 인물들이 적어져 갔다. 관창이나 사다함 등의 젊고 꽃다운 이름은 보이지 않고 부패하고 무능한 왕이나 부귀영화를 좇는 장상(將相), 그리고 이들이 벌이는 추악한 권력 투쟁 얘기가 가득하다. 간혹 이들 지배층 가운데 영명한 군주가 나오고 위대한 장군이 등장하고 명재상이 나오기는 했으나 쉬운 말로 가뭄에 콩나듯 이따금 보이는 현상이었다.

이것은 삼국시대가 통일신라 시대로 옮겨지면서 뚜렷해졌다. 경쟁 상대가 없어지니까 사회가 안일 환락에 빠진 것이 가장 큰 원인이었을 것이다. 반도의 통일은 민족 구성이란 면에서 반가운 측면이기도 했지만 이런 면에서는 재앙이기도 했다.

물론 지배층이나 민중 가릴 것 없이 경쟁 상대를 해외에서 찾고 국내 평화를 안일로 착각하지 않았다면 역사는 서양사처럼 활기 있게 전개되었을지도 모른다.

역사가들은 쇠퇴의 시기를 대체로 신라통일 후 36대 혜공왕 때부터로 본다. 당시 신라의 서울 금성(金城·경주)은 교과서에도 소개되는 대로 기와집이 즐비했고, 밥은 숯을 사용해 지었으며 풍악소리는 밤낮 그치지 않았다고 한다. 이런 풍족하고 여유 있는 생활은 하등 나쁠 게 없다. 그런데 당시의 기록으로는 이런 말이 나온다.

"상·하가 아첨을 즐기고 균전(均田)제는 문란해지기 시작했다. 귀족과 관리의 수탈은 더욱 심해져 농촌의 피폐는 가중되어 갔다."

여기에다 과거 부족의 연합적 성격은 와해되고 협력 정신은 붕괴되어 왕위 쟁탈전은 그칠 줄 몰랐다. 견제 없는 권력은 부패하고 착취적이 되게 마련이지만 신라통일 후 100여 년이 지나자 이런 현상이 뚜렷해져 결국 신라는 망하게 된다.

새로운 왕조는 새로운 각오로 출발한다. 그리하여 고려는 건국 후 16대 예종 때까지 성시(盛時)를 맞는다. 그러나 예의 왕조 성쇠의 법칙대로 예종 시대를 전환기로 부패하기 시작했다. 예종의 교서에는 이런 구절이 나타났다.

"관리는 뇌물을 좋아하고 사리를 취한다. 백성을 해치니 백성이 꼬리 물고 도망친다."

나라 전체의 부와 기술력은 향상되지 않은 채 내부 분열과 착취만 심해지니 나라와 백성의 꼴이 어떻게 되겠는가.

고려는 4대 광종 때부터 과거 제도를 실시했으나, 그래도 옛부터의 관습이 있어 유교에 억눌려 지내지는 않았다. 대외 활동도 조선시대보다는 활발했고, 불교가 유교와 공존했으며 여자의 지위도 조선시대보다는 훨씬 높았다. 아들이 없으면 여자가 상속하는 것도 흔했고 더러는 난잡하다 싶을 정도로 여성들의 남성 관계도 다채로웠다. 민중의 윤리도 그렇게 꽉 조여진 것이 아니어서 고려의 속요(俗謠)에서 보듯이 인간적 체취가 물씬 풍긴다.

고려조에도 문신 우위가 지배적이었지만 조선 때보다는 덜했다. 삼국시대 이래의 전통의 탓일 것이다. 고려에는 무신정권이 등장한 데 반해 조선조 후기의 세도정치에는 무인가문은 전혀 보이지 않았다.

여기서 한국 엘리트의 존재는 어떻게 변질했는지 훑어 보자.

고대로부터 엘리트의 산실은 가문이요 혈통이었다. 신라에서는 성골만이 왕위에 오르다가 나중에 진골로, 그리고 후대에는 여러 방계가 등장해 권력투쟁을 벌였다.

고구려는 5부족 연합체였고 부족의 지도자와 그 후손이 귀족층을 형성했다. 백제는 남쪽의 여러 군소 국가들을 통합하는 과정에서 부족 연합체적인 성격보다 정치적 연대의 성격이 강했다고 하는데, 어쨌든 백제에서도 해(解), 진(眞), 사(沙), 목(木)씨 등 8성이 귀족층을 형성했다고 한다. 그러니까 3국의 엘리트 산실은 가문이었다. 이 엘리트들은 국가의 성장과 이로써 빚어진 만년 전쟁 상태에서 정신적으로 단련된 우수한 지배계급이었다.

현대의 가치관으로 본다면 가문이 엘리트가 되는 신분제 사회라는 것이 부당하지만 과거에는 동·서양 가릴 것 없이 가문이 우선이었다.

이런 가문과는 다르게 국가에 긴요한 인재를 기르는 제도가 있었다고 하는데 단재 신채호가 자세하고 독특한 설명을 했다.

그는 신라의 화랑이나 고구려의 선비는 같은 연원을 갖고 있다면서 선비의 등장 배경에 대해 말하고 있다.

요약하면 옛부터 우리 민족의 성소였던 신수두에서 경기대회를 열어 우수한 자를 뽑고 이들을 학문과 각종 무예로 단련시키며 정서적 고양을 위해 풍류에 익숙하게 했다는 것이다. 여기서 말하는 풍류란 후대에 퇴폐한 오락 또는 유희로서의 풍류가 아니라 고매한 시가를 통한 수양 과정이었다고 한다. 또한 선비는 단체생활을 통해 협동심과 봉사정신을 일깨우고 평시에는 환난의 구제, 그리고 전시에는 목숨을 초개처럼 버리는 용사로 나섰다는 것이다.

이들을 한자로 '先人'이나 '仙人'이라고 했고, 신라의 화랑은 몸에 화장을 했기에 '화랑'(花郞)이라고 불렀다고 단재는 주장한다. 그는 이어 '선'(仙)이라고 해서 중국의 도교를 연상한다거나 외래의 유교와 불교에서 취합한 듯 기술한 최치원의 삼교(三敎) 포함론을 반대한다.

고조선 이래의 오랜 역사로 보건대 유불선의 삼교보다 단재의 말대로 '선'(仙)은 우리 고유의 전통으로 느껴진다. 다만 이들 종교가 후대에 선비나 화랑의 정신을 가다듬는 데 영향은 끼쳤을 것이다.

세속오계란 것도 바로 원광법사가 화랑에게 주었다는 것 아닌가.

김대문(金大問)은 "어진 재상과 충성된 신하가 여기에서 나오고 훌륭한 장수와 용감한 군사가 이에서 나왔다"고 《화랑세기》에 썼다. 그러나 신라통일 후 화랑은 빛을 잃었고 고려와 조선에 이르면서 선비는 찾아보기 어려웠다. 그래도 선비정신이란 말은 이어졌다.

조선조에도 비 새는 집에서 산 맹사성 정승이 있었고 율곡은 은퇴 후 풀무질을 하면서 농민을 도왔고, 퇴계는 낙향해 선비의 길과 학문을 가르쳤지만 이런 선비는 극소수였다.

반항정신에 행동적인 사람, 예컨대 정여립이나 허균은 죽임을 당했다. 오직 충무공 이순신이 무인으로서 선비의 깨끗한 마음가짐을 가졌으나 그도 유성룡의 추천이 없었다면 일개 지방관리로 늙다가 사라졌을 것이다.

몇 년 전에 노량해전에서 충무공의 죽음이 전사냐, 자살이냐 하는 논의가 있었지만 물론 외형으로는 적탄에 맞는 전사이다. 필자가 충무공 유적을 많이 답사한 소설가 홍성원 씨에게 어떻게 보느냐고 물은 적이 있는데, 그는 전장에서 최후를 마치겠다는 생각이 있었을 것이라고 말했다. 필자도 동감했는데 이미 모함을 받아 백의종군까지 한 경험이 있는 그가 전쟁이 끝나도 정치권의 혼란이 그칠 리 없다는 것은 잘 알고 있기에 죽음을 선택하지는 않았어도 전장에서 죽는 것이 영예로운 것이라고 작심했을 가능성은 크다고 본다.

선비들을 찾기 어려워지면서 선비정신도 희미해졌다. 그럼에도 그 등불이 완전히 꺼진 것은 아니었다. 이 등불은 요즘 말로 하면 재야에서 계승되었다.

조선의 실학파가 그들이다. 그들과 속된 가짜 선비 사이에 정신적으로 얼마나 큰 간격이 있었는지 박지원의 〈열하일기〉에 기록된 한 대목을 간추려 보자.

"나는 중국인의 집과 성(城)을 보고 감명을 받았다. 벽돌로 지으니 우리의 흙집과 달리 단단하고 성도 우리처럼 돌로 쌓지 않으니 얼마나 수고를 덜게 되는가. 벽돌은 찍어만 내면 똑같은 크기이니 일하기가 얼마나 쉬운가. 나는 말을 타고 가며 정진사에게 벽돌 얘기를 계속했다. 그러나 졸고 있는 것 같아 부채로 찌르고 웬 잠을 자며 남의 말도 안 듣느냐고 큰소리로 꾸짖었다. 그러자 그는 '벌써 들었네, 벽돌은 돌만 못하고 돌은 잠만 못하노라'고 했다."

여기 정진사라는 사람의 말처럼 당시의 대부분 유생들은 그저 졸고 있거나 깨어나면 감투나 얻어 쓸 생각을 했을 것이다.

조선의 실학파들은 숫자로 소수였으며 교과서에는 그들이 크게 취급되어도 당시 실제적 영향력은 아주 미미했다. 사회가 한번 타락의 길에 들어서면 헤어나기가 힘든 법. 일하는 것을 천시하고, 과학과 기술은 잡학(雜學) 정도로 무시하고, 생산자인 서민은 무지한 백성이라고 하등인간 취급하는 풍토 속에 실학정신은 그냥 소수의 학문에 그쳤을 뿐이다.

이런 타락한 정신 문화의 바벨탑은 워낙 견고해서 외부로부터의 충격이 없는 한 쓰러지지 않는다.

필자의 어린 시절만 해도 지금의 정육점을 푸줏간이라고 불렀는데 동네 어른들은 푸줏간 주인을 백정이라며 여간 깔보는 게 아니었다. 아이들이 함께 노는 것만 봐도 야단이었다. 그래서 속으로 도대체 고기 먹기는 좋아하면서 고기 파는 사람은 왜 욕하나 하면서 어른들을 이상한 사람들이라고 느낀 게 기억난다.

조선이 망한 후 일제 35년, 실학정신을 이은 대표적인 지도자는 도산 안창호일 것이다. 그에 대해서는 주요한과 이광수가 저술로 남긴 것이 있고, 도산 자신이 쓴 글도 상당수 있다. 흥사단은 그의 정신의 구현체이다.

백범 김구는 안창호 밑에서 경찰직을 맡았다가 나중에 임정의 주석까지 올랐다.

일제시 우리 민족 다수가 반일 감정을 갖고 있었던 것은 사실이다. 그러나 실제 행동으로써 저항한 사람은 소수였고 변명하자면 그럴 수밖에 없는 상황이었다. 임정 역시 그 외로운 처지에서도 당파적 분쟁이 심해 거의 유명무실한 지경에까지 이르기도 했다. 그러나 이동녕, 김구 등이 구차스러움을 이기면서 꿋꿋이 지켜갔다.

김구는 특히 행동면에도 과감해 윤봉길, 이봉창의 의거가 그의 주도하에 일어난 것임을 우리는 잘 알고 있다. 그가 소년 시절 동학에 가입하면서부터 고난에 찬 생애를 기록한 《백범일지》는 우리 국민 모두의 필독서가 돼야겠다.

중·고교에서 방학숙제로 《백범일지》를 읽고 감상문을 쓰게 한다면 예민한 시기에 그들에게 아주 의미있는 영향을 줄 것으로 생각한다. 우리 교육자는 정부 당국을 나무라기 앞서 자기 스스로 할 수 있는 것부터 실천해 봐야 한다.

일제는 악랄하게도 우리에게 열등민족이라는 의식을 심어주는 데 열심이었다. 식민사관이란 것으로 혼을 빼앗고, 분열 정책으로 민족 내부의 갈등을 증폭시켰다.

반면에 우리의 민족주의자들은 이에 반감을 갖고 국수적 태도로 한국 민족과 그 역사를 말하기 시작했다.

여기서 우리는 민족 역사의 진정한 성격을 제대로 이해하지 못하는 혼란을 겪게 되었다. 그래서 민중들 사이에 엽전이라는 자조적인 의식이 퍼지는가 하면 금속활자나 거북선, 청자 등의 몇 가지 사례로 세계 유수의 우수한 민족이란 착각에 빠지기도 했다. 근대화에 뒤진 것도 단지 대원군의 쇄국정책 때문이라는 식으로 우연적인 생각을 갖게 되었다.

이제는 조금씩 정확히 우리를 되돌아보기 시작했으나 아직도 충분치는 않다. 최근 몇 년 사이에 일부의 젊은 학자들이 민중의 생활에 초점을 두고 또 주요 사건을 입체적으로 보는 역사 기술을 하고 있어 다행스럽다. 국민들이 이런 책을 많이 읽었으면 좋겠다.

독자들은 우리의 활발했던 고대사회가 시간이 흐를수록 무기력해지면서 깨끗하고 용기 있던 선비는 거의 사라져 극소수의 인물에 의해 계승되었으며 선비정신도 이와 함께 명맥만 이어져 왔다는 것을 이제 대강 알 수 있을 것이다.

해방 후에는 이런 선비들, 그리고 선비정신이 되살아날 수 있는 절호의 기회였다. 그러나 기회주의자들이 득세했고 민족의 바른 정신은 다시 흙속에 묻혀버렸다. 4·19 이후에도 엘리트 교체는 이루어지지 않았다. 지금까지도 근본에서 변화는 일어나지 않고 있다. 그래서 앞서 엘리트의 혁명적 교체를 강조한 것이다.

# 중산층의 품격, 역할

F. 펠리니 감독의 〈달콤한 인생〉이란 영화를 본 사람들이 꽤 있을 것이다. 오래된 영화인데, TV에도 몇 번 방영된 것으로 알고 있다. 로마 여행 중에 여행 가이드가 식당으로 가는 도중 여기가 영화 '라 돌체 비타' 즉 달콤한 인생의 촬영 무대라며 차창 왼쪽을 가리켰다. 창 밖으로 중후하게 보이는 건물들이 줄지어 서 있었으나 유럽의 오래된 건물들이 그렇듯이 외양은 그렇게 요란하지는 않았다. 영화를 본 사람들은 느꼈겠지만 그 화려한 삶에 궁극으로 달콤함은 없었다. 결국은 자기 파괴뿐이었다.

주체할 수 없을 만큼 많은 돈은 사람을 타락시키고 마는 것일까. 아무리 돈이 많아도 제 머리와 제 손으로 번 돈은 주체할 수 없는 돈은 아닐 것이다.

우리의 재벌 1세대에 해당하는 사람들이 돈 때문에 인격파탄이 된 사람이 있는가. 항상 말썽은 상속받아 관리 능력 이상의 돈을 갖게 된 2세, 3세가 일으킨다. 이 상속 제도라는 게 묘해서 그것을 완전히 제도적으로 금지해 버리면 없는 사람들에겐 통쾌하겠지만 당사자에

겐 더 열심히 일할 의욕을 저상시킬 게 분명하다. 자식한테 남겨줄
것도 아닌데 더 벌어서 무엇하나, 웬만큼 벌었으니 죽기 전에 실컷
쓰자는 심리가 생기면 사회 전체로서도 손실이다.

반면에 완전한 실질적 평등은 먼 장래에도 이루어지기 어렵다고
보지만 최소한 기회의 균등이라는 기초적 평등 이념마저 이 상속 제
도 때문에 파괴된다는 것은 문제가 아닐 수 없다. 누구는 날 때부터
몇억 원의 돈이 있고, 다수 사람들은 먹고 학교 다니기에도 어려운
상태라면 기회의 균등이 말이 되는가. 이래서 무엇이 정의인가라는
숙제는 플라톤에서부터 2천 수백년이 지난 오늘날까지 풀리지 않는
수수께끼인 것이다.

돈 많은 사람, 특히 재수 좋게 태어난 행운으로 돈 많은 사람은 사
실 그것이 축복만은 아닐 수도 있다. 달콤한 인생에서도 한 여인은
자살을 생각하고 한 여인은 변태적 욕구에 자신을 맡기며 타락의 수
렁에 빠져든다.

세상에 프랑스의 볼테르만큼 재치와 번뜩이는 지혜를 보인 사람은
없는 것 같은데 그가 쓴 소설로 《캉디드》라는 것이 있다. 이 책은
수다한 행운과 불운 끝에 의미 있는 삶의 종착역이 무엇인가를 보여
준다. 그것은 씨뿌리고 밭갈며 땀흘리는 것이었다.

사실 세끼 먹을 것 걱정하고 잠잘 곳 없는 사람들에겐 황당한 얘기
로 들리겠지만, 만약 당신이 수십억 수백억의 돈이 있고 할 일은 전
혀 없는 상태, 즉 소비 이외에 생산적인 일은 전혀 할 수 없는 상태
에 있다고 가정해 보자. 그것이 과연 밖에서 일하고 집에 와선 아내
가 차려 놓은 저녁밥을 들고 아이와 담소하며 즐겁게 보내는 생활하
고 바꿀 수 있을까.

사람의 정신은 건강한 생활에서 건전해진다. 영국의 대처 전 수상
은 평범한 가게집 딸이었다. 그녀는 자기 신분에 자긍심을 갖고 있

었는데 이런 말을 한 적이 있다.

"사회의 건전한 도덕과 생활 태도는 중산층에서 나옵니다. 특별한 존재인 상류층은 대부분 어찌할 도리가 없는 사람들입니다." 이 말은 진실일 것이다.

IMF가 극복되는 듯한 느낌이 드는 1999년 봄, 한 일간 신문이 특금층(特金層)이라고 해서 돈이 넘쳐나게 많은 젊은이들의 향락 모습을 연재기사로 다루었다.

하룻밤 몇백만 원의 유흥비, 세계 최고급 옷, 외제차, 그리고 여자. 그런데 결국 이런 생활을 하는 사람도 권태라는 어쩔 수 없는 한계에 도달해서 마약이나 도박 등에 빠지게 되는 경우가 많다고 했다.

서양에서 과거 귀족들은 땅에서 나오는 소득으로 평생 사냥이나 하든가, 결투·연애 등에 빠졌다. 시민혁명 당시의 귀족생활을 묘사한 것을 보면 귀족들 중에는 무식쟁이가 무척 많았다고 한다. 글도 쓸 줄 모르는 귀족이 상당수 있었다고 한다. 그러니 상인이나 공장주 같은 신흥 부르주아나 변호사, 언론인 같은 신지식인들에게 지적으로도 뒤지게 되었으며, 이것이 그들 귀족의 몰락을 재촉하는 하나의 원인이 되었다는 지적도 있다.

19세기 말에는 부르주아가 옛날의 귀족을 대신하게 되었다. 그러나 이들은 직업의 성격상 계속 머리를 쓰고 공장을 관리하며 시장개척에 나서야 하므로 토지귀족과는 다른 생리를 가지게 되었다. 여기서 가장 두각을 나타낸 부르주아가 미국의 기업가들이다. 미국의 부자들은 돈은 많이 벌었는 데 다소 아쉬운 게 하나 있었다. 그것은 전통 있는 가문이라는 위신이 없었다는 것이다.

그래서 이들은 딸들을 유럽의 전통 있는 귀족 가문에 시집보냈다. 엄청난 지참금과 함께. 영국의 처칠 수상도 이런 미국인 어머니와 영국인 아버지 사이에 태어난 사람이다. 처칠 가문은 말버러라고 하는 영국에서도 1급의 명문이었다.

이 미국 부자들의 애기는 베블렌이라는 학자가 잘 묘사했고, 우리에게 친숙한 K. 갈브레이드 교수는 그의 제자이기도 하다. 갈브레이드가 경제학자이면서도 사람들의 사회적 조건에 많은 관심을 쏟았던 것도 베블렌의 영향이 컸을 것이다.

우리가 흔히 쓰는 용어인 '유한 계급'이나 '과시적 소비'는 베블렌의 창안품이고 철도재벌 밴더빌트가 내슈빌에 대학을 세울 때 쓴 돈은 1백만 달러였으나 자기 저택을 짓는 데는 3백만 달러나 썼다는 것은 갈브레이드가 지적한 것이다. 그는 또 부자는 모든 계급 중에서 가장 주목을 받으면서도 연구되는 일이 가장 적은 계급이며 이것은 지난 날에도 그러했고 현재도 그렇다고 지적했다.

다음 미국 이외의 나라에 대해 잠깐 살펴보자.

상류층의 타락이 가장 심했던 경우로서 흔히 지적되는 것은 대혁명 전의 프랑스, 그리고 역시 혁명 전의 러시아이다. 그리고 비교적 건강한 정신으로 중·하류층과 타협의 지혜를 보이면서 자신들의 위상도 지켜나간 나라로서 영국이 지적된다.

독일의 경우에는 프랑스의 7월혁명 후부터 학생들의 단체인 브르셴사프트가 맹렬히 자유투쟁을 벌였지만 가시적 성과는 별로 없었다. 상류계급인 영주들은 보수적이었지만 그래도 유능하게 통치했고 부패는 적었다. 권위주의가 모처럼 타락하지 않은 케이스에 해당되는데, 이는 일본의 경우와 유사하다. 시인 괴테는 정치가로서 자유주의에 물들기도 했지만 독일의 통치, 특히 행정에 대해서는 유능하고 효과적인 행정이란 말로 만족을 표시했다.

프랑스나 러시아의 귀족은 결국 양보를 안 하다가 자신의 무덤까지 파게 되었다. J. 리드라는 미국의 사회주의 저널리스트는 러시아 혁명 전후를 취재한 책에서 귀족이나 부호들이 거리에서 총소리가 나고 있건만 바로 뒷골목 살롱에서는 밤새 술 마시며 춤추고 있다고 썼다. 그들은 결국 조금 더 즐겼겠지만 총살당하거나 다 빼앗기고 해외로 도주할 수밖에 없었다.

20세기 들어 미국과 유럽의 상류층은 도덕적인 성장이 있었다는 증거는 없지만 적어도 외형에서는 개선이 되었다고 한다. 그러나 대처 전 수상의 지적대로 '어쩔 수 없는 존재'에서 벗어난 것은 아닐 것이다.

우리의 상류층은 조선시대에는 양반, 일제시대에는 지주와 총독부 고위관리로 볼 수 있다. 이들이 민중의 사랑은 아니더라도 존경을 받았는지 아니면 반대로 미움의 대상이었는지는 우리가 잘 알고 있다.

1960년대부터 산업화하면서 한국의 상류층은 돈으로 만들어지기 시작했다. 자본주의 경제가 성장하면서 생겨난 자연스러운 추세이다. 이들에 대한 조사 연구도 갈브레이드의 말처럼 거의 없는 편이다. 약간의 시리즈 보도가 있었지만 이것도 중단되기 일쑤였다.

어쨌든 중요한 계층은 중산층이다.

중산층은 보통 사회안정의 기초라고 말해진다. 그럴 수밖에 없는 것이 그 사회·경제적 위치 때문에 안정적 발전을 바랄 수밖에 없는 것이다.

그런데 문제는 한국의 중산층이 민주주의 원칙에서나, 자유경제를 운영하는 시스템에서나, 도덕적 가치에서나 확고한 근대적 신념이 부족하다는 것이다. 그동안 먹고 살며 아파트라도 한채 장만하고 아이들 교육시킨다는 절박한 필요에 매달리느라고 시민 사회의 원칙에 대해 생각할 겨를이 없었다는 점은 이해가 간다. 또 오랜 교육 과정에서 경쟁심만 촉발되고 협동의 효율이나 미덕은 배우지 못한 점도 고려할 만하다.

그러나 이제 IMF도 극복되면서 우리는 과거로 회귀할 것이 아니라 진정한 사회의 축으로서 중산층이 자긍심을 갖추고 역량을 키워야 할 때라고 본다.

필자는 얼마전 어느 지방의 로터리클럽에서 잠깐 연설할 기회가 있었는데, 청중은 상당수가 중소 상공인이라고 했다. 이 자리에서 이런 말을 했다.

"우리가 민주주의라고 하지만 실상은 부르주아 민주주의 성격이 강합니다. 투표권은 누구나 갖고 있지만 중산층이나 중상위층이 여론을 주도합니다. 정부 정책은 기업에 우선입니다. 그것은 우리의 발전 단계로 불가피한 점도 있습니다. 중·소 상공인은 공정한 규칙에 따라 기업운영이 되도록 정부를 이끌 책임이 있습니다. 관리에게 뇌물을 주고 이권에 눈돌리는 것은 부르주아 민주주의를 스스로 짓밟는 것입니다. 서양에서는 그런 것을 없애자고 부르주아가 일어선 것이 시민혁명 아닙니까. 모든 특권을 폐지하고 공정하게 경쟁하자며 일어선 것입니다. 이제 우리 상공인도 명예와 자존심을 찾아야 합니다."

인구의 다수를 차지하는 중산층이 시민으로서나 인간으로서 건강하지 못하면 우리 사회는 늘 불안정할 것이다. 상류층에 기대할 것인가, 서민층에 기대할 것인가.

돈에 약간 여유가 생기면 좀더 건전한 부문에 투자하자. 술과 오락에 빠지고 신발에 불과한 자동차나 새것으로 바꿀 생각을 한다면 우리의 지적, 도덕적 수준은 향상되기 어렵다.

여윳돈이 있으면 달러가 샐망정 세계의 역사와 문화를 음미할 수 있는 여행이라도 하는 게 낫다. 여자들도 옷이나 기타 치장에 과도하게 돈을 들이는 것은 저차원의 짓이다. 선진국 특히 유럽 사람들은 그런 데에 돈을 별로 쓰지 않는다. 자동차도 찌그러진 채 몰고 다니고 옷차림은 수수하다. 다만 체형에 잘 맞는 옷을 고르는 정도이다.

품격…. 우리에게 이른 주문일지 모르지만 남녀 구별 없이 이 품격이란 게 저 멀리 있다.

이제 엘리트에 책임을 미룰 때는 지났다. 우리는 한국 엘리트의 정신적 위상을 살펴보았지만 그들이 올바른 자세를 갖추느냐, 그렇지 못하느냐의 궁극의 바탕은 대중이며, 이중에서도 중산층의 의식과 자세가 중요하다. 중산층이 배척하면 누가 지도적 위치에 올라설 수 있는가. 중산층은 또 서민층의 충동적 행위에 억제 기능도 맡아야 한다. 흔히 말하는 대로 사회의 균형추 노릇을 담당해야 하는 것이다.

선진국에서는 정보·지식산업의 비중이 높아짐에 따라 중산층 자체가 분화하는 현상이 일고 있다. 즉 중산층이 고소득 계층과 저소득 계층으로 양분되고 있는 것이다.

우리나라는 아직도 20~30년 간은 제조업의 비중이 높을 수밖에 없지만 그래도 이런 선진국적 현상이 부분적으로 나타나고 있다.

어쨌든 넓은 의미에서 우리 중산층도 이제 이기적 안전에만 매달릴 단계는 지나고 있다. 공공의 문제에 심층적으로 접근해 강력한 세력으로 자리매김해야 한다. 정치적 무관심은 시민사회가 확고해진 뒤에는 문제될 것이 없다. 그러나 현단계에서는 무관심은 부패만 가중시킬 것이다.

실천적인 문제로 개인이 일차집단에서 벗어나 각종의 시민 단체에 적극 참여하고 회원으로 가입해 지지하거나 각종 매스컴에 적극적으로 의사표시를 하는 게 바람직하다. 실제 선진국 중산층은 여러 개의 단체에 가입해 회보도 받아보고 모임에도 자주 나간다. 이것은 엄청난 시민의 힘이 되는 것이다. 이런 각종의 시민결사를 무시하고는 어떤 정치인도 지지를 받지 못한다. 우리의 경우도 최근 시민단체의 선거관련 투쟁은 좋은 조짐이 되고 있다.

# 부패·양심·종교

**부**패만큼 이 나라에서 많은 수식어와 술어가 동원되는 낱말도 없을 것이다. '망국의 병'에서부터 '총체적 부패' 등 헤아리기 어렵다. 그러면서 부패에 대한 연구는 거의 없다. 이것은 너도나도 적게나 많게나 부패심리에 오염돼 있으니까 누가 누구에게 돌을 던지랴 하는 다소의 가책 때문일까, 아니면 워낙 방대하고 깊숙이 뻗쳐 있어 감히 손을 댈 엄두가 나지 않는 것일까.

여하튼 적발되고 보도되는 것은 일상적이다. 크게는 정치가들로부터 일선 공무원 부정까지 다채롭다. 공직뿐만 아니라 사기업 부문도 부패 관행에서 예외는 아니다.

부패는 돈을 주고 반대급부를 받는 것에 그치지 않는다. 또 법적으로 문제가 안 된다고 해서 부패가 아닌 것도 아니다. 예컨대 조그마한 상점이라도 하루 매출이 10만원인데 과세특례자로 인정되어 2,3만원 파는 것으로 외형이 매겨져 있다면 합법적이지만 부정이요, 부패이다.

실제 선진 외국에서는 농민들이 길거리에서 파는 농산물이나 기타 이와 유사한 행위 이외에는 거의 매출 액수를 노출시킨다. 영수증을 주고 받지 않는 업소는 보기 힘들다.

부패는 후진국일수록 심하다. 노벨 경제학상 수상자이며 아시아의 경제 개발에 대해 깊은 고찰을 한 스웨덴의 G. 미르달은 아시아의 부패는 민속이라고까지 했다.

우리의 경우는 아시아에서도 부패가 심한 나라로 분류된다. 아시아의 4마리 용 중에서도 물론 가장 심하고 다른 후진국을 포함해 비교해도 하위에 속한다.

IMF 이후 우리는 기업의 투명성이란 말을 숱하게 들어왔다. 기업 회계가 분식되어 적자 규모도 알기 어렵고, 또 회사 밖으로 부정하게 흘러나가는 것이 많기 때문에 투명성이 없으면 기업의 내용도 제대로 알 수 없고 부패의 정도도 알기 어렵다.

정말 미르달의 지적대로 우리는 부패를 민속으로 간직해 왔는가. 그는 하나의 충고로 덜 부패한 자가 더 부패한 자를 비판하는 것은 정당하다고 말했다.

종교적 원리로 말한다면 더나 덜이나 마찬가지이다. 음심(淫心)을 품으면 간통한 것이나 마찬가지이니까 양심을 기준으로 하는 종교의 논리로는 당연한 얘기이다.

실제로 친구끼리 방담을 할 때 "뭐, 썩기는 모두 마찬가지 아냐" 하면서 두둔은 아니더라도 용인하는 식으로 말하는 사람이 많다. 이렇듯 우리는 부패 심리에 푹 젖어 있다.

부패의 최대 피해자는 서민층이다. 그럼에도 서민들이 부패에 관대한 경우도 흔히 보게 된다. "높은 자리에 있으면 갖다주는 사람이 있게 마련 아닌가요" 하고 대수롭지 않게 말하는 소리를 듣는다. 이 사람들은 부패를 사적 차원에서만 생각하는 것 같다. 내것 몇 만원짜리 물건을 훔쳐간 도둑은 흉악범 취급하며 아우성이고, 국가의 세금을 횡령하고 부실공사를 하고 대출 커미션을 받는 것은 종류가 다르다고 생각하는 모양이다.

1990년대 초 인천에서 지방세 횡령 사건이 있었을 때 필자는 신문 제목에 세금 도둑이란 말을 쓰도록 했다. 담당 기자들이 도둑이란 말은 심한 것 아니냐며 갸우뚱했다. 그러나 공금횡령이 어찌 도둑이 아니냐며 강행했다. 다음날 독자라며 전화가 왔는데 '도둑이란 말을 신문에서 어떻게 쓸 수 있느냐, 업무상 횡령인데 도둑이란 용어는 지나치며 감정적'이라고 항의했다. 그러나 며칠 뒤부터는 모든 매스컴이 세금 도둑이란 말을 쓰기 시작하니 항의도 사라졌다.

부패는 워낙 다채롭고 기기묘묘해서 부패에 대한 처방에도 사람마다 한두 가지 아이디어는 있다. 어떤 사람은 과거 대만식으로 손을 잘라 버리자고 하고, 다시 삼청교육대 같은 것을 만들어 보내야 한다고 주장하는 사람도 있다.

부패척결은 당연히 처벌과 의식 개조 두 가지 방향에서 동시에 강력히 추진해야 할 것이다. 여기서 우선 처벌 방안 가운데 하나로 제안하고 싶은 게 있는데 일단 들어주길 바란다.

그것은 부패사범을 포함해 날로 늘어나는 흉악범, 사기꾼 등을 수용하는 특정 장소를 우리의 수많은 섬 가운데 하나를 골라서 만들자는 것이다. 빠삐용이 갇혔던 '악마의 섬' 같은 것인데, 이 섬과 다른 점은 섬 수용자에게 자치권까지 주자는 것이다. 섬의 이름은 뭐라고 하면 적당할까. 이것은 홍보 효과도 생각해서 공모하는 게 좋겠지만 다만 수치심을 강조하는 것이어야 한다.

이 섬에는 자치권이 있으므로 외교·국방 등을 제외하고는 모든 것을 자치적으로 하게 하고 중앙정부는 의·식·주의 기본 수요에나 신경 쓴다. 그러면 추방된 이곳 주민은 자기네끼리 부패당, 사기당, 폭력당 등을 만들 것이고 마음대로 뇌물을 받든지 사기를 치든지 할 것이다.

이런 풍자적 제안에 이론이 있겠지만 그러나 도저히 더불어 함께 살 수 없는 존재들이 늘어나는 판국에 이들을 격리시켜야 한다는 기본 발상은 진지한 것이다.

가칭 '도둑의 섬'이라든가 '도덕 장애인의 섬' 같은 곳이 생겨나 잘못하다가는 그곳으로 귀양갈 수 있다고 생각하면 부패 등 각종 범죄는 현저히 줄어들 것이라고 장담한다.

내부 고발과 처벌의 방식으로는 부패나 기타 범죄가 다소는 줄어들겠지만 뚜렷한 효과를 거두기는 어려울 것이다. 특히 부패는 우리의 전통적인 관료적 수탈 의식에다 현대 사회의 배금주의까지 결합되어 이색적인 조치 없이는 뿌리뽑기 어려울 것이다.

현재의 교도소는 양심수도 많이 갇혔던 곳이라 이미지가 변질되어 있다. 한국인들은 극히 감성적이어서 어떤 이미지에 약하다. 더구나 형식 윤리 속에서 살아왔기에 체면이 양심보다 훨씬 중요하다. 그래서 심지어 흉악범들도 카메라 앞에서는 옷을 뒤집어 쓰며 얼굴을 가린다. 양심의 가책이나 선량한 이웃을 해쳤다는 시민으로서의 죄책감보다 아는 사람에게 체면 깎이는 게 더 수치스러운 것이다.

그런데다 아무리 많이 적발하고 기소를 해도 유전무죄란 말이 있듯이 수천만원이나 또는 억대의 뇌물을 챙겼으면 그것은 공돈이고 눈먼 돈이니까 변호사에 마구 뿌릴 것이다. 돈을 많이 받으면 대체로 유능한 변호사가 되지 않는가.

우리가 부패에 죄악감을 느끼지 않는 근본적 이유는 제1부에서 살핀 대로 우리 역사상 인간의 깊숙한 내면, 즉 양심에 호소하는 종교나 내면화한 세속 윤리가 없었다는 데 있다. 이것은 한국인의 의식 세계를 이해하는 데 핵심적인 의미를 갖는다.

뇌물과 이권의 유혹이 있고, 어떤 처벌을 피할 수 있는 가능성이 있더라도 '이래서는 안 되는데, 이것은 내 양심과 영혼을 파는 행위가 아닌가' 하는 내면의 통제가 있다면 부패행위는 쉽게 이뤄지지 않는다.

서양에도 요즘에는 부패에 물들어 간다는 우려의 목소리가 나오고 있지만 그래도 아직은 건강한 것이 이 양심의 호소력이 강하게 작용하기 때문이라고 본다.

서양의 정신 세계를 지배하는 것은 기독교 정신과 시민 사회 윤리이다. 기독교는 알다시피 인간을 신의 투영으로 보고 있으며 영혼이나 양심의 존재를 그 증거로 생각하고 있다. 따라서 양심을 돈과 바꾼다는 것은 신성(神性)의 배반으로까지 느끼는 것이다. 서양의 시민 정신의 핵심은 무엇이 자유이며 정의인가 하는 물음이다. 정치의 궁극적 목표도 자유와 정의의 실현이다.

우리에게 있어 가장 강력하게 정신을 지배해 온 것은 물론 유교 윤리이다. 유교 윤리는 양심이나 영혼의 문제에 관심을 갖는 게 아니다. 알려진 대로 수양을 통한 실천 윤리이다. 이 실천 윤리가 그래도 잘 실천되었으면 다행스런 일이겠지만 겉으로 흐르고 말았다.

우리는 교과서를 통해 조선시대의 선비의 정신이니 양반의 근엄함이니 하며 비교적 좋은 얘기를 많이 들어왔으나 실은 조선사회는 극히 타락한 사회였다. 선비 중 선비다운 사람은 적었다. 삼강오륜으로 민중을 옭아매면서도 양반의 횡포와 수탈은 잔혹했다.

다산 정약용의 저서나 시, 박지원의 산문, 그리고 동학의 포고문은 그저 몇 사람 의식 있는 선비의 작품이나 민란의 선전문 정도가 아니다. 과거의 실상을 속속들이 보여주는 것들이다.

우리에게 심원한 종교가 있었다면 불교일 것이다. 그러나 그것은 깨달음이라는 심원한 경지로 다수 사람들을 이끌지 못했다. 그리고 민중에게는 기복의 대상이 되었다. 그나마 조선시대에는 학대받은 종교였다.

서양인은 종교 없는 세상을 두려워한다. 이성을 신의 위치로 끌어

올렸던 프랑스의 혁명가들도 끝내 종교를 배척하지 못했다. 로베스피에르도 이성의 제전까지 집행했지만 기독교적 의식의 부활을 인정했다. A. 토인비는 종교 없이 인간 사회에 평화가 유지될 수 없다면서 구원의 최대 과제는 비종교적 상부구조를 다시 종교적 기초 위에 올려놓는 것이라고 주장했다.

우리에게 앞으로 종교가 얼마나 큰 역할을 할지는 알 수 없다. 종교인은 늘어나고 있지만 종교적 심성이 강화되고 있는지는 극히 의문이다. 외래 종교의 토착화, 즉 샤머니즘 성격이나 퍼지고 있다고 우려하는 사람이 적지 않다. 결국 종교 지도자에 거는 기대가 크지만 세속적인 차원에서는 어떻게 인간으로서의 양심, 시민의 덕성을 우리의 마음에 심고 그것이 굳건히 자라나도록 할 것인가가 과제가 될 것이다.

유교도 폐물은 아니다. 다시 말하지만 어느 사회건, 어느 조직이건 중요한 결정을 하고 전체를 통제·조정하는 사람은 있게 마련이고, 군자라는 말에서 보듯 유교는 주로 이런 지도·결정자의 윤리이다.

민주적 리더십이란 말을 많이 하지만 민주적 지도자에게는 유교적 덕성이 더욱 요청된다. 그러나 유교는 권위주의 사회를 대전제로 한 것이어서 유교윤리를 현대사회의 원리로 삼을 수는 없는 노릇이다.

사람의 마음을 초월적 존재의 힘을 빌리지 않으면서 확고히 하려면 교육밖에 대안이 없다. 그것도 앞에서 강조했듯이 어릴 때의 교육이라야 부동의 것이 된다.

아마 세계 여러 나라에서 종교 아닌 세속의 윤리 의식으로 확고한 공동체 정신을 확립한 나라는 일본밖에 없을 것으로 생각한다. 비서구권, 비기독교 국가로 선진국이 된 나라 역시 일본밖에 없다. 우리는 일본을 교육의 차원에서도 깊이 알 필요가 있다. 그들은 메이지 유신시절 이후 줄곧 교육을 국가의 기초로 중시해 왔다. 〈교육칙어〉

의 기본 정신은 알다시피 퇴계 윤리학에 근거하고 있다. 우리에게 이른바 구이(口耳) 학문으로 스쳐간 것을 그들은 교육을 통해 일본인의 정신에 내재시켰다.

부패추방도 교육 차원에서 생각해 봐야 한다. 과거에나 현재나 부패에 대해 의식화 아닌 제도적 대응만 생각을 하면 부패는 사라지지 않을 것이다.

부패는 사회의 신뢰를 송두리째 파괴한다. 신뢰가 무너지면 어떻게 되는가. 이미 우리 사회의 혼란스러움은 빈부격차와 맞물려 위험을 느끼게 한다.

B. 러셀은 공무원의 뇌물은 창녀의 몸파는 행위보다 나쁘다고 말했다. 창녀는 그래도 대가를 받고 자기를 제공하는 것이다. 뇌물은 자신의 이익을 위해 다수를 희생시키는 행위이다. 정신적으로 더 나쁘게 오염된 것이다. 그럼에도 몸파는 여자는 더 많은 수치를 느껴야 하고 더 심한 경멸을 받는다. '돈에 매수되었다, 돈 때문에 양심을 버렸다'라는 수치 의식이 형성되지 않는 한 부패는 잠복할 망정 사라지지 않는다. 앞서 말한 유형제도가 생겨 존속한다면 억제 효과는 크겠지만.

근대 사회는 다른 말로 하면 문명 사회이다. 부패에 기준한다면 우리는 문명과 한참 떨어져 있다. 우리 개인도 이제 어떤 처벌을 겁내거나 사회 전체의 분위기가 달라지기를 기다리지 말고 자기 스스로의 양심과 대화하는 시간을 많이 가져야 한다.

이제 일할 의지만 있다면 굶는 세상은 아니다. 먹고 살 수 있음에도 부정·폭력·사기 등에 연루되는 것은 정말 인간으로서의 자격상실이자 자기파괴이며 시민 사회의 배반이다.

# 자유인·자유사회

지난 1990년대 초 한 후배기자가 동유럽을 다녀왔다. 그가 웃으며 한 애기 중에 유고슬라비아에 카를 마르크스 대학이 있는데 그 대학 정문에 큰 낙서가 있어 현지인에 물어보았더니 '마르크스는 바보'라는 글씨였다는 것이었다.

공산주의라는 거대한 사상의 탑을 세운 마르크스가 바보일까. 경제 관계로 인류사를 조명한, 그래서 우리에게 많은 수수께끼를 풀게 한 그 명석한 두뇌가 바보 소리를 들어야 할까. 결과를 보면 바보 소리를 들어서 마땅할 것이다.

동구권 몰락 이전에도 필자는 마르크스에 대해 상당히 긍정하면서도 반대로 이해 못할 점도 역시 상당히 갖고 있었다. 그것은 폭력혁명이라는 것의 주장에 대한 반감만은 아니었다. 폭력도 상황에 따라 필요한 경우가 있다. 혁명이라고 미화된 용어도 폭력에 의한 사회체제의 전복이다.

마르크스에 대한 실천적 의문점은 프롤레타리아 독재라는 것이다. 어떤 계급이 담당하건 독재를 하면 그것은 장기간 군대와 경찰 그리고 충성스런 관료 계급이 필수적으로 요청된다. 무겁고 경직된 사회 조직이 거미줄처럼 쳐지지 않을 수 없다. 이런 사회가 발전할 수 있을까.

그는 프롤레타리아트 독재가 공산주의 완성 단계 이전의 한시적 존재라는 것도 인정했다. 그러나 독재정권과 이에 기생하는 기득권층이 이미 갖고 있고 누리고 있는 것을 스스로 내어 놓을까.

마르크스에 대한 두 번째 의문은 개인의 이기주의에 대한 소홀한 관찰이다. 이미 아리스토텔레스 때부터 개인의 이기심을 무시하는 것은 공론이며 또 살맛도 안 나는 것이라는 지적이 있어 왔는데, 그가 무시한 이유는 어디에 있을까. 그는 인간개조와 사회구원이 가능하다고 믿었을 것이다.

실제 혁명 후 소련은 이데올로기에 의해 사람을 사회주의적 인간으로 개조하려고 여러 가지 노력을 했다. 그러나 이런 시도가 모두 실패했음을 우리는 직접 보게 되었다. 아마 지금의 북한 주민도 수십년 간 폐쇄된 공간 속에서 세뇌받아 왔지만 외부 세계와 접촉하게 되면 순식간에 속았다고 느낄 것이다.

속된 말로 남자에게 마음대로 떠들며 술마시게 하는 기회, 여자에게 멋진 옷과 화장품을 살 수 있는 기회가 생긴다면 공산주의나 김일성-김정일이 웬 넋두리냐 하면서 팽개칠 것이다. 김정일과 북한의 노멘클라투라(기득권층)는 이런 것을 이미 예감하고 있을 것이다. 개방은 그래서 하더라도 아주 조금씩밖에 안 할 것이다.

자유주의에 대한 논의는 서양 사상사의 주된 흐름이지만 우리의 대중에게 자유주의는 논리로서 머리에 명확히 박혀 있는 것은 아니다. 그렇지만 그동안의 경험으로써 자유의 소중함과 그것의 효용성은 느끼고 있다.

남북한의 격차는 말할 것도 없고 소련이나 동구의 여러 나라들이 공산주의 아닌 방식으로 사회를 움직여 왔다면 그들이 우리보다 못

살 이유는 하나도 없는 것이다.

독일 중에서도 19세기 통일의 주체가 되었던 자만심 많은 프로이센은 대부분 2차대전 후 동독이 되었다. 망할 때의 소득이 우리와 엇비슷했다. 나머지 체코슬로바키아, 헝가리, 폴란드 등은 우리의 절반 수준인 2천~3천 달러였다. 이들 나라는 기술적 토대나 산업적 경험 등에서 우리와 비교도 할 수 없을 정도의 나라였다. 독립군의 청산리 전투에 쓰인 총기가 체코제였다는 것도 우리는 다 알고 있다.

요컨대 자유의 박탈이 모든 것을 박탈해 버린 것이다.

그렇다고 자유가 모든 것을 해결해 주는 만능의 신도 아니다. 자유는 불공평을 낳고 부익부 빈익빈을 심화시켜 사회 불안의 원인이 되기도 한다. 그러기에 지난 1999년 3월 방한했던 월터 먼데일 전 미국 부통령은 "정부가 해야 할 일은 자유의 조정이며 정치가는 자유의 비즈니스맨"이라고 말하기도 했다.

자유는 또 사람과 사람 사이에서의 문제만이 아니라 자연과 인간 사이의 관계에서도 인간을 일방적인 수탈자로 만드는 위험이 있다. 현재 우리는 지구촌 규모로 그것을 목격하고 있다. 자유는 또 반갑지 않게도 혼란과 타락의 유혹이기도 하다. 오랜 억압적인 지배에서 풀려난 뒤 어떻게 되는 가는 우리가 스스로 경험한 바 있다. 해방 후, 4·19 이후를 생각해 보라. 일부에서는 1980년의 경우도 혼란이라고 몰아세우고 있으나 그 정도는 혼란이라고 보지도 않으며 더욱 가증스러운 것은 혼란을 유도한 측이 혼란했다고 덮어 씌운 짓이다.

사회주의 붕괴 후 소련과 중국은 대조적인 모습을 보이고 있다. 아무래도 중국 지도층이 현명한 것 같다. 또 그동안 비판을 많이 했지만 유교적 전통이란 게 민중에게 과도함을 억제하는 데는 약효가 있었을 것이다. 사실 천안문사태는 불행이고 유감된 일이지만 만약 천안문사태로 중국의 정권이 바뀌어 급격하게 다당제 국가가 되었다면

어떻게 되었을까. 온갖 정파가 나오고 민중의 욕구가 분출했다면 중
국이 어떻게 되었을까.

물론 현재의 중국은 더 변해야 한다. 티베트 등 소수 민족의 독립
도 인정되어야 한다. 대만은 완전한 독립국가로 승인받아야 한다.

자유는 이론적으로는 처음 정치 권력과의 관계에서, 다음은 경제
활동 면에서 주창되었다. 자유는 천부인권이란 정치 사상으로 근대
민주주의의 기초가 되었고, 자유는 사회 전체의 능률과 부를 형성하
는 최선의 수단이라는 신념에서 근대 자본주의의 기초도 되었다.

자유에 대한 종합적 고찰은 J. S. 밀의 《자유론》에 전개되었다. 더
많은 사람에게 행복을 안겨줄 수 있는 자유에 대해 실증적이고 논리
적인 서술을 한 이 책은 좀 어려운 감이 있지만 학자 이외에도 더 많
이 접근했으면 한다.

20세기에는 파시즘의 영향으로 《자유로부터의 도피》니 《노예에의
길》이니 하는 저서들이 많이 읽혔다. 이들 저서는 자유를 파괴하는
위험에 대해 우리에게 많은 시사를 던져준다.

2차대전 후에는 철학적이고 사상적인 것보다 현실적인 정책 측면
에서 자유가 많이 거론되었다. 미 레이건 행정부에서의 프리드먼,
대처주의로 일컬어지는 신보수주의, 요즘 제3의 길로 일컬어지는 유
럽의 새로운 시각도 무슨 특별한 이념이라기보다는 새로운 환경에
적합한 자유의 정책 모형을 제시한 것이라고 본다.

자유주의는 이론으로서 아는 것도 중요하지만 역사의 실체로서 파
악하는 게 오히려 더 시사적이다.

우선 오늘의 선진국들을 보라. G7과 일부 유럽의 작은 나라들을
선진국으로 볼 수 있는데 소득은 2만 달러 이상, 그리고 모두가 인권
과 자유가 존중되는 나라들이다. 스웨덴, 덴마크, 노르웨이, 그리고
베네룩스 3국, 스위스 등은 인구는 겨우 수백만에서 1천여 만명에 이

르는 나라들이지만 지적으로나 도덕적으로 최고 수준의 나라들이다. 몇 가지 과학과 기술에서는 세계 일류이다.

이들 나라에서 사회주의 정당이 집권하는 때도 있고 보수정당이라도 사회주의 요소를 상당히 채용하고 있지만 어느 한나라도 시장경제와 의회주의의 기본을 일탈한 경우는 없다.

우리에게도 자유주의는 법제도로는 정착이 되었다. 실제로 권력 남용이 있고 제도가 그 정신에 맞게 제대로 집행된다고 볼 수는 없으나 이제 체제로서의 자유주의는 논란의 대상은 아니다.

그러나 문제는 자유주의 체제 속에 살면서 개인 개인이 '자유의 인간'이 되지 못하고 있는 데 있다.

이제 개인은 스스로의 노력에 의해 이성적이며 독립적이고 자유로운 사고를 하는 뚜렷한 시민이자 인간으로 변신해야 한다. 이런 인간상이 근대적 인간이다.

온갖 편견, 주관적 감정, 소집단 의식, 연고에 의한 판단 등은 자유로운 인간의 성숙한 마음가짐이 아니다.

우리가 자유로운 인간이 되기 위해서는 앞에서 강조한 대로 집에서나 학교에서나 생각하는 사람을 키우도록 해야 한다.

이미 학교를 나온 사람은 기회 있는 대로 책과 토론을 통해 사실을 파악하고 남의 의견을 접하면서 자신의 생각을 정리하는 것이 습성이 되어야 한다. 그렇게 해야만 부실한 교육의 희생으로부터 탈출하게 된다. 일본 지하철의 책 읽는 모습이나 서점의 북적거리는 모습이 자주 화제가 되는데, 우리는 어떤가. 읽지 않고 생각하지 않는 국민은 계속 미로를 헤매게 마련이다.

# 21세기의 도약

IMF 사태 이후 기업의 조직이 크게 흔들렸음을 우리는 잘 알고 있다. 기업이 생긴 이후로 철의 법칙으로 통용되던 연공 서열제가 파괴되어 1999년 3월에 LG그룹은 사무직에서 이것을 완전히 없앴다. 임금은 신분이 아니라 조직에 대한 기여도의 보상이라는 계산적 태도는 계속 확산될 것이 뻔하다.

금융가에서는 천문학적 숫자의 연봉을 받는 사람도 생겨나 화젯거리가 되고, 어떤 팀은 다른 데에서는 구경하기도 힘든 특별 보너스를 받아 팀 전원이 함박웃음을 피우기도 했다.

권위주의형 수직 질서는 파괴될 것이다. 앞으로 수평 관계가 주류를 이루면서 조직 내에서 치열한 경쟁과 함께 협력 관계도 강조될 것이다.

세상의 새로운 흐름은 이미 오래전에 시작되었다. 알다시피 지식·정보 산업으로의 이행은 우리가 산업화의 기초를 닦던 1960년대에 이미 미국에서 시작되었다. '새로운 현실'이나 '제3의 물결'은 이미 선진국에서 40여 년의 역사를 갖고 21세기를 맞는다.

우리 산업에서는 현재 중화학공업이 가장 큰 비중을 차지하고 있다. '공업은 영원하다'는 말에도 진리는 있지만 대규모 장치산업으로만 버틸 수 없다는 것도 독자들이 잘 알 것이다. 토플러가 한국을 방문할 때마다 정보·지식 산업을 강조하는 것도 제조업에만 머물렀다가는 또 새로운 문명에서 낙오자가 될 수 있음을 경고한 것이다.

서양의 미래학자나 정보와 지식 관련 저자들이 거의 언급하지 않고 있는 분야는 권위주의와 새로운 21세기형 산업과의 관련이다. 그들로서는 당연한 일이다. 그들은 이미 오래전에 권위주의의 잔재를 없앴으므로 언급할 가치가 없는 것이다. 다만 권위주의는 아니지만 유럽의 보수성은 지적되고 있다.

결국 보수적인 서유럽은 일본에도 뒤져 이제 전반적인 개혁 무드가 조성되지 않는 한 더욱 낙후할 가능성도 크다. 그네들의 주요 관심사는 분배 문제라든가 인간소외 등에 쏠리고 있는데 순전히 물질적인 측면에서만 생각한다면 안타까운 느낌도 든다.

그러나 우리가 경솔하게 새로운 변화에 뒤쳐지고 있다 해서 그들을 낮추어 보면 안 된다. 소득도 2만~3만 달러 수준으로 우리와는 비교도 안 되지만, 그것보다 그들은 이제 인간다운 삶을 생각하는 문명의 높은 단계에 와 있다는 것을 알아야 한다.

사실 마르크스주의도 그 가장 매력적인 포인트는 인간소외를 다루었다는 점이다. 이것은 강력한 자본주의 세계에 뜨끔한 위협이었다. 지식인들 사이에는 소련과 동구권의 붕괴에도 불구하고 '사회주의가 죽은 것은 아니다'라는 말도 하고 있는데 일면의 진실은 있다고 본다. 만약 세계의 대다수 국가가 지금 가격으로 소득 2만~3만 달러의 수준이 되어 기본 생활은 물론 상당한 여유까지 생긴다면 계속해서 가혹한 경제 논리로 경쟁하고 환경파괴나 가속시킬 필요가 있을까.

어쨌든 이런 지적 담론이 필요는 하지만 우리의 현실로는 시기상

조이다. 현재로서는 제조업에서 환경 파괴를 최소화하고 좀더 개성이 존중될 수 있는 신산업, 즉 정보·지식산업 쪽으로 한차원 높게 비약하는 게 과제다.

우리는 특히 정보·통신 분야에 권위주의가 해롭고 장애가 된다는 것을 알고는 있다. 그러나 깊게 인식되어 있는 것은 아니다.

정보화 전략에 관해 전문가들은 "진화를 가로막고 있는 것은 컴퓨터나 통신 등의 기술보다 이 시대에 사는 사람들의 의식의 장벽이다"라는 지적을 자주한다.

최근 회사 경영자들도 달라지고는 있다. 더구나 IMF라는 시련으로 경쟁력이란 게 얼마나 무서운 것인지 실감했고 새로운 물결에 빨리 적응하지 않으면 도태된다는 것도 뼈저리게 느끼고 있다.

그러나 사람 사이의 허물 없는 의사 소통, 새로운 아이디어의 개발, 실험적 모험의 용인 등 창조의 밑바탕이 되는 정신 구조는 아직도 상당히 뒤쳐져 있다. 특히 공적(公的) 부문에서 심하다. 이 분야에서는 요컨대 민간에 군림하려는 재래의 사고 방식에다 이기적 동기까지 개입되어 있으므로 정치권의 결단이나 시민의 지지 없이는 해결이 난망이다.

현정부가 공공부문의 개혁도 추진하고 있으나 아직까지 실적은 신통치 않다.

공공부문의 개혁은 관료에 대한 새로운 시각, 즉 국민의 이익을 위해서만 관료제는 필요하다는 인식을 국민이 갖고 개혁에 적극 지원을 해야 한다.

공공부문의 개혁으로 인한 실업은 작은 아픔이요, 개혁의 사각지대로 남겨 두는 것은 국민 모두의 큰 아픔이 된다. 반발이 있다고 해서 주저하다가는 시간이 흐를수록 개혁은 어렵게 된다. 여기에 큰 원군이 될 수 있는 것이 다수 국민의 지지이다. 국민적 지지 없이는 당사자와 기득권층의 저항으로 개혁은 용두사미가 되기 쉽다. 이미 그 증후가 보인다.

사회적 모순의 퇴출과 함께 우리 자신이 안고 있는 정신적 결함을 철저히 반성하고 그것이 우리의 미래에 얼마나 장애가 되는지 이해한다면 우리는 전혀 달라질 수 있다. 자기도 모르게 신한국인으로 변신할 수 있는 것이다.

그리고 이 신한국인이 대량으로 나타나지 않는다면 한국은 장벽을 넘지 못하여 일류의 문명국가가 되기는 어려울 것이다.

그러면 보이지 않는 이 장벽의 정체는 무엇인지 소상히 살펴보기로 하자. 알고 나면 극복하기도 한결 쉬워진다.

# 제3장

# 가슴이 머리 위에 있다

- 감성적인 너무나 감성적인
- 카타르시스가 필요했었다
- 샤머니즘 영향일까?
- 자기 감각으로 남을 판단한다
- 연고라는 거미줄
- 획일주의 소심증
- 편협·편견이 서로의 행복을 해친다
- 계속되는 가족·고향의 이중주

# 감성적인 너무나 감성적인

우리가 정(情)의 민족이라는 것은 아마 여러 가지 명료한 증거를 말하지 않더라도 우리 자신이 잘 알고 있다. 그런데 통속적으로 정의 민족이라고 말할 수는 있어도 정확하게는 감성의 문화라고 말해야 한다. 왜냐하면 이 책의 첫 부분에서 얘기했듯이 민족은 태어날 때부터 어떤 특질을 타고 나는 것은 아니기 때문이다.

만약 독자 여러분의 친척 가운데 서양에서 자라고 있는 아이가 있다면 한번 유심히 살펴보라. 그곳 사람과 비슷하게 느끼고 행동하는 것을 보고 '이 애는 생김새만 한국인이구나'라는 느낌을 갖지 않을 수 없다.

여기서 감성적이라고 할 때는 이성적인 것과 대칭적으로 사용되는 감정적 행태를 의미하는 것으로 이해해야 한다. 흔히 정이라고 하면 감정이 개입된 것이긴 하지만 남녀 간의 정처럼 단순한 감정 이상의 설명하기 어려운 함축성도 갖고 있다.

우리가 얼마나 감성적인지는 개인 행동에서뿐만 아니라 심지어 전쟁중에도 나타난다. 6·25때 초전의 수치스런 패배에도 불구하고 전쟁의 전 과정에서 우수한 지휘자로 국내외에서 칭송받은 사람이 더러 있었다. 그 중의 한 분이 백선엽 장군이다. 그는 과거 신문에 6·25 체험에 관한 장문의 글을 연재한 적이 있었다. 그 중에 이런 내용의 글이 나온다. 중공군 개입으로 일진일퇴가 되던 때의 얘기였다.

"한국군은 승세가 보이면 엄청난 힘을 발휘한다. 어디서 그런 용기가 생겼는지 알 수 없다. 그러나 일단 패색이 짙어지면 너무나 허무하게 무너진다. 나로서는 도저히 이해하기 어려운 현상이었다."

이런 현상은 사실 오늘날에도 흔히 보게 된다. 운동 경기에서도 이기면 광란하듯 환호하고 선수들을 영웅시하지만 패하면 위로는커녕 온갖 사소한 이유를 들먹여 비난하거나 아예 무시해 버린다. 경기란 이길 때도 질 때도 있는 것이라는 평범한 진리조차 인정하지 않으려 한다.

또 요즘 흔히 하는 말로 '김샜다'라는 표현이 있다. 김이 새 버리면 일할 기분이 전혀 나지 않는다는 뜻일 것이다. 일을 의무감과 성실성으로 대하기보다 감정의 변화에 따라 대처하는 태도이다.

이런 한국인의 특성을 제대로 파악하고 그것을 활용해야 한다는 관점에서 몇 년 전 서울공대의 이면우 교수는 '신바람 운동'이란 캠페인을 벌이기도 했다. 공장이건 사무실이건 신바람이 없으면 일의 능률이 오르지 않는다는 것이다. 그래서 경영자나 부서의 책임자는 종업원이나 부하직원들이 신나게 일할 수 있는 환경·조건·이벤트에 신경써야 한다는 주장이었다. 이 교수의 주장은 상당한 호응을 얻기도 했다. 그리고 앞으로도 이 신바람 제의는 각 직장에서 유념해야 될 것 같다. 그러나 아무래도 이것만으로는 부족할 것이다.

과거 필자는 김수환 추기경을 인터뷰한 적이 있었다. 대담중에 김 추기경은 이런 얘기를 했다.

"나는 기도를 조용히 하라고 당부하고 있습니다. 그런데 그게 안

돼요. 신도들은 꼭 요란하게 기도해야 뭔가 통한다고 생각하는 것
같아요."

1999년 5월에는 만민중앙교회 신도들이 MBC에 쳐들어가 방송을
중단시키기도 했다. 나라에 쿠데타나 발생했을 때 일어날 수 있는
엄청난 짓을 그들은 저지른 것이다. 그러나 MBC는 중단된 고발 프
로인 〈PD수첩〉을 다시 방영해 필자도 보았다. 광란, 환호, 도취 등
예상했던 그대로였다.

이 밖에도 우리는 과거 많은 신흥종교의 의식(儀式)에서 그리고 기
존 종교의 부흥회라는 집회에서도 흥분의 도취상태를 목격했다. 이런
흥분·마취성 집회가 많은 사람을 모으고 있는 까닭이 어디에 있을까.

이것은 한국인의 깊은 정서적 심리구조를 이해하지 못하면 설명할
수 없을 것이다. 차근차근 교리를 설명하는 목사는 따분하고, 전율
을 일으키게 하는 목소리와 몸짓, 그리고 신비스런 분위기에 휩싸여
야 종교적 일체감을 만끽하는 심리, 그래서 이 땅의 모든 종교는 무
속적 성향으로 수렴된다는 설명도 있다.

필자는 종교 집회를 포함한 이런 모든 행위의 바탕에 한국인의 강
한 감성주의가 깔려 있다고 본다. 가슴에 느껴지는 것, 그것이 없이는
재미도 없고 일할 기분이 생기지 않는 심정적 구조가 있다는 것이다.

TV를 보거나 라디오를 들을 때 아나운서나 기타 사회자의 말 속에
도 가슴이라는 말이 머리라는 말보다 훨씬 많이 들린다. '정말 가슴
에 찡한 얘기네요', '가슴에 와 닿는…', '가슴 저미는…', '가슴 뭉클
한' 등등의 표현이 수없이 많다.

개인간에도 가슴이 통해야 인간적 통로가 열린다. 함께 술자리를
하고, 그것도 통음해서 서로 실수하고 야단법석한 다음에야 친해지
는 습성이 있다. 어떤 회사 간부는 이런 얘기도 했다. "빨가벗고 목
욕탕에도 다녀와야 가까워진다."

이것은 신세대에게도 비슷하게 전개되는 것 같다. 대학 신입생에게 소주나 막걸리를 억지로 먹여 토하고 실신하게 하고……. 1999년 5월의 서울대 철학 동아리 회장의 익사사건은 그 극단적인 예가 될 것이다.

한국인의 감성적 성향은 이성적 토론의 기피에서도 들어난다. 뭔가 차분히 따지며 토론을 하려면 10분도 안 돼 졸거나 한눈 팔고 조금 더 시간이 지나면 여기저기서 골치 아프다는 말이 튀어나온다.

골치 아프지 않으려고 복잡한 문제를 차근차근 토의해서 단순하게 만들려 하는데 아예 토의조차 기피하는 것이다. 왜 대화 가운데 골치 아프다는 말이 자주 나오게 될까. 정말 골치 아플 정도로 문제의 성격을 파악하기 곤란해서일까. 아니면 그냥 무얼 따지고 생각하는 것 자체가 골치 아프게 하는 것일까.

이것은 도저히 명쾌한 설명을 할 수 없는 수수께끼 같은 것이다. 따라서 추론으로만 대답을 할 수밖에 없는 노릇이다.

그럼 역사적 배경을 고려하면서 추론을 전개해 보자. 독자들도 나름으로 생각해 보길 바란다.

# 카타르시스가 필요했었다

**필**자가 어렸을 때 동네 아주머니들이 '여자가 똑똑하면 팔자가 드세다'는 말을 많이 했다. 이런 말이 나오게 된 배경은 전통사회에서 여자의 종속적인 위치를 생각하면 쉽게 수긍이 간다. 그러면 똑똑하다, 즉 따지는 경향을 남성 중심의 사회에 대입시켜 보자.

집안에서는 묵묵히 아버지에 따르고, 밖에서는 동네 어른에 공손하고, 관청에서는 굽신거리고, 이렇게 하면 탈없이 살 수 있을 것이다. 그러나 뭔가 사회생활의 모순을 의식하고 그것에 분노를 느끼는 사람일 경우, 권위주의 시대의 억압구조에서 그 삶이 순탄했을까. 서민들 사이에서는 상놈이 글 배우면 탈이 난다고 했다.

왕조시대의 홍길동이나 임꺽정, 홍경래, 전봉준 같은 인물들이 민중의 가슴에 시원한 맛을 안겨 주기는 했지만 실제로 어떻게 삶을 마감했는가. 홍길동이야 전설일 수도 실존일 수도 있겠지만, 다른 이들은 자신은 물론 집안 모두가 없어져 버렸다.

왕조시대에는 반골(反骨)이란 말이 많이 쓰였다. 반골이라고 해 봤자 왕조를 뒤엎고 자신이 왕이 되려는 사람이야 얼마나 되었겠는

가. 요즘 말로 하면 대부분이 비판·개혁세력 정도인데도 반골은 아주 나쁜 이미지의 낱말이 되었다. 이것은 민중 스스로 반골 성향은 엄청난 재난을 가져올 수 있다는 피해의식을 가지고 있었기 때문에 나쁜 이미지의 말로 전화되었다고 볼 수 있다. 한 사람이 잘못되면 집안, 나아가 동네 전체가 폐허가 되기 일쑤였던 것이다.

이런 전통에다 일제시대의 관헌(官憲) 통치는 똑똑한 사람에게 불령선인(不逞鮮人)이란 딱지를 씌워 걸핏하면 주재소에 불러다가 두들겨 팼다. 오죽하면 이런 민요까지 등장했을까.


말깨나 하는 놈 재판소 가고
아깨나 낳을 년 갈보질하고
목도깨나 메는 놈 부역을 간다.


또 이런 노래도 있었다.


문경새재 박달나무 쓸 만한 건
홍두깨 감으로 다 나가고
대장부 쓸 만한 건
징용·징병으로 다 나간다.


이런 역사적 환경에서는 개인이 기를 펴고 할 말을 하는 개방적 성격이 형성되기 어렵다. 또 뭔가 서로 토론을 해 봤자 오히려 분통 터지는 일만 생긴다. 이럴 때 사람들은 자연히 '쓸데없는 소리 집어치워' 하게 되고, 억눌린 기분을 술이나 다른 마취적 행위로 달래게 된다. 한숨과 한탄도 늘어나게 된다.

우리를 한(恨)의 민족이라고도 하는데, 이것은 오랜 세월 억압적인 권력, 꽉 조여진 윤리 체계에서 불가피하게 생겨났다고 보아야겠다. 이렇게 오랜 세월을 살다보니 가슴에 시원한 것, 요란스러운 소리나 몸짓으로 사람을 흥분시키는 것, 잠재된 슬픔을 자극시키는 것이 좋아지게 마련이다. 요컨대 카타르시스가 많이 요구되는 사회가 오랜 기간 계속된 것이다.

사실 이치가 통하고 자기 의사를 충분히 표현할 수 있는 개방사회의 사람들은 자극적인 것, 극적인 사건, 지나친 슬픔이나 기쁨의 표현에 저항감을 보인다.

우리도 세월이 지날수록 그런 경향이 생기고 있다. 잘 울고 짜는 드라마나 영화가 배척받고 있지 않는가. 심지어 요즘에 좀 괜찮다는 음식점에서는 맵고 짠 음식이 조금씩 사라지고 있다. 이것은 건강에 관한 지식의 확산에도 영향을 받았겠지만 여유 있는 계층이 늘어나면서 자극성을 싫어하는 게 음식에서도 나타나고 있는 징후가 아닐까.

누가 조사해 보았는지 모르지만 우리가 감성적 성향의 기준에서는 세계 상위급에 속할 것이다. 그런데 걱정되는 것은 감성적 경향의 민족이 결국은 이성적인 민족에게 질 수밖에 없다는 것이다. 남미와 북미, 남유럽과 북유럽을 비교해 보라.

우리와 아주 비슷한 예는 러시아 사람들의 태도이다. 《뉴욕 타임스》의 H. 스미스 기자는 모스크바 특파원 생활을 한 뒤 《러시아인》이란 깊이 있는 책을 썼는데, 이 책에 다음과 같은 대목이 있다.

"러시아 사람과 친해져서 속 깊은 얘기를 들으려면 그의 집에서 새벽까지 보드카를 마시며 잡담을 나누고 웃고 법석을 떨어야 한다. 그래야만 러시아 사람은 친구가 된 기분을 느끼며 속마음을 털어 놓는다. 사무실에 찾아가서 되지 않는 일이 다차(별장)에서 하룻밤을 보내면 쉽게 풀린다."

이런 내용을 쓰면서 스미스 기자는 백인이라고 해서 독일인과 소련인을 비슷하게 보면 안 된다고 했다. 한쪽은 철저히 합리적이며 냉정하고 다른 한쪽은 정반대라는 것이다.

이제 우리는 과거의 억압 폐쇄적 구조에서 벗어났고, 자기 표현의 제약도 거의 없어졌다. 그리고 생활환경이 모르는 타인과 원만하게 지내야 하는 조건이 되었다. 이 타인과의 관계에서 자기의 주관적 감정으로 말하고 행동한다면 어떻게 되겠는가.

그러나 인간적인 원숙한 감정이 없어서는 곤란하다. 정말 슬플 때 슬퍼하고 기쁠 때 기뻐하고 분노할 때 분노하는 가슴이 있어야 한다.

요컨대 성숙한 정신이란 이성과 감성의 적절한 균형에 있다. 메마른 사람에게 전혀 인간미를 느낄 수 없듯이 작은 일에 근거 없이 흥분하고 소란 피우는 소아성 어른도 곤란하다. 그런데 우리나라에는 이렇게 어린이 같은 어른이 너무 많다. 가슴이 머리 위에 있는 것이다.

# 샤머니즘 영향일까?

우리는 가족이나 친지들, 직장 동료 사이에서 가끔 아주 떠들썩하고 요란한 사람을 볼 수 있게 된다. 이런 사람은 쉽게 흥분해 떠들기도 잘하고 웃기도 잘하며 또 화도 잘 낸다. 그러나 별로 악의가 있는 것도 아니어서 주변에서는 그저 미소 짓고 쳐다만 보는 경우가 많다. 모임에서는 인기 있는 사람이 되기도 한다. 이런 사람을 우리는 대체로 어린애 같다고 말한다.

심리학자 가운데에는 이런 기질을 좀 어려운 말로 발양형(發快型)이라고 한다. 그리고 흥분 잘하며 경솔하고 즉흥적이라는 설명을 붙인다. 그럼 한국인을 다른 민족과 비교해 보면 어떨까? 우리는 과연 발양형인가.

지난 1990년대 초 프랑스 대사관 사람과 식사를 한 적이 있다. 그는 영어를 잘하는 편이 아니어서 대화가 오히려 쉽게 진행되었다. 이야기가 약간 빗나가지만 프랑스인이나 독일인과 만났을 때 주의할 점이 있다. 그것은 프랑스어나 독일어를 약간 안다고 그 나라 말로 인사를 하면 그들은 자기 나라 말을 잘 아는구나 싶어 대뜸 자기네 말로 지껄

이는 바람에 난처해질 수가 있는 것이다. 때문에 상대방의 언어를 잘 모르면 '봉주르'니 '구텐 모른겐'이니 하는 인사말은 삼가야 한다.

식사중에 이 프랑스인에게 한국인과 접촉해 보면서 어떤 느낌을 받았느냐고 물어보았다. 그는 한국인을 좋아한다고 했다. 왜 그러느냐고 했더니 한국인은 라틴인과 비슷하다면서 자기는 독일인이나 일본인을 별로 좋아하지 않는다고 했다.

확실히 프랑스나 이탈리아, 스페인 쪽은 북쪽의 게르만족과 기질적인 차이가 있다. 민족 구성도 다르지만 지리나 풍토적 조건이 다르고 전통에서도 이질적인 게 많다. 그렇다고 독일인이 문제가 있다는 뜻은 아니다. 다만 독일식의 정확성을 자랑하고 있지만 필요 이상 딱딱하고 엄격한 것이 아니냐는 느낌을 받는다.

한번은 독일 프랑크푸르트에서 아침식사를 하려고 호텔 로비에 동료들과 앉아 있는데, 식당 입구에 7시에 연다는 팻말이 있었다. 벽에 걸린 시계를 보니 7시 5분 전쯤 되었다. 우리 일행은 시간도 거의 되었으니까 별 생각 없이 식당에 들어갔다. 식당 입구에서 엉거주춤 서 있으니까 식당에서 테이블을 정리하던 아주머니가 식당 안에 걸린 벽시계를 가리키면서 나가라는 손짓을 했다. 영어로 간단히 'We open 7'이라고 무표정하게 말했다.

그때 우리 일행은 약간의 실수는 인정하면서도 상당한 모욕감을 느꼈다. 실제로 시간이 약간 빨라서 나가라는 것인가. 만약 같은 독일인이 우리처럼 들어왔을 때 저렇게 나가라고 할 수 있을까. 어쨌든 불쾌해서 한참 뒤에 식당에 다시 들어갔다. 그후 필자는 만약 같은 경우가 영국이나 프랑스, 미국에서 있었을 때 이들 나라 사람들은 어떻게 했을까 하고 생각해 본 적이 여러 번 있었다.

확실히 남과 북은 기질에서 다르다. 대체로 남쪽 사람들은 명랑한 기분파이며 행동주의자이다. 북쪽 사람들은 침착하고 사색적이며 논

리성이 강하다. 유럽에서뿐만이 아니라 우리나라에서도 그런 경향을
어느 정도 느끼게 된다. 일본에서도 큐슈쪽과 간토 지방 사람들의
기질적 차이는 자주 언급된다. 물론 기후 같은 풍토적 여건이 전부
는 아니어서 역사적 사회적 맥락을 같이 연결시켜 생각해야 한다.

예컨대 영국인을 이해하려면 민족 구성에서 유럽 다른 나라보다
혼혈이 심해 문화적 상대주의가 싹틀 여지가 많았다는 것을 고려해
야 한다. 또 민주적 생활방식이 일찍 정착됨으로써 다른 민족이나
문화에 대한 포용력도 커지게 되었을 것이다. 이런 바탕에서 철저히
실용적이며 경험주의적 교육을 받아왔기에 형식 논리에 덜 구애받고
원칙과 현실을 조화시켜 나가는 능력을 키웠을 것이다.

우리는 전반적으로 남쪽형 기질을 갖고 있다고 본다. 사적인 관계
에서 이런 기질의 사람은 크게 부담을 안 준다. 나쁜 말로 경박하고
변덕스럽고 예측 불가능이라 해도 기본적으로는 어린이 같아 어떤
때는 매력도 있어 보인다. 그러나 이런 성향이 지나치면 곤란하다.

여행을 자주 해본 사람들은 느끼겠지만 프랑스에서 이탈리아로 가
면 두 나라가 비슷한 것 같지만 이탈리아 사람들은 너무 지나치다는
인상을 받는다. 수다스럽다고 할 정도로 떠들고 마구 나서서 큰 소
리로 외치며, 뭔가 제 마음에 안 들면 안색이 금방 변한다. 요컨대
중요한 것은 적절한 자기통제다.

우리뿐만이 아니라 동아시아계 사람들이 예민하게 반응한다고 한
다. 페리 제독이 흑선을 이끌고 일본의 에도(지금의 도쿄) 앞바다에
나타났을 때 시민들이 우왕좌왕하며 극도의 흥분상태를 보였는데,
미국인들은 이것을 집단 히스테리 증세라고 표현했다. 도쿄 대지진
때 역시 시민들이 이런 히스테리 증세를 보여 한국인을 집단 학살한
사건도 있었다. 일본인은 예민하지만 반응을 상당히 억제한다. 억제
하다가 보니까 어느 때인가는 폭발해 집단 광기를 보일 수가 있는

것이다. 앞서 말한 관동 대지진이나 태평양전쟁이 일어나기 얼마 전
미국의 석유 금수 조치에 보인 반응은 일본인의 잠재된 폭발력을 보
여주는 것이다. 따라서 다시 북한의 미사일 발사나 선박의 일본 영
해 침범이 되풀이된다면 일본인의 광기를 자극하는 위험한 행위가
될 수 있을 것이다.

현재 우리가 자주 쓰고 있는 말에 '냄비 기질'이란 말이 있다. 쉽
게 끓고 쉽게 식는다는 얘기다. 이것은 어떤 느낌이 들면 이성의 반
추 기능 없이 즉시 행동에 옮겼다가 그 느낌이 무뎌지면 곧 그만둔
다는 얘기이다. 전형적인 어린이형 행동양식이 아닐 수 없다. 실제
어린이를 관찰해 보면 그들은 깊이 생각하지 않고 성급히 행동하며
방금 전의 일도 쉽게 잊어버리고 딴일을 생각한다. 이런 행동은 어
린이다워 오히려 귀엽게 보이지만 어른이 되어서도 그 모양이면 한
심한 일이다.

1970년대에는 '소나기 수출'이란 말이 있었다. 누가 특정 지역의
수출로 재미를 보았다면 너도나도 똑같은 물품을 만들어 소나기 퍼
붓듯 수출하는 현상을 말한다. 그런데 이렇게 되면 수출품이 포화상
태가 되어 결국 수지도 안 맞고 업자 간의 덤핑으로 손해가 생기는
것이다. 이런 경향은 수출에 대한 사전 지식도 부족한 데다 우리의
강한 모방심리에서 그 원인을 찾을 수 있지만, 뭐가 좋다 하면 즉시
마음이 움직이고 따라하지 못하면 불안해 견딜 수 없는 조급증에도
이유가 있을 것이다.

4·19 후 이승만 대통령이 하야했을 때 환호하던 군중이 그가 하와
이로 망명하니까 눈물을 글썽이며 슬퍼하는 것을 보고 신문들은 쉽
게 화내고 쉽게 풀어지는 한국인을 비웃기도 하고 너무나 빨리 잊는
망각 증세를 나무라기도 했다.

1997년 외환 위기가 알려져 나라가 부도 직전으로 온 국민의 가슴이

철렁했다. 그래도 그 엄청난 위급시기에 우리는 대체로 잘 대처한 셈이다. 정부도 침착했고 우리 국민은 감성적 기질의 긍정적 반응으로서 위기에는 단결하는 전통적인 저력도 보였다. 금 모으기 운동을 벌이고 소비절약을 했다. 그러나 너무 흥분한 모습도 눈에 띄었다.

예컨대 대부분의 신문·방송이 허리띠를 졸라매자고 외쳤다. 이런 캠페인성 보도는 근본 취지에서는 좋은 것이다. 그러나 사회교육적 기능도 갖고 있는 매스컴은 군중심리에만 영합해서는 안 된다. 좀더 깊이 있게 사안을 살펴야 한다.

필자는 하도 많이 매스컴에서 허리띠 졸라매자는 구호를 내걸어 사람들이 공포심까지 느끼는 것 같아 '허리띠까지 졸라매면 정말 굶는다'는 제목의 칼럼을 쓴 일이 있다. 이 글은 외화 낭비를 줄이는 방향에서 소비를 줄여야지 사람들이 겁에 질려 의식주의 기본 소비까지 급격히 줄이면 내수시장이 붕괴되어 모두가 위험에 처한다는 내용이었다. 글이 나간 날 저녁, 술 좋아하던 모씨가 "당신 글 읽고 소주 마셔도 괜찮다는 생각들었어" 하며 한잔 하자는 전화를 걸어왔다.

흔히 호들갑떤다는 말을 한다. 결코 좋은 태도가 아니다. 경망스러운 사람이 쉽게 놀라고 쉽게 흥분하며 그것을 타인에게 전파하는 데 대체로 기질 탓도 있지만 지적 성숙이 덜 되면 감정을 억제하지 못해 호들갑쟁이가 된다.

그럼 이 흥분 잘하는 심성의 기원은 어디에 있을까.

한국 학자들 가운데에는 망아(忘我), 도취 등을 특색으로 하는 샤머니즘에서 기원을 찾기도 한다. 샤머니즘은 아직도 정신적으로 우리에게 깊은 영향을 주고 있다는 설명도 덧붙인다. 서구 학자들은 대체로 덜 문명화한 사회에서는 광란의 축제로 상징되는 디오니소스적 요소가 보편적으로 존재한다고 설명한다. 그들은 서양에서도 고대 사회에 열광 도취의 축제가 많았다고 말하고 있다. 현대에는 '록

밴드'의 열광에서 그 흔적이 나타난다고 한다.

우리의 경우 샤머니즘의 영향과 함께 실례로서 많이 인용되는 것이 〈위지동이전〉(魏志東夷傳)에 나오는 구절이다. 몇날 며칠씩 노래하고 춤추며 술 마신다는 대목인데 요즘의 우리와 비교해도 너무나 엇비슷해서 신기할 정도이다. 그 수많은 노래방, 관광버스에서의 노래판, 그리고 널브러진 술병들. 그러나 좀 치밀히 생각해 보면 '고대의 전통 때문일까' 하는 의혹이 생긴다.

《한국인에게 문화는 있는가》라는 책을 쓴 최준식 교수는 역시 샤머니즘 쪽에 초점을 두고 있다. 그는 현대의 한국인은 스트레스를 많이 받고 있지만 그것만으로는 설명 부족이라면서 다음과 같이 쓰고 있다.

"나는 한국인들이 노래나 춤, 그리고 음주를 좋아하고, 그것도 신바람이 나서 원초적인 카오스 상태까지 치닫는 것은 한국 무교의 영향 때문이라고 생각한다. 한국 무교의 핵심은 바로 노래와 춤이다."

〈위지동이전〉 기사는 사실대로라고 보지만 술을 잘 마신다는 기록은 왜인(倭人)편에도 나온다. 그리고 이 기사가 씌어진 시기라면 이미 중국은 한(漢)대를 지나 삼국지 시대였다. 윤리와 풍습이 유교적 근엄주의로 정착한 시기인 것이다.

이에 비해 우리는 아직 고대의 부락사회적 성격이 농후하던 때였다. 아무튼 한국인의 감성주의 경향은 그 극단의 형태에서는 샤머니즘적 엑스터시, 원시부락 축제의 도취로 나타나지만 그 전통 자체 때문인지 아닌지는 독자들도 상상해 보았으면 한다.

필자의 추리로는 어느 곳, 어느 민족이나 원시상태에서는 비슷한 감성문화가 있었지만, 우리의 경우 그런 문화를 승화시키지 못하게 한 사회구조가 유지되었기 때문이 아닌가 한다.

앞에서 살핀 대로 왕권의 변동은 있었지만 민중의 경제생활이나 부락 내의 생활방식은 수천년 동안 거의 변화가 없었고, 따라서 고달픈 농경생활을 하면서 술과 노래 등에서 해방을 느꼈을 것이라는 추측이다. 여기에다 관청이나 지주의 억압과 착취로 억눌린 감정을 해소할 길은 역시 술과 노래, 도취, 그리고 한탄이었을 것이라는 생각이 든다.

이것은 최근의 사정을 보아도 이해할 수 있는데, 대학문화에서 보이는 각종의 통과의례, 축하, 동지적 연대감의 표시 행위가 억압시대였던 1980년대에 많이 늘어났고, 행태도 악습이니 만행이니 할 정도로 극단화했는데 이것이 그 당시의 정치상황과 연관되는 것으로 보인다.

# 자기 감각으로 남을 판단한다

여러분은 모르는 길을 찾아갈 때 길을 알고 있다는 사람을 차의 뒷좌석에 태우지 말라. 사고 나기가 쉽기 때문이다. 반드시 앞좌석에 태워야 한다. 뒤에 태우면 길을 알고 있는 사람이 "이쪽으로 가면 돼요" 하고 말하는 경우가 있다. 그러면 앞에 앉은 운전자는 왼쪽인지 오른쪽인지 알 수가 없다. 그래서 힐끗 뒤를 보다가 추돌사고가 날 수 있는 것이다. 앞에 태우면 말하는 사람의 손짓 등으로 방향을 알 수 있다. 그러나 길을 알고 있는 사람이 운전 경험도 있으면 이런 일은 벌어지지 않는다. 뒤에 타고서도 미리미리, 그것도 알기 쉽게 오른쪽이라거나 왼쪽이라고 말해 준다.

여기서 우리는 감각주의가 왜 극성인지 그 한 가지 이유를 발견할 수 있다. 즉 경험이 적다는 것이다. 운전 경험이 없으니까 자기는 뒤에 앉아서 이쪽이라고 해도 운전자가 자기와 똑같이 느낄 것이라고 판단하는 것이다. 자기의 감각만 갖고 말하는 것이다. 물론 경험이 없어도 상상력이 있는 사람은 남의 입장에서 생각하며 행동한다. 그러나 사회 전체를 볼 때는 많은 경험이야말로 최선의 교육이다.

한국인들이 감각적으로 예민하다는 것은 널리 알려져 있다. 예민한 감수성으로 세계적으로 유명한 연주가도 나오고 감각이 중요한 역할을 하는 운동경기, 예컨대 양궁이나 탁구 같은 경기에서 뛰어난 실력을 보인다는 설명도 있다. 엄청나게 발달한 언어의 표현 능력, 즉 형용사나 부사가 다양하게 발달한 것도 뛰어난 감수성으로 얘기할 수 있다. 감수성 훈련이란 교육 프로그램이 있듯이 감수성은 둔한 것보다야 예민한 게 낫다. 문제는 감수성의 관리 능력이다.

예컨대 엘리베이터 문이 열리기 무섭게 발을 들여 놓다가 부딪히면 '실례했습니다'라고 말하는 사람이 적지 않다. 실례할지 모른다고 생각하기 전에 자기의 조급한 마음에 따라 행동한 것이다. 길이 막혀 앞차가 도저히 빠져 나가기 어려운 상황에서도 빵빵 거리며 경적을 울려대는 사람도 흔하다. 울려봤자 소용없다는 생각 이전에 답답하다는 느낌에서 즉감적으로 하는 행동이다. 이런 것들을 보고 외국인이나 우리 자신 가운데서도 공중도덕이 없다느니 제멋대로라느니 심지어 난장판이라고 한다. 사실 곤란한 문제다. 대도시의 복잡한 환경에서 이렇게 행동하니.

그럼 차근차근 즉감적 행동방식의 까닭부터 살펴보기로 하자.

우선 우리가 남의 입장을 살필 만큼 복잡한 환경에서 살아오지 않았다는 점에 주목해야 한다. 앞서 예시한 대로 운전 경험이 없으니까 '이쪽으로' '저쪽으로' 가라고 감각적으로 말하는 것이다. 두 번째, 우리의 자연환경이 감(感)의 심성을 키우는 조건을 갖추었다는 것이다. 좀더 자세한 얘기 이전에 한 시를 읽어 보자. 조지훈의 〈승무〉 가운데 앞 부분이다.


　얇은 사(紗) 하이얀 고깔은
　고이 접어서 나빌레라

파르라니 깎은 머리
박사(薄紗) 고깔에 감추오고
두 볼에 흐르는 빛이
정작으로 고와서 서러워라.


　이 시의 그 섬세한 감각, 그리고 그것을 절묘한 시어로 엮어 낸 표현의 감수성에 그저 감탄할 수밖에 없다. 이 밖에 김소월이나 정지용, 이은상, 한용운의 시가 계속 사랑받는 이유가 우리의 깊은 정서뿐만 아니라 감각적으로 일체가 되기 때문일 것이다. 일본인 역시 비슷해 《원씨 이야기》(源氏物語)라는 고대 문집에는 남·여의 정감이나 한송이 꽃과 풀을 노래한 시들이 많이 나오는데, 그 섬세함이 우리의 감성과 잘 어울린다.

　그러나 현실세계에서 감각주의는 많은 혼란을 일으킨다. 우리는 똑같은 크기의 물건도 뒷배경에 따라 크게도 작게도 느껴지는 착시현상에 대해 학교에서 배웠다. 같은 크기의 목소리로 말해도 넓은 공간과 좁은 공간은 다르게 들린다. 이 감각의 불확실성은 여기서 자세히 언급할 필요가 없을 것이다. 문제는 우리가 자극, 감각(지각)의 인식과정에서 감각의 불확실성을 소홀히하고, 감각을 그대로 믿어버리거나 자기만의 감각을 객관적인 것으로 혼동하는 데 있다.

　예를 들어보자. 아직도 집을 짓거나 회사에서 큰 기계를 들여오거나 하면 돼지머리를 놓고 고사를 지내는 경우가 많다. 몇 사람이 그 앞에 서 있다 하자. 여기서 돼지머리라는 객체는 각자에게 서로 다른 느낌을 준다.

　식욕 좋은 사람은 고사가 빨리 끝나 소주에다 돼지고기 한점을 연상할 것이다. 따라서 그 돼지머리는 호감을 주는 것이어서 흐뭇하다. 어떤 사람은 징그러운 생각으로 눈을 감고 보려고도 안 한다. 그래서 빨리 끝났으면 한다. 또 어떤 사람은 도대체 돼지머리에 절하다니 풍습치고 야만스럽군 하며 마지 못해 서 있다. 만약 이슬람권에서 온 근로자가 이런 광경을 보면 소스라치게 놀라 도망칠 것이다. 그들은 돼지고기를 보면 식욕까지 잃는다고 한다.

이렇듯 돼지머리라는 하나의 감각대상은 사람들에게 다른 느낌, 즉 좋게도 나쁘게도 받아들일 수 있다. 그런데 우리는 각자가 다른 느낌을 갖는다는 것을 무시하거나 알려는 노력조차 안 하는 경향이 심하다. 이런 노력은 이성의 작용이다. 이성적 사고를 안 하니까 자기 중심이 되고, 감각적 판단이 되어, 남과 불필요한 마찰이 커지며 스트레스가 증가한다.

"이 사람 돼지고기 한점도 못 먹어?" 하면서 먹으라고 권하는 정도야 참겠지만 자기 주관대로 "종교를 믿으면 믿었지 회사의 행사인데 절도 안 하고 그게 뭐야" 하고 소리친다면 마찰이 안 생길 수 없는 것이다.

여행 가이드의 말을 들어보면, 일주일 이내의 단체여행이 좋다고 한다. 그 이상 되면 틀림없이 하찮은 일로 서로 다투게 된다고 한다. 예컨대 밤늦게까지 관광하고 아침 8시에 집합한다고 하면 어떤 사람은 너무 이르다고 하고 어떤 사람은 "그게 뭐 일러" 하고 말다툼을 한다는 것이다. 백화점 쇼핑 뒤 12시에 만나자고 하면 몇 사람은 약간 늦게 도착하기 일쑤인데, 보통 때 같으면 양해될 일도 10분 늦었다고 같이 여행을 하기가 곤란하다는 등 신경질 섞인 불평이 터져 나온다는 것이다. 하기야 여행중에는 신경이 예민해져 있으니까 이런 다툼이 쉽게 생기겠지만, 사람들이 자기의 신경이 예민해졌다는 사실을 생각하지 않기에 자제하지 못한다.

감각적 행동의 가장 큰 피해는 사물을 다루는 데서 나온다.

공사장에서나 사무실에서 대충대충이라든가 대강대강, 적당히라는 말은 너무 흔히 쓰여 일본인들 중에는 한국을 아예 대충대충의 나라라고 인식해 버리기도 한다. 이것은 일에 대한 성실성의 부족이라는 결함에서 비롯된 측면이 크지만 자기 혼자의 직감이 맞다고 단정하는 단순한 감각적 판단이 있기에 기승을 부린다고 본다.

필자가 과거 집을 지을 때 거의 건축업자에게 맡겼지만 가끔은 현장을 둘러 보았다. 인부들은 무수히 부실공사로 욕을 먹고 있지만 실제 현장을 보면 그 먼지 속에서 땀 흘리며 일하는 모습이 매우 안쓰럽게 보인다. 이때 필자는 이 현장 분위기가 대단히 중요하다고 보았다. 무슨 말이냐 하면, 우선 정신적으로 인부들은 하루 종일 힘든 일을 한다는 자기 느낌에 빠져 있다는 것이다. 그러니까 집주인이 이 집에서 수십 년을 살 것이라는 생각은 하지 않고 자기의 하루 힘든 것만 생각한다는 것이다.

나무에 나사못을 박는 것도 처음부터 돌려서 끼우는 게 아니라 망치로 두들겨 거의 박아 놓은 다음에 드라이버로 돌려 마무리를 한다. 이것은 앞서 말한 감각주의 행동이다. 자기의 시각적 감각으로는 그렇게 망치로 두들겨 넣어도 별 차이가 없는 것이다. 문짝 하나가 고장 없이 수십 년 사용되기 위해서는 나사못 하나도 일일이 돌려서 넣어야 한다는 그런 의식 자체가 아예 없다는 것이다. 크게 봐서는 일에 대한 불성실이지만 그 이전에 이런 감각주의가 성행한다는 것을 이해할 필요가 있다.

대강대강은 이래서 큰 일에나 작은 일에나 꼭 끼게 된다. 대강 해도 겉보기에는 괜찮은 데 뭘 그렇게 신경써야 하나 하는 감각형 판단이 지배하고 있는 것이다.

대부분의 부정확은 머리가 나빠서가 아니라 이렇게 자기류의 감각적 판단에 준거를 두기 때문에 생겨난다. '다른 사람은 어떻게 생각할까', '지금은 튼튼히 보이지만 비바람을 맞고 수십 년 견딜 수 있을까', '내가 약간 허술히 하면 상대편은 그 몇 배의 피해를 받을 것 아닌가' 하는 넓은 생각은 자기류의 감각에 밀려나 버린다.

집안에서도 다툼은 아주 사소한 것 때문에 일어나는데, 따져보면 자기류로 판단하기 때문에 비롯되는 게 많다. 부부가 휴일에 외식을 했는데 한 사람은 식욕이 없었다 하자. 그러면 그는 분명 대강 먹고 말았을 것이다. 그러므로 저녁 때가 되면 식욕이 돌 것이다. 반대로 한 사람은 점심에 만복이 되었다 하자. 그는 저녁 때 식욕이 별로일 것이다. 저녁 7시경, 한 사람이 '저녁 식사합시다' 했을 때 다른 한 쪽이 '점심 잘 먹고 벌써' 한다면 문제가 생긴다.

최근에 몇 개 직장(특히 정부 부서)에서 보니 역지사지(易地思之) 라는 글씨가 벽에 걸렸다. 다행이다 싶었다. 자기는 매일 똑같은 일 을 해서 일처리의 순서를 다 알지만 민원인은 처음 오거나 어쩌다 와서 잘 모르는 게 당연하다. 그럼에도 민원인이 말귀를 잘 못 알아 듣는다고 핀잔 주거나 퉁명스럽게 대하는 게 보통이었다.

필자도 한번 법무사 사무실에서 겪은 일이 있는데, 7~8종의 준비 서류를 써 주지도 않고 여직원이 빠른 말로 일러 주는 것이었다. 의 문 나는 것을 물어보니 그것도 모르냐는 식의 한심하다는 표정을 지 었다. 그래서 할 수 없이 "아가씨는 이 일이 직업이요, 나는 처음 해 보는 것이요" 하면서 돌아섰다. 그리고 다른 법무사를 찾았다. 거기 도 별 차이가 없었다.

IMF가 실로 많은 것을 바꾸어 놓았다. 역시 생존이 위협받으니까 머리가 회전하는 것이다. 경험은 역시 중요하다. IMF라는 아픈 체험 이 사람들에게 많은 것을 생각하게 했다. 자기 자신뿐 아니라 타인도. 그러나 뿌리깊은 감각주의 탓에 이 경험도 쉽게 잊혀질까 걱정이다.

한국의 심리학자나 사회학자들은 감각에 의존하는 습성이 생긴 까 닭의 하나를 자연환경에서도 찾는다. 즉 분명하게 드러나는 4계절의 변화가 감각 기능을 발달시켰다는 것이다. 여름과 겨울, 낮과 밤의 현격한 온도 차이는 옷차림 등 생활에서 사람들을 민감하게 만들고, 또한 과학 지식이 발달되지 않은 농경사회에서는 기후 변화를 우선 느낌〔感〕으로 파악해 빨리 대처하지 않으면 농사를 망칠 수 있다는 것이다. 과거에는 일기예보가 없었기에 하늘을 쳐다보거나 곤충이나 새들의 움직임, 그리고 피부로 느껴지는 어떤 예감이 논과 밭을 일구는 데 긴요한 수단이 될 수밖에 없었다는 것이다.

유럽 쪽은 농사를 짓거나 방목을 하는 데에서, 우리처럼 기후 변화에 민감할 필요가 없었다. 유럽에는 여름과 겨울의 온도 차이도 심하지 않고 여름에 가뭄이나 홍수 피해도 적다. 서유럽의 경우, 비는 오히려 겨울철에 많이 오며 위도상 북쪽에 치우쳐 있으면서도 혹한은 아니다. 따라서 옷차림에서도 겨울과 여름에 따라 전혀 다른 모습으로 변하지 않는다. 런던이나 파리에서는 5월에도 스웨터를 걸치거나 코트를 입은 사람을 흔히 볼 수 있다.

역사적인 조건으로는 억압적 권위주의 체제하에 사람들은 적당히 눈치보는 습성에 빠져들지 않을 수 없었다는 점에 주목할 필요가 있다.

눈치는 감각 기능의 총동원이다. 눈치가 빨라야 생존이 쉽다. 지주의 눈치를 살피고 눈 밖에 나지 않아야 소작을 계속할 수 있다. 언제 난폭한 짓을 할지 모르는 사또나 아전들에게도 눈치껏 굽신거려야 한다. 또 재산이 좀 있는 사람은 눈치껏 철 따라 뇌물을 바쳐야 한다. 관리 또한 마찬가지다. 왕의 기분이나 궁중의 미묘한 기류를 감잡지 못하고 있다가는 언제 벼락맞을지 모른다.

그러나 이제는 사회적 환경도 과거와는 크게 바뀌었고, 농사도 과학화했으며 농업 인구 자체가 10% 미만으로 되었다. 느낌으로 판단하고 행동할 때는 지난 것이다. 그러나 습관적으로 감잡아 말하고 행동하는 것은 서로를 피곤하게 하고 스트레스를 주고받게 하는 것이다. 그리고 과거와는 달리 느낌으로 할 수 있는 단순한 일이 날로 줄어들고 있다.

　육감이란 것도 무시할 수는 없지만 그것에만 의존하다가는 엄청난 불상사가 일어난다. 우리의 대형사고도 주된 원인은 부정직과 불성실에 있지만, 이 부정적 심리를 합리화시켜 주는 것 가운데 하나가 감각이라는 자기 주관이다. '뭐, 이 정도면 된 것 같은데……' 하며 자기 느낌으로 괜찮은 듯싶으면 일을 끝내는 것이다.

# 연고라는 거미줄

권위주의가 강자에 의해 엮어진 쇠사슬이라면 연고주의는 우리끼리 얽매어 놓은 거미줄이다. 강한 쇠사슬은 민중의 저항이란 또다른 강력한 힘에 의해서만 끊어진다. 거미줄은 우리끼리 협력해서 거두어 낼 수밖에 없다. 그러나 보기에는 약한 것 같아도 거미줄은 질기며 또 워낙 촘촘히 짜여져 있어 풀어내기가 결코 쉽지 않다. 이것이 오늘날 한국 연고주의의 특성이다.

독자들은 이미 앞에서 우리 정신구조의 하나로 한국인에 어린이 성향이 강하다는 것을 느꼈을 것이다. '홀로 있으면 불안하고 외롭다. 고독이 자신을 성숙시키는 기회가 된다는 말은 들었지만 그러나 나는 고독이 싫어. 혼자 있으면 거울이라도 보고 중얼거려야지?' 이런 식의 독백은 어느 소녀의 심정을 말하는 것만은 아니다.

한국 남성은 겉보기와는 달리 대단히 나약한 존재이다. 그럴 수밖에 없는 사정은 앞에서 많이 설명했다. 억눌리고 가난한 오랜 세월 속에 진정한 남성성이 퇴화한 것이다. 잠재해 있던 야성은 겨우 최근에야 분출구를 찾아 다듬어지지 않은 채 나타나고 있다. 그러나 진정한 용기는 위축된 채 그대로 있다. 끼리가 없으면 소녀처럼 외롭고 무력하다. 그러므로 출신 지역, 다니던 학교, 종교 단체, 친인척이라는 연고의 거미줄에 매달린다. 정서적 안정에다 실제의 이익까지 챙길 수 있는 것이다.

연전 설 연휴 때의 일이다. 한 친구가 전화를 걸어와 언론계에 있던 모씨가 직장도 그만두고 외로울지 모르니 인사나 하러 가자고 했다. 혼자 가기도 뭣 하고, 또 오랜 동안 뵙지도 못했던 터이라 흔쾌히 승낙했다. 그런데 그분 집에 가보니 회사에 입사해 1, 2년된 젊은 이까지 그 지역 출신 사람들로 그야말로 만당이었다. 이들 젊은 친구들은 언론계에서 모씨와 얼굴도 마주친 적이 없을 터인데 그렇게 여러 명이 와 있었다.

우리의 마음을 정(情), 지(知), 의(意)로 나누어 본다면 축축하고 끈질긴 것이 정이다. 연고주의의 심리적 배경은 바로 정이다. 그래도 정이 남녀간의 관계라든가 부모 자식 간의 유대에서 문제가 된다면 사회적 해악은 크지 않을 것이다.

다만 남·녀 관계에서도 적절히 통제되지 않으면 아름다움이 이른바 치정이 되기 쉽다. 그러나 두 사람 사이의 치정은 둘만의 실존이므로 제3자가 치정이란 말을 쓰는 것은 무례이며 월권이고 인권 침해다. 자녀에 대한 지나친 정의 표현도 자칫 자녀의 독립 기질을 훼손시킬 수 있을 것이다. 더 이상 얘기는 잠시 뒤로 미루자.

연고주의와 그것을 존속시키는 정의 심리는 짐작하다시피 이성, 즉 지(知)의 성장 정도와 어느 정도 반비례한다. 지적 발달이 낮을수록 그것에 더 의존한다. 그런데 이 사회의 지식인 계층에서도 정이 강력한 영향력을 갖고 있다. 이것은 우리 전체의 수준을 반영한 것이다.

사실 연고주의는 지식인들이 파괴의 선봉으로 나서야 한다. 교육에서, 언론에서, 종교에서 그것의 부당성을 말하고 해악을 설파해야

한다. 정치인은 사업가가 이윤에 기계적인 관심이 있듯이 선거와 투
표에 무엇보다 민감하니까 연고주의에 대해 말로는 비판을 하지만
그것을 이용할 궁리나 하게 마련이다. 따라서 이른바 계급 없는 계
급이라는 지식인 계층이 나서야 한다. 그러나 그들이 작은 연고에
얽매여 있다면 이 얼마나 한심한 일인가.

아직도 대학에서는 거의 자기 대학 출신만을 채용하고 언론계에서
도 연고 파벌이 존재하고 있다. 지역 연고주의는 우리 정치계에서
수십 년 거론되면서도 아직 이렇다 할 진전이 없는데, 이것은 선거
제도의 개혁이 있어야 조금씩 나아질 것이다. 정치권 연고주의는 이
제 본격적인 심판을 받아야 한다.

학교 또는 학력에 대한 연고주의나 편견은 심하게 말하면 지적 성
장이 학교 졸업과 함께 정지된 사람들의 정신상태이다. 필자는 가끔
대화중에 이런 말을 한다. "학교 나온 지 10년, 20년 된 사람을 학력
으로 평가하려는 것은 평가자 자신이 졸업 이후에는 노력한 게 없다
는 증거요. 대학 4년간 교과서 몇십 권 읽은 것이 뭐가 대단한 거요."

우리가 잘 아는 일본 소니회사의 창업자 모리타 아키오 씨는 자서
전에서 "소니는 신입사원을 뽑을 때만 이력서를 받는다. 그리고 일
단 채용하면 이력서는 모두 불태워 버린다. 회사에 들어와 어떻게
일하고 있느냐가 중요하기 때문이다. 이력서 때문에 편견이 생기면
곤란하다"라고 쓴 바 있다.

앞으로 경쟁 분위기가 높아지면 지금과 같은 안이한 연고주의로는
경쟁력에서 뒤떨어질 수밖에 없다. 미국 하버드대학은 자기 대학 출
신 교수를 거의 채용하지 않는다. 우리나라에서 최고라는 대학도 세
계 수준에서는 순위가 형편없이 매겨져 있다. 필자가 보기에도 수준
이 그렇다.

학계에서 높은 연구성과를 인정받는 모 대학교수는 대화중 필자에

게 이렇게 말한 적이 있다.

"그 대학에 가려 해도 내가 나온 과(科)가 다르다고 말하는 거예요. 내가 외국에서 전공을 바꿔 학위를 땄잖아요. 학부 인문계에서 과가 무슨 중요성이 있습니까. 그러나 자기네 과 출신도 줄지어 있는데 어떻게 타과 출신 교수를 받아들일 수 있느냐는 거예요."

이제 연고주의에 대해 이론적으로 살펴보자. 혈연, 지연, 학연 등의 연고로 생겨난 집단을 1차 집단이나 원초적 집단이라고 부른다. 회사나 관료조직 같은 것은 2차 집단 또는 이익집단이다. 이 두 개의 상반된 집단에 대해 19세기 말 독일의 사회학자 F. 퇴니스는 게마인샤프트와 게젤샤프트라고 불렀다. 이 중에 게마인샤프트는 감정, 습관, 종교 등에 의해 만들어지며 강한 정서적 유대감으로 사람들을 이어준다고 설명했다. 이 집단의 대표는 가족, 마을, 교회 등이다.

한편 게젤샤프트는 사람들의 선택의지에 의해 계산 관계로 만들어지며, 그것은 수단적이고 일면(一面)적 성격을 갖게 된다고 했다. 그러니까 합리적, 계약적 성질의 집단이다. 회사 조직이나 근대사회가 바로 게젤샤프트이며, 역사는 게마인샤프트에서 게젤샤프트로의 이행과정이기도 하다.

우리에게는 이 두 개의 집단이 공존하고 있다. 그런데 문제의 발생은 사회의 구조가 1960년대 이후 이익사회 쪽으로 급선회했지만 우리의 정신문화가 이를 따라가지 못했다는 데 있다. 그런 대로 변화에 적응한 것은 기업이다.

다른 조직에 비해 능률을 우선하는 기업에서는 생리상 학연, 지연이 덜한 편이다. 물론 선진국에 비해 후진적 요소가 많은 것은 사실이어서 외국인의 비판도 받고 있지만 그래도 근대화가 앞선 편이다.

과거 삼성그룹의 이건희 회장이 중국에서, 우리나라는 기업에 비해 정치가 이류니 삼류니 했다가 고마운 충고로 듣기는커녕 괘씸하다고 생각한 사람들에게 곤란을 당하기도 한 것은 아직도 기억에 생생하다.

우리가 지금도 작은 촌락에서 농사나 짓고 가내수공업이나 하고 왕이 통치하는 수동적인 사회에 살고 있다면 일차 집단의 연고주의를 배격할 필요가 없다. 일차 집단에서는 서로를 아끼고 잘못이 있어도 정으로 감싸고 보호하는 바람에 개인의 고독이니 소외, 그리고 사람 사이에 많은 스트레스가 생겨나지 않는다. 그 대신 소수의 개성 있는 사람들에게는 숨막히는 질곡이 될 것이지만.

우리는 어쨌든 근대의 계약적 이익사회로 이행했고, 이에 맞는 상호주의적 이해 관계로 사람들 사이의 관계를 정립해야 한다. 이익사회에서는 이해 관계가 행동의 준거가 되고 합리성이 의사결정의 기초이다. 그래야만 복잡한 인간관계가 단순해지고 조직의 운영이 능률적으로 될 수 있는 것이다.

우리는 귀 아프게 정경유착이니 관치금융이니 하는 말을 들어왔다. 개발 초기에는 그것이 어느 정도 불가피했을 것이다. 정경유착은 연고주의의 확대판이다. 연고주의를 지금까지 최대로 악용해 온 곳은 정치권이다. 지역의 소박한 정서를 근대사회의 시민의식으로 성숙시키는 것은 고사하고 오히려 후퇴시킨 과오는 엄정하게 비판받아야 할 것이다.

아직도 일부 정치인이 자기 지역에 내려가 '우리가 남이가' 하는 식의 발언을 하고 있는데, 이런 자들은 사실 정치가의 기본자격도 갖추지 못한 것이다. 더구나 경제난으로 모든 사람들이 불안해 하고 있을 때 이 불안을 지역감정에 연결시켜 부추기는 자도 있었다.

연고주의에 대해서는 다수 국민도 책임이 있다. 1999년 초 홍사덕 의원은 TV 좌담에서 이런 내용의 말을 한 적이 있다.

"큰 빌딩의 주인과 수위가 같은 지역 출신이라 해서 한 정당 후보에게 투표하는 게 우리 현실입니다. 빌딩 소유주와 수위는 사회적 위치나 이해 관계가 전혀 다르지 않습니까. 그런데도 지역정서로 투표하는 거예요. 이런 것은 외국인이 도저히 이해할 수 없는 현상입니다. 한국정당은 완전히 해체하고 다시 만들어야 합니다."

지금까지는 이익사회라 해도 그것을 대변할 정당도 없었기 때문에 빌딩 주인과 수위가 같은 후보에 투표하는 행태가 나올 수 있었다. 그러나 국민들도 이제부터는 성향이 뚜렷한 정당도 생기고 있으니까 진짜 자기 이익에 따라 어느 쪽에 투표해야 할지를 생각해야 한다.

일반 조직에서도 이제는 사람을 연고로 판단하는 자세를 버리자. 사람 자체를 보자는 것이다.

여기서 필자는 새로운 패거리를 주창하고 싶다. 그것은 지연·학연 등을 버리고 진정 호흡이 맞는 사람끼리, 사회에 대한 인식에서 비슷한 사람끼리 패거리를 만들자는 것이다. 그리고 그런 패거리들 사이에서 때로는 경쟁하고 때로는 협조하면서 일해 나가자는 것이다. 정당도 새사람이니 젊은 사람이니 당선 가능성이니 하는 외형이 아니라, 이런 정신적 기준에서 만들어지면 그게 바로 근대 정당이다.

개인 사이에서도 비록 만난 지 몇 번 안 되어도 생각이 엇비슷하면 좋은 친구가 될 수 있어야 한다. 지역이나 수백 명 되는 학교 동창으로 이루어진 1차 집단은 그야말로 연말이나 동창회 등에서 만나 회고담을 나누고, 한때 향수에 젖어보는 단체로 그쳐야 마땅하다.

오래전에 어떤 외국 영화를 보니 한 민간인이 군 장교인 친구에게 인사 청탁을 하는 장면이 나왔다. 그 답변은 아직도 기억이 난다. 답변은 "자네는 내 친구인데 어떻게 그런 부탁을 할 수 있는가. 친구이면서 나에게 부당한 짓을 하라고 하는가"였다.

우리 같으면 일반적인 반응이 친구 부탁인데 어쩔 수 없다든가, 친구 부탁인데 안 들어 줄 수도 없어 곤란하다고 할 것이다. 실제로 동창회 같은 데서 흔히 나오는 잡담 가운데 '동창이라면서 하나도 봐

주는 게 없다'고 특정인을 비난하는 말을 듣게 된다. 이런 현상은 우리가 얼마나 뿌리깊게 연고 의식에 젖어 있는지를 보여주는 것이다.

여기서 많은 사람들이 오해하고 있는 얘기를 잠깐 해야겠다.

그것은 어떤 조직에서나 비공식 관계가 필요하다는 서양의 경영학이나 행정학 학자들의 제안이다. 딱딱하고 냉정한 공식조직에서 인간 관계를 부드럽게 하는 관계가 있어야 조직 운영이 잘 된다는 주장인데, 착각하지 말 것은 이런 주장은 사적인 연고 관계란 것이 거의 존재하지 않는 서양의 합리적 조직에서나 양념으로 필요한 것이다.

우리처럼 작은 정이 넘쳐 수렁을 만들고, 그 수렁에 익사할 지경인 사회에서는 오히려 반대로 생각해야 한다.

# 획일주의 소심증

**획**일주의를 말할 때면 꼭 등장하는 사람과 동물이 있다. 위컴이라는 군인과 들쥐이다. 1980년 군부의 실력자 전두환 장군의 등장을 지켜보고 주한 미군사령관 위컴은 한국인은 들쥐와 같다고 말했다. 사람들의 격분을 산 것은 물론이다.

들쥐 한 마리가 질주하면 다른 쥐들이 우르르 쫓아가는 맹목의 집단성을 꼬집은 이 말은, 사실 내용보다 들쥐라는 이름 때문에 더 한국인을 자극했으리라. 쥐나 개에 비유하면 우리는 엄청난 모욕감을 느낀다. 만약 그가 우리를 비난하더라도 호랑이나 사자에 빗대어 얘기를 했다면 어떤 반응을 보였을까.

획일주의(conformism)는 알다시피 대세나 일반적 유형에 자신을 동조시키는 경향을 말한다. 개인 스스로가 그렇게 노력하는 성향도 획일주의이고, 지배적 위치에 있는 사람이 그렇게 유도하거나 강요하는 것도 획일주의다.

획일주의는 정신적인 분야에서뿐만 아니라 외형으로 많이 나타나니까 외국인의 눈에도 쉽게 보인다. "한국인은 옷 입는 것도 남의 눈치를 본다. 날씨가 추워져도 코트를 안 입다가 누구 한 사람이 입으면 그 다음 날로 거리는 코트 차림으로 바뀐다." 어떤 외국인 기자의 글 가운데서 기억 나는 부분이다.

이 획일주의와 관련해 외국의 사회학자가 교통신호와 보행자의 행동방식을 묘사한 적이 있었다. 비오는 날 횡단보도를 건너려는데 마침 지나는 자동차는 거의 없다. 사람들은 어떻게 행동할까.

미국인라면 오가는 차가 없으므로 안전하다고 생각해 빨간 불이 켜져 있어도 건너간다. 독일인은 아무리 지나는 차가 없어도 비를 맞으며 파란 불이 켜질 때까지 기다린다. 일본인은 가만이 서 있다가 누구 한 사람이 건너면 우르르 따라 건넌다. 만약 한국인이라면 어떻게 할까. 아마 일본인과 비슷하지 않을까.

개성이 존중되지 않고 집단의 사고나 정서에 부합되기를 바라는 동양의 집단주의 문화에서는 획일주의는 불가피한 현상이었다. 권위주의 풍토에서 윗사람의 눈에 거슬리는 언행을 할 수 있을까. 가족, 마을, 학교라는 집단이 끝없이 강조하는 가치체계에서 벗어날 수 있는 대담한 개인이 얼마나 될까. 만약 벗어난다면 그것은 고독하고 비난받는 존재가 된다.

획일주의에 대한 도전은 다행히도 경제적 여건의 변화에서 시작되었다. 흔히 앞으로는 소량 다품종의 시대니, 벤처기업의 시대니, 디자인이 세일즈의 포인트니 하는 얘기를 많이 하고 있다. 이것은 바로 개성 있고 독특하며 개개인의 특수한 기호에 맞는 제품이나 서비스가 아니고는 기업의 생존이 어렵게 된다는 말이다.

지금까지의 표준화된 대량생산시대는 서서히 막을 내리고 있다는 얘기다. 물론 앞으로도 대량생산시대가 곧 소멸하는 것은 아니다. 자동차나 TV 같은 것은 개성 있는 제품도 중요하지만 여전히 싼값에 대규모로 일괄 생산해도 시장성이 있다.

그러나 더 많은 분야에서 튀는 성격의 제품이나 서비스가 요구되고 있고 앞으로 이런 추세는 확산될 것이다. 그 이유는 사람들의 소비수준이 높아지면 남과 다른 자신만의 개성을 나타내고 싶어하기 때문이다.

획일주의에 대한 반발은 또 신세대의 등장으로 커졌다. 비교적 여유있게 자라난 신세대는 튀지 않으면 재미없다는 생각을 갖게 되었다. 과거 서양의 젊은 세대에게는 젊은이 문화(youth culture)라는 게 있었다. 2차대전 후의 젊은이 문화는 히피로 대표되었다. 히피의 가장 큰 특징은 반권위주의였다.

이것은 미국 서부지역에서 발생했는데, 미국의 서부가 원래 개척정신이 강한 데다가 산업에서도 첨단 쪽이 앞서 있었다. 히피의 고향에 실리콘 밸리라는 새로운 산업의 메카가 생긴 것은 우연이 아니다.

작은 규모의 벤처기업 사무실에 청바지 입고 더러는 맨발로 다니는 젊은이의 모습을 볼 때 우리는 무엇을 생각할 수 있을까. 도전하고 반항하는 정신이 풍성한 곳에 새로운 산업도 자리잡는다는 것을 알 수 있다.

우리 사회에서도 튀는 젊은이는 과거처럼 이상한 눈으로 관찰되지 않는다. 학교와 직장의 보수성이 아직도 강하긴 하지만 그래도 편견은 줄어졌다. 그러나 염려스러운 것은 신세대가 감각주의에 머물고 깊이가 없는 것 아닌가 하는 점이다.

이제 획일주의 문화를 포괄적으로 점검할 차례다.

정치적 획일주의는 과거 공산주의 정권이나 나치스의 독일, 파시스트의 이탈리아에서 가장 극단적인 형태로 나타났다. 현재 세계 최고 수준의 획일주의 국가는 북한일 것이다.

획일주의 국가는 위험한 존재이지만 결국은 변신하거나 그렇지 않으면 자멸할 운명에 놓여 있다. 이것은 20세기의 역사에서 이미 실증이 되었다. 증거의 마지막은 물론 북한이 보여줄 것이다.

획일주의 사회가 망하고 만다는 진리는 사례로서뿐만 아니라 사회의 진화 법칙을 살펴본다면 충분히 이해될 수 있다. 획일주의는 개인의 새로운 생각의 문을 닫아 놓고 새로운 행동을 처벌하며 결국은 모든 사회 성원을 정신적으로나 사회적으로 노예상태로 만들어 놓는다. 그런 상태에서 진보는 불가능할 수밖에 없다.

획일주의로 가능한 것은 극심한 혼란의 극복이다. 실제 히틀러나 무솔리니가 그 예를 보여주었다. 스탈린은 여기에다 무수한 농민과 근로자를 희생시킨 대가로 일정 수준의 산업화에 성공했다. 북한의 김일성도 6·25의 폐허에서 약간의 실적을 거두었다. 그러나 스탈린의 소련 경우와 같이 경제는 정체되면서 뒷걸음치고 사회의 붕괴를 눈앞에 두고 있다. 중국은 알다시피 붕괴 직전에 운좋게도 등소평을 맞이했다.

우리는 이들 전체주의 국가에 비하면 획일주의와는 거리가 먼 것 같다. 그러나 우리의 사고나 정감(情感)에서의 획일주의는 아직도 견고하다. 21세기는 누구나 얘기하듯 다양성의 시대이다. 21세기에 적응한다는 얘기는 바로 획일성을 탈피하자는 얘기와 같을 것이다.

획일주의라는 낡은 옷을 벗어 던지자면 이것 역시 우리의 일상에서부터 정치·경제·학문·예술 등 모든 분야에서 획일주의의 정체를 정확히 살펴야 하고, 그것이 횡행하게 된 사회적 역사적 배경도 알아야 한다. 그러나 독자들은 권위주의나 폐쇄된 사회에서 획일주의는 필연적으로 생겨날 수밖에 없다는 것을 이해할 수 있을 것이다.

과거 조선시대에는 일상생활에서도 사·농·공·상이 집의 크기에서 입는 옷까지 다르게 규정되었고, 관리들은 직위에 따라 다른 색깔의 옷을 입었다. 관혼상제는 엄격히 〈주자가례〉(朱子家禮)에 의해 시행되었다. 조선시대 생활사를 연구하는 사람들에 의하면 개·돼지 취급을 받던 천민계층에서 오히려 제한된 범위에서나마 생활과 생각의 자유가 있었다고 한다. 폐쇄된 농촌사회라는 것은 말 그대로 외부와의 교류가 거의 없는 상태로서 다양성이란 생겨날 수가 없는 것이다.

대외의 유일한 창구는 중국과 일본이었는데, 이 창구라고 해 봐야 관리와 소수 상인이 연경(북경)에 다녀오거나 어쩌다 통신사 일행이 일본에 다녀오는 게 고작이었다. 그러므로 무역이니 문화교류니 하는 것은 대중과는 거의 관계가 없는 일이었다.

그래도 조선후기 들어 청나라에 서양 선교사가 상당수 들어오고 이들이 기독교와 함께 르네상스 이후의 과학지식도 함께 전파해 극소수의 지식인들이 영향을 받았다. 실학파 학자들과 초기 가톨릭 지도자들이 그들이다.

실학은 그래도 그 유용성이 인정되어 조선조 말까지 희미하게 나마 명맥을 유지했고, 이 맥이 갑신정변의 주역들에게까지 이어졌지만, 조선사회를 변혁시키는 데는 너무나 무력했다.

암울한 억압정치와 경직된 유교사상의 숨막히는 지적 풍토에서 기독교적 인간관과 구원의 메시지는 이 땅에 신선한 충격이었다. 연경에서 들어온 몇 권의 책이 이 땅을 복음의 열정으로 가득 차게 했으니, 교회사를 쓴 사람들이 선교사 한 명 없이 순식간에 교인이 수천 명에 이르는 현상을 기적 아니고 무엇이냐고 감탄하는 것도 무리가 아닐 것이다.

그러나 결과는 어떠했던가. 한국 교회사는 참혹 그 자체여서 눈물 없이 읽을 수 없다. 유홍종 씨의 소설 《왕조의 징소리》는 당시 상황을 잘 묘사해 놓았다.

조선조 후기의 영명한 군주라는 정조는 서양에서 흘러 들어오는 문물에 관심을 갖고 기독교에도 유연했으나 이미 조선왕조의 유교적 획일성은 그 자체 종교이자 통치와 생활의 기본 규범이어서 왕이라고 해도 운신의 폭이 좁을 수밖에 없었다. 만약 그가 제사에 신주를 모시지 않는 것을 허용하고 서자(庶子)를 등용시키고 반상(班常)의 구별을 없애는 등의 조치를 취했다면 아마 광해군이 쫓겨나듯 축출되었을 것이다.

조선후기는 그래도 서양문물과의 접촉 기회가 늘었음에도 오히려 정신풍토는 더욱 옹색해져 유학 자체도 사소한 예학에 기울고 걸핏하면 이단지설이니 사문난적(斯文亂賊)이니 하며 새로운 것을 배격했다. 이상백 박사는 조선후기 유학의 폐단을 이렇게 지적했다.

"자유로운 탐구와 사색은 자취를 감추고 지엽적인 형식에 구애되며, 공·맹의 정신을 살려 실천하려는 생각은 없고 유자들은 이름과 벼슬에나 관심을 두었다. 인심과 도심(道心)이 쇠미하여 이(理)니 기(氣)니 하는 것도 정쟁의 도구로 전락했다."

이런 풍토이기에 양명학까지 사설(邪說) 취급을 받아 일부 학자들이 몰래 공부를 하는 지경이 되었다. 한마디로 왕조의 낙조와 함께 조선조 말기에는 지식층의 정신이 거의 치매증세에 다다른 것이다.

이같은 상황에서 우리는 서양과 일본세력에 노출되었으며 아무런 지적 준비 없이 강력하고 현란한 근대문명과 접촉하게 되었다. 당연히 그 결과는 혼란이었으며 이 혼란을 자체 수렴할 역량이 없었기에 새로운 획일주의, 즉 이것이냐 저것이냐의 이분법적 극단주의로 변모되었다고 생각한다. 구체적으로 얘기하면 준비 없이 외세의 폭력에 의한 근대화가 강요됨으로써 근대화에 대해 맹목으로 거부하거나 무조건 수용해야 한다는 식으로 도그마에 빠지게 된 것이다.

개화파와 수구파의 양 극단주의가 생기고 서학 대 동학의 대립 관념이 생기고, 이어 민족주의와 사회주의의 격심한 이념적 감정적 골이 생긴 것이다. 다시 말해 정치적 사회적 자생 변화의 역량이 없었기에 우리는 민족의 주체의식에 입각해 전통과 근대의 접점을 찾지 못한 것이다. 이같은 조건에서 독선적 사고만이 성장해 해방 후에는 좌익과 우익의 극단주의가 나타나 민족을 주체로 한 민주주의 성장을 가로막고 분단에 가세했으며, 모든 것을 흑백의 새로운 획일주의 논리로 파악하는 정신구조가 최근까지 이어졌다고 본다.

현재에도 약간은 변모하는 것 같지만 정치권에서는 여·야가, 경제권에서는 노·사가 경직된 대립을 보이고 있는데, 다른 원인도 많지만 종래의 정신적 틀에서 벗어나지 못한 데에도 이유가 있다고 본다.

이제 획일주의를 정리해 보자. 이는 전통사회의 권위적 지배나 폐쇄생활에서 발생하는 것이며 그것의 피해는 정치적으로는 민주주의 발전의 저해, 경제적으로는 역동성의 말살, 학문·예술에서는 창조정신의 억압으로 나타난다. 그리고 평범한 시민생활에서도 보이지 않는 여러 가지 갈등의 심리구조가 된다.

우리는 이 획일주의 문화에서 하루 빨리 벗어나야 하며, 그러기 위해서는 획일성을 강조하는 의식·무의식의 관행이 무엇인지에 대해 생각해 봐야 한다.

선거를 할 때도 누가 될 것인가 하는 대세에 휩싸이는 소심한 사람이 아직도 너무나 많다. 안 될 사람을 왜 찍느냐고 말하는 사람도 있다. 이런 것이 바로 무의식적인 획일주의 행동방식이다. 투표란 의견의 다양성 때문에 필요한 것이다. 모두가 똑같은 생각을 하고 있다면 투표라는 낭비적 행위가 무슨 필요가 있겠는가.

# 편협·편견이 서로의 행복을 해친다

**1999**년 초 10억 달러라는 엄청난 돈을 받고 통신 관련업체를 팔아버린 젊은 재미교포 공학도 김종훈 씨의 얘기가 국내에 크게 소개되었다. 3월에는 KBS-TV가 그에 관한 자세한 다큐멘터리를 제작해 방영하기도 했다.

김종훈 씨는 국내에서 달동네에 살면서 신문배달까지 했다. 14세에 미국으로 이민가서 고생 끝에 성공한 그의 얘기는 무척 감동적이었다. 그는 처음 미국 학교에 다닐 때 영어를 알아들을 수 없어 말이 그다지 중요치 않은 수학에 열중했다고 한다. 그리고 수학 선생은 이 외로운 동양계 학생을 여러 모로 보살펴 주었다. 그런데 이 수학 선생은 지금 김종훈 씨가 사장으로 있는 회사의 직원이 되었다. 김 씨는 자기가 일군 회사를 팔기는 했지만 사장직은 그대로 맡았기 때문에 이젠 소유자가 아닌 경영자로서 일하고 있는 것이다. 이 수학 선생이 TV에서 이렇게 말했다.

"나는 김종훈 씨를 가르친 교사였지만 그때도 친구였습니다. 지금은 그가 사장이고 나는 그의 지휘하에 일하고 있습니다. 그러나 그와 나는 지금도 여전히 친구입니다."

　여기서 우리는 친구라는 말에 유념할 필요가 있다. 서양인들은 이 친구라는 말을 대단히 좋아한다. 아버지도 아들에게 무슨 충고를 하고 싶을 때에는 '내가 아버지가 아니라 친구로서 얘기하는데…' 하는 식으로 말을 풀어 나가는 예가 많다.

　친구, 그것은 수평사회에서의 일반적인 인간 관계다. 권위주의적 사회에서는 친구는 극히 제한되어 있다. 더러 몇 년 연상의 선배에게 허물없이 굴었다가는 '내가 네 친구냐' 하는 무안을 당하는 수도 많다.

　우리 사회에서는 이 수학 교사처럼 스승이 제자의 부하가 되는 사례를 발견하기는 대단히 어려울 것이다. 고맙게 생각하는 스승이 있어 모시고 싶으면 적어도 고문이나 자문 등 타이틀이 그럴 듯해야 모신다는 말을 꺼낼 수 있는 것이다.

　이런 한국인의 권위의식을 악용하는 사업주도 많다. 부하를 상사보다 높은 자리에 앉혀 놓는 것이다. 물론 개인의 역량에 따라 그런 인사를 하는 것이 악용만 하지 않으면 나쁠 것은 없다.

　어쨌든 이렇게 되면 거의 상급자는 사표를 내게 된다. 아무리 직장을 얻기 어려워도 그런 모욕은 참을 수 없다고 생각하는 것이다. 그만큼 우리의 신분의식, 계층적 위계질서에 대한 고정관념은 대단하다.

　'속이 좁다, 우물 안 개구리다'라는 말들은 물론 감정적으로, 지적으로 편협성을 가리키는 표현인데 이는 권위주의 사회에서나 폐쇄된 사회에서 생겨나는 자연스런 특성이다. 따라서 사회 전반의 민주화와 개방의 정도에 따라 반비례로 감소될 수 있는 문제이다. 그럼에도 이 편협성을 가볍게 생각할 수 없는 이유는 우리 사회는 자연의 흐름에 맡겨둘 만큼 여유 있는 위치에 있지 않기 때문이다.

　우리는 과거 산업화 과정에서 그랬듯이 미래에도 정신의 성숙에 압축적이며 인위적인 노력을 기해야 하는 숙명을 안고 있는 것이다.

편협한 감정, 편협한 사고방식이 가져올 수 있는 거대한 손실은 말할 것도 없이 대외교류에서 발생한다. 다른 나라의 문화에 대한 이해가 없이는 대화도 잘 안 될 뿐만 아니라 예상치 못했던 오해가 생기고 마찰까지 빚어질 수 있다. 그 나라의 문화와 역사를 알아야 비즈니스도 잘 된다는 것은 상식에 속하는 얘기지만, 우리가 과연 세계의 역사와 전통에 대해 얼마나 알고 있는가.

아는 것은 중요한 힘이다. 그리고 알기 이전에 편협함을 고치려는 태도 변화가 있어야 한다. 그러나 우리의 일상에서는 아직도 자기류의 가치로 재단하며, 함부로 남을 비판하는 언동을 마구 한다.

우리는 아무리 친구 사이라도 남의 신체적 특성에 대해 함부로 언급하는 버릇이 있는데, 이런 버릇을 외국인에게 보였다가는 큰일날 수도 있다.

남자들 사이에서 가장 많이 놀림감이 되는 것은 대머리이다. 본인은 그것 때문에 남 모르는 고민이 많은데 주변에서 줄곧 코멘트한다. 하도 많이 들으니까 본인은 씩 웃어버리곤 하지만 속이 편할 리 없다.

이런 것을 편협성이라고까지 할 수 있느냐는 의문을 갖는 사람도 있겠지만 남의 신체에 대해 보통과 다르다고 해서 특별하게 보는 자세는 편협한 심리상태가 아닐 수 없다. 뚱뚱한 사람도 날로 늘어나는데, 이런 사람들도 체중이 불어남과 함께 주변의 말도 늘어나 이중의 스트레스를 받을 것이다.

여자들의 경우는 잘 모르지만 신체에 대해서는 워낙 예민하니까 주변에서 기분 나쁜 얘기는 별로 하지 않는 것 같다. 그런데 필자가 보기에는 이른바 노처녀들이 신상문제 때문에 스트레스가 이만저만이 아닌 것 같다. 직장에서 보면 남자들이 끝없이 '미스 김, 언제 시집가요' 하는 식의 말을 건넨다. 엘리베이터 안에서 흔히 듣는다. 회식 같은 자리에 노처녀가 끼면 말은 더욱 대담해져 '뭐, 힘든데 빨리 결혼이나 하지' 하며 무심히 말해 버리는 사람도 있다. 물론 그런 자리에서 본인은 '가야죠' 해 버리거나 그냥 웃고 말지만, 이런 신상에 대한 언급은 상대에게 상처를 줄 수 있는 것이다.

가끔 이런 자리에서 "결혼이야 뭐 빨리 할 수도 있고 늦게 할 수도 있는 거지, 또 인구가 너무 많은데 안 하는 것도 사회에 기여하는 것 아냐" 하고 말하는 사람도 있지만, 어쨌든 젊었을 때 결혼을 하는 것이 정상이고 그렇지 않은 것은 비정상이라고 보는 태도는 편협이다.

사람의 능력에 대한 평가는 정말 편협성의 극치이다. 한 가지 기준으로 사람을 보는 버릇이 배어 있어 상당수 직장인들이 처절한 고민을 한다. 동료 사이에서도 넓은 시야로 보지 않고 상사들 역시 마찬가지이다.

우선 형식적인 기준, 예컨대 학교가 거의 평생의 안전장치가 되거나 반대로 장애가 된다. 어느 대학을 나왔다는 것이 실제의 능력 이상으로 사람을 보는 기준이 되든가 사람을 낮게 평가하는 빌미가 되는 것이다.

실무적인 측면에서도 한 조직은 여러 가지의 다양한 능력이 요구되지만 그런 것을 이해하지 않고 있다. 언론계에서라면 K기자는 취재는 잘하는 것 같은데 기사를 제대로 못 쓴다든가 P기자는 출퇴근 시간을 잘 안 지킨다 등의 말을 흔히 듣게 된다.

물론 이것저것 다 잘하고 직장인다운 자세도 잘 갖추면 이상적이다. 또 그런 사람이 있기는 하다. 그러나 구조조정을 할 시기도 아닌 때에 부분적인 결함을 자꾸 들추는 것은 좋지 않다고 본다. 결함 대신에 장점은 없는가, 그 장점을 찾아 보려고 노력을 했는가 하는 좀 진지한 자세가 있어야 겠다.

언젠가 동료끼리 비판의 소리가 하도 요란하길래 이런 말을 한 적이 있다. "지금 감원을 할 거요. 그렇다면 문제가 많은 사람을 순서

대로 가려내야겠지요. 기사를 잘못 쓰면 우선 대상이 되어야겠지요. 그러나 기사에 서툴면 책상에 앉아 전화라도 열심히 받고 저녁에 소주라도 자주 사서 분위기 좋게 하면 그것도 기여하는 거요."

필자 얘기의 요지는 전반적인 능률도 고려하자는 것이었다. 그리고 한가지에 부족한 사람이 다른 면에서도 부족한지 한번 생각해 보자는 것이었다.

그리고 일단 채용했으면 채용한 책임도 있는 것이다. 더구나 가족까지 딸린 사람에 대해 배려를 하는 것은 경영자나 상급자에게 당연한 인간적 의무라고 본다.

또 신입사원의 경우 취직은 했어도 직장이 자기의 적성이나 이상에 적합한 것인지 아닌지 방황하는 수가 있다. 이런 때 즉각 마음에 들지 않는다고 신입사원의 잠재적 역량도 살피지 않은 채 평가해 버리는 직장이 많다. 이럴 때 자칫 귀중한 인적 자원을 잃게 된다. 그러나 사람을 깊이 통찰할 수 있는 능력은 관찰자가 역시 깊이 있는 인간이 아니라면 어려운 노릇이다.

그러니 신입사원은 한국의 현 실정으로는 잠재력보다 당장의 가시적인 성과에 유의하는 게 좋을 것이다. 그리고 앞에서도 살폈듯이 한국인의 특성 가운데 하나가 감각에 지배되는 성향이다. 첫인상이라는 감각적 판단에 의존하는 선배·상사가 대부분인 것이다.

직장에서의 편협성은 상사가 자기류의 업무 수행방식을 최고라고 믿는 태도에도 있다. 신문사의 경우 데스크라는 부서장이 자기식의 기사 작성방식에 어긋나면 야단치거나 원고를 쓰레기통에 버리는 행위까지 한다. 기자들의 글쓰는 스타일이 다를 경우 사시(社是)에 어긋나지 않는 한 수용해 주고 오히려 글이 새롭다고 격려해 주는 데스크는 소수인 편이다. 일반 회사에서도 비슷하다고 본다.

여기서 상사나 신입사원이 함께 생각할 것은 업무를 처음 익힐 때는 신입사원은 도제(徒弟)일 수밖에 없다는 것이다. 도제란 우선 모방하는 것이다. 일 자체에서도 그렇고 일하는 자세에서도 그렇다. 그러나 신입자가 계속 도제로 머물러서는 안 되며, 또 선배나 상사가 그렇게 환경을 조성해서도 안 되는 것이다. 이런 조직과 사회는 정체하게 마련이다.

신입자 또는 후배는 배우되 어느 때엔가는 선배를 추월해야겠다는 각오를 가져야 하며, 선배나 상사는 다시 말하지만 자기보다 나은 후배가 나오도록 유도하는 게 도리이다. 발전하는 사회에서는 이런 마음가짐이 최고의 윤리가 되어야 한다.

최근 의미있는 것은 X세대나 신세대로 불리는 하이틴 내지 20대 초의 과감한 행동방식이다. 신세대의 의식이나 행동방식은 좋고 나쁘다는 평가의 너머에 있다. 그것은 새로운 문화를 모색하는 하나의 실험으로 봐야 한다. 우리 사회에는 그동안 실험이 너무 없었다. 개인 기분으로는 남자애들이 빨갛게 머리에 물들이고 어떤 녀석은 귀고리까지 한 것을 지하철에서 본 적이 있는데 좋게 보이지는 않았다.

그러나 중요한 것은 기성세대는 좋다 나쁘다라는 평가를 하기 전에 피상적인 것이기는 하지만 이런 모습도 젊은층의 실험정신으로 보아야 한다는 것이다. 또 현실적으로 점차 근육노동의 수요가 줄어들어 남자의 경제적 효용성이 덜해졌을 때 남자가 분장하며 여자에게 좋게 보여야 하는 때가 올지도 모른다.

이런 역전현상은 경제상황의 변화와 함께 남·여 인구 비례가 자꾸 달라진다면 농담 아닌 현실이 될지도 모른다. 뉴기니아에는 그런 부족도 있다고 하지 않는가.

이제 21세기에는 경제교류뿐만 아니라 문화에서도 국경은 거의 사라질 것이다. 인종 문제에서도 혼혈이 가속화할 것으로 예상된다.

정신적으로는 개인의 행복 추구가 최고의 가치로 떠오르는 시대가

될 것이 분명하다. 이런 시대변화의 과정에서 편협한 감정이나 사고
는 시대의 변화를 늦추고 우리 자신의 경쟁력을 떨어뜨리며 궁극적
으로는 서로의 행복을 해칠 것이다.

# 계속되는 가족·고향의 이중주

**어**느 날 밤 잠들기 전에 FM방송을 듣고 있었다. 대담 방송이었는데 초대된 이는 성공회대학의 신영복 교수였다. 진행자가 결혼은 했느냐고 물었다. 그는 다소 더듬거리는 말로 대강 이렇게 대답했다.

"했습니다. 사실 무척 망설이다가 결혼을 했지요. 가족을 갖게 된다는 데 대해 여러 가지 생각을 안 할 수가 없었어요. 가정을 꾸미게 되면 아무래도 이기적이 되지 않겠어요. 가족 이기주의는 이 사회에서 큰 문제인데……."

젊음을 거의 감옥에서 보낸 신씨에 대해서는 많은 사람들이 잘 알고 있다. 그가 폐쇄된 작은 공간에서 쓴 글들은 또한 많은 사람들의 가슴을 적셨다.

가족 이기주의. 우리는 이것을 어떻게 생각해야 할까. "그것은 본능적인 것이고 당연한 것 아닙니까?" 하고 과감히 말한다거나 "가족 이기주의는 모든 이기심의 원천입니다. 그것은 인간과 사회 개조를 통해 없어져야 합니다"라고 말한다면 어느 쪽에나 동의하기 어렵다.

개인과 가족, 가족과 사회, 가족 이기심과 사회적 이익과의 공존을 어떻게 가능하게 할 것인가. 우리의 관심은 당연히 이렇게 집중되어야 할 것인가. 연고주의의 효시는 말할 것도 없이 가족이다. 이것은 동서양을 가릴 것도 없다.

독자들이 서양 최고의 서사시라는 일리아드의 어느 쪽이나 들추어보라. 등장인물의 이름 앞에 으레 붙는 것이 누구의 아들이라는 것이다. 아킬레스는 펠레우스의 아들이고, 그에게 죽은 헥토르는 프리아모스의 아들이라고 나온다.

사람의 마음가짐이나 태도에 대한 바람직한 모습, 즉 윤리라는 서양어 Ethica도 원래는 집을 뜻했다고 한다. 사람 됨됨이를 가문과 연결시켜 생각했던 것이다. 우리도 지금까지 망난이 같은 녀석이 나오면 집안 망신을 시킨다고 말한다.

집, 그리고 그 속에 사는 식구, 즉 먹는 입은 혈연집단이자 가장 오래되고 가장 규모가 작은 경제 단위이기도 하다. 경제생활의 형태가 농경이든 목축이든 또한 상공업이든, 또 전통사회에서든 현대사회에서든 가족은 기본이었다. 다만 가족의 규모는 달랐다.

농경사회에서는 집단적 노동이 필요하므로 대가족제도가 필요했고 능률적이었다. 반농·반목축 생활을 했던 유럽에서는 소가족이 일반적인 형태였다고 한다. 게르만인들은 숲속에 흩어져 살았다. 아들이 성장하면 아버지 집에서 떨어진 숲속에 오두막을 짓고 약간의 가축을 기르고 곡식을 가꾸며 살았다.

중앙아시아의 초원지대에서는 목초를 찾아 유목생활을 할 수밖에 없고 집단이동을 자주 해야 했으므로 대가족제였다고 한다. 농경사회에서는 우리가 잘 알 듯 경험이 최고의 지식이며 지혜이다. 대가족제도는 이런 점에서도 유리했다.

아버지·할아버지·어머니·할머니는 농사일에서부터 음식 만들기에 이르기까지 지식의 원천이었다. 자연히 연장자에 대한 존경, 존중심이 싹트고, 여기에다 가부장적 질서를 강조하는 유교윤리가 가세했다. 유교적 계층윤리도 따지고 보면 대가족 중심의 농경사회라는 조건에서 나온 필요의 산물이다.

가족과 유사한 것이 촌락이다. 보통 수십여 호로 이루어진 우리 전래의 농촌은 서로 남의 집의 숟가락이 몇 개인가도 안다고 할 정도로 긴밀한 관계를 가졌다. 농사일 자체가 시기가 중요하고 이때에는 두레라는 자생적 조직체에서 보듯 공동노동을 하지 않으면 안 되기에 촌락에서 주민들은 긴밀한 협조를 하지 않을 수 없었다.

여기에다 우리의 지형은 산악지대여서 촌락간의 교통을 어렵게 했다. 따라서 농사 때는 일 때문에, 농한기에는 정담을 나누는 상대 때문에 같은 마을 사람이 중요했다. 마실 간다는 이웃집 사랑방 방문이 유일한 즐거움이 될 수밖에 없었다.

그래서 촌락에서의 이웃은 혈연 다음으로 긴밀한 이웃 사촌이었다. 이렇게 폐쇄된 마을 공동체 생활은 불과 몇십 년 전까지 우리의 일반적인 사회생활의 모습이었다. 1960년대 공업화가 시작될 때에 농촌인구 비율은 거의 60%나 되었다. 그러니까 지금의 40대 이상 기성세대는 농촌 인구 비율만큼 시골의 정서 속에서 살다가 새로운 환경, 즉 도시생활로 이행한 것이다.

어려서 자연스레 습득한 의식·태도 등 사회화의 내용은 성인이 되어 얻은 2차의 학습 내용보다 지속적이며 강력한 영향력을 갖는다. 따라서 대가족과 촌락사회의 분위기, 그리고 그 분위기에서 별로 벗어나지 못한 산업화 이전의 소규모 도시민들이 아직도 전통의식에서 헤어나지 못하고 있는 것은 당연하다.

그러나 당연하다고 해서 그것이 새로운 현실에서 적합성을 갖는 것은 아니다. 우리가 조금 서로 알게 되면 '형님' '아우' 하고, 여자들은 '언니' '동생' 하고 부른다. 엄밀한 업무 분담이 되어 있는 회사

조직에서도 이런 호칭은 여전히 강세이다. 은행 창구에 가보면 여직원이 업무를 잘 모를 때 선배 여직원에게 묻는 것을 보게 된다. 틀림없이 '언니'라는 호칭이 불린다. 선배일 경우 '씨'라는 말은 아직은 어림없다.

형님, 아우나 언니, 동생의 혈연적 호칭은 물론 전통사회의 유풍이다. 그리고 아직도 그것이 호감을 주기에 계속 쓰이고 있는 것이다.

심지어 대통령 후보에 거론된 이수성 씨는 수많은 형님·아우로 유명해지기도 했다. 매스컴에서는 이런 그의 태도를 친화력이라는 관점에서 비교적 호의적으로 보고 있다. 그러나 일부에서는 고개를 갸우뚱한다. 갸우뚱한다는 것은 어딘가에 문제가 있는 것 같은데, 딱 꼬집어 뭐라고 말하기가 어렵다는 뜻이다. 필자의 관점으로는 시대에 맞지 않을 뿐 아니라 나아가 시대변화에 나쁜 영향을 주는 호칭 사용이라고 생각한다.

조선시대에는 가족은 효로 결집된 기초단위로서 효는 충의 씨앗으로 간주되었다. 효자가 많아야 충성스런 신하나 백성이 많아진다는 것이다. 효가 얼마나 대단했던지 전선의 지휘관도 상을 당하면 귀향해야 했다. 이순신 장군은 백의종군중이라서 귀향은 못 했지만 그 위험천만한 시기에 상을 당해 건강까지 해쳤다.

국가가 효를 강조하고 생활의 단위가 가족이며 촌락인지라 그곳에서의 귀속의식과 친밀감을 대단한 것이었고 안전의 보호망이기도 했다. 형님이라고 불리는 연장자가 아우를 해치는 경우는 드물다. 언니라고 불리는 여자는 친동생이 아니더라도 아우를 감싸게 된다.

도시와 직장생활의 경쟁과 삭막함 속에서 새로운 인간관계가 생겨나기까지 이런 전통적 연고의식이 확산된 것은 자기 보호의 본능적 작용일 수도 있다.

우리는 깡패집단에서 형님·아우 호칭이 유별나게 흔하다는 것을 알고 있다. 폭력을 생계수단으로 삼는 집단인지라 위험은 항상 그림자처럼 따라다닌다. 두목이라고 해도 언제 집단내의 반역으로 희생될지 모른다. 이런 위기의식 속에서 형님·아우의 호칭이나 의형제의 결연의식은 위험을 감소시키면서 집단내의 결속을 강화하는 효과를 거둘 수 있는 것이다. 마피아의 대부도 마찬가지일 것이다.

가족·촌락에 대한 강한 애착은 조선조의 착취성 계층구조와도 관련이 있다. 조선의 정치 이상은 왕도(王道)정치였으나 실제는 백성에 대한 패도(覇道)정치였고 양반계층은 한유(閑遊)하면서 생산자인 백성을 수탈했다.

여기서 무력한 백성의 피난처는 가족과 촌락뿐이었다.

관에 끌려가 뭇매를 맞고 죽을 지경이 되어서 뇌물 바치고 풀려날 때 뒷바라지하고 도와주는 것은 가족과 이웃뿐이었다. 소수의 양반계층은 같은 촌락에 살아도 관에 붙었고 아전들은 원님의 앞잡이였거나 그의 위세를 빌려 농민을 괴롭혔다.

여기서 우리는 촌락의 이원적 성격에도 주의를 기울일 필요를 느낀다. 앞에서 촌락을 동일체로 기술했으나 세분한다면 촌락에는 구성원의 대부분을 차지하는 농민(양민)의 공동체와 일정한 거리를 둔 양반·지주의 세력이 함께 있었다.

촌락에 대한 연고의식은 농민들 상호간에 존재하는 것이었고 지주·양반은 농민에게는 면종복배(面從腹背)의 대상이었다. 앞에서 굽신거리지 않으면 소작을 빼앗기거나 엉뚱한 죄목으로 관에 고발되어 관재를 입게 마련이었다. 그러니 돌아서면 이를 갈고 저주하게 된다. 동학농민전쟁은 결정적 시기에 농민과 관, 농민과 토호세력 사이의 균열이 어떻게 극화되는지 보여준 사례이다.

일본 식민제국주의자들은 다수 농민의 흔들림을 예방하기 위해 조선조 농촌의 기본질서를 유지했다. 갑오경장으로 양반계급은 공식적으로 사라졌으나 지주와 소작관계는 옹호했다. 한편 일제는 이른바 토지조사사업이란 것을 벌여 토지 소유의 법률적 개념이 모호했던 농민의 무지를 악용, 대규모 토지수탈작업을 벌였다.

일제 때 조사로 일본인이나 일본의 관계기관이 가진 토지가 62%나 되었다고 한다. 나머지가 한국인 소유였으며 농민은 거의 소작민이 되었다. 자영농조차 고리채 등에 의해 땅을 팔아넘겨 대지주의 손에 넘어가는 비율이 높아졌다. 소작료의 비율은 50%가 넘는 곳도 있어서 진주의 소작인들은 50% 인하운동까지 벌였다.

오늘의 젊은 세대도 꽁보리밥이니 주먹밥이니 하는 얘기며, 부모들의 서글펐던 과거지사를 듣기는 했을 것이다. 필자도 어린 시절에 초근목피(草根木皮)라는 말을 자주 들었다. 그야말로 풀뿌리 캐어 먹고 나무껍질을 벗겨 삶아 먹었다는 얘기이다. 오늘날의 북한 실정과 흡사했을 것이다.

이런 상황에서 일제는 처음 돈벌이가 된다는 유혹으로 청장년들을 일본 홋카이도 탄광 등으로 데려갔다. 나중에는 전쟁수요와 겹쳐 강제로 끌고 갔다.

식민지하, 한국 농민의 고향 이탈과 이후 끝없는 고향에 대한 향수는 이때부터 본격적으로 비롯된다. 그 이전에도 가난에 시달려 왔지만, 그래도 가족과 고향에서 안정과 안전을 찾았던 농민들이 땅 없는 유랑민 신세가 되어 만주땅으로 대거 이주하든가 일본에 가서 하층 근로자 생활을 하게 되었다. 일제 말에는 징용이다 학병이다 해서 또 이국 땅으로 가게 되었다. 젊은 여자들은 속아서 또는 시골길을 걷다가 납치되어 인육시장으로 끌려갔다.

고향 상실….

서양인이 Heimatlos 또는 Homeless라고 부르는 것은 농촌사회가 붕괴하고 도시화에 휩쓸리면서 벌어진 상실감을 표현한 것이라면, 우리는 먹고 살기 위해, 또는 폭력적 위력 때문에 고향 상실 상태가 된 것이다. 그러므로 그 허전함은 더 컸고 슬픔은 농도가 짙을 수밖에 없었다.

'타향살이 몇 해런가 손꼽아 헤어보니……'로 시작되는 고복수의 애절한 노래는 가사 내용으로 보아 만주와 중국 대륙으로 유랑한 신세를 한탄한 것 같고 '남쪽나라 십자성은 어머님 얼굴……'이라는 노래는 징병으로, 학병으로, 위안부로 끌려간 젊은이의 그리움을 노래한 것 같다.

시인들은 더욱 세련된 아름다움으로 고향을 노래했다. 독자들 가운데 이상하의 〈빼앗긴 들에도 봄은 오는가〉라든가, 정지용의 〈고향〉, 〈향수〉 등을 읽고 눈물을 글썽이지 않은 사람이 있겠는가.

이렇듯 전통사회의 특성과 일제시대의 고향 상실, 또 6·25로 인한 수백만의 피난 인구 등을 생각하면 가난하고 초라했던 고향일망정 그립고 따스하지 않을 수 없으며, 남모르는 타인들과의 부대낌에서 고향의 부모, 형제는 얼마나 눈물나는 그리운 존재일 것인가.

가족 이기주의나 지역 연고성은 이런 상황에서 우선은 이해가 되어야 한다. 그러나 이해를 해야 한다는 것과 그것을 그대로 수용하는 것은 다르다. 가족에 대한 지나친 편애는 모르는 이웃에 대한 무관심을 불러일으키고 나아가 가족을 위해서는 타인을 희생시켜도 괜찮다는 심정을 갖게 한다.

부모, 형제나 자녀에 대한 사랑은 자연적인 것이어서 특별히 강조하지 않아도 예외적인 사람이 아닌 한 가족애를 버리지 않는다. 오히려 지나치게 강조하면 가족내에서도 부작용이 생긴다. 아이들의 개성의 발전을 막고 부부 사이에도 지나친 의존심리가 생긴다.

가족은 중요한 그룹이지만 개인 이상의 존재는 아니라고 생각한다. 여하튼 현재는 가족 구성원끼리의 문제보다 가족 이기주의와 사회 전체와의 관계에 대해 모든 사람들이 생각해 봤으면 한다.

산중턱에 나무를 마구 베어내 만들어 놓은 묘소, 자식은 효도로 생각하겠지만 그 효도가 국토와 자연과 이웃과 전체 사회와 얼마나 괴리감이 있는가.

추석이나 설 때가 되면 피는 물보다 진하다든가 고향 타령이 텔레비전이나 라디오, 신문에 넘쳐난다. 매스컴 종사자라면 생각이 좀 깊어야 할 텐데 하는 아쉬움이 생긴다. 지금은 오히려 가족·고향에 대한 좁은 감정이 모르는 타인에 대한 넓은 감정으로 승화할 때가 아닌가. 과거 식민지 시대에 부모 형제나 고향에 대한 언급은 정서적으로 저항적 성격도 가졌었다. 지금은 과거가 아니다.

가족을 얘기하면서 또 빠뜨려서는 안 될 것이 있다. 그것은 일족(一族)을 얘기할 때 남성 본위로 하는 것은 부당하다는 것이다. 이것은 유전이라는 과학적 근거에서도 그렇다. 가끔 모임에서 족보니 조상이니 하는 말이 나오는데 자기네 성씨와 본관에 대해 장황히 얘기하는 사람이 있다. 그런 것을 알고 있는 것은 나쁜 일이 아니다.

그러나 필자는 이렇게 묻는 때가 많다. "그럼 어머니 가계는 어떻게 되는 거요? 어머니, 할머니 쪽으로는 김씨, 이씨, 박씨 등 수십 개 성이 있었을 거요." 그리고 한마디 더 붙인다. "우리는 100여 년 전만 해도 인구의 상당수가 성도 없었던 거요."

# 제4장

# 권위주의 파괴 이제 겨우 시작이다

◑ 제대로 알아야 한다
◑ 생리가 된 권위의식
◑ 명령만 내리는 부모
◑ 권위주의 기원
◑ 한·일간 권위주의 차이

# 제대로 알아야 한다

시대는 급격히 바뀌고 있고 '바꿔 바꿔'라는 노래가 유행하지만 바뀌는 것은 주로 기술적인 것이다. 사회체제의 변화는 느리고 정신의 변화는 더욱 느리다. 이래서는 언제 선진화가 가능할 것인가?

2000년 초 한 텔레비전 프로에 나온 여기자는 "창조니 새로운 아이디어니 하지만 그 이전에 제발 조직의 권위주의 풍토부터 바뀌었으면 합니다"라며 한탄했다.

지난 몇 년간 분위기가 다소 달라지고는 있지만 아직도 조직 내에서는 "시키는 대로 하시오"라든가, 하급자가 여러 의견을 이야기하면 "말이 많다"며 못마땅히 여기는 상급자가 수두룩하다. 그러면서 이들은 자기가 권위주의적이라든가 권위주의가 조직에 끼칠 상처에 대해서 제대로 인식도 못한다.

권위주의는 후진사회의 역사적 질병이다. 그리고 우리는 이 병을 아직도 앓고 있는 것이다.

우리에게 권위주의란 용어가 널리 쓰이기 시작한 것은 1980년대 후반, 그러니까 노태우 정권이 들어서부터이다. 박정희 이상으로 권위주의 성향이 강했던 전두환 정권에 이어 등장한 노태우 정권은 이제 시민의 힘을 거부할 수 없다는 자각을 할 수밖에 없었다. 30여 년 계속된 군사적 지배방식이 국내외에서 통용되지 않는다는 것을 실감한 것이다. 새로운 시대의 개막을 보여 주어야 했고 이에 걸맞는 구호가 보통 사람들의 시대와 권위주의 타파였다.

그는 회의 탁자를 마치 아더왕과 그의 기사들이 사용했던 것과 비슷한 원탁으로 바꿨다. 회의 참석자들은 '분위기가 훨씬 부드러워졌다'고 했다. 노태우 정권, 흔히 6공 정권이라고 불리는 이 시대는 알다시피 5·16 쿠데타 이후 한 세대에 걸친 군사통치가 끝나고 이른바 문민시대를 열어가는 징검다리 시대였다.

권위주의 타파라는 구호는 청와대에 이어 일반 관공서, 그리고 민간기업에까지 울려 퍼지기 시작했다. 당시 자주 이런 소리가 들렸다. '권위주의가 뭐가 나쁜 거요?' '권위가 있어야 조직이 운영되는 게 아니요?' 이런 식의 질문은 아직도 사라지지 않고 있다.

권위주의를 쉽게 말하면 '한 사람 또는 소수에 의한 지배를 정당하다고 인정하는 것'이라고 할 수 있다. 그러니까 정치권력의 차원에서 본다면 왕정이나 귀족정이 정체(政體)로서 권위주의의 정부이고, 전제정치니 독재정치니 하는 것은 모두 권위주의의 집행방식에 속한다고 하겠다. 과거 파시즘이나 공산권의 전체주의 사상은 권위주의의 극단적 형태이다. 민간조직에서도 상층부의 한두 명 또는 소수가 의사결정을 다 해 버리고 중하위층에서는 따르기만 한다면 그것은 권위주의가 지배하는 조직이다.

1980년대 이후 여권(女權) 운동가들이 가정 안의 권위주의를 비판하면서 '가부장적'이라는 말을 많이 썼다. 이 말은 집안에서 아버지가 군림하며 가족을 전제적으로 지배하는 모습을 형용하는 것이다. 개인의 인격과 자유가 최상의 가치로 인정되는 현대사회에서 권위주의는 그야말로 시대착오적인 것이지만 권위 자체는 바람직한 것이다. 영어에서 권위주의는 authoritarianism이라고 하지만 좋은 의미로 권위적이라고 할 때에는 authoritative라는 다른 형용사로 쓴다. 따라서 권위주의 정부는 -tarian government, 권위주의적 성격은 -tarian personality라고 한다.

우리에게는 권위주의라는 말이 비교적 최근에 등장했고, 상당한 지식인들에게까지도 개념이 모호하게 들린 것은 그만한 이유가 있다. 수천 년 동안 권위주의 정부 아래서 살았고, 집에서나 직장에서나 권위주의 분위기 속에서 일해 왔기 때문에 마치 초원에 가서야 오염된 공기 속에 살았다는 것을 느끼듯이 권위주의를 못 느낀 것이다. 그러나 권위주의와 반대되는 것, 즉 민주주의는 해방 후 반세기 동안 줄곧 들어 온 말이다.

한국 사회가 우리 자신뿐 아니라 외국인의 눈에도 뒤죽박죽이라든가, 도무지 무질서하다든가, 2중 3중의 기준을 갖고 있다든가 하는 말을 듣는 이유 가운데 하나는 이 권위주의에도 있다. 민주투쟁을 하는 것은 정치계·관계에서 반(反)권위주의 투쟁이다. 그러나 민주투사가 내면으로 전래의 권위주의 심성을 갖고 있다면 그의 행동이 위선이거나 2중으로 드러나기 쉽다.

이와 비슷한 사례는 일부러 들출 것도 없는 일반적인 현상이다. 최근 직장에서 연공서열제가 연봉제로 급격히 바뀌고 있는데, 연공서열제 자체가 권위주의 문화의 표현이다. 또한 관공서, 은행, 심지어 고속도로 톨게이트 아저씨, 아가씨도 전보다 친절해졌는데, 이런 것도 권위주의 파괴의 작은 징조들이다. 권위주의란 정치나 기타 거대조직의 운영에서만 쓰이는 말은 아닌 것이다.

그러나 많은 사람들이, 그리고 지식인 계층에서도 권위주의 사고나 행동방식이 생활 곳곳에 스며 있다는 것을 잘 모르고 있다. 1999

년 2월, 한국 언론과의 인터뷰에서 P. 슐뤼테르 전 덴마크 총리는 이렇게 말했다.

"민주주의 이념은 선거를 위한 투표만을 의미하지 않습니다. 사회 모든 분야에 민주주의 이념이 배어 있어야 합니다. 한국은 민주주의 발전과정에서 과도기적으로 발생하는 문제가 있고, 이에 대해 이해도 합니다만 중요한 것은 조속히 민주주의 이념이 사회 구석구석에 잘 전달되어야 한다는 것입니다."

그의 말대로 권위주의는 외부로부터 또는 아래로부터 오는 비판에 대해 무시하거나 억압하는 속성을 갖고 있으므로 권한남용과 부패에 이어지는 특성을 갖고 있다.

최근 한 유력 시민단체에서 시민의 권리찾기를 위한 책자를 발간했는데, 거기에 이런 구절이 보인다.

"아직까지 우리나라에서는 권위주의적 잔재가 남아 있어서 중앙정부를 비롯한 공공기관들은 일반 국민에게 정보 공개하기를 꺼리고 있습니다."

우리나라에 아직도 권위주의적 잔재가 남아 있는가, 아니면 권위주의 몸통은 그대로 있고 깃털이 조금씩 빠지고 있는 것인가. 아마 시민단체에서는 여·야 정권교체도 이루어졌고, 공공부문에서도 변화가 있으니까 주로 공권력의 행사라는 측면에서 권위주의를 파악하고 권위주의는 거의 사라진 것으로 판단했음직하다. 그러나 권위주의는 지금 약간 흔들리고 있을 뿐이다.

권위주의 모습은 심지어 파괴의 선두에 나서야 할 대학사회에도 뿌리 깊게 남아 있다. 1999년 초 최장집 교수의 6·25 관련 논문이 시비의 대상이 되었던 것을 독자들은 기억할 것이다. 이와 관련해 한 토막의 얘기를 들었다. 모 대학의 젊은 교수들이 최교수의 글을 지지하고 학문의 자유에 대해 논하는 글을 발표했는데, 그들이 재직한 대학의 선배교수들이 제동을 걸었다는 것이다. 이유는 경쟁관계에 있는 대학의 교수 논문을 클로즈업시킴으로써 자기네 대학이 상대적인 피해를 본다는 것이었다.

사고의 지평을 끝없이 넓혀 가야 하는 지식인 세계에서 이같은 속좁은 발상도 한심스럽지만, 후배 교수들에게 가하는 선배 교수들의 그 권위주의적 자세가 여기서는 문제가 된다. 그 젊은 교수들은 저항도 못하고 바로 침묵해 버렸다고 한다. 알다시피 선배에 거역했다가는 어떤 불이익을 당할지 모르는 것이다. 이같은 풍토 때문에 이 나라 대학에서는 선배의 학설에 도전한다거나 새로운 학설의 성립이 어려워질 수밖에 없다.

언론계에서도 이같은 권위주의 풍토 때문에 생기는 정체현상이 심각하다. 이른바 '데스크'라는 간부의 대다수는 자기 자신의 기준으로 기자들의 글을 평가한다. 그래서 개성 있는 글이 실리기 어렵게 된다. 각자의 특성을 고무하기는커녕 획일성만 강조하게 된다. 이른바 육하원칙이란 것도 대부분의 데스크가 장소, 시간, 이유 등 사건의 구성요소를 일일이 제시할 필요가 없을 경우 그런 외형적 객관성은 의미가 없다는 뉴저널리즘이 나온 지도 수십 년이 되는데, 일제시대 때의 기준을 맹목으로 받아들여 지금껏 들먹이고 있는 것이다. 진정한 의미에서 객관성이란 보도자의 경우, 객관적 자세를 확고히 하는 것이고 논평자의 경우에는 양심대로 쓰는 것이다.

필자가 가끔 핀잔조로 얘기하는 것 가운데 하나는 '내가 데리고 있던 친구인데……' 하는 말에 대해 시비를 거는 것이다. 필자의 나이 정도면 함께 일했던 후배가 많게 마련이다. 그래서 비슷한 연배들이 모이면 얘기 도중에 내가 데리고 있었다든가, 키웠다든가 하는 말을 자주 듣게 되는 것이다. 같은 부서에서 함께 일한 적이 있다고 말하면 될 것을 '데리고 있었다' '키웠다'고 말하는 것은 참으로 의식 없는 권위주의적 태도이다.

　어느 조직이건 후배는 처음에 선배에게서 배우고, 배운 다음에는 선배를 능가하는 역량을 키워야 그 조직이 성장할 것이다. 따라서 선배는 항상 자기보다 나은 후배가 나오도록 신경을 써야 마땅하다. 그런 분위기를 조성하는 게 선배의 도리일 것이다.

# 생리가 된 권위의식

우리 사회에 권위주의가 횡행하다 보니 가끔 어처구니 없는 해프닝도 생긴다.

한번은 지방의 어느 대기업에 동료들과 시찰을 간 적이 있었다. 점심 전에 영빈관 같은 곳에서 칵테일을 나누고 있을 때 사장이란 분이 들어왔다. 그러니까 홍보 관계자가 사장을 소개하기 위해 '여러분, 잠깐 주목해 주십시오. 저희 사장님께서 방금 도착하셨습니다. 사장님께서 환영사를 하실 예정입니다.' 대강 이런 안내말이 들렸다.

여기서 생각해 보자. 손님한테도 '사장님'일까. 언젠가 이런 어법에 대해 일본에 몇 년 근무했던 분과 얘기를 나눠 봤다. 그의 말에 따르면 이런 경우 일본에서는 '사죠가'(社長が ; 사장이) 하는 식으로 존칭을 쓰지 않는다고 했다. 이렇듯 우리에게는 권위주의적인 말, 태도, 행동들이 우리 자신을 구성하고 있어 실례되는 것도 깨닫지 못하고 있다.

그러기에 무의식적으로 2세들에게도 전달된다. 요즘 신세대에서는 권위의식이 사라졌을까. 그렇지 않은 것 같다. 대학생 사이에서 친구가 되기보다 1, 2년 차로 선, 후배 따지길 좋아한다.

이런 일도 있었다. 1999년 봄, 어느 저녁 어떤 시민단체 사람들과 회식을 하게 되었다. 필자도 그 단체 활동에 관련이 있어서 그 자리에 끼였다. 이런저런 얘기들이 두서없이 오가다가 권위주의는 아니었지만 비슷한 테마가 튀어 나왔다.

어떤 이가 국회의원 가운데 장관을 지낸 사람은 지금도 사람들이 무슨 장관님이라고 부르는 것을 좋아한다고 말했다. 그는 또 현재 큰 회사 사장이나 회장으로 있는 사람도 과거 국회의원을 했거나 장관직을 맡아 본 경험이 있는 경우, 의원보다 장관님이라고 불러야 좋아한다고 했다.

회장, 사장, 의원 등도 낮은 호칭이 아닌데, 장관이라고 불러야 상대가 좋은 반응을 보인다는 것이다. 그러면서 그는 "참 알 수 없어요. 장관이래야 족보에 기록되는 건지⋯⋯" 하고 말했다.

우리에게 가장 권위주의 형태가 뚜렷이 각인되어 있는 것은 이처럼 '감투' 특히 관직에 대한 관념이다. 비록 몇 개월 하다가 그만둔 경우라도 무슨 장관을 했고, 청와대 무슨 수석비서관을 지냈으면 출세의 징표요, 가문의 영광이라는 의식이 아직도 기성세대에게 강렬하게 남아 있는 것이다. 앞서 말한 예로 보면, 감투 가운데서도 벼슬, 특히 장관 벼슬이 최상인 모양이다.

이런 권위주의 의식은 이른바 성공했다는 사람, 출세했다는 사람들 사이에만 존재하는 것은 아니다. 또한 벼슬길이나 민간 회사의 경영층과는 성격이 전혀 다른 지식인 사회에서도 강하다. 선배 교수와 후배 교수의 사이에 대해서는 앞서 잠깐 언급했다.

예술계에도 권위주의는 아주 비열한 상하 관계로까지 타락한 증거를 우리는 너무나 많이 알고 있다. 언론에서도 자주 보도되고 있지만 대선배나 스승이 무슨 발표를 한다면 온갖 뒤치다꺼리에다 돈을 모아주거나 표를 사주거나 하는 일이 흔하게 벌어진다. 선배나 스승을 어느 정도 도와주는 것은 후배나 제자의 예의일 수 있다. 그러나 이것 역시 '적당한 정도'라는 게 있어야 한다.

몇 년 전에 들은 한토막 푸념으로는 이런 얘기도 있었다. 어떤 한국 무용계의 거장이 발표회를 하는데, 그 제자들이 돈을 거두고 더러는 스승집에 가서 가정부 노릇도 하고 또 표를 할당해 팔아주고 하지 않으면, 그 문하에서는 소외된다는 것이다. 인간 문화재라는 사람을 사사하면서 후계자 소리를 들으려면 실력이나 재능만으로는 한계가 있다는 것이다. 마치, 왕과 신하 같은 관계가 지속되어야 한다는 것이었다.

이래서 가끔 의식 있는 사람들이 모이면 "빨리빨리 세대교체가 되어야 해. 죽는 것이 기여하는 것이야"라는 한탄 섞인 말도 나온다.

권위주의는 우리 정신문화의 골격의 하나이기에 서민층에도 정착되어 있다. 서민층의 권위주의 의식은 아주 미묘하다. 한편에서는 나쁘고 더럽게 보며 다른 한편으로는 선망을 하는 전형적인 이중구조를 갖고 있다. 이런 심리상태는 역사적 경험의 소산임은 말할 것도 없다.

한국의 서민층은 옛날에는 소농민들이 대다수였다. 소작인 또는 영세 자작농으로 구성된 소농민들이다. 이 밖에 약간의 수공업자가 있었다. 조선시대 말엽에는 관도(官道)의 타락과 함께 농민의 생활이 더 비참해져 곳곳에서 민란이 일어났다. 동학농민전쟁은 그 클라이막스이다. 소설가 송기숙의 《녹두장군》은 당시 농민들이 얼마나 관에게 착취당하고 있었는지 잘 묘사하고 있다.

이렇듯 억압, 착취, 수모 속에서 삶을 꾸려 나가는 사람들에게 권위와 힘을 가진 지배층은 가증스러운 존재일 수밖에 없었다. 그러나 한편으로는 나도 그렇게 지배층에 끼여 보았으면 하는 소망도 일어날 수밖에 없었다. 그래서 자기는 비참하면서도 아들에겐 도시로 나가 출세하기를 바란다. 우리의 맹렬한 교육열도 이런 측면에서 살필 수 있다.

일제시대에는 다른 형태의 멸시와 폭력이 다가왔다. 일제는 경제적으로는 소작제를 강화했다. 사회변동을 억제하려고 지주의 권익을 보호했다. 그 결과 빈번해진 소작쟁의는 이 땅에 사회주의의 싹을 키우는 데 한몫을 했다. 이렇듯 사회의 상층부는 상층부대로, 서민층은 서민층대로 권위주의에 파묻히고 그것을 탐하게 되어 우리의 정신문화는 권위주의의 이해 없이는 도저히 설명할 수 없게 된다.

쉬운 예를 찾아보자. 요즘에는 변하고 있지만 20여 년 전만 해도 자동차는 거의가 검은 색이었다. 특히 조직의 상층부에 있는 사람들이 검은 색을 좋아했다. 거리에서 검은 승용차를 볼 때 어떤 느낌을 갖게 되는가. 무게, 위신, 위압감 같은 것을 느끼지 않는가. 권위주의 성향의 사람들은 지금도 대체로 검은 색을 선택한다.

상당수 교수의 논문들은 쉬운 내용도 어려운 추상어를 남용해 무슨 내용의 글인지 알지도 못하게 하고 쓸데없는 외국학자의 인용으로 범벅이 되어 있다. 이미 알려진 것, 누구나 인정하는 것 등은 원래 인용을 안 해도 되는데, 최대한으로 외국책이나 외국인의 이름을 들먹인다. 심지어 권력지향 성격이라면 될 것도 'power hungry personality'라고 쓰며 이 용어를 쓴 학자 이름까지 인용한다. 필자가 아는 한 작가는 이렇게 말하기도 했다. "난삽한 용어를 중첩 사용하는 사람들 중 대표격은 문학평론가일 것입니다. 작가인 나도 도무지 무슨 말을 하고 있는지 알 수도 없어요."

이런 식의 글쓰기 자세는 바로 권위주의 성향의 반영이다. 어렵게 표현하고 불필요한 인용을 많이 함으로써 자기 글의 권위를 높이려는 자세인 것이다. 한마디로 유치하다. 그러나 그렇게 해야 실제로 권위

있는 글이라는 묵시적 인정을 받는다. 필자가 읽은 어떤 글에서는 불과 서너 줄 사이에 외국인 학자 이름이 몇 개나 나오고, 그들의 주장을 한두 개 단어로 요약해 마치 글이 책 제목을 옮겨 놓은 것 같았다.

의사나 변호사들도 으레 권위주의적 태도를 보인다. 최근 몇 년 사이에는 병원 운영이나 변호사 업무도 환자의 감소나 변호사 수의 증가로 다소 달라지고는 있으나 근본에서 바뀐 것은 아니다. 의사나 변호사는 권력 관계로 빗대어 말하면 권력을 가진 사람이다. 경제 관계로 보아서는 환자와 의뢰인이 고객인 셈이지만 힘의 배경에서는 이들은 약자이다.

따라서 의사나 변호사는 우월한 지위를 이용해 위엄을 부리거나 군림하려는 자세를 보이거나 불친절하다. 속된 말로 '칼자루 쥔 놈'이란 말이 있듯이 이렇게 힘이나 영향력에서 우세한 위치에 있는 사람은 상대방을 억누르려 하는 버릇을 갖고 있는 것이다.

1980년대에 필자가 미국에 있을 때, 눈이 아파서 대학내 병원을 찾은 일이 있었다. 간호사는 미소 지으며, 만약 오해를 한다면, 여성적 매력까지 보이면서 친절히 대해 주었다. 의사도 물론 알아 듣기 쉽게 이것저것 설명해 주었다.

오랜 권위주의 통치 아래 있던 사회는 인간 심성을 비뚤어지게 만든다. 강자는 억압적이 되고 약자는 비굴하며 강자가 될 기회나 노린다. 그러면 약자가 강자가 되었을 때 약자 시절의 설움을 새겨 반성하게 될까. 그렇지 않다. 성숙한 사람은 어느 사회에서나 소수이다. 우리 속담에도 '된시어머니 밑에 시집 살던 며느리가 다시 된시어머니가 된다'고 했다.

흔히 사람들의 성향을 말할 때 '그 사람은 권위주의적이야' 하거나 '리버럴한 사람이야' 하는 평을 한다. 권위주의적인 사람은 대체로 상급자에 잘 굽신거린다. 아첨에도 능숙하다. 그런데 자기 부하나 기타 이해 관계가 없는 타인에겐 얼굴 표정부터 몰라보게 달라진다. 퉁명스럽거나 짜증스런 표정을 보이고 엄숙한 자세를 취한다.

그러다가 자기보다 높은 사람한테 전화라도 오면 금새 표정이 바뀌고 음성이 달라진다. 반면에 리버럴한 사람은 대체로 관대하고, 특히 어떤 곤란에 처한 부하나 약자에 대해서는 동정적이다. 이들은 오히려 강자에게는 꿋꿋이 대한다. 이들은 정치적 성향에서도 진보적이고 종교 같은 것에는 편견이 거의 없다.

그러나 필자의 관찰로는 이제껏 이 땅에서 리버럴리스트는 대체로 손해를 보았다. 권위주의 풍토에서는 이런 사람들은 버릇없다든가 건방지다는 평을 받기 쉽고, 상급자가 자기 말에 고분고분하지 않으니까 꺼리는 편이다. 다만 최근에는 조직에서 하층부의 영향력이 상대적으로 커지면서 소외되었던 사람들이 다소 주목을 받고 있다. 변화의 작은 조짐인 것이다.

# 명령만 하는 부모

**앞**에서 우리에게 권위주의 심성이 얼마나 진하게 배여 있는지 살펴보았다. 이런 예들은 일일이 소개하지 않아도 독자들은 이미 열거된 사례로 미루어 우리의 권위의식 전반을 이해할 수 있을 것이다. '사람은 자유롭게 태어났지만 곳곳에서 사슬에 묶여 있다'고 루소가 말했지만 우리는 곳곳에서 권위주의에 얽매어 살고 있는 것이다.

이같은 현상은 보편적이며 우리 정신문화의 기본형의 하나로서 그 발생의 기원 또한 깊고 넓다. 역사적인 배경은 잠시 미루고 어린이의 성장과정에서 권위주의가 어떻게 흡입되고 있는지 살펴보자.

우선 가정에서 우리는 아이들에게 명령투의 말을 너무 많이 한다. 같은 내용이라도 '영이야, 잘 시간이 되었잖아' 하고 말하는 것과 '영이야, 빨리 가서 자' 하는 것과는 어감이 다르다. 잘 시간이 되었다고 말하면 아이는 무의식적으로 시계 바늘을 쳐다볼 것이다. 그리고 나름대로 시간이 되었으니 자야겠다는 생각을 하게 될 것이다. 그러나 가서 자라는 소리만 듣는다면 잘 시간이 되었는지 안 되었는지를 생각하기보다는 부모의 명령이라는 의식부터 생겨날 것이다.

언젠가 지하철 1호선에서 어린 아이가 신발을 신은 채 의자에 섰다 앉았다 하는 모습을 보았다. 마침 객차엔 손님이 별로 없었다. 젊은 어머니는 "애, 장난 그만해. 저기 아저씨들이 뭐라고 하잖아" 하면서 아이를 툭툭 건드렸다. 그러나 아이는 어머니 말을 듣지 않았다. 필자는 그때 젊은 세대가 아직도 구세대와 별로 차이가 없는 것을 보고 꽤 실망했다. 신발을 신은 채 의자에 오르면 의자가 더러워진다는 것을, 그래서 다른 사람에게 폐가 된다는 것을 가르치지 않고, 아저씨가 뭐라고 한다는 식의 타율적 이유를 대는 어머니. 이런 어머니나 아버지는 우리가 수십 년 전에 늘 보아왔던 것이다. 공원에서 아이들이 잔디밭에 들어가면 으레 어머니나 아버지는 그냥 두든가 "애, 저기 경비 아저씨가 야단쳐" 하고 말했던 것이다.

오늘의 젊은 어머니, 아버지가 아직도 이 지경이란 것은 도대체 우리 교육이 얼마나 그동안 진보가 없었는지를 말해 주는 것이다. 앞에 언급한 어머니도 차림으로 보아서는 적어도 고등학교 이상은 나왔을 것으로 짐작되었다.

'누가 뭐라고 하기 때문에 안 된다'는 식의 발상은 무의식적인 권위주의 습성에서 나온 말이다. 스스로의 생각과 판단이 아닌 외적인 힘에 의존하는 심리 경향이 권위주의의 내적 구조인 것이다.

이런 심리는 거꾸로 말하면 누가 보지 않으면, 또는 누가 제지하지 않으면 아무렇게 행동해도 괜찮다는 의식을 어린이에게 심어 주는 것이다. 물론 어른도 그것을 깨닫지 못하고 어린이도 깨닫지 못한다. 무의식으로 전달, 수용이 되는 것이다.

이런 악순환의 고리는 부모나 학교의 교육이 근본에서 달라지지 않으면 정말 끊어지기 어렵다. 요즘 일부 학교에서 교육방식을 조금씩은 바꾸고 있다. 그러나 그것은 극히 일부 학교에서 시도하고 있을 뿐이다. 그래서 화제가 되고 신문, 방송에 보도된다. 아직도 초등학교 옆을 지나면 호령조의 선생님 말이 스피커를 울려댄다. 어떤 때는 지나가던 사람이 놀랄 정도이다. 그렇게 위압적으로 해야 애들이 말을 듣는다고 선생님은 말할 것이다.

필자의 생각으로는 아예 체육시간이면 선생님은 사고나 나지 않나 지켜보며 애들끼리 제멋대로 놀게 내버려 두는 것이 나을 것 같다. 경기를 할 때면 규칙이나 위반하지 않나 살펴보고, 아이들끼리 다툼이 있을 때 옳고 그름을 분명히 해주는 역할이나 하는 것이 소리 지르며 야단치는 것보다 아이들의 심성 발달에 도움이 될 것 같다.

부모나 선생님의 자리에서는 권위주의 방식이 아주 효과적이고 손쉬운 제재방식이다. 아이들을 나무랄 때 이유를 설명하기는 귀찮고 어떤 힘 곧 누가 야단친다든가, 옛날 같으면 귀신이 잡아간다든가, 다리 밑에 갔다 버린다든가 하는 위협적인 말은 효과가 빠른 것이다. 중·고교에서 벌어지는 체벌도 같은 이유로 설명할 수 있을 것이다.

여기서 우리는 자칫 오해에 빠질 염려가 있다. 그것은 권위주의의 방식을 피해야 한다고 해서 애들을 아무렇게나 키워도 된다는 것은 절대 아니다. 아이들에게 옳고 그름을 명확히 인식시키고 그래도 멋대로 행동하면 조금씩 강도를 높여 제재를 해야 한다. 필자가 직접 본 경우를 말하겠다.

미국 일리노이대학에서 한 학기가 끝난 후, 교수가 자기 집에 학생들을 초청했다. 학생들은 각자 먹을 것과 마실 것을 조금씩 준비했다. 교수 집에 가 보니 거실에 기본 음식은 준비가 되어 있었다. 큰 탁자 위에 로프라고 하는 식빵 덩어리처럼 생긴 고기와 빵, 야채 등이 있었다. 학생들이 가져간 것과 함께 늘어 놓으니 먹고 마실 것은 충분했다. 주부 혼자서 이 모든 것을 준비하려면 꽤나 힘이 들었겠지만 모임이 잦은 편인 그네들에게는 편리한 초대 방식이었다. 외국학생이 많았으므로 어떤 학생은 자기네 고유 음식도 가져와 식탁이 한층 다채로웠다.

　그런데 초등학교 2, 3학년쯤으로 보이는 딸아이가 손에 든 것을 먹다가 다른 음식이 보이니 교수인 아빠더러 다른 것을 달라고 조르고 있었다. 아이는 직접 가서 가져오지는 않았다. 아빠는 '손에 든 것을 다 먹으면 갖다 주겠다'고 하면서 딸의 요구를 들어주지 않았다. 아이가 투정하며 더 조르니까 아빠는 좀 굳은 표정을 하며 '노노' 하고 있었다. 결국 딸애는 어디론가 가버렸다.

　필자는 이 교수의 태도가 적절한 것으로 보았다. 그는 교육학 교수이기도 했지만 아이의 요구를 무조건 거부한 게 아니고 손에 든 것을 먹은 다음에 주겠다고 한 것이 옳은 태도였다고 본 것이다. 만약 딸의 요구를 그대로 들어준다면 아이는 음식에 대해 아무런 소중함도 느끼지 못할 것이다. 한입 떼먹고 싫으면 다른 것에 손대고…….

　우리 부모 중에도 아이의 발달심리를 고려해 잘 키우는 경우가 있겠지만 대부분은 그냥 의식 없이 키우고 있다고 본다. 과거에는 아이들이 너무 많아 내팽개치다시피 키운 집이 많았고, 최근에는 자녀가 하나 아니면 둘이니까 과잉보호를 하는 부모가 많다. 방치하거나 과보호하는 것이 모두가 아이의 정상적인 성격 형성에 나쁜 영향을 주게 된다.

　하여튼 아이가 스스로 판단할 수 있도록 유도하고, 될수록 명령이나 지시는 최소화하는 게 권위주의 심성의 성장을 억제시키는 방법이 될 것이다. 때로는 매도 필요하다. 말이나 기타 방법으로 도저히 안 될 때는 엄한 처벌도 있어야 한다. 따끔해야 깨닫는 아이가 있다는 것을 우리는 경험으로 알고 있다.

　그러나 따끔하다는 것이 때리는 것만은 아니다. 계속 밥투정을 하는 아이에게는 한끼 아무것도 주지 않는다든가, 장난감을 겨우 하루 갖고 놀다 팽개치고는 다른 것을 사달라고 조를 때, 말로 타일러 안 들으면 아파트 베란다에 쫓아내고 한동안 못들어 오게 하는 방법도 있을 것이다. 대개의 아이는 울며 잘못했다고 할 것이다.

과보호는 간단히 말해 무책임한 성격을 키우는 결과가 된다. 아빠라는 존재는 남자의 성격상 어린 아이가 나약하게 크는 것을 싫어하니까 아빠라도 집에 있는 시간이 많으면 과보호에 제동을 걸 수 있겠다. 그러나 남자들은 대부분 일찍 나가서 늦게 돌아온다. 그리고 과보호 대신에 권위주의적이다.

과보호는 엄마가 사랑을 듬뿍 안겨 주고픈 본능에서 나오는 것이지만, 본능대로 행동한다는 것이 좋은 교육과 일치하는 것은 아니다. 어떤 엄마는 아이가 스스로 양말을 신으려 해도 '내가 신겨 줄게' 하며 달려가는 경우도 있다.

음식점에서는 아이들이 손님이 많이 있는데도 마구 뛰어다니거나 드러눕거나 하면서 장난치는 것을 흔히 보게 된다. 심지어 호텔의 레스토랑에서 외국 손님들이 조용히 담소하고 있는 중에도 한국 아이들이 떠들고 뛰어 다니는 것을 본다. 그래도 부모는 못 본 체한다.

해외여행을 자주하는 한 친구한테 들은 얘기로는, 태평양 노선의 비행기 안에서도 제일 많이 떠들고 왔다갔다 하는 아이들은 거의 동양계라고 한다. 이것은 아이를 많이 낳아 방치하다시피 키우는 동남아시아 부모나, 우리처럼 아이를 과보호하는 부모의 탓이라고 본다. 물론 태평양 노선에 서양인이 아이를 데리고 타는 경우가 적어서 동양계 아이가 눈에 많이 띄겠지만 반드시 그런 숫자와 비례한다고 보지는 않는다.

과보호 아래서 성장한 아이는 자연히 독립심이 약해 의존적이며, 자칫하다가는 비열한 성격을 가지게 된다. 자기의 귀여운 자녀가 떳떳하지 못하고 무책임에다 아첨이나 하는 존재로 큰다면 어떤 부모가 좋아할 것인가.

그러나 과보호를 하든가 명령 일변도의 가정에서 자란 아이는 이런 구부러진 성격을 갖기 쉽다. 나중에 '너는 왜 사내 새끼가 그 모양이냐' 하고 야단쳐 봤자 소용없는 일이다. 그런 성격을 갖게 된 것은 부모 책임이다. 그러니까 부모는 야단칠 자격도 없다. 오히려 자녀에게 미안하다는 생각을 갖는 게 마땅하다.

그러나 자신의 책임을 깨닫는 부모는 거의 없다. 그저 한탄을 하거나 '원래가 그런 걸' 하면서 체념한다. 또 자녀 입장에서도 자기 성격의 잘못된 점이 어떤 환경 때문에 생겨났는지 곰곰히 생각해 보는 경우가 거의 없다. 만약 생각해 본다면 상당한 정도로 자기 개선이 가능할 터이다.

앞으로 권위주의 성격은 시간이 흐를수록 배척받게 될 것이다. 자식 잘못되기를 바라는 부모는 없는 만큼 이제라도 내 자식을 민주주의 성향에 맞게 키우고 있는지 반성해 볼 노릇이다. 잘 먹이고 잘 입히고 빨리 글자를 익히게 하는 게 중요한 것이 아니다. 시대에 걸맞는 성격의 형성이 자녀 자신을 위해 더욱 긴요한 일이다.

# 권위주의의 뿌리

**앞**에서 우리는 권위주의 성격과 권위주의가 얼마나 강력히 우리 내면을 지배하고 있는지 살펴보았다. 권위주의 파괴는 우리의 문화 체계 전반을 뒤집는 것이며 문명사적으로 말하면 아시아 문명권에서의 이탈을 의미하는 것이다.

따라서 좀더 거시적으로 살필 필요가 있어 이 책의 마지막 7장에 자세히 소개하겠다.

여기서는 우리의 마음에 권위주의가 심어지게 된 기원을 중국 문화와 비교하면서 검토하겠다.

중국은 알다시피 철저한 농경사회를 배경으로 하고 있으나 우리는 두 개의 원형을 갖고 있었다.

우리 원형의 하나는 북방의 유목, 목축, 사냥의 전통이고, 다른 하나는 남쪽 농경사회의 전통이다. 시대가 지나면서 대륙형 전제국가의 모습을 갖추고 유교국가화해서 중국과 비슷해졌지만 우리는 중국인과 생활의 기초에서 달랐고 문화와 종족도 달랐다.

농경국가 중국은 북방의 유목민 침입을 받기도 하고 반대로 토벌도 했으나, 정착 농경민이 초원에 진출해 유목민이 되기는 어려운 노릇이었다. 그러므로 중국의 고대사는 농사에 적합한 덥고 비옥한 남쪽으로 팽창하는 농경사회의 확대과정이었다.

반면 우리는 북에서 사냥, 목축을 하던 사람들과 농경민의 혼합문화를 가졌다. 그런데 만주지역에서 반도로 생활권이 축소되면서 자연히 농경적 성격을 더욱 강하게 갖게 되었으며, 이로써 중원의 제도와 유교원리도 쉽게 수용할 수 있게 되었을 것이다.

만약 우리가 계속 사냥, 목축, 유목의 생활을 해왔다면 중국과 끝없이 대결을 하다가 한두 번쯤 중원에 조선국을 세우든지, 아니면 중화민족에 흡수되어 존재도 없어졌을지 모른다. 동양사에 번쩍이는 칼날처럼 나타났다 사라진 북방 유목민의 운명과 같았을 것이다. 어쨌든 지리적 조건도 다소 고려해야겠지만 중국의 스폰지 같은 문화적 동화력에 완전히 흡수되지 않고 조선-고려의 명맥을 이어왔다는 것은 참으로 놀라운 현상으로 느껴진다.

여기서 고대사와 관련해 좀 곁들여 얘기를 하자면, 우리의 나라 이름부터가 적절치 않다는 지적부터 해야겠다. 'The Republic of Korea'는 괜찮지만 '대한민국'(大韓民國)이란 한자 이름이 적절치 않다는 것이다.

알다시피 한(韓)이란 한반도 남쪽의 수십 개 부족단체 또는 부족연맹의 이름이었는데 이들이 민족의 대표성을 가지고 있을까. 고구려는 말할 것도 없고 백제도 부여—고구려 계통이 건국한 것이고, 신라 역시 금관에서 보듯 북방계의 유이민이 주도세력으로 건국했을 것이다.

삼국시대나 그 이전에 우리 민족의 강역은 만주와 반도에 걸쳐 있었다. 따라서 우리에게는 조선이나 고려가 대표성이 있는 국명이다. 그렇다고 과거의 향수로 국명을 바꾸고 만주로 진출하자는 취지는 아니다. 왜 하필 왜소한 이미지의 한(韓)을 쓸 필요가 있는가 하는 점이다.

조선 고종 때의 헛된 치장, 즉 대한제국(大韓帝國) 이름 때문에 민
국(民國)으로 바꿨다면 생각이 단견이다. 앞으로 통일이 되면 영문
이름은 그대로가 좋으나 한자 이름은 조선이나 고려 중에서 택했으
면 한다.

필자 생각으로는 대외적으로 이미 다 알려졌고 또 조선보다는 고
려가 역동적 이미지가 크니까 고려가 좋아 보인다. 국명 선택은 국
회가 아니라 최종적으로 국민투표에 의해 결정해야 할 것이다.

그러면 우리의 원형의 구체적 모습은 무엇이었을까. 이것은 실로
어려운 물음인데 일단 우리 민족의 주류는 통설대로 만주의 흥안령
동쪽과 바이칼호 근처에서 왔다고 보자. 이들 지역은 삼림지대이거
나 초원이고, 하천이 있으나 농경에 적당한 곳은 아니다. 사냥, 목
축, 식물 채취와 약간의 곡물 재배로 가장 중요한 식생활 문제에 대
응했을 것이다.

이런 지역에서는 중앙아시아의 완전한 초원지대나 문명발상지와
달리 중앙집권적 전제국가의 성립이 쉽지 않다. 부족 단위로 살면서
점차 인구가 늘어남에 따라 부족연맹형의 국가가 태어났을 것이다.
고구려, 신라, 백제에서 왕권을 견제한 귀족세력이 컸던 것은 이 같
은 부족연맹의 성격에서 비롯되었을 것이다.

이런 현상은 유라시아 대륙의 반대편 북쪽, 즉 앞에서 살핀 숲속의
게르만 전통과도 비슷한 것이다. 부족장 또는 왕은 추대되거나 세습
되어도 주변의 귀족세력에 견제된다. 다만 서구 학자들은 게르만의
부족사회에서 족장이나 왕은 충성의 대가로 부하를 보호해야 한다는
법적 관념이 뚜렷했다고 주장하고 있는데, 우리의 고대 북방사회에
도 이같은 관념이 어느 정도 있었는지 확인하기가 어렵다.

앞으로 우리나라나 중국·일본의 학자들은 원시 동아시아인의 생활

이나 사고체계에 대해 세계사적 시각에서 더 깊은 연구를 해야겠다. 우리는 과거에 우리의 원류인 만주지역을 야인(野人)이 사는 곳으로 치부하고 중국의 모방에 급급했지만 한국인의 기질의 밑바닥에는 유교적 윤리가 완전히 체질화되기 어려운 그 무엇이 있다고 느껴진다.

사냥·목축민적 역동성이랄까 야성이랄까. '제멋대로'라는 나쁜 평도 외국인한테 많이 듣고 있지만 '제멋대로'도 야성적 개성의 표현이다. 다만 세련될 필요가 있지만.

이제 만주나 우리가 한때 지배했을 가능성이 큰 북경지역의 유적을 비롯해 몽고 등을 답사하면서 우리 문화의 원초를 찾아보는 노력을 할 때이다. 몇 개의 단편적인 문서 기록(그나마 윤색이 많다)에만 의존하지 말고 수천 년 전의 자연상태, 그리고 그런 자연환경에서 가능한 생활양식을 살피면 역사 이해의 새 지평이 열릴 수 있을 것이다.

우랄알타이 어족이라는 분류에서부터 북아시아의 샤머니즘까지 창피하게도 주목할 만한 연구가 모두 서구 학자들에 의해 이루어졌으나 이제는 우리가 나설 차례다. 동북아 계통의 민족으로 중국에 흡수되지 않은 것은 몽고와 한국, 일본뿐인데, 몽고는 너무 쇠약해 있고, 일본은 식민지시대에 활발한 연구를 했으나 당시는 식민사관에 젖어 있었다.

이제는 진지하게 학문적 접근을 한다면 새로운 발견도 가능할 것이다.

몇 년 전, 한 기자가 시베리아의 브리야트공화국을 방문하고 돌아왔다. 그의 말은 그곳을 보니 마치 어릴 적에 본 한국의 시골을 생각나게 한다는 것이었다. 어떤 기자는 꽁꽁 얼어붙은 북쪽 땅, 에스키모가 사는 곳에서도 '나무꾼과 선녀'의 설화가 있다는 얘기를 들었다고 말했다. 이런 선사시대 또는 초기 역사시대의 모습을 찾아보는 것은 단순한 호사가적 취미가 아니다. 또 호사가적 취미라고 해도 의미있고 고상한 것이다.

사실 서양에서는 많은 재산을 상속받아 일할 필요가 없는 사람 가운데 고고학이나 기타 연구에 몰두하는 사람이 많다. 뉴턴이나 수소를 발견한 카벤디쉬는 평생 독신이면서 연구로 삶의 의미를 찾았다. 요즘에는 한국에도 유한계급이 생겨나고 있는데, 술집에서 하룻밤에 수백만 원씩 뿌리거나 도박, 여자 낚기에 열중한다는 저질 얘기가 들린다. 좀 품격을 높여 볼 수는 없을까.

한국사의 분수령은 아무래도 신라통일에서 찾아야 할 것 같다. 신라통일은 세계사적 관점에서 보면 대단히 선구적인 것이다. 7세기에 평양에서 원산에 이르는 북방 경계 아래 통일민족국가를 형성했다는 것은 근대 민족국가라는 시각에서는 대단히 앞선 것이다.

그러나 이 통일이 지역적으로 민족의 강역을 축소시킨 것이며, 전래의 역동성을 잃고 중국식 전제주의로 기울었다는 것은 불행이다. 우리는 한반도가 중국의 한 변두리로서 한국문화가 중국문화의 변형이라고 불리면 불쾌하다. 그러나 조선조의 지식인들은 이를 오히려 영광으로 여겨 우리 자신을 소중화(小中華)라고 불렀다.

어쨌든 민족문화의 독자성이 고대로부터 세월이 지날수록 훼손된 것은 사실이다. 그러나 이것을 너무 부끄럽게 생각할 일은 아니라고 본다. 일본인들이 우리의 중화 모방을 비웃었지만 만약 일본이 대륙과 붙어 있었다면 그들이 일본적인 것을 얼마나 유지할 수 있었을까.

우리의 독자성 훼손은 숙명적인 지리적 조건에 있다. 압록강을 넘으면 그대로 중국 대륙에 연결되며, 황해라는 바다는 일본이 중국에 내왕하는 것보다 훨씬 가까운 교통로이다. 처음에는 선진문물을 흡수한다는 관점에서 중국과의 교류가 있었겠지만 곧 군사적 정치적 압력을 받게 되었다. 우리보다 수십 배의 인구를 가진 중국과의 항전은 비록 각개 전투에서는 이기는 수가 많았지만 결국 전쟁에서는 패배했다. 고구려와 대륙의 항쟁사가 바로 그것이다.

이런 환경에서 정신적, 문화적 독자성이 유지될 수 있었을까.

과연 3국 통일 후 신라는 관제·의복·교육·문화 등 모든 면에서 중화(中華)를 적극 모방했다. 중국문화의 모범생이 되기 위해 열심히 노력한 것이다.

수(隋)의 문제(文帝) 때 일본이 국서를 보낸 적이 있었다. 이 국서에는 '해뜨는 나라의 황제가 해지는 나라의 황제에게 글을 바친다'는 내용의 글귀가 있었다 한다. 수의 문제는 건방지다며 대노했다고 한다. 그런데 일본이 바다를 건너 있지 않다면 그런 자존심이 생겨날 수 있었을까.

이 국서에 대한 위서 여부의 논란도 있기는 하지만 그들이 천황(天皇)이라는 호칭을 일찍부터 쓰기 시작한 것은 사실이고, 이것은 분명 중국과 대칭하려는 의지의 소산이다. 이런 자존심은 지리적 원격성에서 생긴 것이며 차츰 무인(武人)사회의 성격이 강해지면서 더욱 높아져 갔을 것이다.

우리는 세계 역사상 최대의 제국을 이룩한 몽골인들이 중원에 원(元)을 세우고 차츰 중국문화에 동화해 갔다는 것을 알고 있다. 만주족이 세운 청(淸)은 중화의 품속에서 아주 녹아버려 그 언어나 풍습을 다 잃어버리고 강인했던 팔기군(八旗軍) 무사정신은 중국의 문인 기질로 바뀌어 버린 것도 알고 있다.

넓게 보면 한반도는 소중화를 자처하면서 중국문화의 일부로 자족하기는 했지만 그래도 언어를 지키고 새로운 문자를 만들어 내고 고유 습속을 어느 정도는 지켰다. 그리고 소수의 의식 있는 사람들이 단군 이래 민족의 정통성을 강조해 온 것은 대견한 일이 아닐 수 없다. 만약 이런 노력조차 없었다면 지금의 한반도는 중국의 한 구역, 즉 조선성(朝鮮省)으로 변했을 것이다.

한국의 권위주의는 중국문화와의 인접성과 함께 일찍 통일국가를 세웠다는 데서 찾아볼 수 있다. 3국시대처럼 경쟁하던 시대에는 민중을 함부로 핍박하지 못한다. 왜냐하면 민중이 군사력이고 경제력의 기초이기 때문이다.

사실 필자는, 한국의 미래를 제쳐놓고 생각한다면, 과거 한국의 황금시대는 3국 경쟁시대였다고 본다. 활발한 기상이 넘쳐 흘렀기 때문이다. 신라통일 후 피정복지역에 대한 억압은 말할 것도 없고 이제 두려울 것이 없어진 지배계층이 민중을 함부로 대하며 착취계급으로 등장한 것은 자연스런 추세이다. 통일 후 100여 년이 지나자 퇴락의 기세가 뚜렷해져 당쟁, 왕위쟁탈전이 가열되었고, 귀족은 수많은 노예와 함께 사치생활을 했으며, 서로 환락에 취해 아첨을 일삼았다는 기록도 나온다.

이에 대한 반발은 이따금 있는 민중봉기였고, 그것은 어디까지나 불만의 표현이지 새로운 탈권위주의 질서를 세우려는 생각은 꿈도 꾸지 못했다. 대변혁은 신라에서 고려와 조선으로 바뀌는 고작 역성혁명이었다. 이것은 왕조의 담당자가 바뀌는 것뿐이지 어떤 사회, 경제적 혁명은 아니다. 민중의 생활은 변함없고 복종의 원리는 더욱 강조되었다.

조선시대를 일부에서는 안정이란 측면에서 긍정적으로 보는 견해도 있고, 심지어 당쟁까지도 '비판과 견제'라는 시각에서 옹호하는 사람도 있다. 이런 견해는 썩어가는 고인물을 안정이라고 보는 태도이다. 흐르는 것을 두려워하는 보수주의 관점이다. 당쟁 역시 민중의 생활 향상이나 새로운 변화를 위한 건전한 경쟁이었다면 바람직했을 것이다.

조선시대는 고려 초기 광종 때 실시한 과거제도의 폐단이 국가적 규모로 나타나는 시대로 본다. 유학을 이 땅에서도 정학으로 만들고

학문은 오직 공맹의 윤리학만을 습득하는 것으로 만든 것이 과거제
도이다.

과거는 원래 중국 수(隋)나라에서 귀족세력을 억제하기 위한 방책
으로 실시되었으며, 고려에서도 역시 비슷한 취지로 실시되었다. 고
려는 통일신라 이래 지속되어 온 중국 문물의 수입에 적극적이었다.

6대 성종은 중유(重儒), 모화(慕華)의 군왕으로 유명했고, 최승로
(崔承老)가 왕을 보필해 유학적 규범으로 통치의 원리를 삼았다. 그
러나 고려조에는 그래도 다소 재래의 고유 습속이 전승되어 지방 귀
족의 견제력이 남아 있었고, 문(文)·무(武)에서의 차별도 심해져 갔
지만 조선시대만큼 일변도는 아니었다.

적극성이란 면에서는 고려가 조선보다 훨씬 나았다. 고려조에는
그래도 북방 수복이 염원으로 남아 묘청의 칭제건원도 있었고, 몽고
란 때에는 40여 년 동안 항쟁했으며 무사들이 100여 년 동안이나 왕
의 권한을 대행했다. 대외무역도 활발했다. 유학이 정학은 되었지만
불교는 더 광범위한 영향력을 가지고 있었다.

심리학자 윤태림 박사는 한국사를 '위축의 역사'라고 지적했는데,
우리의 지정학적 위치가 운명적인 작용을 했겠지만 여하튼 신라 통
일에서 조선의 망국에 이르기까지 강화된 것은 오직 권위주의이며
나머지 사상, 경제, 민중의 생활 등 모든 영역에서 왜소, 퇴락의 과
정을 밟았다고 본다.

우리가 흔히 전통이라고 말할 때, 이 전통이 언제 만들어진 것이냐
에 대해서는 거의 생각지도 않는다. 실제 대부분의 경우 조선조 후
기에 형성된 관습이나 사고 경향, 의례를 전통이라고 알고 있다.

조선조에서 안정이란 이름으로 철저한 통제의 기틀을 마련한 시기
는 3대 태종 때이다. 태종 이방원은 무인적 기질에도 불구하고 통치
의 철학은 유교적 보수주의였다. 세종은 우리나라 역사상 최고의 명

군(名君)이 틀림없을 것이다. 신라 통일 후 줄어든 영토를 현재의 압록강, 두만강까지 넓혔으며, 한글을 만들고 《삼국유사》에 기록된 단군의 설화를 기록하는 등 자주의식도 있었다. 과학진흥에도 힘을 기울인 것을 우리는 다 알고 있다.

그러나 이미 건국 이래로 사대(事大)가 국시가 되고 보수적 유교가 국교로 생활의 모든 것을 지배하게 된 풍토에서 세종 같은 비전 있는 군주가 계속 나올 수는 없는 노릇이다. 세종 이후 성종대에 이르러 유교국가 조선은 완성되었다. 이후는 타락의 연속이었다.

영·정조 때에 중흥의 기운이 있었으나 대세를 역전시킬 힘은 없었다. 민족의 활력은 거의 소진되고 약간의 남은 에너지는 궁정에서는 권력 다툼으로, 양반은 감투 싸움과 민중의 착취로 세월을 보냈다.

원래 경제활동은 이(利)의 추구라 하여 공맹시절부터 천시되어 왔다. 또 군자불기(君子不器)라 해서 군자는 특정의 전문 지식이나 업(業)을 갖는 것도 기피했다. 그러나 이들 군자는 생산적인 활동은 안 하면서도 착취로 이익을 취하는 데는 맹렬하였다. 유교의 형식적 성격이 이런 인격의 이중성을 만들기 쉬웠을 것이다.

신라 통일부터 조선조 말까지 1,200여 년 동안의 장구한 시기를 점진적 쇠퇴과정이라고 본다. 신라 통일 직후 100여 년 간, 고려 초의 100여 년 간, 역시 조선 전기 100여 년 간의 초기 상태에서 건설의 의욕이 있었을 뿐 대세는 축소 지향으로 흘렀다고 본다. 생산은 조금씩 증대되었겠지만 인구 증가가 잠식해 버리고, 민족의 기상은 여성적, 소아적 취향으로 위축되어 갔다.

이런 문명 쇠퇴의 원인으로는 앞서도 간단히 언급한 대로 중국의 주변이기에 자생적 문화를 성장시키기 어려운 물리적 심리적 여건, 과거제도와 유학으로 인한 탐구정신의 고갈, 일찍 이루어진 통일로 경쟁상대가 사라진 점, 전제 권력의 압박으로 민중의 에너지가 고갈

된 점 등을 들 수 있겠다.

임진왜란과 호란 후 우리는 대외문물에 접촉한 기회가 있었고, 만약 이때라도 눈을 번쩍 뜨고 각성했다면 우리는 근대화의 여건을 조금이라도 성장시킬 수 있었을 것이다. 그러나 이때는 이미 민족기상이 쇠미해져 새로운 것을 받아들일 감수성도, 비판적 사고의 여력도 메말랐다. 그저 왜놈이라고 욕하고 되놈이라고 경멸하는 자기 위안에 그쳤다. 어떤 문명사가는 '타락에도 관성이 있다'고 말했다. 일단 커다란 추세로서 추락의 길을 밟게 되면 정지하기가 힘들다는 얘기이다.

민족적 각성은 망국이 되어서야 가능했다. 각성의 정점은 3·1운동으로 봐야겠는데 이때는 이미 너무 늦었다.

오늘의 우리 자신을 볼 때도 과거 우리의 역사가 그저 흘러간 것이 아님을 절절히 느낀다. 국회에서의 쟁론은 거의가 과거 당쟁 때의 논쟁과 별 다름 없는 넌센스이고 영향력 있는 자의 뇌물, 이권, 배임 등의 행위는 과거 양반과 서리(胥吏)의 서민 수탈과 정신적으로 같은 맥락이다.

일가(一家)에서 누가 관리로 출세하면 일문(一門)이 유식(遊食)하고, 그 출신지의 연고자가 혜택을 받던 조선시대의 관행은 오늘의 지연, 혈연, 학연과 똑같지는 않지만 정신적으로 유사하다. 지금도 동창을 봐 주지 않으면 '의리없다'고 매도하기 일쑤다. 이것도 이른바 명문고교, 명문대학 출신의 정신상태이다. 대의(大義)와 소의(小義)에서 어느 쪽이 우선인지도 분별 못 한다. 이런 정신적 황폐함은 오랜 전통의 유물이다. 따라서 전통은 철저히 음미해 본 다음에 강조할 일이다. 알지도 못하면서 전통을 찬양할 일이 아니다.

권위주의가 여야 정권교체로 끝났다고 생각하는 사람은 권위주의에 대해 아주 조금밖에 이해하지 못하고 있는 것이다. 가족, 이웃, 지역 공동체, 국가 사회 등 모든 영역에서 탈권위주의가 이루어지면

서 비판과 견제, 협동의 새 질서가 수립될 때에 우리는 타락한 권위
주의에 오염되기 이전의 고대 전통에 복귀할지 모른다. 그 고대가
미래의 모델은 아닐지라도 그래도 지도자는 고난의 시기에 선두에
섰고, 엘리트는 희생적이었으며, 민중은 그들을 믿었다. 그렇지 않
았다면 수(隋)나 당(唐)의 그 엄청난 수의 적병을 궤멸시킬 힘이 나
올 리 없고 신라가 잘했든 못했든 3국을 통일할 힘도 생기지 않았을
것이다.

# 한·일간 권위주의 차이

《개미》라는 재미있고 암시적인 소설을 쓴 프랑스의 베르나르 베르베르는 개미사회와 인간사회를 대조하면서 '개미 집단과 가장 유사한 사회가 일본'이라고 했다. 그러면서 이제까지 일본은 성공적으로 보였지만 그런 집단주의가 앞으로 성공적일지는 미지수라고 덧붙였다. 또 프랑스의 전 여수상 크레송은 무역 문제 때문에 '일본인은 개미처럼 일만 한다'고 욕을 퍼부었다.

개미라는 좀 우스운 존재로 인간사회를 말하는 게 정말 우습지만 필자 역시 쉬운 말로 일본 사회의 작동원리가 개미 습성과 비슷하다는 생각을 오래전부터 해왔다. 그러다가 베르베르의 지적을 읽고 '내 생각과 매우 같구나' 하고 미소 지은 기억이 난다.

개미라는 예를 들지 않았지만 내용에서는 같은 말을 한 일본 평론가가 있다. '유단'(油斷)이라는 석유가 끊겼을 경우를 가정해 쓴 소설로 유명해진 사카이야 다이치 씨는 "일본인의 체질은 한 마디로 공업에 최적이다. 규격, 대량생산을 교묘히 해내는 시스템이다. 일본에서는 공업만이 효율적이고 나머지는 비효율적이다"고 쓴 바 있다. 이

코멘트는 일개미, 병정개미 등의 협조와 역할 분담을 연상시킨다.

E. 라이샤워는 일본 고도성장의 기적을 역사적 맥락에서 쓰기도 했다. "일본은 도쿠가와 막부 이래 세계에서도 가장 고도로 조직화하고 규율이 엄하고 안정된 나라 가운데 하나였다. 근로를 존중하는 윤리관과 장인 기질의 전통이 있었다. 국민의 교육 수준도 높았고 새로운 것을 익히고 싶다는 의욕도 왕성했다."

일본이 쇄국에서 문호를 개방한 지 불과 10여 년 만에 혁명(메이지 유신)을 이룩하고, 이어 급속한 산업화에도 성공한 것은 물론 우연도 아니고, 한두 가지 요인으로 그렇게 된 것도 아니다. 그만한 잠재력이나 적응력이 있었기에 가능했던 것이다.

일본의 고대는 우리의 삼국시대 및 신라 통일기와 비슷한 군주국가로서 중국 문물을 직접 또는 한반도를 통해 수입했다. 그러다가 중앙의 궁정정치가 문란해지면서 무인정권이 등장했는데 묘하게도 한국과 일본의 무인정권은 비슷하게 시작되었다.

고려의 정중부가 무신란을 일으켜 중방(重房)을 세운 것이 1170년, 그리고 일본의 요리토모가 정이대장군(征夷大將軍)으로서 막부를 세운 것이 약간 뒤인 1185년이다. 그러나 그 이전에도 고려는 문관 중심 체제였고, 일본은 지방을 근거로 한 무인세력이 계속 성장하고 있었다.

고려의 무인정권 가운데 최후 승자인 최씨인 경우도 식읍(食邑)은 지금의 진주 지역에 갖고 있었다고 하지만 그곳에서 병력을 키운다거나 하는 봉건적 유대관계는 없었다. 이것은 일본의 경우와 근본에서 다른 것이다.

여하튼 몽고의 침입을 계기로 두 나라의 무인정권은 모두 무너졌는데, 일본은 잠시 천황의 지배가 회복되었다가 다시 막부가 등장해 19세기까지 이어졌다.

우리는 애처로운 삼별초의 저항을 끝으로 이 나라에서는 무인 기골

(氣骨)이 사라졌다. 고려 말의 최영 장군이 고대 이래의 민족의 기상을 마지막으로 갖고 있었으나 현실주의자인 이성계 일파에 의해 타도되었으며, 이성계의 조선은 아예 사대(事大)가 국가 기본시책이었다. 그로 인해 자주성, 창의성 같은 정신은 설 자리조차 없어져 버렸다.

한편 일본은 무사사회로서 정치체제나 문화의식에서 중국이나 한반도와 달라지면서 발전의 속도는 느렸으나 오히려 유럽형으로 변해갔다.

한국과 일본의 과거를 비교할 때 가장 의문이 나는 점은 한국이 문인사회로, 일본이 무인사회로 갈라지게 된 궁극적 배경이 무엇일까 하는 점이다. 앞서 살핀 대로 무인정권의 수립시기는 모두 비슷한 12세기 말이다. 그런데 우리는 문관 중심의 왕정을 유지했고, 그들은 인물은 바뀌었지만 무인정권인 막부로 계속 이어졌다.

이 같은 의문에 대한 설명은 찾아보기 힘들다. 역사책은 '왜'에 대한 해명이 없다고 할 정도로 부족하다. 거의 일어난 현상만 기록하고 있을 뿐이다.

전문가가 아닌 필자의 능력으로는 설명하기에 벅찬 일이다. 나름으로 추측이나 해볼 셈인데 아무래도 중국과의 지리적 인접성, 다시 말해 지정학적 조건이 가장 결정적인 이유가 아닌가 한다.

통일신라 이래 평화상태에서 성당(盛唐)의 문물이 밀려오니까 이 나라의 지도층은 칼을 버리고 중국의 시(詩)나 부(賦)에 취하고 안락에 탐닉한 것이 아닐까? 통일신라시대에 과거제는 없었지만 귀족 자제의 학교로 태학(太學)이란 게 있었고 여기서는 중국의 고전을 가르쳤다. 그리고 성적이 우수한 자들을 관리로 임용했다. 점차 인재등용 방식에서 무사적 전통의 귀족 문벌이나 화랑의 추천보다 학벌, 시험이 우세하게 된 것이다.

통일신라시대에 수많은 유학생이 당나라에 가고 빈번한 교류가 있어 이미 신라는 중국문화 습득에서 수제자가 되었다. 양귀비 때문에 유명한 현종이 보낸 조서에는 신라를 군자지국(君子之國)이니 인의지향(仁義之鄕)이니 하는 칭찬의 문구도 들어 있다.

한편 일본도 당나라의 문화 흡수에 열심이었으나 아무래도 지리적 여건상 신라만큼 중국화하기는 어려웠을 것이다. 이는 일본적인 것이 온존할 수 있는 여지가 크다는 것을 의미한다.

결국 중국식의 우리는 문인사회, 일본은 지방의 귀족세력이 자기 방어를 위해 무사를 키우면서 서서히 무인사회로 정착했다고 본다. 여기서 문화적, 기질적 차이가 생겨나지 않을 수 없었다. 일본인들의 실제적 실용적 관점에서 사물을 대하는 습성은 생과 사가 갈리는 전투를 늘 의식하고 살아야 하는 무인의 자세에서 필연적으로 생겨날 수밖에 없다. 탁상공론이나 공허한 사상에 물들 여유가 없는 것이다.

서구와의 접촉에서도 그것은 그대로 드러났다. 일본 무사들은 재빨리 페리의 흑선과 대포의 위력을 알아차렸고, 저항이 무의미하다는 것도 무인의 감각으로 깨달았다. 배를 사들이고 엇비슷하게 만들어 보기도 했다. 서구 문물을 받아들이지 않는다면 아편전쟁 후의 청국 꼴이 될 것이라는 네덜란드 상관의 조언에도 수긍했다.

우리의 문인 관료들은 문(文)이라고 해봐야 과학, 기술이나 비판철학 같은 것에 관심을 가진 것도 아니고, 유교 경전을 외우거나 시문에나 흥미를 느끼는 정도여서 서구 문물은 그냥 야만으로 치부해 버렸다. 실학자가 있기는 했으나 그것은 어디까지나 비주류였고, 극소수의 의식 있는 선비 사이에서만 계승되고 있었다.

일본도 우리처럼 철저한 사·농·공·상의 위계질서를 유지했으나 그 위계가 직능의 성격을 강조했다는 데 주목해야 한다. 사(士)는 우리의 문인이 아니라 물론 무사이다. 도쿠가와 막부시절에 가난한 무사의 궁핍 얘기나 그 신분을 버리고 상인이 되는 얘기가 많았다. 그러나 무사들이 철저한 착취자로 변하지 않은 것이 중국이나 조선조의 문인관료와 다른 점이다.

여기에는 도쿠가와 막부시절의 무사의 도(道)가 타락하지 않았다는 점도 중요했지만 지배계급 자체가 지방을 배경으로 은근히 서로 경쟁하고 견제하고 있었다는 데에도 이유가 있다. 무인정권이라 해도 만약 도쿠가와 막부가 번(藩)체제 아닌 쇼군 일인의 직접 지배가 전국에 걸쳐 있었더라면, 그리고 그것이 몇 백 년 더 계속되었더라면, 그들도 아시아 권위주의의 일반적 유형에 포함되지 않았을까. 그러나 이것은 가정일 뿐이므로 결과를 단정하기는 어렵다.

학자들이 일본을 '아시아적 유형에서의 이탈'로 보는 견해는 정확하다. 위의 설명에서 독자들은 짐작할 수 있을 것이다. 물론 일본 역시 권위주의 체제가 수천 년 이어졌으므로 농민의 수난은 대단했다. 이런 중에서도 일본의 농촌은 그래도 아시아의 다른 나라보다 생산성이 높았고, 농사 외의 가내수공업이나 상업은 아시아의 일반적인 수준을 훨씬 뛰어넘었다. 페리제독 자신이 "일본인은 대단히 재간이 있다. 서양의 기술만 받아들이면 재빨리 공업국가가 될 것 같다"고 말한 바 있다. 사실 그대로 되었다.

오늘날의 일본은 세계 1, 2위의 기술대국이고, 소득은 세계 최고수준에 도달했다. 유신 이후 '서양을 따라잡자'고 한 그 국민적 비원이 달성된 것이다.

정치나 사회체제도 일반적으로는 민주적이라고 알려지고 있다. 그러나 전 서독 수상 H. 슈미트가 말한 것처럼 '교묘히 위장된 권위주의' 체제라고 볼 수도 있다. 소수의 정치 지도자나 관료계층이 일본 사회를 지도해 나가는 것이지 민중적 의지가 민주적 절차를 거쳐 일본의 방향을 결정짓는 것은 아니라는 견해이다. 이것은 일본의 전통이라고도 볼 수 있다. 이런 시스템을 '기능적 권위주의'라고 부를 수도 있을 것이다. 상급자는 수탈적인 성격을 갖기보다 그룹 전체를 이끈다는 책임감, 그리고 하급자는 상급자를 존중하고 따르는 관행과 의식이 굳게 뿌리박고 있는 게 일본이다. 그러나 이런 기능적, 집단적 성격이 미래 사회에도 잘 작동할지 일본인 자신도 지금 의문에 싸여 있어 개혁 논의가 한창이다.

한국과 일본은 언어에서 비슷한 교착어이고, 고대에 중국문화의 영향을 많이 받았다는 것도 공통된 점이다. 인종으로는 우리와 같은 북방 몽고계가 일본인의 주류이지만 남방계와 아이누계도 상당히 섞여 있다.

전반적인 문화체계로는 지금까지 말한 문인사회와 무인사회라는 것으로 구별할 수 있을 것이며, 여기서 말하는 권위주의의 성격에서는 우리가 아시아적 전제주의의 일반적 유형을 지닌 데 반해 일본은 과거의 독일과 비슷한 기능적 권위주의라고 할 만한 변형을 이룩한 점이 다를 것이다.

이것이 한·일 두 나라가 겉으로 비슷하지만 본질에서는 전혀 다르다는 평가를 내리는 하나의 요인이 되는 것이다.

제5장

# 전통과 근대의 어색한 악수


◑ 준비 부족, 근대화 한 세기
◑ 이승만, 이중성의 전형
◑ 박정희, 절반의 근대화
◑ DJ, 결론과 시작
◑ 고유문화와 문명수렴

# 준비 부족, 근대화 한 세기

우리는 앞에서 우리의 마음, 태도, 행동의 특성과 그것들에 결정적인 영향을 준 역사적 사회적 조건들을 살펴보았다. 독자들은 '그러한 환경에선 그러한 성향이 생길 수밖에 없었을 것'이라는 데 어느 정도 이해가 되었을 것이다.

그러나 시간의 역사(役事)라고나 할까. 고립된 전통사회의 생활 속에서도 조금씩이나마 변화의 움직임이 보이기 시작했다.

조선후기 영조와 정조대에는 언문으로 쓴 소설이 유행하고 수공업이 활발해졌으며 농업의 생산성도 다소 높아졌다. 〈춘향전〉은 유교 사회에서는 파격이라고 할 정도의 이도령과 춘향의 로맨스를 봉건적 억압을 질타하면서 전개한다. 이것은 근대정신의 싹을 보여주는 것이다.

학문적으로는 순수한 자생이라고 보기는 어려워도 중국을 통한 서양문물에 자극받아 우리 문제를 우리 스스로 해결해 보자는 실학이 하나의 학파로 성장했다. 유교의 공론적 자세에서 탈피해 실사구시(實事求是)하고 폐풍을 없애며 민중의 생활향상을 도모하고자 하는 연구가 성호 이익에서 정약용에 이르기까지 활발히 전개되었다.

또한 서양의 기독교가 연구되면서 신도가 급속히 늘어났다. 실천적 윤리인 유교에서 찾을 수 없는 인간 내면의 깊숙한 영혼, 양심, 존재의 궁극적 의문에 기독교는 강한 호소력을 가지고 접근해 왔다. 조선사회의 계급적 구조나 여러 가지 굴레에 씌워 있던 상태에서 해방적 성격의 기독교는 사람들에게 호감을 갖게 했다.

그러나 우리가 안타깝게 생각하는 것은 이러한 민족 내부의 변화의 조짐들이 곧 철저히 짓밟히기 시작했다는 것이다. 당파적 권력투쟁의 빌미로 또 전통을 파괴한다는 이유로 기독교도는 처참한 박해를 받아 신유사옥에 무려 300여 명이나 순교했다.

순조 4년부터 시작된 안동 김씨의 세도정치는 왕권까지 무력화시키면서 이 나라를 완전히 병든 환자로 만들어 놓았다. 이런 상황에서 백성이 시민계급으로 성장하는 길은 막히고 새로운 사조는 움츠러들게 마련이며, 대신 저항의 불길은 솟아오르게 마련이다. 홍경래란에 이어 각지에서 민란이 일어나고 산간에는 산적이, 강하(江河)에는 수적이 횡행하게 되었다. 왕조 말기 증상인 것이다.

대원군의 집권은 이런 배경에서 이루어졌다. 흔히 그의 쇄국정책을 비난하고 있는데, 그의 성장배경을 생각하면 그가 왕권회복을 최우선으로 여길 수밖에 없었던 연유를 조금은 이해할 수 있을 것이다. 그에게는 대외교류가 전통적 가치관에서도 벗어났지만 외세에 의해 왕권이 흔들리는 것을 결코 원치 않았다.

대원군을 쫓아낸 며느리 명성황후나 고종은 이미 대외개방을 하지 않을 수 없는 입장이었지만, 두 사람 다 조선의 근대화에 대해서는 지식도 비전도 없었고 성격 자체에도 모두 문제가 있었다. 고종은 무능하다고 할 정도로 우유부단해 이미 왕족 중에서도 혼군(昏君)이라는 말을 들을 정도였고, 명성황후는 과거 '똘똘한 궁중여인'의 틀에서 전혀 벗어나지 못했다. 다시 말해 궁중의 암투에는 발군의 실력이 있었으나 강한 정실의 끈에서 한발자국도 벗어나지 못했다. 자신의 친척의 출세, 그리고 남편이나 자신, 또 자식의 안녕 외에는 관심이 없었다. 그것을 위해서라면 청나라고 러시아고 필요하면 끌어들였다.

정조 이후 개국 때까지 70여 년 동안 이 나라의 왕조정치가 건전했다면 일본, 서양 세력과의 접촉과정에서 그렇게 우둔하고 무력하게 끌려다니지는 않았을 것이고 손쉽게 일본의 먹이가 되지도 않았을 것이다.

당시에 노력만 했다면 세계정세도 어느 정도 알 수 있었다. 청나라에는 정기적으로 사절을 보냈었다. 아편전쟁이나 애로우호사건, 그리고 인도에서의 영국의 지배 등에 대해 무언가 시사를 얻을 수 있는 창구는 있었다. 서양의 무기나 군대의 힘에 대해서 염려하며 자칫 중국 다음에는 우리 차례다 하는 위기도 자각할 수 있었다.

우리의 근대화 과정에서 이 같은 통치권의 무위, 무책은 우리의 비극을 재촉한 것이었지만, 더 근본적인 문제는 조선의 지식인, 민중 모두가 이미 정신적으로나 경제적으로 나락에 깊이 떨어져 있었기에 왕조의 무능에 효과적인 대안세력이 될 수 없었다는 데 있다. 여기에다 일본이나 청나라는 우리의 자생적인 노력에 브레이크를 걸었다.

최초이며 극적인 근대화 투쟁, 즉 갑신정변은 3일천하로 끝났는데, 알다시피 이것은 청국의 무력개입 때문에 실패로 끝났다. 10년 뒤 다시 동학농민전쟁이 일어났을 때는 일본군의 개입으로 역시 참혹하게 끝났다.

물론 가장 큰 책임은 우리 자신에게 있다. 불과 1~2천 명의 청국군대에 밀리는 조선 혁명세력의 준비부족이나, 이 나라가 청일전쟁의 전쟁터가 되지 않도록 견제하지 못한 무력함은 다 우리의 책임이다. 한 마디로 무지하고 가난하고 지도 능력 없는 약소국이 받을 수밖에 없는 수모였고 피해였다.

갑오경장 때의 김홍집이 갑신정변 이후를 회상하면서 "10년을 허송세월했다"고 한탄했지만, 이때 조선 민중 전체의 대응 능력이 그 정도밖에 되지 않았던 것이다.

일본이 내전을 겪으면서 신속히 근대화에 성공한 것은 앞서 설명을 했지만 이미 당시에 문자 해독률이 서구 수준이어서 새로운 것에 대한 민중의 수용 자세가 우리보다 훨씬 유연할 수 있었으며, 지도자들은 무사들이어서 명분 아닌 실리적 판단에 우리보다 재빠를 수 있었다.

중국은 우리와 비슷하게 얻어맞고 비틀거리면서 그래도 중화(中華) 공교(孔教)에 매달렸다. 겨우 반식민지로 전락한 다음에야 '아차' 하며 눈을 떴다. 그때가 5·4운동 전후이다. 그러나 우리에게도 옛날이나 지금이나 소수의 지사, 열사, 의사는 없지 않아서 김옥균 등 갑신의 주역들, 독립협회의 간부들이 있었고 민중 편에서는 동학의 무리가 있었다.

그런데 구태여 따질 것은 없지만 구분해 본다면 갑신정변·독립협회의 세력은 시민계층이었다고 볼 수 있고, 동학과 이어지는 의병은 민중을 배경으로 했다. 여기서 주목할 것은 전제적 왕조정치의 최대 피해자였던 민중이 오히려 왕조를 지지하는 보수지향이었다는 것이다. 척사위정(斥邪衛正)이란 구호가 이를 대변한다.

갑신정변, 독립협회의 주도자들은 사대부 출신의 지식층이었고, 민중은 근대화나 서양세력이나 새로운 문명개화에 무지하였기 때문에 조국불행의 최대 원인으로 외세를 꼽은 것이다.

청일전쟁에 이어 러일전쟁에서도 일본이 승리하자 식민지 전락은 당연시되었다. 이때에는 유학자 가운데에서도 새로운 시대정신에 눈 뜬 이들이 나오기 시작했다. 장지연, 박은식, 신채호 등은 유학 공부를 했지만 근대사회와 근대정신을 이해했고, 사대주의 대신에 민족의 얼에 구심점을 찾고 오히려 당시의 구미파보다도 강력하게 민족의식을 체화시켰다.

그러나 우리 민족의 대부분이 근대화에 눈뜬 계기는 훨씬 뒤인 3·1운동으로 말미암은 것이다. 사학자 조동걸 교수는 이렇게 썼다.

"1910년대만 해도 봉건의식이 잔존하고 있었는데 그것은 3·1운동을 통하여 극복되어 갔다. 누가 임금이 되느냐 하는 질문에는 임금 없는 나라를 세운다고 하는 소박한 대답이 3·1운동의 전국적인 대중화와 함께 파급되면서 신민(臣民)의식을 시민의식으로 전환시켜 갔다."

알다시피 3·1운동 후 세워진 상해임시정부는 민주공화제를 선포했고, 오늘 우리의 헌법 전문에도 법적 정통성의 기원을 상해임정에 두고 있다. 정치적, 법적 관념으로는 3·1운동이 과거 수천 년의 전제적 군주정치와 단절한 계기가 되었다. 그러나 이것은 외형적인 것이다. 의식은 아직도 한참 뒤쳐져 있었다.

우리의 근대문명과의 만남을 비유한다면, 어린아이가 낯선 사람을 보았을 때의 반응과 같은 것이었다. 처음에는 낯설어 울며 엄마 품에 기어들고, 좀 크니까 이번에는 쳐다보며 누구인지 알려 하고 나중에는 악수까지 하게 된 것이다. 그러나 이는 어색한 악수였다. 악수를 하지 않을 수 없다는 판단을 했지만 그래도 머뭇거려진 것이다.

이런 심리적 현상의 배경에는 물론 어린아이가 엄마, 아빠 외에는 본 사람이 별로 없었다는 것이 가장 큰 원인이다. 다시 말해 우리는 외래의 것을 접촉한 경험이 너무 적었으며, 그나마 작은 접촉까지 통치계층에 의해 차단돼 버렸다.

다음으로는 외세에 의한 강제된 개화가 문제였다. 근대문명에 흔쾌히 손을 내밀 수 있는 자세가 만들어지기 전에 총칼에 의해 개방되어 사람들은 근대문명을 침략과 동일시하는 느낌을 안 가질 수가 없었던 것이다. 여기서 비록 무력에 의한 접근이라도 우리가 상대의 정체로 알고 나서 싫으나 좋으나 우리도 그들의 대열에 끼지 않으면 안 된다는 것을 느끼고 있었다면 총칼은 무섭기보다는 되레 강렬한 변화의 자극이 되었을 것이다.

여하간 이처럼 반신반의하면서 시작된 근대화인지라 전통문화와 근대문화의 만남은 어떤 접점을 찾기보다, 뒤엉켜 혼란의 양상을 보이게 되었다. 대세는 근대화로 가고 있지만 어쩐지 석연치 않다는 심정이 생겼다. 사람에 따라 외형으로는 민주주의를 외치고 내면으로는 전제군주적 심성을 갖는 이중성을 보이기도 했다. 곧이어 얘기할 이승만은 그 대표적인 예가 될 것이다.

또한 박정희의 경우와 같이 근대문명 가운데 산업화와 경제개발이 근대성의 전부인 것처럼 여기며 사회체제나 정신문화에서 진보를 억제하기도 했다. 민중 역시 혼란스럽기는 마찬가지였다. 자유란 무엇을 위한 자유인지 막연했고, 민주주의는 좋은 것 같은데 어쩐지 무질서처럼 보였고, 인권강조는 훌륭한 얘기처럼 들리지만 얼마나 소중한 것인지 그 진정한 가치를 평가하지 못했다.

다만 세월이 흐르면서 조금씩은 달라졌다. 하지만 근대화나 근대문명의 속성은 세기가 바뀌는 오늘의 시점에서도 명확히 인식되고 있지 않다. 아직도 개인주의는 이기주의와 혼동되며, 대부분의 조직에서는 권위주의가 무의식적으로 횡행한다. 경제생활에서는 무슨 짓을 하든지 돈을 버는 게 근대시민사회의 최고 미덕이라고 착각하고 있는 것이다.

지식인 계층도 이런 혼란상태에서 크게 벗어나지 못하고 있다. 하나의 예로 박정희의 공과를 말할 때, 근대화의 기수니 근대화 혁명가니 하면서 칭찬하고, 한편에서는 인권유린이니 사상탄압이니 하며 비난한다.

여기에 어떤 모순이 있는 것일까? "산업화의 기수 박정희, 그러나 인권탄압이 심했다"고 말한다면 논리적으로 맞는 것이다. 하지만 "근대화의 기수 박정희, 인권탄압이 심했다"고 하면 모순이다. 근대화 또는 근대성이라고 하면 산업화가 중요한 요소이기는 하지만 정치, 사회, 문화의 모든 면에서 개인의 가치가 존중되는 민주사회 실현이 근대화의 또 하나의 축인 것이다.

1999년 5월, 김대중 대통령은 대구를 방문했을 때 박대통령의 경제개발 실적을 치하하면서 인정할 것은 해야 한다는 식으로 말했다. 그의 발언은 명확하지는 않았으나 박대통령을 부분적으로 긍정하는 내용이었다.

그 후 대부분의 신문은 박정희 정권의 공과에 대해 사설을 실었는데, 주의 깊게 살펴보니 박정희의 근대화 공적은 인정하지만 인권탄압과 지역갈등의 골을 심화시킨 과오를 지적하는 게 많았다. 얼핏 보면 모순이 느껴지지 않는다. 그래서인지 독자들의 특별한 지적도 안 보였다. 그러나 근대화란 말과 인권탄압이란 말 사이에는 확실히 모순이 있는 것이다.

근대화, 근대사회, 근대성이라고 하면 산업발전과 함께 인권, 자유, 민주주의 등 정신적 가치와 사회체제도 포함되는 것이다. 물론 근대의 개념이 먼저 생겨나고 유럽에서 그것을 목표로 근대화를 시작한 것은 아니다. 역사의 발전을 지켜보면서 중세와 다른 새로운 사회의 모습을 정리할 때 산업발전과 인권의 확대가 근대의 주요 특성으로 지적된 것이다.

유럽 이외의 지역에서 근대화라고 하면 가장 가시적인 산업화가 핵심적인 위치를 차지했었다. 그러나 산업화는 근대화의 하나의 축이지 전부는 아닌 것이다. 따라서 박정희 시대가 이런 사회적 인권적 측면에서의 근대화에도 기여했다면 그에게는 근대화 기수라는 총체적 평가가 가능할 것이다.

이제 우리는 혼돈을 벗어나야 한다. 무엇이 근대화이고 무엇이 근대정신인지도 제대로 알지 못한 상태에서 탈근대니 포스트 모던이니 해봐야 혼돈에 혼돈을 더하는 것밖에 안 된다. 21세기의 출발은 이 혼돈의 한 세기를 마무리함으로써만 산뜻해질 수 있을 것이다.

# 이승만, 이중성의 전형

이승만과 자유당 시대를 기억하고 있는 사람들은 이제 50대부터이다. 더구나 해방 전후의 사정을 지켜본 분들은 60대부터이다.

필자도 해방 직후는 아련히 꿈과 같은 기억으로 떠오르고 해방전 일제시대는 책과 선배들의 얘기를 통해 알고 있을 뿐이다. 다행히 한동안 연구의 사각지대로 남아 있던 미군정기도 국내외의 연구와 미국 국무성의 자료 공개로 상당히 많은 부분이 알려지고 있다.

그동안 과도한 반공 이데올로기 때문에 일제시대와 해방 후의 얘기가 은폐 또는 왜곡되는 일이 많았으나, 그래도 1980년대부터 연구자들의 노력으로 점차 제 모습을 찾아가고 있다. 그러나 아직도 충분하지는 못하다.

이승만과 그 시대에 대한 사실적인 서술은 이곳에서 할 필요가 없다고 본다. 널리 보급된 책으로도 《해방전후사의 인식》이 있고, 이 밖에 동아일보사가 펴낸 《현대사를 어떻게 볼 것인가》라는 시리즈도 있다. 이승만과 해방 후의 정치, 사회정황을 살피는 데 유익한 책들이다. 손세일의 《이승만과 김구》도 두 인물의 성격이나 정치행로를 요령껏 비교해 독자들이 참고할 만하다. 이 밖에 다수의 논문들이 있다.

스칼라피노와 이정식 교수의 《한국공산주의운동사》 2권도 이승만과 한국 보수주의 정권을 외곽에서 살피는 데 적절한 책이다. 따라서 여기서는 이승만 정권이 우리 정신문화에 어떤 영향을 끼쳤는지를 곧바로 살피려 한다.

우선 독자들과 함께 생각해 보고 싶은 것이 있다. 그것은 이승만이 왜 상해임정에서도 최고 수장인 총리에 선출되고, 심지어 해방 직후 이른바 인민공화국에서도 대표로 선출되었는가 하는 것이다. 아직 필자의 조사가 미진해서인지 모르지만 어떤 자료나 논문에서도 이승만 선택의 근본 이유를 찾아내지 못하였다.

인민공화국에서는 그의 명망을 이용하려 했다는 견해가 주된 것인데, 이는 뻔히 이해할 수 있는 일이다. 그러나 설혹 꼭둑각시로 내세울망정 민중에게 가장 어필할 수 있기에 내세운 것 아닌가? 연구자들은 이승만이 계속 미국에 머물러 국내에 기반도 없고 민중에게는 그렇게 많이 알려진 것도 아니라고 한다. 다수의 주장은 해방 직전과 직후에는 몽양 여운형이 가장 명망이 있었다고 한다. 또 가장 광범한 조직력도 갖고 있었다고 한다. 특히 그는 청년층에 인기가 대단했다는 것이다.

전 동아일보 사장 이동욱 씨는 후배 기자들한테 이런 말을 한 적이 있다. "여운형 씨야말로 대단한 인물이었지. 풍채 좋고 웅변이 뛰어나고, 그만큼 영향력 있는 지도자는 드물었어……."

과연 사진을 보면 그의 풍채는 늠름하며 호쾌하다. 이승만도 얼굴 모습은 영웅형으로 준수하다. 상해임정에서는 안창호, 이동녕, 이동휘 등이 있었는데, 이승만을 왜 최고 지도자로 선택했을까. 상대적으로 낫다고 생각했을까.

그가 미국에서 박사학위를 받은 국제통이어서 당시에는 외교가 중요하다고 생각해서 뽑았을까. 그가 독립협회에서 명연설가로 알려졌고, 7년간이나 옥살이를 했고, 미국에서 학위취득 후 귀국했을 때 이미 저명인사가 된 것이 당시의 한국 지도급 인사들에게 가장 강한 인상으로 남았던 것일까. 총리로 선출되기 전에 하와이에서는 그의 인격에 상당한 비판이 있었는데, 그것이 국내에나 중국 상해에는 덜 알려진 것이 아닌가 하는 추측도 생긴다.

어쨌든 해방 후 일반 국민에게 이승만이 최고의 명망가는 아니었더라도 지도급 인사들한테는 그가 최고의 존재로 간주된 것이 틀림없는 것 같다. 앞서 말한 인공(人共)에서도 그렇고, 그 밖의 정치단체에서도 이승만을 추대하는 사례가 가장 많았던 것이다.

그러나 국내에 정치적 기반이 약한 그가 만약 냉전사태가 급격히 악화되지 않았다면 대통령이 되었을지는 의문이다. 미군정도 냉전이 격화되기 이전에는 중도파이고 남북합작을 추진하던 여운형, 김규식을 지지했고, 따라서 이승만은 군정과 충돌을 빚고 있었다. 이승만은 군정이 용공주의자들을 지원한다고 공격했다.

1947년에는 미·소의 대립이 날카롭게 전개되었다. 미국이 그리스, 터키를 지원하면서 3월에는 트루먼 독트린이, 6월에는 마샬 플랜이 발표되었다.

이 냉전 격화로 남(南)에서는 이승만의 반공 단정(單政) 노선이 결정적인 승리를 거두게 되었다. 북한에서는 이미 소련군 진주 직후부터 사회주의 시책이 실시되고 있었지만 무명의 김일성이 손쉽게 권좌에 오른 것도 냉전의 덕분이다.

한마디로 미·소 대립은 남과 북에서 극단주의 세력이 집권하는 기본환경을 제공한 것이다. 이로써 남한에서 민족주의적 양심세력은 거세되었다. 김구, 여운형은 피살되고 그들의 추종자는 용공세력이 아니면 좋게 평가받아도 비현실적 이상주의자로 취급되었다. 오늘날에도 이같은 견해를 피력하는 정치학자나 현대사 연구자들이 적잖게 있다.

이들에 대해 한마디만 하겠다. 만약 해방 직후 1년에서 1년 반 동안 우리의 지도급 인사가 민족주의 정신으로 단결해서 신탁통치 반대투쟁을 벌이고 최단시일 내 미소 양군의 철수를 요청하고, 미·소 어느 쪽에도 기울지 않는 중립적 대외정책을 천명했다면 한국의 분단이 외세에 의해 불가항력적으로 강행될 수 있었을까.

전쟁 직후 소련도 한반도에 적대적 정권만 세워지지 않는다면 그렇게 공산주의를 강요할 입장이 아니었고, 미국은 민주주의 원칙대로 총선거가 실시되어 통일정부가 세워지면 불평하지 않았을 것이다.

북에는 스탈린주의자 김일성, 남에는 완고한 보수주의 이승만과 기득권 세력이 이같은 통합 노력에 최대의 걸림돌이 아니었던가.

비록 나중에 외세 때문에 중립적 통일정부를 세우는 데 실패했다 해도 남북의 지도자들이 38선에서 "우리가 힘이 없어 이제 할 수 없이 제각기 정부를 세우지만 언젠가 반드시 만나야 합니다" 하며 손을 잡고 눈물로 헤어졌다면 적어도 6·25전쟁은 일어나지 않았을 것이다. 소련이 지원은 했지만 언제 김일성에게 강요해서 전쟁을 일으켰던가. 또한 이런 민족의 양심세력이 남북에 정권을 세웠더라면 그 정신이 이어져 소련 붕괴 후 독일보다도 빨리 통일이 되었을 것이라고 확신한다.

전후 오스트리아는 나라가 전승국에 의해 분열될 위기에 있었을 때 지도자들은 이념을 팽개치고 모두 국가 수호전선에 나섰다. 공산주의자도 국가와 민족에 양보했다. 만약 북한에서도 조만식 휘하에 김일성 일파가 민족적 성향으로 합심했다면 소련의 기도는 쉽사리 성취되기 어려웠을 것이다. 남한도 마찬가지이다.

통일의 노력도 안 해 보고 외세 탓만 한다든가 통일 노력을 비현실적이라고 말하는 것이 바로 사대주의적 발상이다.

이같은 태도와는 반대로 일부 식자층이 갖고 있는 인식에 대해서
도 언급할 필요를 느낀다.

그것은 1980년대에 심했던 것인데 해방 후 미국의 간섭과 억제가
없었다면 한반도 전체가 공산화될 수 있을 정도로 공산세력이 막강
했었다는 역사 인식이다. 이에 대해서는 스칼라피노와 이정식 교수
가 설명한 바 있으나 필자도 같은 소견이어서 간단히 요약해 본다.

당시 농민, 근로자, 지식인들이 광범위하게 공산주의에 기울어져
있었던 것은 부인할 수 없는 일이지만 그 내막은 다수 국민이 해방
을 계기로 어떤 혁신적 변화를 바랐던 것이지 공산주의 이념 자체에
심취했던 것은 아니다. 급격한 변화에 가장 호소력 있는 구호를 내
건 것이 공산당 지도부였을 뿐 다수의 국민은 공산주의는 물론이고
자유, 민주주의에 대한 확고한 인식도 없었다.

그들은 다만 경제생활에서는 빠른 토지개혁, 그리고 관헌정치의
종식을 바라며 내 민족, 내 국가를 세우자는 소박한 열정에 휩싸여
있었다. 미 군정과 이에 협력한 초기의 보수세력은 이런 다수 국민
의 소망을 지연시키거나 무시했다. 민중은 해방의 기쁨은 잠시이고
격심한 인플레와 치안부재 상태에 빠지게 되니 공산세력의 활동이
왕성할 수밖에 없었던 것이다.

여하튼 이런 공산세력의 확산에 제동을 건 것은 해방 직후에는 한
민당이었고 한민당은 곧 이승만과 제휴했다. 이승만은 미국에 있을
때도 적색에 대해 황색의 경고를 계속 발했던 것으로 유명하다.

보수성향의 인물들은 지금도 이승만을 국제정치에 안목이 높은 현
실주의자로서 단독정부의 수립이 불가피함을 간파했고 공산세력의
성장을 억제하는 데 제1의 공로자로 평가하고 있다. 그러나 앞서 말
한 대로 해방 직후와 냉전이 격화된 시기 사이에는 시차가 있다.

한편 비판자들은 그가 독선적이고 권위주의적이었던 데다가 책략

과 술수를 좋아하는 마키아벨리스트였으며 조국분단에 큰 책임이 있다고 말한다. 건국 후에도 각종 비리와 함께 1952년 부산에서의 발췌개헌안, 1954년 사사오입개헌안 통과 등 씻을 수 없는 정치적 죄악과 불법을 자행했다고 비난한다.

민족정신과 문화적 측면에서 그는 해방 후 친일세력을 끌어안고 반민특위를 강권으로 탄압함으로써 민족정기를 파괴했으며, 민족적 성향의 사람을 용공주의자로 몰아 이후 사고의 경직을 초래했다는 비판을 받고 있다. 또 각종 억지와 부패로 이 사회의 건실한 기풍을 자라나지 못하게 했다는 비판도 받고 있다.

자유당 시절 필자는 청소년기로서 어른들 대화에서 '일제 때보다 못하다'느니 '사바사바하지 않으면 되는 게 없다'느니 하는 말을 귀 아프게 들었다. 어쩌면 어른들이 일제 때와 비교해서 말하는가 하고 의아해 했지만, 지금 생각해 보면 우리 사회가 얼마나 깊게 부패, 무질서로 빠져들고 있었는지 그들의 대화로 짐작이 간다.

이승만은 변절한 적이 없는 독립투사이며, 당시 미국을 상대로 해서도 자존심을 굽히지 않고 맞설 때는 맞섰던 대단한 인물임에는 틀림없다. 그의 장점 가운데 또 하나는 검소하고 축재 같은 것을 하지 않았다는 점인데, 이는 박정희와 유사하다. 적어도 이승만과 박정희는 어떤 면으로도 정상배 같은 존재는 아니었다. 자기 주관대로의 애국자였던 것이다.

이승만은 그러나 겸손이나 자기 희생 같은 숭고한 면은 전혀 없었다. 그에 관한 여러 기록 중 그의 성격의 일면을 보여주는 애기는 많은 편인데, 임병직이나 윤치영처럼 미국에서 그의 측근에 있었던 사람들은 칭찬 일색이다.

이승만의 청년시절 동지였고, 그를 하와이로 초청한 박용만은 미국에서의 이승만에 대해 혹평했는데 "입으로는 민주주의를 말하면서 행동으로는 작당하고 몽둥이질을 일삼는다"고 했다. 김원용은 "그는 자기를 조직의 장으로 받들지 않으면 반드시 그 조직을 파괴시키는 놀라운 재능을 갖고 있다"고《재미한인 50년사》에 쓰고 있다. 어쨌든 이런 그의 성향으로 인해 박용만이나 안창호와도 불화했고, 한인사회를 분열시키는 데 탁월한 공로를 세운 것이다.

이승만은 해방 전 미국인들까지 기피했고, R. 알렌이라는 사람은 "내부적인 정쟁에만 익숙했지 문명사회의 정치의 도(道)를 배우지 못했다"고 평했다.

그의 반공노선 역시 유명해서 재미시절 그의 반대파는 용공주의자였고 공산주의와의 연합은 절대 금기였다. 그는 미국무성에도 소련이 한인들을 시베리아에서 공산주의자로 훈련시킨다고 경고한 바 있다. 그래서 미국의 소련 주재 대사나 주영대사가 국무장관에게 그런 정보를 갖고 있지 못하다고 전문을 보내기도 했다. 그러나 김일성의 행적에서 알 수 있듯이 이승만의 정보는 정확했다.

이제 그가 끼친 영향에 대해 생각해 보자. 그는 부패한 독재정치로 학생들에 의해 쫓겨났지만 그가 심은 악의 씨는 남아 있다. 어느 나라나 건국정신은 후대를 지배하게 마련이다. 영국인은 중세시대의 〈마그나 카르타〉와 〈권리장전〉을 자유의 서약이자 선언으로 신성시하고 있고, 미국은 걸핏하면 '건국의 아버지'(founding fathers)를 들먹인다. 필자의 기억만으로도 케네디가 대통령 취임사에서, 그리고 클린턴까지 각종 연설에서 '건국의 아버지'를 인용한다.

우리는 누구를 인용할 것인가. 이건 참으로 불행한 일이다. 이 불행의 원천이 이승만과 당시의 일부 기득권 세력에 있다. 다만 북한에 비해 우리가 다행인 것은 양쪽에서 모두 극단주의자가 성공했지만 우리는 체제로서 자유주의를, 그리고 그들은 전체주의를 택해서 결과적으로 오늘의 남북간에 비교할 수 없는 차이를 만들어 냈다는 것이다.

　이승만 정권은 친일세력을 흡수했다. 이로써 이 땅에서 민중의 순박한 정의감이 짓밟혔다. 이승만 정권은 또 이 땅에 흑백논리라고 하는 이분법적 사고를 정착시켰다. 반공이데올로기가 자유, 법, 나아가 미래의 국익까지 훼손하며 최고의 논리로 군림하게 했다.

　이것을 그 후의 박정희도 답습해 정권유지에 사용했다. 얼마전 선거용 대북공작이라는 사건도 실체야 두고 볼 일이지만 그 정신적 바탕은 이같은 극단적 반공주의가 갖는 위력을 후배 정치인들이 배웠기 때문일 것이다.

# 박정희, 절반의 근대화

**1999**년 초에 어떤 사적인 모임에 나갔더니 신문에 연재되고 있는 박정희 전기에 대해 언급하면서 박정희와 그 필자에 대해 칭찬하는 소리가 들려왔다. 소리의 주인은 공직에 있던 사람이었다. 그는 주로 박정희 시대의 질서나 능률을 찬양하면서 신문에 연재되는 글이 아주 소상히 박정희와 그 시대를 잘 묘사하고 있다고 칭찬했다.

필자는 박정희에 대해 나름의 평가를 하고 있으므로 옆 좌석의 발언자에 대해 긍정도 부정도 하기 어려웠다. 그러나 듣고 있기만은 뭣 해서 한마디 했다.

"나도 자주 보지만 그 글은 참 잘 쓰고 있다고 봐요. 아주 자세히 취재하고 자료를 모은 것 같아요. 그러나, 박정희를 근대화 혁명가라고 부르는 데는 문제가 있어요. 그는 산업화에 성공한 혁명가임에 틀림없지요. 그가 없었다면 오늘 우리 소득은 2천 달러도 안 됐을지 모르죠. 허나 근대화라고 하면 자유, 인권, 민주주의도 포함해야 해요. 그가 이 방면에 대해 노력했습니까. 오히려 유신시대부터는 거꾸로 간 것 아닙니까. 그 신문의 글은 '산업화는 근대화다' 하는 반쪽의 논리에 기울어 있어요."

우리는 서로 고개를 끄덕거리면서 술을 마시고 식사를 했다. 논쟁 자리도 아니었지만 참석자들이 근대화니 뭐니 하는 개념에는 흥미도 없었다.

박정희에 대한 평가는 지금도 국민 사이에 대체로 반분하듯 엇갈린다. 한국 근대화의 최대 공로자요, 산업화를 가능하게 한 기수이며, 이 땅에서 수천 년 된 가난을 몰아낸 구원자라는 긍정적 평가가 있다. 반대로 그의 억압통치, 반인권, 반자유주의, 법치 아닌 인치(人治)의 군주적 성향 등은 혹독한 비난을 받고 있다. 그로 인해 전두환 정권이란 부산물도 생겨나 희망의 시대에 숱한 목숨을 앗아가게 했다는 비판도 곁들여진다.

필자는 여기서 어느 편에도 서지 않는다. 그에 대해 찬양을 늘어놓는 사람에게는 "박정희의 통치에 꼭 그 많은 인권탄압이 필요했던 것입니까" 하고 묻고 싶고, 그에 대해 비난을 하는 사람들에게는 "가난을 잊었습니까? 우리가 이렇게 소주잔이라도 들며 먹을 것 걱정 없이 살 수 있는 것도 그가 없었다면 가능할까요" 하고 묻고 싶은 것이다.

박정희는 자신의 공과를 역사에 맡기겠다고 했다. 이제 우리는 그를 평가할 수 있는 시기에 살고 있다고 볼 수 있다.

필자가 강조하고 싶은 것은 박정희에 관한 것뿐만이 아니라 어떤 사건이나 경향, 인물 등에 대해 평가할 때에는 단선적, 일면적 접근을 해서는 안 된다는 것이다. 이렇게 하면 흑백의 좋고 나쁨이라는 결론밖에 얻지 못한다. 다면적 시각으로 보는 습성을 길러야 한다.

그러면 우선 박정희 자신은 이 근대화에 어떤 인식을 갖고 있었는지 알아보자. 1960년대의 그의 연설문이나 책, 기타 기자회견 등에서 나온 것을 보면, 자유나 인권은 소중하지만 그것은 경제가 발전해 여유가 생기면 고려할 수 있는 문제라는 정도로 가볍게 스쳐 지나간다.

그가 자유나 인권, 민주주의에 대해 '유예대상'으로 생각하던 것을 넘어 '불필요하다'고 팽개치기 시작한 것은 1970년대 들어서부터이다.

유신시절에는 노골적으로 내뱉기 시작했고, 인권투사는 반국가사범으로 취급했다. 이때 그와 그의 어용지식인들이 만들어낸 용어가 '한국적 민주주의'이다. 이는 과거 인도네시아의 스카르노나 기타 후진국 지도자들이 만들어낸 교도민주주의, 신민민주주의 등 여러 수식어가 붙은 민주주의와 마찬가지로 독재의 정당화를 위해 창조된 낱말이다.

이 한국적 민주주의를 설명하기 위해 그는 이런 말을 하기도 했다. "오렌지를 따뜻한 곳에서 추운 지방으로 옮기면 탱자가 된다. 민주주의도 그 토양에 맞게 수정돼야 한다."

이 한국적 민주주의의 토착화를 위한 의식화 작업으로 길거리에는 충성과 효도의 현수막이 내걸렸다. 교육현장에는 '국적 있는 교육'이 강조되었다.

1970년대는 조금씩이나마 자유와 민주주의의 숨통이 열려야 하는 시기였다. 권위주의가 민주주의로, 중앙집중이 지방분권으로, 억압적 노사관계가 타협의 시대로 조금씩이나마 변화해야 하는 시기였다.

그러나 그는 역행했다. 남북이 서로 이른바 '적대적 의존관계'를 이용해 가며 독재체제를 굳혔고, 닉슨독트린과 월남 통일 등은 '그것 봐라' 하는 식으로 자유의 위험을 유포시켰다.

결국 정신의 근대화는 더욱 멀어져 갔다. 이에 필연적으로 의식 있는 학생, 지식인의 반항과 이에 따른 수난이 이어졌다. 그의 역행적 독재체제는 또 수많은 역사적 사례에서 보듯 타락의 길을 밟기 시작했다. 그의 자세에서 '옛날과 다르다'는 얘기가 줄곧 들리기 시작했다.

박정희 자신이 그러하니 권위주의 풍토에서 자란 의식 없는 주변 인물들은 더 타락할 수밖에 없는 노릇이다. 작은 예에 불과하지만 필자가 겪은 한 가지 사례를 소개하겠다. 1970년대 후반 국군의 날 행사 전날로 기억된다.

그날은 몸이 불편해서 여의도의 아파트에 누워 있었는데, 아마 예행연습을 하는지 길거리가 소란했다. 그런데 "창문 닫아요" 하는 소리에 이어 "야, 문 닫아. 저년들 뭐하고 있는 거야" 하는 상소리까지 들려왔다. 나는 깜짝 놀라 일어나 밖을 내다봤다. 사복을 입고 휴대용 무전기를 든 사내들이었다. 거들먹거리는 태도로 보아 청와대 경호실 직원들이 소리치는 게 틀림없었다. 나는 이때 한심하다는 생각과 함께 "이 정권도 결국 이러다가 끝나게 되겠구나" 하는 직감에 사로잡혔다. 아마 기억하기로는 그 2, 3년 뒤 10·26 저격사건이 생겼다. 자유당 말기에도 별 유치한 일이 비일비재로 벌어졌었다.

박정희의 공로는 물론 산업화이고, 이 산업화는 이율배반이란 말과 꼭 맞게 그가 적대시했던 자유와 인권에 대한 국민의 욕구를 키웠다. 이것은 어느 나라에서나 필연적으로 생기는 현상이다. 우리보다 뒤늦게 인도네시아에서 1999년에 나타났다. 앞으로 북한도 산업화와 개방이 촉진되면 같은 길을 가게 될 것이다. 이 얘기는 좀 뒤로 미루자.

다음, 필자가 박정희에 대해 정신적으로 비난하는 가장 큰 이유는 그가 정직하지 못했다는 데 있다. 그에게 위대했다는 말을 할 수 있다면 흐뭇하겠는데, 결코 그런 말이 나오지 않는다. 그는 한국적 민주주의 운운하면서 국민을 세뇌시키고 오도했다. 독재자라도 정직하게 독재를 할 수밖에 없는 이유를 설명했어야 하는 것이다.

우리는 히틀러라고 하면 극악무도한 독재권력의 화신으로 알고 있다. 사실 2차대전을 통해 그는 악의 제왕이었음이 분명해졌다. 그러나 전쟁 전까지 그는 독일에서뿐만 아니라 나중에 전쟁을 치르게 되는 나라에서까지 훌륭한 지도자로 칭송받았다. 나라의 혼란을 수습하고 실업을 해소하며 독일을 파탄에서 구했기 때문이다. 1차대전 때 영국 수상이었던 로이드 조지는 "나는 영국에도 히틀러 같은 자질을 갖춘 지도자가 있었으면 좋겠다"고 했다. 아놀드 토인비 역시 히틀러를 좋게 봤다.

히틀러는 명백히 당시 독일의 상황에서 의회주의와 다당제가 현실성이 없다고 비판하고 하나의 지도자(ein Führer), 하나의 국가(ein Nation)라는 독재체제가 부패한 의회정치에 대체되어야 한다고 역설했다. 이에 비해 이탈리아의 무솔리니는 사기성이 강한 독재자였다.

터키에는 유명한 케말 파샤가 있었다. 오늘날까지 터키의 아버지(아타 투르크)라는 칭송을 받는 사람이다. 그는 1차대전 후 빼앗긴 영토를 상당 부분 다시 찾고 정치와 종교의 분리, 새로운 문자의 채택, 복식의 서구화, 근대산업의 도입 등 빛나는 업적을 세운 사람이다. 그도 사실상 독재자였으나 그는 그것이 불가피함을 솔직히 인정하고 국민을 설득했다. 반대파는 핍박하지 않고 기껏 지방으로 보내거나 한직에 돌리는 데 그쳤다.

혁명 직후부터 1960년대가 끝날 때까지 박정희는 권위주의적이었지만 건강한 권위주의자라는 평가를 할 수 있을 것이다. 그는 기회주의적이며 교활한 인물, 부패한 정신을 매도했고, 주변에 양심적인 인물을 끌어 모았다. 대학교수들이 평가교수단으로 대규모로 참여하기도 했다. 물론 1960년대 후반에도 자기 권력에 저항하거나 그럴 조짐이 보이는 사람은 제거했지만 그것은 흔한 권력투쟁의 모습이며 다른 차원에서 살펴야 할 것이다.

사람의 내면을 완전히 파악하는 것은 불가능하다. 그러나 기본적으로 그가 성실하고 청렴하며 유능한 인물이었다는 점에서는 많은 사람들이 동의한다. 필자가 선배에게 들은 얘기로는 이런 에피소드도 있었다.

"4·19 이전 기자들이 부대취재라는 명목으로 군부대를 방문한 적이 있는데, 가는 곳마다 칙사대접을 받았다. 밤에는 술타령이고 용돈까지 안겨 주었다. 박정희가 부대장으로 있는 부대를 방문했을 때 기자들은 깜짝 놀랐다. 그는 자기의 검소한 사무실에 소주와 오징어를 갖다 놓고 기자들을 접대했다. 우리는 불쾌하기도 했지만 내심 감탄하기도 했다. 그 키 작은 군인은 깊은 인상을 안겨 주었다."

우리는 여기서 박정희 연구를 하려는 것은 아니다. 우리가 중요하게 생각하는 것은 박정희 정도의 인물도 권위주의라는 구조에서는 시간의 풍화작용을 받는다는 사실이다. 민추협 부회장이었을 때 예춘호(芮春浩) 씨는 한 인터뷰에서 이렇게 회고했다.

"민정이양 후만 하더라도 박대통령은 소주 마시는 검소한 사람이었습니다. 옷은 허수룩하고 홍수가 지면 새벽 1, 2시까지도 잠을 안자고 있다가 관계자를 불러 상황을 점검하곤 했습니다. 누가 외국서 선물을 사오면 페치카에 넣는다면서 못 사오게 했죠. 그 돈으로 외국인에게 막걸리 한잔이라도 사 주면서 우리 실정을 알리고 오라고 했습니다. 처음에는 그랬습니다. 장기집권을 하다보니 못돼 버렸지만……"

박정희는 결국 3선 개헌과 유신쿠데타로 완전한 독재자의 길로 들어섰다. 초기의 순수, 소박함도 잊어버렸다. 간언하던 주변은 멀리 내쳤다. 이 과정에서 구정치인, 그리고 일부 지식인이 그를 군주화의 길로 적극 유도했다. 결국 그는 절대권력자가 되고 절대권력의 논리대로 부패하기 시작한 것이다.

앞서 본 대로 그를 근대화 혁명가라 부르는 사람도 있다. 반대로 그를 권력욕의 화신이라 보면서 산업화까지도 국민에게 물질적 보상을 함으로써 권력유지를 하려는 하나의 수단이었다고 폄하하는 학자도 있다. 여러 평가가 있는 것은 나쁜 것은 아니다. 갖가지 비판들이 의견의 시장에서 취사되면서 그에 대한 더욱 포괄적인 윤곽이 드러날 것이다.

　여기서 필자의 평가는 "박정희는 근대화의 물질적 측면인 산업화의 기수였으나 정신의 근대화는 저해시킨 인물"이라는 것이다. 이른바 이중의 잣대로 그를 본다는 것이다. 그가 만약 근대화 혁명가라면 3선개헌과 유신을 거쳤더라도 그것이 필요악이었다는 것을 솔직히 인정했어야 마땅했다. 그는 양심을 속였거나 그렇지 않다면 아예 공업화말고는 근대화가 무엇이었는지조차 모르는 후진국 지도자에 불과했다는 결론을 내리지 않을 수 없다.

　유신시절 박정희는 어떠했나. 얼마나 많은 민주인사를 투옥, 고문했던가. 거기에다 정권안보를 위해 비열한 대북공작이나 영·호남의 지역감정을 조장하는 데도 주저하지 않았다.

　그는 산업이 고도화되면 필연적으로 개성 있는 창의력이 생산력의 기초가 된다든가, 진정한 민족의 영광은 물질적 번영과 함께 자유와 인간적 권리가 살아 숨쉬는 문명사회에서 얻어진다는 것을 몰랐거나 무시해 버렸다. 조금씩이라도 민주화의 길을 터놓은 게 아니라 조그마한 민주화의 틈새도 자기 권력의 누수라고 생각했다.

　박정희는 우리에게 먹고살 수 있는 유산과 함께 상처받은 정신을 남겼다. 그는 절반의 칭찬과 절반의 비난을 받을 일을 18년 동안 해왔다고 평가하고 싶다.

# DJ, 결론과 시작

**1999**년 2월 하순, 서울에서는 '민주주의와 시장경제'라는 주제로 국제회의가 열렸다. 이 회의는 제목에서 알 수 있듯이 김대중 대통령의 정치철학을 학술적으로 검토해 보자는 의도가 개재되었다. 그의 취임 1주년을 맞아 개최된 것도 이러한 맥락에서 연유했다고 본다. 이 회의에 싱가포르의 리콴유 전 수상이나 말레이시아의 마하티르 수상이 참여했으면 훨씬 좋았을 것이라는 생각이 들었다.

사실 아시아뿐만 아니라 개발도상국 또는 후진국 모두에게 민주주의냐 권위주의냐 시장경제냐 통제경제냐 하는 논쟁은 극히 유용할 것이다. 언젠가 이런 논란이 격렬하게 벌어질 수 있는 자리가 마련되길 기대해 본다.

현재로는 마하티르 수상이 아시아적 가치의 챔피언이다. 그가 일찍이 부르짖은 '동쪽을 보라'(Look East)는 현실적으로는 일본을 겨냥한 것이지만, 그래서 일본 정치인과 지식인들이 그를 좋아하지만, 마하티르의 생각은 일본에 의존하는 것 이상이다. 말레이시아에서는 동양문화 연구가 광범위하게 진행되고 있다.

이 회의에서 프랜시스 후쿠야마는 이렇게 말했다.

"IMF 사태로 상징되는 아시아 위기의 주범은 아시아 특유의 정경유착적 자본주의(crony capitalism)라는 견해가 있다. 과거 아시아적 가치에 기반을 둔 경제시스템이 유효하다는 싱가포르와 인도네시아의 권위주의는 약화되었다. 한국에는 강력하고 다양한 이익집단이 민주적 메커니즘을 통해 의견 차이를 해소할 수 있는 장(場)이 마련되었다. 따라서 한국은 서구적 정치제도로 발전할 가능성이 커졌다."

한편 영국 케임브리지대학의 아마르티아센 교수는 민주주의와 시장경제의 공헌을 인정하면서도 민주주의 자체보다 민주주의가 제대로 기능할 수 있는 조건을 강조했다.

이 같은 여러 시각들은 사실 세계의 지성계가 크게 진보한 증거이기도 하다. 과거에는 정치는 말할 것도 없고 경제에서도 자유, 즉 시장경제가 원리이며 원칙이고 어떤 계획이나 통제도 부정하는 게 통례였다. 이런 것을 서구적 시각이라고 할 수 있는데, 이 서구적 시각은 좁게 보면 앵글로색슨의 전통적 사고를 반영한 것이었다.

'민주주의와 시장경제'라고 하면 김대중 대통령이 대통령 선거를 전후해 만들어 놓은 캐치프레이즈로 생각하는 사람들이 많을 것이다. 지금의 젊은 세대는 더욱 그럴 것이다. 그러나 이미 1960년대에 김대중 대변인은 그것을 여러 가지 발언에서 내비쳤다.

필자는 당시 신문에서 민주당 김대중 대변인의 발언을 자주 읽었는데, 그것은 논리가 선명하고 또 말에 재치가 있어 읽는 재미까지 있었기 때문이다.

그러나 현실적인 적용이라는 면에서는 '아직 이르다'는 느낌을 갖고 있었다. 이것은 당시 필자의 지적 능력으로 그렇게 판단한 게 아니고 거의 본능적 감각에 의한 것이었다. 우리는 점진적으로 민주주의로 가야 한다는 생각을 갖고 있었던 것이다. 여담이지만 그래서 1967년 선거에서는 박정희에, 그리고 1971년에는 김후보에 투표했다. 박정희 정권은 '잘 살아보세'라는 소박한 구호로 국민 대중의 가장 절실한 욕구를 자극했다. 그리고 많은 사람들이 '자유가 밥 먹여 주나' 하고 말했다. 물론 일부 지식인은 저항했지만.

필자는 당시 국민 대중이 소수의 지식인보다 현명하다고 생각하고 있었다. 친구끼리 만나면 '경제가 잘 되면 민주주의는 따라오게 되는 것'이라는 박정희식의 말을 자주 했다. 친구 중에는 화를 내는 자도 있었다.

지금 생각해 보면 필자의 생각이나 그들 친구의 생각이나 부분적으로 맞고 부분적으로 틀렸다. 큰 흐름으로는 경제성장 없이 민주주의가 발전할 수 없다는 것도 진실이고, 경제성장이 자동으로 민주화를 가능하게 하는 충분조건도 아닌 것이 사실이다.

만약 1960년대에 DJ가 대통령이 되었고 그의 시책이 이어졌다면 한국 경제는 어떻게 되었을까.

그의 민주주의와 시장경제의 철학은 이미 그 당시에 기초가 만들어졌다고 생각되며, 따라서 자유경쟁의 원칙하에 경제개발이 시작되었을 것이다. 그러나 그도 서구식 자유방임주의로 나가지는 않았을 것이다. 중소기업 중심의 생산체제로 경제개발을 추진해 한국경제는 지금과는 상당히 다른 모습으로 전개되었을 것이다. 아마 대만의 모습과 비슷하게 되지 않았을까. 그러나 단기간 내의 고속성장은 어려웠을 것으로 본다. 인권이나 노동자의 권익, 여성 지위의 향상이나 도덕적 수준은 물론 지금보다 훨씬 개선되어 있을 것이다.

국민의 정부가 출범할 때 김종필 총리는 현대사회의 기승전결에서 DJ의 등장은 이 가운데 마지막 단계인 결(結)에 해당한다고 말했다. 필자는 참으로 적절한 표현이라고 생각했었다. 그동안의 과정을 보아서도 그렇고 21세기의 시작이라는 점에서도 DJ와 국민의 정부는 과거의 완결인 동시에 새시대의 출발점이 되어야 하기 때문이다. 얽힌 실타래를 풀지 않고 어떻게 새로운 천을 짤 수 있을 것인가.

이런 전환기의 시점에서 그가 내건 민주주의와 시장경제라는 캐치프레이즈를 이제 실제적 효용으로나 명분으로나 반대할 사람은 없을 것이다. 1960년대의 개발 초기라면 '글쎄' 하는 사람이 있겠지만 지금은 우리 경제나 사회의 수준이 정부주도형으로 이끌어 갈 때가 아닌 것을 누구나 피부로 느끼고 있다.

IMF 사태의 극복을 위한 비상수단으로서의 정부개입이야 이런 원칙과는 별도로 생각해야 할 것이다. 기업의 경쟁력 회생 없이 세계 시장에서 살아날 수 없다는 것 또한 분명하니, 시장경제를 위한 환경조성으로 볼 수 있다.

현재 국민의 정부에 대한 비판은 크게 두 가지이다. 하나는 독주, 독선에서 독재라는 말까지 나오는 보수측 비판이고, 다른 하나는 정반대로 개혁이 미진하며 또 개혁 자체도 근로계층을 위한 것이 아니고 기득권 세력의 지배구조를 강화하고 있다는 일부 지식인의 비판이다. 이 비판은 1999년 5월 지식인 536명의 시국선언으로 공식화했다.

보수 측의 비판은 여기서 논외로 한다. 그것은 이 책의 주지가 정신개조이기 때문에 무엇을 어떻게 고칠 것인가에 관심 없는 보수성향과는 아예 대화가 어렵기 때문이다.

과거에도 보수적인 사람과는 "당신은 도대체 무엇을 보수한단 말이요. 우리에게 보수할 게 있다고 생각합니까" 하는 식으로 말해 버렸다. 그리고 지금도 보수주의자가 되려면 먼저 보수할 만한 가치가 있는 것을 만들라고 말하고 싶다.

따라서 여기서는 현정부의 시책과 교수 536명의 선언을 대비해서 생각해 보기로 한다. 먼저 정리해고와 노동운동에 대해 살펴보자.

1999년 5월의 춘투기간 동안 많은 사람들이 사실 아슬아슬한 심정으로 한 달을 보냈다. 무사히 끝날 수 있을까. 정부와 극단적으로 대치해 대혼란이 일어나는 것은 아닐까. 정부가 노조에 끌려다니지나 않을까 등등 의구심이 다양했다. 그러나 대체로 양호하게 끝났다.

정부가 원칙에 굳건했다는 것도 찬양할 일이지만 근로자가 크게 성숙했다고 보여 흐뭇했다. 물론 IMF가 준 교훈이 피차에 영향이 컸을 것이다. 필자 자신은 노조에 정부가 끌려다니는 사태가 올 것을 가장 걱정했다. 만약 그렇게 되었다면 제2의 아르헨티나 꼴이 될 수도 있는 것이다. 붉은 머리띠를 동여맨 노동자와 총칼을 든 군인의 대결, 거리의 대결은 순차적으로 정권에까지 파급된다.

교수 536명의 선언은 일단 파업 회오리가 가라앉은 시기에 나왔다. 이 선언의 주된 내용은 기득권 보호라는 구태에 젖어 있다는 비난이었다.

필자는 당시 이런 식의 비판은 사회적 약자인 근로자를 위한다는 정신은 훌륭하지만 판단이 성급하며 경솔하다고 생각했다. 긴급시의 행동을 가지고 전체의 성향을 언급한다는 것은 지성적인 태도가 아니라고 보았다. 불과 몇 달 후인 1999년 여름에는 대우그룹이 구조조정 회오리에 싸였고, 현대증권 사장이 구속되고, 중앙일보 사장까지 탈세혐의로 구속됐다. 그럼 이때에는 "기득권을 보호하려다 중단했다"고 해야 할 것인가. 앞서 감각 감성주의를 얘기했지만 우리는 너무 피상적으로 보고 피상적으로 판단한다.

문제의 정리해고에 대해 DJ는 '비교적 쉽게'라는 말을 했는데 이런 말이 반감을 살 수는 있다. 여하튼 이런 생각의 바탕은 어디에서 나온 것일까. DJ의 경제철학이 미국식의 능률주의에 바탕한 것이라면 본인이나 학계에서 깊이 있게 음미했으면 한다.

대강 알다시피 미국의 경영학계나 기업계에서는 이익 최우선주의가 당연시되어 있다. 유명한 하버드 비즈니스 스쿨은 정치나 사회적 환경을 어떻게 기업경영에 이용할 것인가는 가르치지만 정치 자체, 사회 자체의 근본 문제에 대해서는 신경쓰지 않는다. 예컨대 후진국에서는 정치권의 실력자나 관료를 어떻게 이용할 것인가를 토의하고 가르치지만 그 나라의 정치나 사회발전에 대해서는 관심을 두지 않는다.

쉽게 말해 단기적 이익, 주주의 이익만을 생각하는 것이다. 이런 사고방식에서는 이익과 능률만이 최선의 가치이다. 이런 미국식 경영철학에서 근로자는 단지 임금과 노동력으로만 계산된다. 미국의 근로자 역시 이런 환경을 당연시한다. 다만 해고가 법에 맞느냐 안 맞느냐에 대해서는 예민하다.

앞으로 세계는 한 나라에 두 개의 민족이 있다고 할 정도로 빈부격차는 커질 것이고 이를 억제하는 분위기, 즉 냉전구조도 사라졌다.

어쨌든 미국식 자본주의가 유럽형보다 능률적이라고 해서 미국을 배우는 나라가 많지만 우리 입장에서는 생각해 볼 일이다. 왜냐하면 남북의 민족공동체를 구현해야 하는 나라에서 미국식 사고방식을 모델로 봐야 할 것인가는 깊은 성찰을 요하기 때문이다.

또한 이것은 필자 개인의 사회관이지만 미국식 기업경영 논리로 국민소득 3만 달러가 되는 것보다 유럽식 사회민주주의 방식으로 2만 달러 수준이 되는 게 낫다고 생각한다. 이런 문제는 경제뿐만 아니라 인간의 조건에 대한 생각이 제각기 다르므로 어떤 주장이 옳고 어떤 주장이 그르다는 판단은 할 수 없는 것이다.

여하튼 필자는 살벌한 경쟁을 통한 이익을 지상과제로 삼는 것에는 반대하는 입장이다. 실은 이런 생각과 방식을 표방하는 정당이 있으면 좋으련만 아직은 성장 단계에 있다.

여야 가릴 것 없이 큰 정치를 생각하며 21세기의 한국을 조망한다면 당연히 현 정당들은 모두 해체되어 '생각이 비슷한 사람끼리' 다시 짜여져야 할 것이다. 그래야 국민에게도 선택할 기준이 생기는 것이다. 현재 시민단체의 압력을 받고 있는 정치권이 어떻게 변모될지는 좀 두고 볼 일이다.

국민의 정부는 할 일이 많다. 정리하는 일과 시작하는 일 두 가지가 겹쳐 있다. 정리할 것이 무수히 많다는 것을 익히 알고 있을 터인데, 우선 순위를 정리해고에 둔다면 다수의 공감을 얻기는 어려울 것이다. 해고는 경제문제인 동시에 인간에 관한 문제이다.

여하튼 DJ정권은 양심세력한테서도 인사문제로 비판받고 있으나 경제회생에서는 성공적이었다는 평가를 받고 있고 인권과 민주주의 신념, 미래에 대한 비전에서 존경받고 있다. 그러나 개혁의 대상은 너무나 많고 반발세력 또한 만만치 않다. 강한 소명의식이 퇴색하지 않기를 바란다.

# 고유문화와 문명수렴

'우리 것이 좋은 것이여' 하고 CF가 나갈 때 우리는 일단은 흐뭇하다. 사실 외래문물의 홍수 속에서 뭔가 우리 고유의 것으로 좋게 보이는 게 있으면 여간 대견스럽지 않다.

며칠 동안 해외여행을 하면서 한국 음식을 전혀 못 먹었다고 하자. 김치 한 조각, 구수한 된장 냄새에 안달이 난다. 며칠은 그만두고 두세 끼만 양식으로 때워도 '한식 한식' 하며 아우성치는 사람도 있다.

이탈리아에 갔을 때 그 유명하다는 마카로니도 못 먹어봤다. 독일에서 동료들과 이탈리아로 갔는데 그들이 모두 한식집을 찾았다. 마카로니 먹으로 가자고 해 봐야 들은 척도 안 했다.

노래도 그런 것 같다. 필자는 쿨 재즈나 발라드를 좋아하는 편인데, 나이가 들면서 한국 노래에 부쩍 마음이 끌린다. 그래서 얼마 전에 〈삼팔선의 봄〉이 들어 있는 CD를 샀더니 조영남이 역시 제대로 불렀다. 그러나 요즘의 랩인지 하는 빠르고 중얼거리는 노래는 영 재미가 없는데 신경이 그만큼 둔해진 탓인지, 노래 자체의 정서고갈인지 알 수가 없다. 어쨌든 신세대가 좋아하니까 비난할 이유는 없다.

다만 어떤 미국 평론가가 말했듯이, 최근의 팝송이나 영화 등 대중문화가 "미국문명의 타락과정을 반영하고 있으며 또 타락을 재촉하고 있다"는 말을 했는데, 이는 새겨 들을 만한 가치가 있다고 본다.

이런 비평처럼 미국을 선두로 유럽 여러 나라가 더욱 진보할 것인지 퇴락의 길을 밟을지는 아무도 모른다. 피상적 관찰로는 마약, 범죄, 자발적 가난, 정치불신 등 부정적 현상이 늘어나고 있어 어떤 쇠퇴의 징후가 아닌가 느껴진다.

우리가 소망스런 근대화, 문명화의 길을 모색할 때 부딪히는 딜레마의 하나는 우리 것과 서양 것을 어떻게 조화시킬 것인가 하는 문제이다.

막연하게 양자의 좋은 것을 취사선택하자고 말하는 사람들이 대부분인데, 이는 말로서는 그럴 듯하지만 막상 실천적인 면에서는 모순이다. 예컨대 한국 전통의 효는 좋은 미풍양속이니까 보존할 가치가 있다고 하는 한편에서, 서양의 인권이나 개인주의를 찬양한다. 그러면 이 두 가지의 가치가 공존할 수 있을 것인가. 이런 문제에서 예리한 비판과 분석이 있어야 하는데, 우리 모두 지적으로 태만했다고 할까 우둔했다고 할까 그저 얼버무리고 말았다. 그래서 효도 좋고 개인주의도 좋은 것으로 범벅이 된 것이다.

그러나 지금부터라도 지성적으로 생각해 보자. 전통의 효와 개인주의가 어깨동무를 하려면 전통적인 효의 개념으로 가능할까. 그저 순종이나 하며 부모가 시키는 대로 인생을 사는 것이 효라고 한다면 그것은 개인주의와 융화되는 것일까.

그렇지만 자녀가 독립된 정신으로 성실하고 훌륭한 인생을 사는 게 현대의 효라고 생각한다면 그것은 개인주의와 공존할 수 있을 것이다. 이렇듯 부모·자식 사이나 부부사이나 친구 사이에서나 새로운 가치와 행동의 패러다임을 만들어 가는 것이 생활의 근대화요 민주화라고 생각한다.

 여기서 버려야 할 것은 우선 동서양의 양분법적 사고를 벗어나야 하는 것이다. 서양은 기술문명, 동양은 정신문명이라는 정의가 19세기에 동아시아 지역에서 생겨났는데 이 정의 자체가 틀린 것이다. 단지 서양문명에 대한 자기 방어적 논리로서 나온 것이며, 실은 한때의 감정표현에 불과한 것이었다.

 서양의 근대문명은 과학기술을 비탕으로 한 인간주의 문명이다. 어느 사회건 큰 방향에서는 신비주의에서 합리주의로, 집단주의에서 개인주의로, 전제주의에서 민주주의로 옮겨가는 게 역사의 실제이다. 일시적 후퇴나 정지는 있을망정 추세로는 그렇게 움직인다. 그리고 인류는 이런 추세를 소망하며 그렇게 되도록 노력해 왔다.

 1999년에 이란의 하타미 대통령도 "서구의 자유, 인권 개념은 귀중한 가치이다"고 말한 바 있다. 이런 가치관에서 본다면 근대 서구문명은 인류의 앞선 문명일 뿐이며 동양의 재래문명과 비교하면서 우열을 가릴 필요는 없다고 생각한다. 근대 문명은 서구에서 발상하고 성장했지만 인류공동의 재산이라고 자리매김을 하자는 것이다.

 이런 개방적 사고를 한다면 우리 것, 우리 고유의 문화에 대해서도 편협하게 생각할 필요가 없다. 근대적 가치에 비추어 판단하고 또 앞으로의 변화에 맡겨서 자연스럽게 우리 것으로 남는 것은 우리 것이며 잊혀지는 것은 역사책이나 박물관에 기록, 보존되는 것이다.

 최근 우리 것에 대한 생각이 확산되는 것은 바람직한 현상이다. 우리 것에 대해 생각할수록 주체의식이 깊어지기도 한다. 그러나 근대화의 완성이라는 과제가 남아 있는 우리에게 '우리 것' 또는 고유문화에 대한 비판 없이 막연하게 정서적으로 매달리는 태도는 진보를 가로막을 것이다.

 지난 몇 년 사이에 고유문화론은 재래의 '아시아적 가치론'에다 샤뮤엘 헌팅턴의 저서《문명의 충돌》때문에 증폭되고 있다.

유교윤리와 집단주의 성향을 강조하는 아시아적 가치론은 화교측 학자들이 처음 제기한 것이다. 이것은 1990년대 들어 일본이 침체하고, 최근 들어서는 아시아 신흥공업국들이 흔들리자 주춤해졌고, 일부에서는 '아시아적 가치란 없다'는 반격도 하고 있다. 그러나 하나의 이론이 경제사정에 따라 부침하는 것은 가소롭다.

헌팅턴은 이슬람의 편협, 중국의 자만, 서구의 오만으로 상징되는 문명권의 충돌 가능성이 냉전 이후의 세계에 높아가고 있음을 지적했는데, 매우 구체적인 자료 인용과 예리한 관찰력으로 상당수 독자의 관심을 불러일으켰다.

우리가 보고 있듯이 이슬람권은 내부적으로는 근본주의의 득세와 범이슬람권의 결속 강화가 계속되고 있고, 중국은 산업화 바람에 휩싸여 고도성장기에 들어섰다. 따라서 이들의 세력이 상대적으로 약화되고 있는 서구권과 마찰을 빚을 가능성을 예상할 수 있다.

그러나 그것이 문명의 충돌이라고 볼 것인가, 또는 중국처럼 국력이 커지면 자연스레 생기는 자기 현시욕 때문에 빚어질 수 있는 힘의 충돌 가능성인가는 생각해 볼 문제이다.

여하튼 여기서 우리에게 중요한 것은 고유문명을 강조하는 것이 자국에 이익인가 손해인가, 고유문명을 강조함으로써 어느 계층이 혜택을 보며 어느 계층이 계속 피해를 보게 되는지를 살펴보는 일이다.

고유문화론자에게 '고유문명이란 뭐요, 무엇을 지킬 것이오'라고 물으면 대답을 못 한다. 그저 막연히 전통에 대해 향수를 갖거나 서구적 합리주의는 좋은 것 같지만 어쩐지 정나미가 떨어지고 사람 사는 맛이 안 나는 것으로 느끼는 사람 중에 이렇게 전통문화를 언급하는 예가 많다. 그 심정은 충분히 이해할 만하다. 그리고 합리주의든 개인주의든 지나치면 좋을 게 없다는 평범한 진리도 우리는 알고 있다.

고유문명으로의 회귀 자세는 이슬람권의 근본주의자(fundamentalist)
에게서 전형적으로 볼 수 있다. 이들은 밖에서 보면 반(反) 또는 역
(逆) 근대화주의자들이다. 이들이 현재에는 더욱 세력을 넓혀가고 있
는 것이 사실이다. 헌팅턴은 서구권의 경제적 군사적 힘의 상대적 감
소로 문화적 영향력도 줄어드는 것과 관련, 이슬람의 복고주의 경향은
심화될 것으로 보았다.

중동지역의 이슬람권은 왕정 아니면 공화정이지만 공화국도 대통
령이라는 반(半)군주가 지배하고 있다. 이들 나라들에게 고유문명의
유지나 전통으로의 회귀가 민중의 자유인권과 어떻게 연관될까. 누
구를 위한 전통일까. 석유가 고갈될 때 아무런 산업기반이 없는 나
라에서 민중은 다시 낙타를 타고 대상이 되거나 사막의 비적이 될
수밖에 없지 않은가. 왕족과 기타 귀족은 스위스나 미국에 예금해
놓은 것만으로도 몇 대가 풍족하게 살 수 있다.

헌팅턴의 견해는 냉전 후 새로운 세계적 충돌 가능성으로서 문화
적 차이를 거론한 것뿐이며 고유문화의 가치를 지지하거나 비난한
것은 아니다. 앞으로 두고볼 문제이지만 이슬람권이나 중국 등 고집
센 나라들도 결국에는 자유와 인권이라는 근대적 가치를 향해 나아
갈 것으로 필자는 예상한다. 2000년 2월에 있었던 이란의 총선에서
개혁파가 승리한 것은 이러한 방향을 예시했다고 본다.

우리는 이제 고유문화를 강조하더라도 옛날처럼 맹목으로 고유문화
를 지키자고 강조하는 단계는 지났다. 하지만 고유문화·전통문화를
애기할 때에는 많은 사람들이 혼란을 일으키고 있는 것도 사실이다.

예컨대 센세이셔널한 제목이기는 하지만 공자가 죽어야 나라가 산
다느니 살아야 산다느니 하는 식의 논법도 우리가 갖고 있는 정신적
혼란의 표현일 것이다. 우리가 나아갈 길, 문명의 진보라는 시각에
서 약간의 지성적인 태도만 갖고 본다면 대부분의 혼란은 안개 걷히

듯 사라진다.

공자가 죽어야 한다는 논리는 유교윤리를 인간관계·사회체제의 원리로 삼는다면 당연히 맞는 말이다. 누차 얘기했듯이 유교윤리는 권위주의 체제를 전제로 하는 것이고 그 체제가 안정적으로 유지되기 위해서는 각자, 특히 지배층의 인(仁)과 덕(德)과 의로움(義)이 필요하다고 본 것이다. 그러나 견제 없이 이러한 덕성이 장구한 역사 속에서 제 기능을 할 수 있을까. '절대권력은 절대 부패한다'는 말이 이에 대한 웅변적 반론이다. 그리고 실제 역사가 이를 증명하고 있다.

공자가 살아야 나라가 산다는 논리는 무리가 있지만 어느 조직에서나 크게나 작게나 계층구조가 있고 더 책임 있는 직책에는 그만큼의 권위도 필요한 만큼 권위를 부여받은 사람에게는 더 많은 극기와 덕성이 요구되게 마련인 것이다.

이들에게 공자의 여러 훌륭한 말씀은 자기 수양과 성찰에 도움이 될망정 해가 될 것은 무엇이 있겠는가. 앞서도 언급했듯이 모든 문제의 접근에는 다면적 시각(multi-aspect)으로 보는 자세가 반드시 필요하다.

고유의 전통문화와 전통적 관행도 이렇게 미래의 발전이란 측면에서 여러 시각으로 살핀다면 우리가 선택할 것과 버릴 것, 그리고 현대적인 것과 무엇이 어울리고 반대로 모순되는 것인지 간파해 낼 수 있을 것이다.

어쨌든 근대화라고 하면 거의 서구화를 의미하는 실정에서, 서구문화를 어떤 자세로 수용할 것인지에 대해 두려움 없이 개방적인 자세를 취하는 게 중요할 것이다. 그리고 궁극으로는 무엇을 받아들인다고 하는 소극적 자세보다 이제는 근대문명에 우리도 한몫을 담당하고 있다는 당당한 자세로 서구문화를 봐야 할 것이다.

이런 자세에서 필자는 터키의 유명한 여류작가인 할리데 아디바르가 한 말이 적절하다고 생각되어 인용해 본다.

"서구화 또는 근대화를 뒤늦게 시작한 나라들은 서구문명에 동참하는 파트너라는 의식을 가져야 합니다. 무조건의 모방은 파트너의 자세가 아닙니다. 모방은 근대 정신 자체에도 위배되는 것입니다."

제6장

# 근대화의 변두리 – 여성문제

◐ 남녀관계의 문명
◐ 남자의 욕구, 여자의 욕구
◐ 왜 가정 밖 일이 중요한가
◐ 결혼식 재고(再考), 시부모 재고
◐ 사랑이 있던가
◐ 사랑의 육화(肉化)
◐ 새로운 한국인,
　어머니의 역할

# 남녀관계의 문명

**한**반도에는 세 부류의 국민이 있다고 생각한다. 제1, 제2, 제3의 국민이 있는데, 이 가운데 제2는 대한민국의 여성이고 제3의 존재는 휴전선 너머에 살고 있다. 대한민국 여성은 근대화의 혜택 가운데 남자와 차이는 있지만 그래도 경제적 이득은 보고 있으므로 제2그룹에 속한다.

그러나 북한 주민은 근대화의 성과 가운데 정신적 물질적인 것 어느 하나도 얻지 못했으므로 사각지대에서 신음하고 있다. 한반도에 세 부류의 국민이 있다는 것은 바로 근대정신에도 어긋나는 일이다. 그러므로 제2, 제3의 그룹은 당연히 해방의 대상이다. 그러나 이 책의 전체 강조점이 그렇듯이 해방의 주체는 당사자들이다. 이 당사자는 수적으로 한반도 전체 인구의 3분의 2나 된다.

3분의 2나 되는 다수가 소수의 억압 밑에 있다는 것은 억압자가 강력하기 때문이며 또한 피억압자의 저항이 무력하기 때문이기도 하다. 해방은 결코 거져 주어지지 않는다. 그러므로 여성은 남성과 싸우고 북녘의 동포는 자신의 압제자들과 싸워야 하는 것이다. 싸우지 않고 얻을 수 있는 것은 동정뿐인데, 그것은 약간의 배려라는 작은 빵조각일 뿐이다.

여성문제는 여성 자신에 국한되는 것은 아니다. 그것은 여성의 문제이자 남성의 문제이고 인류 전체의 행복과 관련된 문제이기도 하다. 이미 1960년대 이후로 선진국에서는 여성의 예속적 상태에 대한 연구와 비판이 성행했으며 상당한 성과를 거두었다. 그러나 우리에게는 구경거리 정도였다. 그러다 겨우 1990년대에 들어 수면 위로 부상하고 있다.

여성문제를 어떻게 생각할 것인가. 우선 넓은 시야로 남녀관계를 살펴봐야겠다.

남회귀선 아래에 있는 타히티섬은 화가 고갱이 머물었던 곳으로 유명하지만 세상사람들에게 '지상의 낙원'으로 널리 알려진 이유는 어디에 있을까. 타히티섬과 같은 적당한 기후, 숲과 바다가 어우러진 멋진 풍광, 그리고 천진난만한 원주민이 사는 곳은 얼마든지 있다. 그럼에도 타히티가 유별나게 매력 있는 곳으로 소문난 것은 그곳에 도착한 서양의 선원들이 진짜 천국을 맛보았기 때문이었다.

1788년, 10개월의 긴 항해 끝에 바운티호는 타히티의 한 항구에 도착했다. 수백 명의 원주민들이 카누를 타고 바운티호 근처에 왔다. 그들은 풍성한 열대과일과 산돼지 같은 것을 갖고 왔다. 그들은 바운티호에 기어올라 와서는 가져온 물건을 선원들이 갖고 있던 거울이나 손도끼 등 물건과 바꾸었다. 이들 타히티 사람들 중에는 예쁜 젊은 여자들도 상당수 섞여 있었는데, 마을 지도자격인 추장들은 여자들도 가지라고 했다. 선원들은 너무나 기쁘고 즐거워 '여기야말로 천국'이라고 환호성을 올렸다. 그들은 갑판 여기저기에 해먹을 설치해 놓았다. 어떤 녀석은 여자 두 명을 데리고 가기도 했다. 한편 타히티 남자들은 아무렇지도 않은 듯 교환한 물건을 갖고 되돌아갔다.

　타히티를 비롯한 남태평양의 여러 섬들에서 남녀관계가 매우 자유스럽다는 것은 항해자들의 기록을 통해서 널리 알려졌는데, 타히티는 외래인을 환대하는 풍습도 있어서 서양인들에게 더 좋게 보였을 것이다. 당시의 기록 중에는 "남태평양의 원주민들은 유럽인이 상상도 못할 만큼 개방적이다. 이곳 소녀들은 올챙이처럼 여기저기 쏘다니기를 좋아하고 기분 나는 대로 남자와 어울린다"는 내용도 있다.

　19세기와 20세기에 걸쳐 인류학자들은 남태평양을 비롯해 인도네시아의 여러 밀림지대, 북극권의 에스키모, 남북아메리카의 인디언의 생활을 소상히 조사했다. 문명사회가 잊어버린 과거가 이곳에 있다고 생각했기에 문화적 관심이 일어나지 않을 수 없었고, 또 식민지시대에 당연히 일어난 해외 연구열도 한몫 했다.

　우리가 여권, 여성의 지위향상, 여성의 인격을 살피고 음미하려면 이런 원시부족의 남녀관계도 관찰해야 한다. 그래야만 문명이 남녀관계에 어떤 사회적 문화적 제한을 가했는지 알 수 있기 때문이다.

　학자들의 조사에 따르면 남녀관계는 자연적 사회적 조건에 따라 그야말로 천차만별의 양상을 보이고 있다. 원시부족 중에는 타히티처럼 남녀의 자유스런 관계가 당연시되는 곳이 있는가 하면 대단히 금욕적인 곳도 있었다.

　뉴기니아의 고원지대에 사는 마링이란 부족의 남자들은 여자를 적대시하는 것으로 유명했다. 그들은 여자와의 성관계는 체력을 소모하고 피부를 늙게 하며 정신을 혼미하게 하며, 심지어 감기도 성관계 때문에 걸린다고 생각했다. 그래서 성관계는 극히 예외적으로 이루어졌다. 당연히 인구도 줄어들어 필요한 경우에는 외부에서 사람을 약탈했다. 원시부족 중에는 또 결혼 후에도 성관계 횟수를 정해 놓으며, 홀아비나 과부가 되었을 경우에는 재혼할 수 있는 횟수까지 정해 놓는 경우도 있다. 그리고 여성이 공격적이고 남자가 문명사회의 여성 같은 부족도 발견되었다.

어쨌든 대체적으로 정리해 보면 원시부족의 생활이 단순하고 사회 규모가 작으면 성적 자유가 많고 여성의 지위도 높으며, 반대로 경제규모가 크고 사회조직이 발달해 있을수록 남녀관계에 제한이 많고 여성은 좀더 남성에 종속적이라는 것이다. 또 하나의 특징은 프리섹스가 당연시되는 곳에서도 결혼 후에는 제한이 커진다는 것이다. 그리고 이 결혼이란 제도는 아마존 밀림이나 태평양의 작은 섬에서도 거의 예외없이 행해지는 인류의 보편적 현상이란 것이다.

여기서 우리는 약간 당황하게 되는데, 그것은 아주 원시적인 삶을 사는 부족에게도 결혼이란 게 왜 꼭 필요한 것인지 의문이 생기기 때문이다. 그저 자유롭게 살면서 아이를 키우는 것은 불가능하기 때문일까. 인류의 종족보존 본능이 결혼을 필수불가결한 제도로 만든 것일까.

이런 의문에 대한 정확한 대답은 영원히 불가능할지 모른다. 현재까지 학자들이 내린 결론은 대강 다음과 같다.

첫째는 인간의 어린 시절이 매우 길어서 양친의 끈질긴 보호가 필수적이라는 것이다. 고릴라나 침팬지, 원숭이 같은 유인원(primates) 중 어느 종도 인간만큼 오랜 성장기를 거치지 않는다. 따라서 나약한 어린 아이가 성장하는 동안 지속적이며 전적인 보호를 해 줄 수 있는 사람인 어머니는 경제활동에 지장을 받게 되며, 이 어머니를 돕고 함께 아이에게 관심을 가질 존재는 아버지밖에 없는 것이다. 결국 결혼은 종족 유지에 가장 좋은 자연적 선택이라는 것이다.

둘째는 결혼은 한 사회의 평화 유지의 조건이 된다는 것이다. 여성은 대부분의 동물 암컷과 달리 언제나 성적 활동을 할 수 있다. 이런 생리적 조건은 계속해서 남성의 관심을 끌 수 있는 것이 되며, 이런 조건은 결국 남성 사이에 격심한 경쟁을 일으킬 뿐만 아니라 여성

사이에서도 불안요인이 된다. 이것은 한 사회의 안정을 해치고 극단적인 경우에는 사회의 인구 재생산 기능까지 파괴할 수 있다. 결혼은 경쟁을 제한해 평온을 유지하는 최선의 선택이 될 수 있다.

이것은 우리가 텔레비전에서 자주 보듯, 동물들의 수컷이 암컷의 발정기에 얼마나 치열하게 싸우는지 그것을 보면 짐작이 가기도 한다. 만약 동물의 암컷이 언제나 수용적이라면 수컷 사이의 싸움은 1년 내내 지속될 것이다. 이 싸움 중에 죽는 수컷은 엄청나게 많아질 것이다. 그러나 인간은 동물보다 머리가 좋으므로 결혼이란 해결책을 찾은 것이다.

셋째는 남녀의 역할분담이 생존에 유리하기 때문이다. 인류는 수십만 년간 수렵이나 채취생활을 해왔는데 여기에서 남자는 사냥, 여성은 식물채취가 주된 업무였다. 사냥을 하려면 멀리 나가기 일쑤며, 집을 비우는 때가 많다. 여성은 집을 지키며 아이를 돌보고 집 가까운 곳에서 먹을 식물을 채취하는 게 편리한 생활방식이다. 따라서 어떤 결합보다 남녀의 결합이 경제생활에 가장 유용하다.

이 같은 편의론은 실제 우리가 오늘의 생활에서도 느끼고 있는 것이다. 남녀의 전통적 역할분담의 필요가 감소하니까 현대의 선진사회에서 결혼 해체현상이 일어나지 않는가.

이 결혼과 관련해서 주목할 점은 결혼 후에는 대부분의 사회에서 남성우월이 지배적인 현상이라는 것이다. 일부 지역에서 여성우월 현상이 보이기도 하는데 그런 사회는 대개 남자의 경제적 전투적 역할이 미미한 곳이다. 사냥이나 낚시, 목축 등의 일이 거의 없고, 집 근처에서 약간의 가축을 기르거나 채소를 가꾸는 정도로 생활하는 곳, 또는 너무 떨어져 있어 외적의 침입이 걱정 안 되는 곳 등에서는 여성우월 현상이 일어난다. 인구밀도가 낮은 곳에서도 다산숭배와 함께 여성의 지위가 높다.

그러면 원시성을 벗어난 이른바 문명사회에서의 남녀관계는 문명화했을까. 적어도 여성의 인격, 인권이라는 오늘의 가치기준으로는 문명은 오히려 반(反)문명이었다. 여성에 대한 차별, 편견, 족쇄는 강화되었으며, 그것을 당연시했기 때문이다. 남성지배가 덜했던 서양, 그리고 그들의 종교에서도 예외는 아니었다.

개인의 영혼의 존귀함을 가르친 기독교에서도 여성은 종속적이어야 한다는 관념을 가졌다. 이브의 탄생에 관한 창세기 이야기는 아시아 대륙인 메소포타미아의 분위기가 반영된 것이라 해도 여성의 종속성은 여기저기에서 언급된다. 여자는 남자에게 양보하고 순종하며 침묵해야 한다고 가르친 것이다. 성직의 자리에 여성을 앉히지 않으면서도 남편을 개종시키고 은밀히 복음을 전달하는 수단으로서만 널리 활용되었다.

동·서양 가릴 것 없이 여성은 종속적이었지만 서양에서는 그래도 여성의 자유가 상대적으로 많았고 로마시대에는 부인의 연애와 이에 따른 이혼이 번다했다. 아우구스투스가 참다못해 풍기단속에 나섰으나 자기 딸 율리아의 방탕은 어쩌지 못해 추방한 얘기는 유명하다.

서양에서는 일부일처제가 원칙이었다. 동방의 성지순례를 통해서, 그리고 십자군전쟁 후 동방의 할렘(왕이나 귀족의 처첩이 모여 살던 곳)이 서양 남자들의 탄성을 자아내게 하고 시샘을 일으켰지만, 그래도 이 관습이 서양에 이식되지는 않았다. 그 대신 정부(情婦)는 은밀히 늘어났다.

이슬람권이나 인도, 중국에서는 일부다처제가 당연시되었고, 여성은 환락의 도구나 아이 낳고 기르는 기능으로서 존중되었을 뿐이다. 동양에서 고대부터 로맨스는 없이 성교본이나 유행한 것은 인격체로서의 여성이 아니라 도구로만 인식되었기 때문일 것이다.

유교는 여성을 하등인간 정도로 취급했다. 공자는 '여자는 가까이

하면 도망하고 멀리하면 토라진다'고 했다. 유학자들의 여성관은 한 마디로 요물(妖物) 취급이었다. 요자의 한자 구성을 살펴보라. 여성이 그래도 격을 갖게 되는 것은 아들 낳고 어머니가 되고 나서부터이다.

　우리의 경우 대강 알다시피 고려조까지 여성이 그래도 자유스러웠다. 원시부족사회의 전통이 유지되어 왔기 때문이다. 여성의 손발을 다 묶고 그 영혼을 폐쇄시키고 신분상 종속적인 존재로 만든 것은 조선조에 들어와서부터이다. 태종 이방원은 왕권확립, 사회안정에 생명을 건 투쟁을 벌여 풍속에서도 보수적인 유교적 윤리를 철저히 적용하기 시작했다. 과부의 사실상 재가금지도 그로부터 시작되었다. 이로부터 500여 년간 우리가 흔히 '조선 여자'로 일컫는 숙명적이고 한을 품고 규방에 갇힌 여성상이 생겨났다. 예외적인 것은 하층민 사회였는데, 여기에는 유교윤리가 적용될 가치도 없다고 보았기에 이곳의 여자들은 활달한 기상을 유지했다.

　개화는 여성해방의 기회이기도 했다. 그러나 우리의 정신문화의 변화가 물질문화의 변화보다 전반적으로 뒤쳐진 것처럼, 여성해방도 의식상으로나 실제로나 늦어졌다.

# 남자의 욕구, 여자의 욕구

거의 10여 년 전일 것으로 기억되는데 《타임》지가 남녀문제에 대한 특집기사를 실어 독자들의 열띤 토론이 벌어진 일이 있었다. 내용인즉 남자의 특성과 여성의 특성을 다룬 것인데, 남자는 더 많은 여자를 원하고, 여성은 한 남자를 독점하고자 하는 것이 본능적 취향인 것처럼 써 놓았다. 이 기사에서 몇몇 유명한 사람의 실례가 사진과 함께 실렸다.

명확히 사람 이름을 기억하지는 못하지만 재혼, 삼혼의 명수들, 예컨대 앤서니 퀸, 클린트 이스트우드, 이브 몽탕, 피카소 등이 거론된 것 같다. 그런데 이들 가운데 상당수의 남자가 나이 먹어감에 따라 새부인과의 나이차가 컸다는 사실이 지적되었다. 초혼 때는 몇 살 차이이던 것이 재혼 때는 10년, 20년, 그리고 세 번째에는 더 벌어졌다는 것이다.

기사는 이와 관련, 강자일수록(강자의 조건이 현대 서구사회에서는 부와 명성이다) 여자 소유욕이 강하며, 여성은 사랑이니 어쩌니 해도 이 강자에게 빠져든다는 것이다.

기사는 표면적으로는 객관적으로 접근했으나 후에 독자들의 비판이 거세어 《타임》은 독자편지를 여러 편 소개하기도 했다. 독자편지 중에는 '이해할 만하다'는 글도 있었으나 대부분은 비난하는 쪽이었다. 남성지배 사회를 본능적 측면에서 당연시하며 여성의 종속을 정당화하는 위험을 안고 있다는 비판이 많았다.

한국의 독자라면 어떤 반응을 보였을까. 필자도 그 기사를 읽으면서 수긍한 점도 있었지만(남녀의 본능적 성향에 대해서) 좋게 느껴지지는 않았다. 질투가 개재된 것일까, 여성해방에 장애가 되는 기사이기 때문일까.

현대사회의 자유로운 계약관념으로 생각하면 결혼이야말로 개인의 절대자유 영역이다. 중혼(重婚)이야 불법이지만 70대 남자와 20대 여자가 좋아서 결혼한다면 그것도 그들의 자유인 것이다. 반대로 젊은 남자와 할머니가 결혼해도 제3자가 말할 바가 못 된다. 다만 화젯거리이니까 프랑스에서 일어난 이 일이 몇 년 전 신문 가십란에 실리기는 했다.

최근에는 미국의 잡지 편집자인 어떤 여성이 '여자가 귀염받으려는 심리는 본능이며 정상적이고, 따라서 여권운동은 오히려 여자를 불행하게 하는 것'이라고 주장했다가 여권운동가들에게 '철부지 같은 말'이라는 비난을 샀다.

《타임》의 기사에서 보듯 계속 더 젊은 여성을 탐하는 노욕은 분명히 남자의 자연적 욕구이다. 석기시대부터 현재에 이르기까지 남자는 다른 동물의 수컷과 같이 더 많은 정자를 뿌리려는 본능에 아무 변함이 없다. 그것도 싱싱한 토양에. 여성은 또한 가장 강한 유전자를 받으려는 욕구가 있다. 그리고 돈과 명예를 가진 남자는 현대세계에서 강자의 제1조건이다. 그렇다면 합법적인 재혼, 삼혼인데다 개인 의사에 따른 것인데 왜 반감을 살까.

여기에는 숨겨진 무의식이 있다고 느껴진다. 생물체는 개체와 함께 종(種) 전체도 생각하는 본능이 있다. 예컨대 어떤 파괴의 악마가 '너 혼자 죽을 것인가, 너를 뺀 인간 전체가 죽을 것인가, 한 쪽을 선택하라'고 강요한다면 아마 거의 '내가 죽겠소' 하는 답변이 나오지 않을까.

병정개미는 전투중에 상처를 입어 죽을 지경이 되면 제 몸을 이끌고 개미집 입구에까지 와서 그 구멍을 제 몸으로 막는다고 한다. 이런 지독한 집단의식은 아니더라도 동족, 동종을 생각하는 것은 생명체의 본질이다.

심지어 선인장에 칼을 대면 미묘한 전파 움직임이 생기는데 이 전자파는 다른 선인장에 대한 경고 기능을 한다고 한다. 그래서 다른 선인장 잎새가 굳어지거나 호르몬 분비가 많아져 잎새의 재생(再生) 기능이 향상된다고 한다.

얼마전에 용인 에버랜드에서 사자와 호랑이를 한 우리에 넣고 싸움을 시켰는데, 사자는 집단적이고, 호랑이는 독립적이어서 호랑이가 싸움에서 집단공격을 받아 불리해졌다. 그런데 한참 지나니까 호랑이도 집단으로 대항하기 시작했다.

그러면 명망 있고 재산 있는 늙은 남자와 젊고 매력적인 여성의 결합은 종의 차원에서 무슨 결함이 있기에 반감이 생기는 것일까. 여기에는 생물학적 무의식이 작용한다고 느껴진다. 즉 비록 돈과 명성이 있더라도 그것만이 전부가 아니며, 생물학적으로 늙은 육체는 종의 유지에 좋지 않다고 느껴지는 그 무엇이 본능적으로 거부감을 주고 있다는 것이다.

보통의 사람들도 '젊은 여자는 젊은 남자와 결합하는 것이 좋다'는 생각을 하고 있으며, 이런 생각은 사회적, 문화적 가치관도 개재되어 있겠지만 종의 유지라는 본능에서 나온 느낌일 수가 있다.

　이런 본질적인 문제를 떠나서 생각한다면 서양과 달리 우리는 결혼의 파격이 너무 없어 오히려 비인간적이다. 그래서 예외적인 커플이 좋게도 보인다.

　한국에서는 김흥수 화백의 결혼이 단연 화젯거리였다. 필자는 인터뷰 때문에 그의 아파트를 방문한 적이 있었다. '여보' 하고 부르는 아내는 제자 겸 아주 젊은 부인이었다. 부인은 쾌활했다. 재미있는 부부이겠구나 하고 느꼈다. 김화백은 나이보다 건장하고 정신 또한 상쾌한 분이다. 그림 역시 화사하면서 세련되었고 품격이 있었다. 그림에서 어떤 깊이를 느끼는지 못 느끼는지는 감상자의 주관에 달려 있을 것이다.

　사실 한국에서는 유교윤리 때문에 이런 이색적이라고 할 결혼이 대단히 희소하다. 정확히 필자의 감정을 얘기한다면 앞의 서양 유명인의 결혼편력에는 저항감이 있었지만 한국에서는 좀 색다른 커플이 더 생겼으면 한다.

　결혼을 지나치게 격식화하기 때문에 사랑의 감동이나 인간적인 체취를 느낄 수 없고 상당수는 돈으로 거래되는 모욕적인 결혼도 있다. 그러므로 나이나 지위, 신분을 초월한 사랑의 결합은 감동적이기도 한 것이다. 그러나 이 땅에서도 돈 많고 유명하다는 사람들이 몇 년 주기로 부인 바꿔치기를 하는 일이 빈번해진다면 느낌은 달라질 수밖에 없을 것이다.

　어쨌든 남녀관계의 이해에서 남자와 여자의 본능적 욕구 차이는 일단 고려의 대상은 되어야 할 것이다. 그러나 인간은 문화적 존재이므로 본능예찬에만 기울어서는 남녀관계에서 카오스 사회가 될 수밖에 없다. 그러나 우리의 경우 현실적 적합성도 없이 규격화한 결혼만을 정상으로 간주해 오히려 문제가 되고 있다.

　최근에 약간 바뀌고 있으나 연상의 여인과의 결혼, 재혼녀와 총각

과의 결혼 같은 것은 본인끼리의 애정의 소중함도 고려하지 않고 일
탈행위로 간주하는 것이다. 그러면서도 나이든 남자와 젊은 여자의
결혼에는 별로 저항이 없다. 이것은 바로 동·서양 가릴 것 없이 남
성우위의 문화에 우리가 익숙해 있기 때문이다. 냉정히 생각한다면
남자의 수명이 여자보다 6~7년 짧으니까 연상과의 결혼이 더 적합
할 수도 있다. 그러나 이 정도까지 가지는 못한다 해도 결혼 적령기
라는 말에서부터 결혼과 관련한 갖가지의 재래식 편견은 버릴 때가
되었다.

# 왜 가정 밖 일이 중요한가

미국의 중서부는 숲과 호수의 연속이다. 옛날에는 들소의 천국이었다고 하지만 들소는 거의 멸종되었고 지금은 광대한 평원에 드문드문 작은 도시들이 있다. 그 사이에는 천국을 연상시키는 정경이 펼쳐져 있다.

한국 여행자들이 주로 L.A나 뉴욕 같은 대도시를 방문하지만 여유 있으면 렌터카로 이 중서부(Midwest)를 가로질러 보면 평생의 멋진 추억이 될 것이다.

필자가 어느 일요일 한적한 호숫가를 산책하고 있었는데, 저쪽에서 긴 금발을 휘날리며 핫팬츠 차림의 여자가 자전거를 타고 오고 있었다. 나는 웬 미녀가 요정도 아닐 터인데 갑자기 나타났나 하면서 쳐다보고 있는데, 가까이 온 여자가 싱긋 웃는다. 처음에는 모르는 사람에게도 가벼운 인사를 건네는 것이 그들의 매너인지라, 그런 줄로 알고 '굿모닝' 했는데, 알고 보니 아는 여자였다.

그녀는 우편 집배원이었다. 여러 번 본 적이 있어 낯은 익었으나 집배원일 때는 머리를 어떻게 매만졌는지 짧아 보였고, 또 현관문을 노크하면서 등기물 같은 것을 전달할 때 보니 얼굴엔 까만 주근깨가 다닥다닥 붙어 있어 미인이라고는 전혀 생각할 수 없었던 것이다.

그런데 이 날은 전혀 다르게 나타난 것이다. 나는 여자란 이렇게 차림에 따라 달라 보이는구나 싶어 놀라기도 했다. 하긴 서양 여자들은 뚱보가 아닌 한 미끈한 데다 육감적이어서 멀리서 보면 매력이 넘친다. 그러나 가까이에서는 솜털 투성이에다 피부는 거칠고 주근깨는 만발해서 느낌이 좋지 않다.

어쨌든 이 날 필자는 그녀에게서 아주 건강한 모습을 발견했다. 평일에는 집배원으로 일하면서 여성적인 것을 감추고 있다가 일요일에는 저렇게 변신하는구나 하며 감탄했던 것이다.

또 한번 놀란 기억은 가구점에서 가구를 산 뒤 집에서 배달오기를 기다리고 있었는데, 뚱뚱한 여자 두 명이 문을 두드리면서 가구를 가져왔다고 했다. 나는 내 집에 놀러 온 유학생과 함께 밖으로 나갔다. 그런데 가구를 운반한 소형 트럭에는 남자가 한 명도 없었다. 누가 들어 내릴 것이냐고 했더니 그들 여자 두 명이 내리겠다고 했다. 나와 유학생은 놀라기도 하고 우습기도 했다. 하긴 체격으로 봐서는 의자와 소파를 내릴 힘도 있을 것 같았다.

그러나 아무리 체격 좋은 뚱보 여자라 해도 남자들이 그들이 일하는 것을 보고 있을 수 없어 '우리가 하겠다'며 나와 유학생 둘이서 물건을 옮겼다. 그녀들은 싱긋 웃으며 땡큐를 연발하고 돌아갔다. 우리는 가구를 정리하면서 '참 미국 여자들 대단하다'고 입을 모았다.

서양인 사이에서도 미국 여자가 적극적이라는 것은 다 인정한다. 유럽에서 미국처럼 되기에는 아직 시간이 더 걸릴 것이다. 아마 그렇게 안 될지도 모른다. 미국은 개척시대의 전통이 있어서 여자도 총들고 싸우고 말타고 초원을 달리던 유풍이 정신적으로 계승되고 있는 것이다.

미국 여자한테서 정나미 떨어지는 것도 흔히 발견된다. 강의실에서조차 웃는 소리가 너무 요란하다. 마치 호걸풍의 남자가 웃는 것처럼 입을 크게 벌리고 '하하' 거리며 큰 소리를 낸다.

개인 취향이지만 필자에게는 그 모습이 좋지 않아 보였다. 도대체 '여성적'인 맛이 없었기 때문이다. 같은 여성끼리는 어떻게 생각하는지 모른다. 그리고 남자 중에도 그게 뭐 문제가 되냐고 하는 사람도 있을 것이다. 여성스러움을 강조하는 것도 여성을 속박하는 태도일 수가 있다.

어쨌든 이 책에서는 다른 곳과 달리 정리된 얘기를 나누기보다 필자의 개인적인 소감이 주로 전개되니까 독자들은 그저 저 사람은 저렇게 생각하고 있지만 나는 이렇게 생각한다는 식으로 읽어 주길 바란다. 이 책 전체의 의도도 그렇지만 주장과 결론을 말하는 게 중요한 게 아니고 서로 생각하는 시간을 갖자는 것이 포인트이다.

일하는 여성은 참으로 대견하고 아름답게 보인다. 그리고 존경스런 마음을 금할 수 없다. 앞에서 미국에서 본 것을 얘기했지만 국내에서도 한 보험회사 사무실에 갔더니 30여 명의 직원이 모두 30, 40대 여성들이었다. 끝자리에 남자 한 명이 앉아 있었다. 그 남자는 행복하기보다 처량하게 보였다.

담당 여직원에게 여기는 모두 여자뿐이냐고 했더니 그렇다고 했다. 과장만 남자라는 것이었다. 계장급으로 보이는 여자도 3명인가 있었는데 아무튼 여성들이 이렇게 생활전선에서 일하는 게 활기 넘쳐 보였다. 저 나이에 집에 틀어 박혀 공상이나 하고 텔레비전이나 켰다 껐다 하고, 남편한테 짜증이나 내는 사람과는 비교할 수 없는 매력이 있다고 느껴졌다.

가사(家事)가 돈으로 계산할 수 없는 엄청난 수고라 할지라도, 그리고 그 노고를 과소평가할 수는 없어도 여성은 그로부터 상당히 해방되어야 한다. 사회활동은 의식해방의 첫걸음이기 때문이다.

물론 아직도 '여자는 집안에서'라는 의식을 가진 여성도 적잖을 것이고, 또 남자 편에서도 그런 사고를 가진 사람이 많다. 이렇게 뒤떨어진 생각을 하는 사람은 그냥 놔둘 수밖에 없다. 항상 사회변화에는 선구자 그룹이 있어야 하는 것이며, 뒤늦은 사람은 뒤늦게 따라오게 마련이다. 늦어서 손해본다 해도 그 손해는 정당한 대가이다.

IMF 이전 우리나라의 경제활동인구 중 여성취업비율은 49% 수준이었다. IMF 이후는 감소했다. 미국의 59%, 영국 54%보다는 낮지만 아시아권에서는 홍콩, 대만, 싱가포르, 일본이 우리와 불과 몇 포인트 차이로 별로 다르지 않다. 그러나 통계에는 내용이 제대로 파악 안 되는 게 문제다. 우리의 여성취업은 비대해진 음식, 유흥, 오락산업에 압도적으로 많이 치우쳐 있다. 여기에다 직장의 상위계층일수록 여성비율이 더 낮아져 4.2%밖에 안 된다. 전체적인 여성지위는 세계 78위로 올라 있다. 인구의 절반인 여성을 대변할 국회의원도 15대 국회의 경우 13명으로 전체의 5%도 안 된다. 적어도 현재의 실정을 감안해도 30% 수준은 되어야 한다고 여성계에서는 말한다.

여성에게 현실적으로 가장 중요한 요건은 경제적 자립이라고 본다. 돈이 격(格)을 만든다는 말은 야비하게 들리겠지만 이것은 사람 사이의 엄연한 법칙이다. 경제적 자립은 여성에게 자신감을 심어줄 것이다. 이 밖에 경제는 경제 이상의 그 무엇을 가져온다. 이 무엇이 중요한 것이다. 1960년대 미국 여성해방운동의 기수였던 B. 프리던은 이런 말을 했다.

"여성들의 경제활동 기회를 늘여야 합니다. 경제활동은 수입이라는 돈의 문제보다도 더 중요한 것을 가져옵니다. 그것은 경제활동을 통해 여성은 사회인으로서의 의식을 갖게 된다는 것입니다. 가정이라는 작은 울타리 너머의 세상에 대해 알려고 하고 또한 알게 된다는 것입니다."

이것, 즉 '사회인으로서의 의식'이 여성자립의 정신적 기초라고 본다. 가정과 육아가 아무리 인류의 생존을 위해 중요한 것이라도 여성이 그것에 얽매여 있는 한 그는 정서적으로 종속적이고 지적으로 계발되지 않는다.

이미 나온 지 오래되었지만 시몬느 보봐르의 《제2의 성(性)》이라는 책은 우리 여성들이 꼭 읽어 봤으면 한다. 보봐르는 여성의 특징이라고 일컬어지는 심리상태나 행동방식에 대해 태생적인 것을 너무 무시했다는 느낌이 들지만 대단히 예리하고 폭넓게 지적했다. 우리가 무심코 지나쳐 버리는 여성의 속성에 대해 그 정도의 지적인 논평은 앞으로도 기대하기 어렵지 않나 싶다. 그녀도 경제에 관해 이런 말을 했다.

"자신을 해방하기 위해서는 일하는 것 이외에 어떠한 것도 없습니다. 여성해방은 집단적이어야 하며 이 해방은 무엇보다 먼저 여성의 경제적 진화가 완전히 이루어질 것을 요구합니다."

사실 단점이라고 말하기보다 여성들의 문제점, 예컨대 보봐르도 지적했던 여성의 나르시시즘, 신비주의에 쉽게 빠지는 경향, 그리고 논리부족이나 좁은 시야, 정서적 편향 등은 여성의 숙명적 속성이 아니라 대부분은 여성의 사회화 과정과 전통적 역할에서 필연적으로 생겨난 제2의 특성일 것이다. 이것은 문화인 것이다.

따라서 여성의 사회적 경제적 역할이 남성과 엇비슷해지면 대부분은 자동으로 소멸될 운명의 것이다.

# 결혼식 재고(再考), 시부모 재고

결혼식이란 중요한 의식이다. 많은 사람들이 이혼을 하고 다시 결혼식을 하게 될망정 '일생에 한 번뿐인데…' 하며 화려하고 거창하게 치를 것을 바란다. 그런데 결혼식장에 가보면 대규모의 행사로서 거창한 것은 틀림없지만 마치 공장에서 물건 찍어내듯 한두 시간마다 신혼부부를 대량생산해 내는 그 모습이 참으로 안쓰럽다. 신성하지는 않더라도 좀 품위가 있으면 좋으련만.

결혼식 초대장에는 또 어처구니없게도 누구의 아들, 딸이라고 해서 부모 이름이 앞선다. 결혼식에서는 두 남녀가 주인공이고 현대판 성인식이라고도 할 수 있어 본인 이름이 앞서야 할 텐데 부모의 행사처럼 되어 있다.

앞으로는 괄호 속에 부모 이름을 넣어야 한다고 제의한다. 장례도 마찬가지다. 여기서 망자(亡者)는 괄호 속에 들고 장례행사의 담당자인 아들의 이름이 앞에 나온다. 누가 사망했다는 것을 애도하는 것은 두 번째인 모양이다.

결혼식의 하객들은 친척과 신랑·신부 친구를 빼면 아버지와 관계

되는 사람들이 대부분이다. 이들은 대부분 신랑·신부의 부모와 인사하는 게 주 목적이다. 봉투 내놓고 식장엔 들어가지도 않고 가버린다. 필자 역시 그런 경우가 대부분이었다. 그러면서 '결혼식이 이대로 유지되어야 하나' 하는 심정으로 발길을 돌린다.

이런 시장바닥 같은 식장을 피해 돈 있다는 사람들은 디럭스한 장소를 빌려 호화판 접대를 한다. 그래서 결혼식 비용이 화제가 되기도 하고 축의금 액수가 너무 많아 지탄을 받기도 한다. 더러는 신랑·신부의 부모가 알지도 못하는 사람들에게 청첩장을 보내 사회문제가 되기도 한다. 파출소장이 관내 음식점, 유흥업소의 업주에게 청첩장 아닌 고지서를 보내 상인들이 울며 겨자먹기로 봉투를 들고 가거나 봉투를 모아서 전달하기도 한다. 필자가 아는 어떤 지방의 기자는 회사 간부의 자녀 결혼식 때 수십 장의 청첩장을 할당받았는데 이를 다 소화하지 못해 고민이라는 말도 했다.

그러나 유명인사 중에서 남들이 알지 못하게 자녀결혼식을 치르는 경우도 있다. '간접적인 뇌물'을 받지 않으려는 곧은 마음에서, 또는 구설수에서 모면하려는 현실적인 뜻도 있을 것이다. 개중에는 진실로 우리의 결혼식 모습이 좋지 않다고 느껴 검소하게 치르는 사람도 있을 것이다.

어떤 공무원은 축의금을 모조리 사회단체에 기탁한 경우도 있었다. 그의 말인즉 "축의금은 본인 자신이 아니라 본인의 직책 때문에 들어온 것이 대부분이다. 그러므로 사용(私用)해서는 안 된다"고 했다. 참으로 신선한 말이었다. 이 얘기는 몇 년 전 신문에도 난 것인데 축의금 액수가 1억여 원이나 됐다고 한다. 필자도 그 사람을 아는 터라 평소에도 괜찮은 공무원으로 봤는데 틀리지 않았다는 흐뭇함을 느꼈다.

뒤에 우리는 한국사회의 다수와 소수에 대해 얘기하겠지만, 아무리

세태가 혼란스럽고 더럽게 변해도 옛날이나 지금이나 이렇듯 소수의 사람이 작은 등불처럼 어둠을 밝힌다. '소수가 다수가 되고 다수가 소수가 되는 사회'는 이래서 우리의 절실한 과제가 되는 것이다.

여기서 필자는 겉치레의 결혼식이나 장례의식을 개탄하면서 현재의 결혼식 풍습이 사랑을 견고히 하기보다 그것을 훼손치 않을까 걱정되어 형식으로서의 결혼식에 대해 함께 생각해 보려 한다.

얼마 전 라디오 방송에서 뉴욕 필의 상임 지휘자 레너드 번스타인의 짧은 애기가 몇 번 소개되었다. 독자들도 대부분 기억하고 있을 것이다. 즉 지휘연습을 하는 어느 날 지각을 했는데 그는 '미안합니다. 결혼식 때문에 늦었습니다'라고 간단히 말하며 지휘봉을 잡았다는 것이다. 이 에피소드를 어떻게 해석해야 할까. 그네들은 결혼식을 친구와의 점심 약속 정도로 가볍게 생각하는 것일까. 보통 결혼도 몇 번씩 하고 이혼도 잦으니까 별 것 아닌 것으로 치부하는 것일까.

아마 어느 정도는 이런 추측도 가능할 것이다. 우리처럼 '일생에 한 번뿐인데…' 하는 생각은 별로 안 할 것 같다. 우리도 이혼이 늘고는 있지만 미국이나 러시아와는 비교도 안 된다. 두 나라는 1980년대에 이미 이혼율이 50%를 넘었다. 초혼자의 반 이상이 이혼하는 것이다.

그러나 결혼식이 번잡하지 않은 가장 중요한 요인은 서양인, 특히 신교도의 경우 결혼을 행사라는 형식보다 '사랑의 공적 서약'이라는 실질적 측면을 강조하기 때문이라고 본다.

화려하고 신분을 과시하는 결혼, 이것이 사랑의 결속을 강화하는 것일까. 사람은 누구나 중요한 순간에 강한 인상을 받는다. 중·고교 입학식 때 교장 선생님의 말씀, 대학에 들어갔을 때 오리엔테이션에서의 선배의 말, 첫직장에서의 상사나 선배의 충고 등은 그의 마음과 행동에 지속적으로 영향을 주게 된다.

결혼식에 나란히 선 신혼부부라면 서로가 탐색한 뒤 좋아하고 사랑하게 되어 그 자리에 섰을 것이다. 따라서 주례의 말이나 식장의 어수선한 분위기는 별 것 아니라고 할 수도 있을지 모른다.

그러나 중요한 시간이요 장소이기에 두 사람의 영혼 깊이 스며드는 분위기가 조성됐으면 한다. 형식은 T. 칼라일의 말처럼 내용을 충실히 할 수 있는 경우에나 의미가 있다.

주례사도 거의 천편일률이지만 그래도 새출발하는 사람에겐 새겨 들을 게 있다. 다만 부모의 은혜나 시부모·처가부모에 대한 효도를 강조하고, 사회인으로서 의무를 다하라고 하는데 필자, 생각으로는 효도라는 말보다 훌륭한 가정을 꾸며 그것으로 부모의 기대에 맞게 해달라고 당부했으면 좋겠다는 느낌을 갖는다. 효도라는 말 자체는 결코 어떤 흠이가 있는 단어는 아니지만 우리의 재래식 개념으로는 거의 순종만을 뜻하기 때문이다.

현재 우리의 결혼식이 사랑의 결합을 인상 깊게 만드는 형식이 아니라면 유감스럽게도 결혼 후의 가족관계 역시 자연스런 형식이 아니다.

이 문제에 대해서는 대부분의 사람들이 워낙 전통의식에 사로잡혀 있어 앞으로의 얘기에 반발할 사람들이 많을 것이다. 그러나 젊은 부부나 시부모나 정말 진지하게 생각해 봤으면 한다. 그러고 나서 긍정이든 부정이든 의견을 가다듬기 바란다.

우리 시대에는 핵가족 형태가 주된 것이다. 부부 자신들도 그렇고 여론조사를 해보면 부모들도 따로 살기를 원하는 비율이 높다. 서로 편하기 때문이다. 사람들은 따라서 핵가족이 일반적이고 당연한 것으로 알고 있다. 그런데 이 핵가족에 따른 정신문화는 핵가족화했을까. 형태는 핵가족이지만 정신은 아직도 대가족의 관념이 지배하고 있다고 본다. 여기서 수다한 문제가 발생한다.

얼마 전에 후배기자 부부들과 함께 식사하며 담소를 나눈 적이 있다. 그때 이런 말을 했다. "나는 며느리를 구해도 며느리 보고 시집 부모한테 잘하라는 말은 하지 않을 거요. 오히려 자기를 낳아 길러 준 친정 부모한테나 잘하라고 할 거요. 여러분은 어떻게 생각합니까. 남편의 부모와 자기 부모 가운데 어느 쪽에 정감이 더 갑니까. 친정 부모보다 시집 부모에 효도하라, 잘 모셔라 하는 것은 자연스러운 게 아닙니다. 자연스럽지 않은 것을 자꾸 강조하는 게 우리의 윤리에요. 여기서 문제가 생기는 것 아닙니까."

우리의 전통, 특히 가족윤리는 알다시피 철저히 남성본위의 유교적인 것이다. 여자는 출가외인(出嫁外人), 즉 시집가면 딴사람이라는 것이다. 이 얼마나 인간적 자연질서에 어긋나는 억지 얘기인가. 정(情)은 핏줄보다 더 강한 연(緣)에 의해 두터워진다.

친부모라면 핏줄에다 20여 년의 연까지 계속된 관계이다. 더구나 부모 입장에서는 약자편인 딸을 시집보낼 때 헤아릴 수 없는 안쓰러움을 느끼게 된다. 가끔 부모가 '빨리 시집이나 보내야지' 하는 말을 하는데, 듣는 딸의 입장에서는 '내가 귀찮은 모양이구나'라고 착각할 수도 있다. 이런 말을 부모가 무뚝뚝하게 하더라도 오해해서는 안 된다. 부모가 여린 가슴을 달래보려고 자기 방어적으로 하는 말투인 것이다. 또한 시집 보내서 가정을 꾸며야 안심이 된다는 뜻도 포함되어 있을 것이다.

아들도 장가가면 독립된 존재인 것이다. 아들을 지배해서도 안 되고 며느리를 지배해서도 안 된다. 음지에서 보이지 않게 돕는다는 자세 이상의 것을 지녀서는 안 된다. 그러므로 젊은 부부에 대해 시어머니는 어디까지나 제2선에 있어야 하는 존재이다. 아들에 대한 정 때문에 한계를 지키지 못하고 며느리와 경쟁하는 심리를 가지면, 고부간의 갈등은 피할 수 없을 것이다.

우리는 이 당연한 절제를 못해 엄청난 가정비극을 겪었고, 지금도

갈등이 심각한 편이다. 며느리를 딸자식처럼 생각하는 폭넓은 아량
도 중요하다. 그러나 그것보다 앞서야 할 것은 가족 간에도 묵시적
으로 공식적인 한계를 인정하는 것이다. 이것은 서운하더라도 어쩔
수 없는 일이다. 만약 이 한계를 인정치 않으면 간격은 더욱 벌어질
것이다.

처음부터 '너희들은 독립된 존재이며 우리에게 잘·대해 주면 고맙
지만 그렇지 않더라도 할 수 없는 일'이라고 생각하면 시샘도 분노
도 생길 리 없는 것이다. 이런 마음가짐은 비정이라든가 무미건조가
아니라 마음의 성숙이다.

젊은 신혼부부도 독립된 존재로서 말할 것은 당당히 해야 한다. 아
들도 부모가 너무 개입하면 '우리도 성인이고 부부가 됐습니다. 저
희 판단을 존중해 주십시오'라고 말해야 한다. 그리고 어머니와 아
내 사이에 가정·일로 문제될 때에는 아내의 판단이 서툴더라도 서
툰 것은 지적할망정 아내의 결정에 우선권을 주는 자세를 가져야 한
다고 생각한다.

소설가 강석경 씨는 '한국사회에서는 여자가 여자를 괴롭힌다'고
인도를 배경으로 한 소설에서 말했다. 이런 현상은 여자가 속이 좁
다거나 질투심이 많다거나 하는 식으로 비난할 일이 아니다. 오랜
지배와 복종의 전통, 남존여비라는 성간(性間)의 권위주의 아래에서
약자는 자기보다 더 허약한 자에게 군림하려는 왜곡된 마음이 생기
게 마련인 것이다. 약자에 너그럽고 강자에 저항하는 의협심은 남녀
가릴 것 없이 극소수의 뛰어난 정신의 소유자에게나 발견되는 것이
다. 현재의 한국 남성사회에서도 오히려 약자 그룹에 속한 사람들
사이에서 억압적 구조가 더 뚜렷하다는 조사도 있지 않은가.

신세대가 신선하게 보이려면 뚜렷한 자의식에 따라 말하고 행동하
는 용기를 가져야 한다. 한국 같은 권위주의 풍토에서는 저항 없이

개선되는 것은 없으며, 특히 가족관계는 보수성이 강한 데다 사회적으로 논의도 별로 안 되므로 그냥 넘어가기 쉽다.

부모세대의 경우, 어떻게 자식을 키워서 모른 척할 수 있느냐며 필자의 견해에 대해 반감을 갖는 분도 있을 것이다.

여기서 정말 오해하지 말 것은, 결코 모른 척하는 것이 아니라는 점이다. 사람은·다른 동물과 달리 새끼가 어느 정도 성장하면 매정하게 떼어내는 습성이 없다. 동물세계에서는 그렇게 해야만 새끼가 스스로 먹이를 구할 능력을 갖고 어미는 다시 교미할 기회를 얻는다. 그렇게 해야만 종(種)이 유지되는 것이다.

우리 한국인에게 문제가 되는 것은 부모 자식 사이의 정이 개체의 성장을 저해할 정도로 넘쳐나는 데 있다. 멀리서 지켜보며 꼭 필요할 때 도와 준다는 자세가 바람직한 것이 아닐까.

젊은이는 성공과 실패를 거듭하면서 성장한다. 작은 실패를 염려해서 '이래라 저래라' 하면 자식세대는 부담을 느낄 뿐만 아니라 자신의 성장 기회도 잃게 된다. 오히려 스스로 판단하고 행동하는 동안, 그리고 자기 자식을 낳아 기르면서 부모의 노고도 절감하게 될 것이다.

여기서 서양식의 부모·자식 관계를 찬양하고픈 생각은 없다. 그들도 자녀에 대한 애정과 관심은 우리와 별 차이가 없지만, 자녀가 성장한 뒤에는 지나치게 소원한 게 아닌가 하는 느낌을 받는다. 결국 가족간 관계도 우리 자신의 것을 만들어 나가야 한다. 새로운 모델이 필요하다는 것이다. 이 모델은 '이것이다'라고 딱 잡아 말할 수 있는 형태가 있는 것은 아닐 것이다. 행동을 분별있게 하는 동안 바람직한 모델은 점차 그 모습을 드러낼 것 아닌가.

# 사랑이 있던가

**언**젠가 여성잡지에서 프랑스 대사 부인을 인터뷰한 적이 있었다. 기자는 프랑스에서는 혼전동거가 많은데 이에 대해 어떻게 생각하느냐고 물었다. 대사 부인의 답변은 간단했다.

"함께 살아보지 않고 어떻게 상대를 잘 알 수 있습니까. 결혼상대란 굉장히 중요한 것인데……."

우리에겐 충격적인 말이다. 그러나 놀랍기는 하지만 논리로서는 반박할 말이 쉽게 떠오르지 않았다. 풍습의 차이, 의식의 차이라고 치부하면 새삼 생각할 것도 없고 문제될 것도 없다. 문화상대주의란 말이 있듯이 그것도 상대적인 것이라고 하면 그만이다. 프랑스의 한 대사관 남자직원은 "우린 보통 결혼 안 해요. 아주 부자거나 가난뱅이들이 결혼한답니다"고 말하기도 했다.

미국에서 가까이 지낸 프랑스계 스위스인도 30세가 넘었는데 미혼이었다. 상당한 시일을 알고 지낸 뒤라 물어봐도 괜찮을 듯싶어 질문을 꺼냈더니 "결혼은 안 했지만 애인은 있다"고 했다. 그럼 결혼할 것이냐고 했더니 "현재의 관계가 편하다"고 답했다.

　프랑스가 인구감소로 국력이 쇠퇴한다고 아우성인 이유를 알만 했다. 정부가 아이를 낳으면 보조금을 주니까 가난한 서민층의 자녀만 늘어나는 것이다.

　동거라는 실험이나 결혼이란 공적 관계 없이 지속적인 관계를 갖는 것은 아직은 우리가 정서적으로 수용하기 쉽지 않다. 이런 정서는 단지 감정적 반응이라고 경멸할 것은 아닐 것이다. 또한 일단 결혼하면 그것은 불변의 계율이라고 강요하는 것도 비인간적일 것이다.

　우리의 이혼통계에서 이혼사유로 가장 많은 비중을 차지하는 것은 '성격차이'란 것이다. 사람들은 흔히 '수십 년간 다른 환경에서 자랐는데 성격이 같을 수 있나. 서로 양보하며 살지' 하는 말을 한다.

　성격차이라고 이혼사유를 말하는 부부 중에는 일시적 충돌로 생긴 불쾌감을 성격에서 연유한 것으로 착각하는 경우도 있을 것이며, 정말 사소한 차이로 갈라서는 예도 있을 것이다. 그러나 필자의 관찰로 미루어 봐도 성격차이가 두드러지면 정말 중대한 문제가 아닐 수 없다.

　성격차이란 모호한 표현 속에는 실로 취미, 버릇 같은 외형적인 게 많이 개재되어 있다. 그리고 어쩌다 만나는 친구라면 모르지만 취향이라도 너무 이질적이면 수십 년 같이 산다는 것도 고역이다. 다만 문제는 상대의 취향을 알아내기가 어렵다는 데 있다. 남자는 허풍을 떨거나 그럴 듯하게 속이고, 여자는 이른바 내숭떨기로 정체를 드러내지 않기 때문이다. 그래서 프랑스 대사 부인 말마따나 '살아보지 않고 어이 알리' 하는 말이 그럴 듯하게 들린다.

　우리는 작곡가 모차르트나 차이코프스키가 속물의 아내 때문에 애를 태운 것을 알고 있다. 우리는 또 영화지만 〈가스등〉에 나오는 잉글리드 버그만이 겉만 신사인 사기꾼에 걸려 모든 남자를 악마의 변신처럼 여기게 되는 불행도 알고 있다.

　어떤 천재나 위인에 걸맞는 상대를 찾기란 어려운 노릇일 터이니 이들의 결혼은 예고된 불행일 가능성이 크다.

그러나 문제는 보통의 남녀 사이이다. 교수 부인이 책읽기나 사색에는 아무 흥미없고 TV의 삼각관계 드라마에나 열중하고 쇼핑에서나 삶의 즐거움을 찾는다면 참으로 곤란한 문제이다. 반대로 지적인 부인이 온갖 잡스런 짓이나 하는 남편을 만났다면 이런 결혼은 안 하는 것만도 못한 지옥생활이다.

여기서 상대의 관찰법은 잘 알도록 일러 주었으면 좋겠는데 필자에겐 그런 능력이 없다. 그래서 간곡히 말하고픈 것은 데이트할 때 피차 솔직하라는 것이다. 그렇지 않으면 상대나 자신이나 파멸이다.

서로 어울리는 쌍이 있다. 외형을 중시하는 사람은 그런 사람끼리, 내적 만족을 구하며 마음의 행복을 제1조건으로 삼는 사람은 그런 사람끼리 만나야 한다. 이른바 '성격이 다른 게 좋다'는 속설을 믿고 결혼했다가는 지겨운 인생만 만나는 것이다. 물론 깜박 속아서 결혼했다면 그것은 절반은 자기 책임이다.

결혼식이 온통 치장이듯이 상대를 선택할 때의 조건 즉 가정, 학력, 직업 등의 치장은 사실 장기적으로는 큰 의미가 없는 것이다.

가장 이상적인 결혼이란 물론 사랑을 최장시일까지 지속할 수 있는 상대를 구하는 것이리라. 이 남자, 이 여자가 마음에 들긴 하는데 오래 한집에서 살아도 잘 어울리며 좋아할 수 있을까. 만약 이런 시각에서 상대를 관찰한다면 일시적 감정에서 생겨날 수 있는 실수는 피할 수 있을 것이다. 그리고 여기에서 덧붙여 생각할 것은 '결혼 적령기'라는 규범 아닌 규범일 것이다.

요즘 다소 나아지고 있기는 하지만 나이가 좀 들면 부모와 형제는 물론 친구나 직장에서 '언제 결혼하느냐', '혼자 살 거냐' 하며 계속 물어댄다. 결혼을 안 하면 어딘가 문제 있는 여자가 아닌가, 또는 과거의 연인을 못 잊어 그런 게 아닌가 하며 갸웃거리기도 한다. 이것은 당사자에게 이만저만 괴로운 일이 아닐 수 없을 것이다.

남자의 경우는 덜하지만 역시 주변에서는 계속 술안주거리가 된다. 과거 필자의 직장 동료 중 40대가 되어도 노총각으로 있었던 사람이 있었는데, 이 사람이 받는 심적 고통도 작은 게 아니었다. 주변에서는 심지어 임포가 아니냐고 수군대기도 했다. 언젠가 차분히 얘기할 기회가 있어 결혼을 안 하는 특별한 이유라도 있느냐고 물었더니 "오래 혼자 살다보니 혼자 사는 게 편하게 느껴진다"고 대답했다. 필자는 나름으로 이 사람의 성격이 지극히 온순하고 실수를 하는 일도 없는 사람이어서 만약 드센 여자와 결혼하면 오히려 상처를 입기 쉽겠다는 생각도 했다.

사실 결혼생활을 해 본 사람이라면 알 수 있듯이 여자라고 폭군이 안 된다는 법은 없다. 공처가라는 말도 근거 없이 생긴 것은 아니다. 더구나 아이까지 낳은 뒤에는 해이해진 자세(정신적으로나 육체적으로)에다 남편을 지배하려는 경향이 심해지는 것이다.

남녀를 불문하고 우리에겐 자제라든가 겸허히 산다든가 상대에게 고마움을 느낀다거나 하는 성숙함이 모자란다. 앞서도 말했듯이 피부로 느껴진 대로 말하고 행동하는 것이다. 그러니 결혼해서 법적 지위를 얻고 아이까지 낳아 입지가 강화되면 깊은 생각 없이 자신감이라는 무의식에 따라 멋대로 행동하는 사람이 많은 것이다.

우리에게 잘 알려진 E. 프롬은 '사랑은 소유가 아니다'라고 했다. 상대에 대한 관심, 존경, 책임을 강조했다. 이 같은 자세는 훌륭한 태도임에 틀림이 없다. 그러나 존경을 하려 해도 받을 만한 가치가 없는 상대에게는 아예 존경심이 일어날 리가 없는 것이다.

사랑과 결혼에 대해서는 어떤 철학자라도 이상적인 결론을 내리지 못할 것이다. 그 날카로운 지성의 B. 러셀도 실제에서는 보통 사람보다도 못한 이상한 실수를 한 것으로 알려져 있다.

오히려 보통 사람으로서 사랑의 미로를 헤맨 사람이 현명할 수가 있다. 또한 프롬 식의 인격적 사랑이 정말 가슴에 넘치는 행복감을 줄 수 있는 것인지 의문이다. 그가 말하는 사랑이란 사랑 자체보다 결혼 생활에서의 현명한 처신, 즉 '결혼 관리 요령'을 설파하는 것 같다.

사랑은 알 수 없는 심연이며 이 심연에서 우리는 최고의 감동과 존재의 의미를 발견한다. 여기서 우리는 우선 사랑을 모욕하고 그 가치를 훼손하고 타락시키는 짓은 하지 말았으면 한다. '이것이 사랑이다'라고 자신있게 말은 못 해도 '이것은 사랑이 아니다'라는 부정은 할 수 있을 것이다.

뉴스에서 가장 불쾌하고 어이없는 것은 어떤 의사가 지참금이 적다고 아내를 구타했다느니 이혼했다느니 하는 보도이다. 그 천박함이여! 더구나 먹고 사는 데 문제가 없는 사람들이 그런 짓을 하다니 당사자가 불쌍해 보이기조차 한다. 여자 측도 그런 요구를 내비치는 남자라면 아예 고개를 돌려야 한다.

사랑의 모독 중 또 하나는, 날로 늘어나는 매춘이다. 매춘이나 여성의 상품화 문제는 다음 글에서 더 얘기하겠다.

그동안 결혼의 행복이나 불행을 숱하게 보고서도 아직도 '결혼을 쉽게' 생각하는 분위기가 있다. 외형이나 보고 상대를 결정하는 게 바로 결혼을 쉽게 생각하는 태도이다. 부모들이 흔히 '괜찮은 상대 같은데…' 하고 말했다면 거의 상대의 지위, 가문, 학력, 용모 같은 가시적인 것만 보고 판단한 것이다.

그러나 결혼이란 한집에서 함께 호흡하며 마음과 몸을 교환하며 사는 실존이다. 제3자는 결코 알 수 없는 것이다. 잘 맞을지 삐걱 소리가 날지를. 자기들끼리 오래 사귀면서 몸 전체로 느낌이 오기까지 그것은 신기루일 수밖에 없다. 주변의 평가는 참고자료는 될지언정 결정은 자신이 해야 한다. 그래야 나중에 책임감도 커진다.

우리는 사실 이성에 대해 잘 모른다. 남자는 여자의 심리를 잘 모르고 여자는 남자의 마음을 잘 모른다. 그러나 공통되는 게 있다고 보는데 그것은 상대를 높이 평가하고 싶은 마음이다. 필자는 사랑의 열정은 한쪽의 결핍증세에서 온다는 설을 지지하고 있는데, 이 결핍증세는 자기한테 부족한 것을 충족시키며 어떤 완성을 향해 나아가려는 자기 충족의 소망일 것이다.

그리하여 여자는 백마 탄 왕자를 그리며 남자는 매혹적인 여성을 꿈꾸는 것이다. 우리는 과거 기사와 귀부인의 사랑을 많이 들어왔다. 여기서 귀부인은 높은 지위의 사람, 즉 왕족의 딸이나 영주의 부인을 말하는 것이다. 기사가 같은 계급의 부인이나 서민의 딸에 대해 무릎 꿇고 사랑을 호소하며 손에 입맞추는 얘기를 들어본 적이 있는가.

옛날의 신분시대에는 신분 자체가 매력이었으므로 높은 신분에 존경심을 갖는 것이다. 현대에는 물론 여성의 지적 세련, 균형 잡힌 감성, 매력 있는 육체 등이 남자의 넋을 빼앗을 것이다. 결혼 후라면 알뜰한 주부의 능력이 추가될 것이다.

남자의 경우 백마 탄 왕자는 이미 없으므로 그 상징성에 걸맞는 현대판 왕자님의 모습을 갖추어야 할 텐데 이런 상대를 찾기란 이만저만 어려운 일이 아니다.

여자들은 흔히 성실한 인간성을 들먹이는 데 이 성실하다는 것을 어떻게 보여줄 수 있는가. 그것을 보이려고 노력하는 사람이라면 그는 성실한 사람이 아닐 가능성이 크다. 하긴 성실함은 여자들이 모범답안을 쓰듯 그냥 하는 말일지도 모른다. 그러니 사랑은 불가사의이고 착각 속에 도취하는 게 실체일지도 모른다.

그러나 인생에서 이 착각의 순간마저 없다면 우리의 삶은 얼마나 무미건조할 것인가. 그러니까 심심풀이식 실험은 곤란해도 일단 괜찮아 보인다면 사랑에 빠져 보는 것이 인생의 깊이를 더하는 것이 되지 않을까.

　시인 A. 테니슨은 사랑을 한번도 해보지 않는 것보다 사랑을 하다
가 쓴맛을 보는 게 낫다고 했다. 그러나 사랑을 했다가 쓴잔이 아니
라 독배를 마시는 경우도 있을 터이고, 반대로 죽을 때까지 만족할
만한 상대를 만날 수도 있다. 여하튼 인생이 그렇듯이 사랑에도 우
연과 재수는 피할 수 없는 운명이다.

# 사랑의 육화(肉化)

**1980**년대에 샤론 스톤이 나오는 〈원초적 본능〉이란 영화가 있었다. 본 사람들이 많을 것이다. 샤론의 꼬고 앉은 다리에 정복된 사나이의 파멸이 실감나게 그려진 작품이다. 이 영화에서 남자 주인공이 아침 동틀 무렵 침대에서 일어나 물끄러미 창 밖을 보는 장면이 꽤 길게 나온다. 이 장면은 무엇을 뜻하는 것일까. 아무런 독백도 없다. 창 너머엔 도시의 높은 빌딩만 보인다. 정사 뒤의 허무일까. 왜 허무감이 생길까. 오히려 충만의 미소가 떠올라야 마땅할 터인데.

추측은 이렇다. 그는 완전한 만족을 얻지 못한 것이다. 어딘가 빈 것 같고 빼앗긴 듯하고 모자란 듯하기에 창 밖을 보고 있는 것 같다. 좀더 억측을 해본다면 아무리 현대가 물질만능시대라 해도 남녀관계에서는 영육의 일치에서만 완전한 충족감을 얻는 것이 아닌가 하는 느낌이 드는 것이다.

사실 여자의 경우는 잘 모르지만 남자들의 세계에서는 간혹 이런 심리상태가 화제가 된다. 노골적으로 얘기하기가 뭣해서 그냥 '에이, 뭔가 찜찜해' 하든가 '끝나고 오히려 기분이 나빠져' 한다.

그럼에도 남녀관계는 영육일치보다는 분리 쪽으로 확대되어 가고 있다.

필자는 사랑의 철학자도 전문가도 아니고 또 이들의 현명해 보이는 충고도 좋아하지 않는다. 충고는 기껏해야 인격적 절제론이고, 따라서 현실적인 적합성은 있을지라도 사랑의 문제에서까지 모범이 필요한지 의문이다.

사랑은 지극히 사적이고 인간 내면의 설명할 수 없는 복합적인 욕구이므로 엄청나게 반사회적인 것이 아닌 한 자유의 혼이 만나는 대로 놓아 두었으면 한다. 다만 사랑을 사랑하므로 사랑에 대한 모독은 지적해야 할 의무감 같은 것을 느낀다. 무엇보다 현대사회에서 문제되는 것은 사랑의 육화(肉化)이다.

독자들은 사도 바울의 편지에서 영육에 대해 언급한 것을 알고 있을 것이다. 여기서 신학적 차원에서 영육일체를 거론하는 것은 아니다. 어쨌든 생각하는 자료로서 고린도인에게 보낸 편지의 일부를 읽어보자.

"당신들은 당신의 몸이 그리스도의 지체인 줄 모릅니까. 내가 그리스도의 지체를 떼어내 창녀의 지체로 만들어야 합니까? 결코 그럴 수 없습니다. 누구나 창녀와 결합하는 자는 그녀와 한몸이 된다는 것을 모릅니까. 하나님께서 둘은 한몸이 될지어다라고 말씀하셨습니다."

학자들에 따르면 역사상 영육일체를 강조한 최초의 인물이 바울이라고 한다. 그는 이 편지에서 분명히 알 수 있듯이 인간의 육체가 신의 일부이므로 신성하게 보존해야 한다는 것을 강조한 것이다. 기독교도라면 이 말을 결코 무시하지 못할 것이다.

속인(俗人)의 입장에서는 종교적 규범에서가 아니라 실제에서 이 사도 바울의 말이 자주 회상된다. 세상에서의 지위나 돈 같은 것에 우선 가치를 두는 남녀에게는 해당이 안 되는 얘기이지만 사랑을 행복의 최대조건이라고 생각하는 사람들에게는 정신과 육체 두 가지를 반드시 동일가치로 인정하고 존중해야 후회가 없을 것이다.

남자도 지적, 정서적 성숙과 함께 아름다운 육체를, 여성 역시 마찬가지의 조건을 갖추도록 노력하고, 또 그런 상대를 선택해야 결혼의 즐거움에 도달할 수 있을 것이다. 물론 결혼 자체가 서서히 권태가 발효되는 제도이지만 이것을 최대한 억제시키는 것이 요컨대 영육일치라고 본다.

미국의 배우들은 거의가 이혼의 명수들이다. 그러나 폴 뉴먼과 조앤 우드워드는 '행복한 부부'로 회자되는 사람들인데, 뉴먼이 행복한 결혼의 비결에 대한 질문을 받고 이런 말을 한 적이 있다. "집안의 냉장고에 좋은 음식이 있다면 밖에 나가 외식할 필요가 있습니까?"

폴 뉴먼이 영육일치의 만족을 얻고 있는지 어떤지는 알 수 없다. 그러나 중요한 것은 헐리우드의 그 분방한 자유 속에서 견실한 부부생활을 하고 있다는 것은 영육을 포함한 일상의 모든 것에서 만족을 얻고 있다는 뜻이 아닐까.

평범한 애기로 남자나 여자나 헬스클럽도 자주 다니고 여자라면 옷이나 화장에도 신경쓰는 게 좋다고 말하고 싶다. 그런 것에 비판적인 사람도 있지만 필자는 반대의견을 갖고 있다. 오히려 결혼하고 아이 낳았다고 정신도 해이해진 데다 얼굴은 부시시하고 몸관리도 팽개치면 곤란한 일이다. 남자 역시 뚱보에다 만취한 채 들어와 쓰러져 자기나 한다면 결혼생활에 대한 태만이라고 할 수 있다.

20여 년 전만 해도 여자들이 머리 염색을 하면 말이 많았다. 이것역시 염색한 것이 보기 좋으냐 나쁘냐가 아니라 무조건 변화에 대해 저항하는 폐쇄성에서 나온 반응임은 말할 것도 없다. 그때 어느 자리에선가 "아니 여자들의 머리결이 돼지털같이 뻣뻣하면 좋을 게 뭐요. 염색하고 부드럽게 보여 좋으면 그만이지"라고 말한 기억이 난다.

지금은 화장이나 염색이 너무 지나치다는 느낌을 갖고 있다. 한가지 아닌 다채색까지 나와 머리털이 아름답기보다 징그럽게 보이기도 한다. 그러나 눈에 익지 않았기 때문인지도 모른다. 그래서 느낌은 안 좋지만 이러쿵 저러쿵 코멘트하는 것은 삼가는 게 좋을 것 같다.

다시 영육의 문제로 돌아가 보자. 요즘 누구나 보고 느끼고 있듯이 우리 사회의 성개방 풍조가 가장 저질 쪽으로 변하고 있다. 매춘은 온갖 형태로 번창하고 여성의 육체는 여성과 직접 관련 없는 광고에서도 다반사처럼 눈요기로 등장한다.

성의 개방이 그래도 인격적 측면에서 진행된다면 시대의 변화라든가 풍습의 바뀜이라는 식으로 수용할 수가 있는데, 최근의 추세는 성의 물화(物化) 쪽으로만 진행되고 있는 것이다.

인권·인간주의 시대에 반인간적인 성문화가 번창하는 것을 이대로 방관할 것인가. 청소년 보호라는 차원에서나 생각할 수 있는 문제인가.

일부에서 이런 현상은 서구 문화의 특징으로서 우리가 무비판으로 서구 문화를 수용하기 때문에 생긴 부작용이라고 개탄하고 있다. 틀린 얘기는 아닐 것이다. 그네들은 노예매매에서부터 별의별 것을 다 상품화했으니까 돈이라면 종교심도 저 멀리 간다.

그러나 정신적 차원에서 우리 전통도 무죄는 아니다. 과거에는 기생이나 주막의 작부가 구매대상이었고 양반이나 지주 같은 부호는 첩을 두는 것을 당연시했다. 첩이 없으면 못난 남자로 보였다. 더러는 권장하는 풍조도 있었다. 지난 1950년대엔 6·25 때문에 남편을 잃은 여자들이 많았을 것이다. 그런 조건 때문인지는 몰라도 당시에는 '돈푼이나 있으면서 첩도 하나 안 둔다'며 비난하는 말까지도 들렸다. 마치 첩을 안 두는 남자는 구두쇠처럼 보이기도 했던 것이다.

여자 중 정처(正妻)는 유교적 의례에 따라 안방에 모셔 놓고 일정

한 권한과 권위를 인정했지만 나머지 여성은 남자에게는 그저 물
(物)이었던 것이다. 이런 배경에서 서양의 성의 상품화 문화는 다른
근대문화와는 달리 쉽게 뿌리 내릴 수 있었을 것이다.

하여간 성문화는 하나의 풍습으로 나라마다 서로 이해하기 어려운
측면이 대단히 많다.

일본을 여행한 사람이나 거기서 살다온 사람들은 일본은 서양을 뺨
친다고 혀를 내두른다. 일본에서는 원래 섹스를 윤리나 도덕 아닌 도
락(道樂)의 관점에서 보아왔다. 이것은 태국이나 기타 동남아 국가와
비슷한데 실제 일본은 북쪽과 남쪽에서 유입된 민족으로 구성되어
있으니까 남방적 요소를 많이 갖고 있다.

이렇듯 일본이나 동남아시아에서는 성의 문제를 전혀 다르게 볼
수밖에 없는 것이다. 섹스를 남녀가 서로 도락으로 여기는 전통에서
인권이니 인격이니 문명의 타락이니 하는 차원에서 말할 수 있을까.
그냥 그네들의 풍습이라고 보아 넘길 수밖에 없는 노릇이다.

태국에서는 어린 아들을 즐겁게 해준다고 아버지가 매춘장소에 데
려 가서 놀다오라며 돈을 주는 일까지 흔하다고 한다.

그러나 우리 입장에서는 앞으로 논의가 활발하게 전개되어야겠지
만 여성의 육체가 매매대상이 된다거나 그것을 눈요기로 활용하는
상행위는 인격권이라는 측면에서 간과할 수 없는 문제라고 본다.

성풍습이나 성문화를 넓게 본다면 거의 성에 대해 억압적인 사회
는 정체사회였다는 것도 주목할 만하다. 그리고 그런 정체사회에서
의 성관행은 음성적으로 왜곡되었다. 한편 적극적으로 상대를 쟁취
하고 사랑 자체에 고상한 가치를 부여하는 사회는 거의 역동적인 사
회였다는 것이다.

예컨대 서구 사회에서는 지위나 돈을 희생하고 사랑을 구했다면
칭찬받는다. '위대한 로맨스'라든가 '왕위까지 버린 사랑'이라든가

하는 관용 내지 칭찬이 따른다. 정체성 사회에서는 '치정'일 따름이다. 물론 서구에서도 나라마다 다소의 차이는 있다.

클린턴의 경우는 사랑이라기보다 도착적인 짓이라고 봐야겠지만 르윈스키 사건으로 떠들썩했을 때 프랑스 매스컴은 "미국인은 제 정신이 아니다. 사생활 가지고 웬 야단이냐"고 했다.

사랑에 적극적인 가치를 부여하는 나라들의 특징 가운데 하나는 인격적 차원의 성관계에 대해서는 억제가 적은 대신에 성의 매매에는 엄격하다는 것이다. 특히 신교국가가 심하다. 우리도 이제 이 문제를 심도 있게 논의할 단계가 됐다고 본다. 매춘은 인간성과 분리해서 생각할 수 없다. 성(性)은 격(格)이며 격의 파괴는 인간의 파괴라고 본다. 성을 이용하는 광고행위도 인격의 파괴까지는 아닐지라도 모독임에는 틀림이 없다.

개인적인 생각으로는 이런 인격 파괴, 인격 모독에 대해서는 다른 나라가 어떻게 하든 우리는 엄격주의로 나갔으면 한다. 서울 종암 경찰서 김강자 서장의 조치는 이런 뜻에서 지지하고 싶다. 그 대신에 사랑의 감정에 기초한 관계는 의식이나 제도에서 관용적인 쪽으로 나아가는 게 좋겠다는 것이다. 독자들도 나름으로 생각해 보길 바란다.

# 새로운 한국인, 어머니의 역할

**여**성문제를 얘기할 때는 남성들이 자각할 일, 그리고 여성 자신들이 해야 할 일이 구분되지만 궁극적으로 여성에게 요구하는 게 많아진다. 피해자인 여성에게 주문하는 게 늘어난다는 것은 모순임에 틀림이 없다.

그러나 불가피하게 여성에게 부탁할 일이 생기는데 그것은 육아에서 여성의 역할이 훨씬 크기 때문이다. 과거 공산권에서는 여성의 취업도 강제성까지 있는지라 직장·살림·육아의 3중고를 겪는다는 비명이 있었다. 공산국가는 후진적 전통사회였기 때문에 남자들은 공산주의가 도입되어 평등이 생활의 공식원리가 되어도 여전히 집에 와서는 전통적 가장이 되고 말았다. 소련에서는 남자는 절대 빨래나 청소를 안 하고 술이나 마시면서 큰소리쳤다. 여기에 비하면 우리는 약간은 나은 셈이다.

여성과 육아에 대하여 여기서 강조하고 싶은 것은 아이, 특히 남자 아이의 경우 일반적인 한국 남성의 모형에 맞게 키우는 게 문제라는 것이다. 어머니들이 근대화된 사고를 갖지 않고 무의식적으로 아이를 키우면 그 아이는 커서 여성에게 군림하는 현재의 남자 같은 성품을 가질 수밖에 없다. 최소한 남녀가 인격적으로 동등하며 협력해야 한다는 것, 가사도 나누어서 맡아야 한다는 것 등 기본적인 것은 어릴 때 의식이 굳어져야 한다.

한 예로 남매가 있다고 하자. 남자애가 누나나 동생에게 잔일을 시키고 명령하도록 내버려 둔다거나, 청소를 하라고 엄마가 시키면 다시 여동생이나 누나보고 '이것은 여자가 해야 돼' 하고 말한다면 엄마는 절대 그냥 놔두어서는 안 된다. 어린이는 이유를 대면서 야단치면 겉으론 뾰루퉁해도 속으로 수긍한다. 그리고 한번만 길들이면 오랜 습성이 된다. 학교교육도 중요하지만 현재의 입시틀에서는 아무리 강조해도 별 효과가 없을 것이다.

우리가 해방 직후부터 정부가 지원하고 시민단체가 시민교육을 통해 남녀의 평등에 관한 교육을 대대적으로 했으면 여성의 지위도 상당히 달라졌을 것이다. 지금도 여성단체가 매스컴만을 무대로 하기보다 전국 방방곡곡에서 좌담회, 강연회, 수련회 등을 열어 어머니 교육을 했으면 한다. 이것은 정부 지원을 받아도 부끄러울 것이 없고 지원하는 개인이나 민간단체도 상당히 많을 것으로 추측된다.

대부분의 사람들이 필자의 착각인지는 몰라도 한국 남성 사회의 속성에 대해 오해가 있는 것 같아 언급해 보고자 한다. 그것은 한국 남성이 과연 남성적이냐 여성적이냐 하는 것이다. 앞서 잠깐 살핀 대로 표면적으로 보이는 것과 달리 한국 남성은 마마보이가 탄생하기 이전부터 극히 내면적으로 여성성을 갖고 있다고 본다.

이유는, 용기를 남성적 특징으로 본다면 한국 남성은 표면적으로 거칠고 자기 주장이 강한 것 같지만 오랜 억압구조에서 내적으로 허약해져 자신을 드러낸다든가 희생하는 진정한 용기가 부족하다.

또한 남성적 성향은 보편성을 강조한다. 특수관계 즉, 연고, 가족,

친지 등 작은 집단보다 사회 전체나 인류를 생각하는 성향이 두드러지고 윤리의식에서도 보편주의를 선호하는 특성이 있다. 한국 남성은 이런 측면에서 매우 뒤진다.

대강 이상과 같은 이유로 필자는 한국 남성은 여성적 성향이 강하고, 심하게 말해 청소년적이라고 주장하는 것이다. 그러나 엄밀하게 무엇이 남성적이고 여성적이냐는 쉽게 결론내기 어렵다. 그리고 현재의 여성문화는 전통에 의해 왜곡된 것이 너무 많다.

그러므로 우리는 어차피 아름다운 남성상과 여성상에 대해 새로운 가치관을 갖고 접근할 수밖에 없다. 이런 가치관에 따라 소망으로 말한다면 남성은 이성적이어야 하고, 약자에 대한 의협심이나 정의감이 뚜렷해야 하며 세상을 넓고 길게 보는 시야와 보편적인 가치를 존중하는 개방성이 있어야겠다고 생각한다.

이런 기준에서 여성들은 한국 남성을 어떻게 평가할까. 그들에게 진정한 용기가 있는가, 기사도라고도 할 수 있는 의협심이 있는가, 사회와 인류를 생각하는 넓은 마음과 시야를 갖고 있는가.

필자는 같은 남성으로 매우 부정적인 평가를 하고 있다.

그럼 이런 한국의 남성적 모습이 형성되는 데에 여성은 책임이 없을까. '한국 남자란 그래, 여자 같은 약자에나 군림하려 하고 폭군적이면서 강자에는 꼼짝 못하고, 머리는 잔재주나 부리려 하고…' 이런 식으로 욕이나 하고 끝날 일일까. 하기야 어떤 친구는 IMF 직후 나라형편도 거덜날 지경이라는 패배심리에 영향받아서인지 농담조로 이런 말을 한 적도 있었다.

"앞으로 외국 자본이 많이 몰려와야 해. 그래야 정신도 바뀔 수 있어. 그러나 자칫하다가는 외국놈들에게 여자도 다 뺏길지 몰라. 한국 남자에 무슨 매력이 있나. 거기에다 돈도 없다면 무얼 바랄 게 있겠어."

이 말을 듣고 웃고 말았지만 이런 농담에 어떤 무시 못할 직관이 있다고 느껴졌다. 그 직관이란 한국 남자는 정말 변해야 한다는 어떤 당위성을 이 친구는 별 생각 없이도 말한 것이다.

여성 독자들은 여자들을 대우는 하지 않고 문제가 있을 때는 별의 별 것까지 여자들에게 책임을 씌운다고 불평할 만하다. 부정부패도 주부의 충동질에 책임이 있고, 교육의 정상화에도 치맛바람이 문제라고 하더니, 이제 한국 남자의 못된 모습까지 여자들에게 책임이 있다니 하며 반발하지 모른다.

그러나 가정교육에서는 남자보다 여자의 영향력이 클 수밖에 없다. 아주 어릴 때 어머니는 아이에게 절대적 존재이다. 젊은 어머니들이 유아교육에서 발달심리를 고려한 과학적 관심을 많이 가졌으면 한다. 아무때나 울면 젖을 준다거나 또는 지나치게 통제해서 불만이 쌓일 때 성격에 미치는 영향, 장난감을 사달라고 조를 때 어떻게 대응하느냐 하는 문제 등도 즉흥적으로 판단할 일이 아니다. '오, 그래 그래. 사주마, 내 귀여운 새끼' 한다든가, '안돼, 지난 번 사준 것 벌써 싫증났어' 하면서 아이를 윽박지른다면 좋은 엄마의 태도가 아닐 것이다.

될 수 있으면 알아듣게 설명해 아이도 생각할 여유를 갖게 하고, 작은 일은 스스로 처리하게 하며, 또 일에는 책임이 따른다는 것을 세심히 그러면서 자애로운 분위기 속에서 알게 해주는 것이 중요하다. 아주 어릴 때에도 어린이는 어떤 이미지, 어떤 관념을 갖게 되며 이것은 우리가 몰라서 그렇지 평생의 성격 형성에 기본적인 틀을 제공한다. 이것은 심리학자들이 누누이 강조하는 것이다.

육아에서 신경써야 될 것은 여자 아이에게 재래식의 여성관을 무의식적으로 주입하고 있지 않나 하는 점이다. 여자 아이도 어릴 때에는 개구쟁이처럼 구는 수가 많다. 조금씩 타일러 숙녀답게 자라게 해야지 지나치게 '너는 여자애가 왜 그 모양이냐' 하고 야단치면 아이는 소극적, 수동적인 전통의 여성으로 자랄 수밖에 없다.

특히 남편이란 존재는 대부분 딸에게 여성성을 지나치게 강조하는 버릇이 있는데, 이는 아내가 나서서 남편을 교육할 필요가 있다. 앞에서도 인용했지만 이 문제에 대해서는 보봐르의 《제2의 성》이 고전적 가치가 있는 책이므로 자신도 읽고 남편에게도 읽어 보게 하는 게 좋겠다. 또 지난 몇 년 동안 국내 여성학자들이 쓴 좋은 책도 상당수 있다.

한국의 젊은 여성 가운데는 남자들의 행태를 모방하는 사람도 많다. 거칠게 말하고 무례하게 구는 것을 마치 남성다움이요, 장점인 양 생각하는 태도가 있는 것이다. 이것은 누차 얘기했듯이 전혀 남성다움이 아니며 심하게 말하면 야만스러운 짓일 뿐이다.

그리고 여성은 남성문화를 모방할 필요가 없다고 본다. 최근의 이른바 포스트 모던 여성론자들의 견해대로 여성은 여성답게 성장하되 진정한 여성다움이란 과연 무엇인지를 생각하기 시작한다면 현대 또는 미래 사회에 걸맞는 개성을 갖출 수 있을 것이다.

이렇게 자신을 계발해야 알게 모르게 자녀에게 전달되어 이들 자녀가 새로운 한국인으로 태어날 수 있을 것이다. 가정에서, 특히 어머니가 변하지 않으면 한국인의 잘못된 성향이나 버릇은 한 일본인의 지적대로 백년이 지나도 고쳐지기 어려울 것이다.

# 제7장

# 문명의 틀에서 자신을 본다

- 문명과 계급질서
- 아시아의 전제권력
- 황하문명의 성격
- 동·서양은 왜 달라졌을까
- 저항 없이 자유 없다.
- 과거 추종과 과거 비판

# 문명과 계급질서

이제까지 우리는 한국인의 여러 특성과 그것이 생겨나게 된 배경, 그리고 미래를 위해 어떻게 고쳐 나갈지를 생각해 보았다.

그런데 이제까지의 담론은 대부분 시야를 좁힌 미시적인 관점에서 진행된 것이다.

우리 자신을 좀더 객관적으로 이해하기 위해서는 문명 차원의 거시적 접근이 필요하다.

먼저 먼 시간 여행을 하는 기분으로 초기원시사회, 그리고 이와 유사한 현존하는 원시사회를 들여다 보자.

인류학자들이 알래스카의 원주민에 대해 조사한 것을 보면 사냥이나 고기잡이를 하면서 근근이 살아가는 소규모 부락에서는 개인의 소유물도 적고 일의 분업화도 겨우 남녀나 나이 차이에 따라 이루어진 정도이며, 사람 사이의 계층분화도 안 되어 있다고 한다. 반면에 입지가 좋아 연어를 많이 잡고 곰 사냥도 하며 비교적 풍족하게 살고 있는 인구 수천 명의 종족에는 추장과 부하가 있고, 주민 사이의 계층도 분화되어 있으며, 심지어 노예까지 발견되었다고 한다.

18세기 후반 영국인들이 오스트레일리아에 도착했을 때, 이 넓은 대지에는 불과 30여 만 명의 원주민이 살고 있었다. 이들은 단순한 수렵, 채취생활을 했으며, 집단 규모는 작은 것은 수십 명, 큰 것은 수백 명으로 이루어졌고, 이들 집단은 대체로 정기적으로 모여 축제를 열거나 결혼식을 올리거나 분쟁을 조정하곤 했다.

그런데 이들 원주민은 개인의 소유물로는 생존에 필요한 최소한의 것만 있었으며, 사회적 계층 차이(불평등)도 거의 없었다고 한다. 필요한 최소한의 권위만 추장에게 주어졌다고 백인들은 기록해 놓았다. 이들 원주민(애버리진)에게는 적어도 사회계급이니 권력과 지배니 하는 인위적 족쇄가 없었다는 점에서 루소가 꿈꾸었던 이상사회였을 것이다.

사실 이런 로맨틱한 공동체는 오늘의 원시부족뿐만 아니라, 원시사회 또는 문명사회의 초기단계에서는 보편적인 현상이었을 것이다.

우선 추론을 해보자. 자연은 거의 무한대이고 인구는 적어 사람끼리의 경쟁보다 협력이 절실한 시기에 권력과 지배의 질서가 필요했을까. 그냥 사이좋게 지내면 그만이었고 간혹 분쟁이 생기면 씨족이나 마을 사람들이 모여 조정할 수 있었을 것이다. 재산이라고 해봐야 별것이 없고 약간의 잉여물이 있어도 보관할 기술이 없는 상태에서는 재산이 될 수 없는 것이다. 그러니 재산을 지키기 위한 규제도 필요없었을 것이다.

실제로 중국의 고대 전설상의 지도자들이 스스로 밭을 갈고 백성과 섞여 살았다는 것이 성인정치를 미화하기 위한 후대의 기록만은 아닐 것이다. 시대 자체가 그러했던 것이다. 로마에서도 공화정 이전 초기 전설시대에 왕이 마을에서 움막 같은 집을 짓고 마을 사람과 섞여 살았으며 스스로 가축을 기르고 농사를 지었다고 후대 역사가들이 기록하고 있다.

왕이란 칭호도 사실은 후대의 명명(命名)이고 기껏해야 씨족장이나 마을의 연장자로서 지도자격에 불과했을 것이다. 다만 로마의 경우 트로이 멸망 후 피난 온·에네아스 일행이 나라를 세운 게 사실(史實)이라고 한다면, 왕들이 마을 사람과 동거했다는 기술은 맞지 않는 얘기이다. 트로이에는 이미 궁성이 있었고, 강력한 지배세력이 존재했는데, 이들 에네아스 일행이 이탈리아에 왔다고 달라질 리는 없는 것이다. 정복자로서 군림했을 것이다.

우리의 경우도 신라 건국 초창기에 화백(和白)제도라는 것이 있어서 족장들이 모여 민주적으로 공동 관심사를 처리했다고 기록되어 있다. 고구려에서도 5부족의 족장들이 국가의 중대사를 논의했으며 왕은 그것을 존중했다고 한다. 이런 기록을 갖고 한국에도 이미 고대에 민주적 경험이 있었다고 말하면서 아쉬운 표정을 짓는 사람들이 많다.

그러나 정확히 알아둘 것은 세계 어느 곳에서나 초기 원시공동체적 사회에서는 그런 관행이 보편적이었다는 것이다. 앞서 말한 대로 지킬 것이 없고 싸울 것이 없는데 강력한 권력이니 지배니 하는 것이 생겨날 리 없는 것이다. 그러나 시간의 흐름에 따라 목가적 시대는 끝나게 마련이다.

인구가 늘고 채취경제에서 재배 또는 목축으로 발전되면서 사정이 바뀌기 시작한 것이다. 부족 간의 전쟁도 일어나 노예도 생긴다. 이렇게 되면 지도자가 없어서는 안 된다.

원시사회 최초의 지도자는 자연의 두려움을 완화시켜 주고 종족의 단결을 꾀하는 주술적 존재였다. 우리 역사에서 단군이 샤먼적 존재였다는 것은 거의 정설로 되어 있다.

샤머니즘 연구에서 금자탑을 이룬 멜리시아 엘리아데는 《샤머니즘》에서 이렇게 적어 놓고 있다. "사람들은 자기네 동아리 중 누군가가 보이지 않는 세계가 일으킬 두려운 상황에서 자신을 지켜줄 것이라고 믿었다. 자기네 가운데서 보이지 않는 것을 볼 수 있고 초자연적 세계의 정보를 중계해 줄 만한 사람이 있다는 것은 아주 마음 놓이고 푸근한 일이 아닐 수 없다."

샤머니즘은 북아시아에서 번성했다지만 그렇다고 지역적으로 한정된 것은 아니었다. 전세계에 거의 보편적인 현상이었다. 그것은 원시인이나 고대인은 어디에 살건 자연에 대한 공포, 죽은 뒤의 걱정, 어떤 악령의 심술에 대한 피해의식을 심각하게 갖고 있었기 때문이다. 샤머니즘은 사실 아직도 고등종교 의식 속에 그 편린이 보이기도 한다. 우리의 경우, 특히 샤머니즘의 영향이 크다. 어떤 학자들은 '한국인의 영원한 종교가 무속'이라고까지 말한다. 실제 점쟁이를 포함해 전국의 무속인 수는 놀랍게도 어떤 고등종교의 성직자 수보다 많다.

원시사회의 규모가 커지고 복잡해지면서, 또 대외적으로는 전쟁상태가 생김으로써 더 현실적인 지도자가 영적 지도자의 자리를 대신하는 경향이 늘어났다. 인도의 브라만처럼 왕족을 능가하는 사제(司祭)계층이 존속하기도 했지만 그것은 예외적인 현상이다. 한편 사람들의 지적 수준도 높아지고 잉여생산물의 저장방식 같은 기술진보도 이루어짐으로써 울타리가 생겨났다.

집, 농지, 목장에 경계가 생기고, 마음속에도 울타리가 쳐지기 시작한 것이다. 권력이 커지고 부의 차등화도 생기기 시작했다. 근대 자유주의 정치사상가 존 로크는 자연상태의 붕괴가 계층구조를 발생시켰다고 소상히 언급하고 있다. 물론 원시 또는 고대 사회에 대한 실증적 연구는 300여 년 전의 로크보다 오늘날의 인류학자나 고고학자들이 훨씬 정확히 알고 있지만, 로크가 밝힌 자연상태는 폭력적 지배권력이 자연적 질서가 아니라는 것을, 그래서 정당성이 있을 수 없다는 것을 증명하기 위한 논지로서 제시한 것이다. 그로부터 100여 년 후의 루소는 더 감성적으로 접근해서 양심 있는 사람으로 하여금 문명 그 자체에 혐오감까지 갖게 했던 것이다. 로크나 루소의 저작이 미국혁명, 프랑스혁명, 그리고 얼마전의 남미혁명에까지 얼마나 큰 영향을 주었는가는 우리가 잘 알고 있다.

동양에서는 거대한 토지와 치수 문제, 그리고 많은 인구 때문에 지배권력과 그 이데올로기는 일찍 등장했다. 그리고 불행한 것은 그것이 동요 없이 수천 년 지속되어 온 것이다. 곧 동·서양을 비교해 가면서 권위주의를 살펴보겠지만, 여기서는 동·서양을 막론하고 소규모 원시사회가 대규모 사회로 발전하면서, 그래서 이른바 문명이란 것이 탄생하면서 사회의 하이어러키(계층구조)가 필연적으로 생기고, 그것을 유지하기 위한 이데올로기와 폭력 질서가 소수의 이익, 다수의 희생을 결과하면서 수립되었다는 것을 기억해 두자.

그리고 지배질서는 가장 오래된 사회조직이고 자연의 결합체인 가족에서 비롯했다는 것도 알아두어야겠다. 인간은 영장류 가운데서 가장 긴 세월 동안 무력한 어린 시절을 보낸다. 따라서 부모의 애정과 보살핌도 가장 길게 계속된다. 여기서 필연적으로 친권(親權)의 개념이 생기고 그것을 정당화시켜 준다. 친권은 남성 우위가 두드러지면서 가부장권으로 정착되었다. 집안의 아버지가 지배자가 되는 것이다. 아직도 일부 오지에서 모계사회의 유풍이 있지만 부권이 일반적인 현상이다.

국가의 통치자는 이 자연스런 친권을 빌려 국가사회의 지배원리를 설명해 왔다. 한자 문화권에서 쓰는 국가(國家)라는 단어 자체도 가(家)에서 보듯 나라는 가정의 연장이라는 관념의 표현이다. 그리스어의 Pater, 라틴어의 Patres가 모두 아버지 또는 가장이라는 뜻인데, 이것이 조금씩 확대되어 귀족이나 국가의 뜻으로 쓰이게 되었다. 초기 기독교에서도 교회 지도자는 Patriarch로 불리었는데, 이 말은 아버지와 지배를 뜻하는 합성어이다. 지금 우리가 쓰는 신부(神父)도 같은 발상에서 나왔을 것이다.

서양에서 근대의 절대군주가 가부장적 논리로 지배권을 정당화하려고 한 것은 우리가 교과서에서 다 배운 것과 같다. 그들은 이것만으로 부족하다 싶으면 모든 권위는 하나님이 주신 것이라고 주장했다. 사도 바울이 한 말 '세상의 모든 권력은 하나님이 주신 것'이라는 표현은 군주들이 악용하는 데 안성맞춤이었다.

하나님이 주신 권력이라면 그만큼 신성한 것이므로 평화와 정의를 위해 써야 할 것인데 사실은 그 반대였다. 루소는 권력을 하나님께서 주신 것이라면 질병도 하나님이 주신 것이다. 따라서 병이 들면 의사를 부르듯, 정당하지 못한 권력은 민중이 퇴치하는 게 옳다고 저항권을 주장했다.

동양 사회의 경우, 가부장과 국가의 지배자 사이의 연결 관념은 서양보다 훨씬 철저했다. 가족에게서 가부장이 절대지배자인 것처럼 왕은 절대권력을 갖는 게 당연하다는 관념이 최근까지 지속되었다. 이 관념의 표현이 효(孝)와 충(忠)이다. 가부장 지배가 흔들리면 국가사회 전체가 환란에 빠지게 된다는 논리로써 불효는 엄격한 처벌을 받았고, 극악한 패륜이 되었다. 물론 이 절대관념의 효는 자녀의 무조건 복종을 의미하는 것이었다.

가정에서 아버지의 권위주의는 그래도 애정과 보호 본능이 전제가 되므로 자녀에 수탈적인 성격을 띨 수가 없다. 결과로서 자녀의 재능 발달을 저해한 것은 사실이지만 그것은 의도적인 것은 아니다. 그러나 대규모 조직사회인 국가의 지배자는 아버지와 같을 수가 없는 것이다. 실제로 아버지 같은 왕은 극소수였고 약탈자로서의 왕이 대부분이었다. 물론 수탈적인 왕은 소수 지배세력의 기득권을 보호하기 위한 방패이기도 했다.

　권위주의의 파괴가 시작된 것은 서양에서는 르네상스로 일컬어지는 '인간각성'의 시대였다. 교황과 사제계급에 대한 비판, 종교개혁, 그리고 좀 늦게 세속권력에 대한 저항이 시작된 것이다.

　여기서 완고한 보수세력과 새로운 신흥계급 사이의 충돌이 불가피했다. 영국에서는 청교도혁명과 명예혁명, 그리고 프랑스에서는 그 유명한 대혁명이 권위주의 타도의 분수령이 되었다. 동양권에서는 서양 사조의 영향을 받아 겨우 인권 관념이 싹트기 시작했지만 워낙 권위주의가 확고했으므로 현재까지도 진정한 민주국가가 있는지에 대해 의문을 품고 있다. 이제 유럽보다 아시아 쪽에서 권위주의가 강력해진 사연을 살펴보자.

# 아시아의 전제권력

**알**다시피 문명의 발상지는 모두 아시아와 아프리카에 있었다. 종교를 보면 기독교는 팔레스타인에서, 이슬람은 아라비아 반도에서, 불교는 인도에서, 그리고 종교의 범주에 넣는다면 유교는 중국에서 생겨났다. 세계인이 쓰는 문자 역시 유럽에서 생겨난 것은 없다. 그런데 지금은 어떤가. 아시아는 조숙, 조로해서 거의 죽을 지경까지 갔다가 겨우 몸부림을 치게 되었고, 유럽과 미국은 대기만성형으로 뒤늦게 눈을 떠서 거인이 되었다.

이렇듯 고대에는 아시아 대륙 쪽이 훨씬 우세했다. 자연조건이 좋았기 때문이었다. 그야말로 '빛은 동방에서'였다. 그리고 500여 년 전 서양에서 르네상스가 일기 이전까지만 해도 동양 쪽이 전반적으로 우위에 있었다는 것을 문명사가들은 인정하고 있다. 마라톤에 비유하면 처음 빨리 달린 자가 미리 지쳐 결국 뒤쳐진 꼴이다. 하지만 인류가 곧 멸망하지 않는다면 마라톤 경주는 아직 끝나지 않았다.

문명발상지를 하나씩 살펴보자. 이집트 문명을 '나일의 선물'이라고 한 말은 누구나 기억할 것이다. 이집트의 경우 최근의 연구로는 그 문명이 사하라 사막에서 시작되었다는 주장도 있다. 사하라의 동굴 그림 등으로 미루어 그렇게 추측하는 것인데, 이런 주장의 근거는 5, 6천년 전이나 이전에 사하라는 사막이 아니고 초원과 삼림이 있는 살기 좋은 지역이었다는 것이다. 동굴 그림에 나타난 사냥 모습에서 사슴 같은 동물이 보이는 것이 그것을 증명하고 있다는 것이다.

동굴 그림에는 알 수 없는 기하학적 도형도 많이 나타나는데, 상상을 좋아하는 사람은 '외계인 흔적'이라고도 한다. 어쨌든 이집트는 빨리 중앙집권국가를 완성했다. 왕 파라오는 신격화되었고, 관료조직은 치밀했으며, 민중을 채찍과 종교로 얽매어 놓았다. 그러나 이런 경직된 국가, 사회는 곧 정체되게 마련이어서 타락과 부패가 사회를 뒤덮게 된다.

이집트는 기원전 12세기에 람세스 3세를 전환점으로 급속히 몰락의 길을 걸었다. 용병으로 지탱하다가 그들에게 정권을 빼앗기며 혼란을 겪다가 페르시아에 의해 속주로 전락하면서 파라오의 이집트는 사라졌다. 그 후 알렉산더 대왕에 의해 프톨레마이오스 왕조가 세워져 지중해 문명을 흡수한다. 유명한 클레오파트라는 이 왕조의 마지막 여왕이었음을 우리는 잘 알고 있다.

고고학자나 역사학자들은 이집트에 앞서 최초의 문명을 이룩한 종족을 메소포타미아에 침입한 슈메르인이라고 한다. 이들이 문자(쐐기문자)도 만들어 점토판에 기록했다. 19세기 말 대영박물관의 J. 스미스란 사람이 우연히 점토조각을 발견해 고심참담한 노력 끝에 글자를 해독했다. 영국인들은 크게 흥분해 그를 현지에 파견해 발굴조사를 하게 했다. 조사는 성공적으로 진행되어 인류 최초의 서사시라는 〈길가메쉬〉도 찾아냈다.

스미스와 그 후 학자들의 지속적인 노력으로 우리는 〈구약성서〉에 나오는 이야기의 원형도 알 수 있게 되었던 것이다. 하늘과 땅이 신

에 의해 갈라졌으며, 여자는 남자의 늑골로 만들어진 것, 그리고 대
홍수의 이야기도 점토판에 기록되어 있다.


　형제여 어디가 아픈가.
　늑골이 아프다.
　그대를 위해 여신 닝티를 낳아 주겠다.


　슈메르어로 닝티의 뜻은 '늑골의 여인'이라는 것이다.(닝은 여자,
티는 늑골) 서사시 〈길가메쉬〉는 장수(長壽)하는 신령스런 풀을 구
한 길가메쉬가 목욕을 하다가 뱀에게 풀을 도적 맞고 허무를 느낀다
는 매우 인간적인 얘기를 담고 있지만 그 중에 홍수에 관한 기록도
있다.
　신들이 홍수를 일으키려 하자 어떤 신이 한 사람에게 알려 주었다.
"집을 부수고 배를 만들라. 재물을 생각지 말고 너의 목숨을 구하라.
모든 생물의 종자를 배에 실어라." 이어 여섯 낮과 밤, 7일째 비둘기
를 띄운 것, 그리고 까마귀를 날려 보냈을 때 돌아오지 않은 얘기 등
이 실려 있다. 그러나 이 점토판의 해독으로 스미스가 갈릴레오처럼
되지는 않았다. 다만 현지 발굴조사 도중 말라리아에 걸려 36세의 나
이로 죽었다.
　메소포타미아에서 나일 유역까지를 '비옥한 초승달'(fertile crescent)
이라고 부른다. 산악과 사막에 둘러싸인 비옥한 지대에 대해 미국의
R. 브레이우드라는 고고학자가 붙인 이름이다. 이 지역은 사람이 살
기 좋은 초승달 모양의 비옥한 지역이어서 쟁투가 빈번했다.
　아놀드 토인비는 도전과 응전이라는 시각으로 이 지역을 설명한
바 있다. 지금도 팔레스타인과 키프로스에서 분쟁이 심하다.
　이 지역에서 지배는 일찍 권위주의 형태를 취했다. 바벨탑으로 유

명한 바그다드 근처의 바빌로니아에서는 대체로 신정(神政)이 실시되었다. 점토판 기록에 '왕권이 하늘에서 내려왔다'는 글도 있다. 왕권의 권위를, 그리고 신과의 연결을 상징하는 수십 개의 계층식 신전도 세워졌다. 이 신전 또는 탑의 하나가 바벨탑이다.(바벨이란 '신의 문'이라는 뜻)

이 지역에서의 무덤은 왕권이 얼마나 강력했었나를 잘 보여준다. 그리고 왕들의 비명에는 운하, 제방, 저수지 등의 준공을 치하하고 적을 물리친 공적이 적혀 있었다.

인도의 경우 주로 아리안의 침입과 〈베다〉로 고대사를 얘기했으며, 그 이전의 인더스 문명은 다른 지역에 비해 늦게 알려졌다. 인더스 문명의 유적은 1850년대 영국인이 철도공사를 하다가 발견했지만 1920년대에야 본격적인 발굴과 연구가 시작되었다. 이곳에서는 1999년 봄에도 점토판 문자가 발견되었으나 여전히 해독을 못하고 있다. 이 지역의 정연한 도시계획이나 거대한 구조물 흔적으로 보아 강력한 중앙집권적 정부가 있었을 것으로 학자들은 추측하고 있다.

인도의 그 철저한 수직질서는 기원전 15세기경 유목민족인 아리안족의 침입으로 시작되었다. 이란계로 보이는 이 종족은 인더스강 상류의 편잡 지방에 나타나 '피부색이 검고 코가 없는 악마'라며 토착인들을 정복해 노예로 삼고 그 과정에서 카스트를 만들어냈다.

카스트의 최상층에 브라만(성직계급)이 있고, 오직 이들만이 베다(지식의 뜻)를 배울 수 있었다. 인도에서 이 같은 신의(神意)를 빌린 강력한 통치와 권위주의 문화는 너무나 민중의 의식 속에 깊이 파고들어 인간의 평등을 내세운 불교도 잠시 흥륭했을 뿐 그 대지에서 뿌리를 내리지 못했다. 인도의 계급질서는 2차대전 후에야 법적으로 무효가 되었지만 아직도 생활관습으로나 문화의식상으로 엄연히 남아 있다. 카스트에 끼지도 못하는 불가촉 천민이 5, 6천만 명이나 된다고 한다. 1999년 12월에도 불가촉 천민의 남자가 브라만 계급의 여성을 사랑했다 해서 피살되었다.

한국의 여행자들이 인도를 보면서 그 불가해한 삶의 태도, 영혼에 대한 집념, 내세에 대한 생각, 평안에 깊은 인상을 받고 있다.

그러나 인도인의 정신구조가 지배체제와 어떤 연관성이 있는지도 함께 살폈으면 한다. 천대와 가난이 그들에게 심각한 것이 아니다 해서 그들이 진정 계발된 정신을 갖고 그렇게 생각하고 있는 것일까. 단순히 주입된 허위의식으로 그렇게 받아들였을 뿐인가.

인도의 문맹률은 파키스탄과 함께 지금도 아시아에서 가장 높은 수준이다. 종교가 의식과 생활을 전적으로 지배하고 있는 곳에서는 그 문화를 순수하게 평가하는 태도에 문제가 있다고 본다. 다수의 민중이 깨어 있는 상태에서 선택한 종교라면 시비할 근거가 없지만 그것이 주입된 것에 불과하다면 다른 시각에서 볼 필요가 있다.

# 황하문명의 성격

중국이란 나라는 알다시피 대륙의 크기에 13억이라는 세계 최대의 인구를 가진 나라이다. 과거 우리의 정신문화에 가장 큰 영향을 준 이른바 중화문화권의 중심이다. 황하 중류에서 일기 시작한 문화는 춘추전국시대에 가장 활력 있는 사상의 터전을 이루었다.

이른바 제자백가(諸子百家)의 여러 사상과 이론, 전략 등이 정치 사회적 혼란을 배경으로 요란하게 경쟁했던 것이다. 이어 한대(漢代)에는 불교가 유입되었고, 나중에는 이슬람이나 기독교의 일파인 경교(景敎)도 각각 작은 자리를 차지했다. 춘추전국시대의 사상적 난만(爛漫) 속에서 최후의 승리는 공자와 맹자를 주축으로 한 유학이 차지했다.

유학은 진의 시황제 때 배격받기도 했으나 그것은 아주 짧은 기간이었고, 그 후 2천여 년간 중국의 지배적 이데올로기로 군림했다. 공맹의 유교사상이 승리한 이유는 어디에 있을까. 유교의 공과(功過)는 무엇인가. 원시공동체 이후 중국을 일관하게 지배해 온 수직의 사회체계와 유교윤리는 어떤 관련성이 있을까.

공맹사상의 핵심은 어렵게 볼 것이 없다. 흔히 인용하는 논어의 "君君臣臣父父子子"(왕은 왕답게 신하는 신하답게…)로 요약할 수 있다. 계층사회라는 것을 전제하고 각자가 그 위치에 걸맞게 행동하자는 것이다. 각론에 들어가면 군(君)은 인(仁)과 덕(德)으로, 신하는 충(忠)으로, 부(父)는 자애로, 그리고 자(子)는 효(孝)로 그 본분을 다 하면 사회의 안녕과 질서가 확립된다는 사상이다.

사서오경(四書五經)으로 대변되는 공맹의 유학은 거대한 황제의 나라 중국을 실질적으로 상징하는 한 제국에서 정학(正學)으로 채택되었다. 한의 전성기를 이룩한 무제(武帝)는 고조(高祖) 때부터 골치아팠던 공신과 제후의 세력을 꺾고 중앙집권을 완성한 바탕 위에 제위에 올라 바야흐로 밖으로는 팽창을, 안으로는 문치(文治)를 꾀하고 있었다. 그는 천하에 정치와 학문의 도(道)를 물었다. 이때 동중서가 건의했다.

"오늘날 도(道)가 다르고 영(令)이 다르고 방(方)이 다릅니다. 그러므로 통(統)을 유지할 수가 없습니다. 이제 육예(六藝)의 학과 공자의 학문이 아닌 것은 길을 끊어야 합니다. 사벽(邪辟;나쁘고 치우친 것)의 제설이 끊어져야 기율이 서고 법도가 밝아져 백성이 복종을 하게 될 것입니다."

이 같은 내용의 동중서의 상주(上奏)는 무제의 마음에 들었다. 그의 마음에 든 것도, 대부분의 사대부가 동의한 것도, 그리고 백성들이 지당하다고 여긴 것도 사실은 자연스런 추세였을 것이다. 왜냐하면 거대한 농경사회가 안정되기 위해서는 황제를 정점으로 한 피라미드 식의 수직조직과 이를 지탱하는 정신적 지주로 유학이 아주 잘 어울렸던 것이다. 춘추전국시대의 수다한 사상과 제후(諸侯)의 경쟁 대립은 결국 천하대란으로 이어져 위도 아래도 피곤하기만 했던 것이다.

이제 유학은 관리의 필수학문인 관학(官學)이 되었고, 유학을 떠받든 한나라는 대외팽창의 덕으로 문화수출까지 하게 되었다.

한나라는 중국 자체를 의미하게 되었고, 오늘날도 우리는 중국 글자를 한문, 중국 의학을 한(漢)의학이라고 부른다. 그리고 이후 유학은 2천여 년간 지배적 사상과 학문으로 군림했다.

신유학이니 주자학이니 양명학이니 하면서 여러 가지가 나왔지만 공맹의 기본사상에서 벗어난 것은 아무것도 없었다. 그것에 첨삭하거나 강조점을 달리하는 정도였다. 심지어 청말(淸末) 변법자강(變法自强) 운동의 강유위(康有爲)까지도 서구제도의 도입을 주장하면서 민(民)을 위한 정치의 연원을 공자의 대동(大同)사상에서 찾고 맹자를 인용해 가면서 설명을 붙였다. 이렇게 해야만 설득력이 있고 중화의 자존심이 상하지 않는다고 생각했던 것이다.

중국의 정치사상은 한마디로 기존 질서의 유지를 위한 통치자의 덕을 강조하는 것이었다. 그것 자체로는 훌륭한 이데올로기이지만 문제는 견제받지 않는 권력이 피지배계층의 이익을 도모하는 정치가 가능하냐 하는 것이다.

공자는 인(仁)을 강조했다. 중국 학자들에 따르면 춘추(春秋) 이전에는 이 글자가 보이지도 않는다는 것이다. 춘추 이전에도 있을 수 있겠으나 거의 쓰이지 않았다는 증거이기도 하다.

인의 뜻에 대한 개념 정리는 없지만 간접적인 표현은 많다. "자기가 서고자 할 때 타인도 서게 하며, 자기가 도달하고자 할 때 남도 도달하게 한다", "극기복례(克己復禮)가 인이다", "인자는 어려운 일을 먼저하고 얻는 것은 뒤로 한다"는 등의 설명이 있다.

이런 말에서 느낄 수 있듯이 인은 매우 이타적인 마음가짐과 행위이다. 그러므로 공자 자신이 '인은 행하기 어렵다'거나 '마음속 깊이 인을 좋아하는 사람을 본 적이 없다'는 말까지 했다. 인을 행함이 어렵거늘 어찌 절대권력을 가진 사람이 이것을 실천하랴. 중국의 장구한 역사에서 명군(名君)은 상당수 있었지만 민(民)을 위해 자신을 바친 황제는 있었던가. 공자가 등장하기 이전 원시 전설시대에는 시대의 성격상 공자의 지적대로 성인 같은 군왕이 있었을 것이다.

《맹자》 양혜왕 편에 나오는 군왕 방벌(放伐) 얘기가 혁명론으로 거론되기도 하지만, 이것 역시 천명을 거역한 군왕은 내쫓아도 된다는 과거의 예를 상기시키며 역성혁명을 정당화했을 뿐 피지배계층의 권력장악을 용인한 것은 아니다.

결국 중국 고대의 사상은 권위주의 질서를 지킴으로써 '사회의 안정'에 기여했다. 그러나 이 안정은 변화와 진보를 거부한 정체와 동의어이기도 했다.

중국이 서양세력에 의해 망신당하고 땅을 빼앗기기 시작한 것은 청말(淸末)이다. 잠자는 사자의 콧등이 깨진 것은 불과 1,500여 명의 영국 군대에 의해서였고, 잠자는 사자가 아니라 죽은 사자로 확인된 것은 청일전쟁이었다. 이로써 망국(亡國)의 지경에 이르른 것이다.

중국의 일부 정치인이나 지식인들은 이제 중국문화를 기본으로 해서 서구의 기계문명을 흡수한다는 이른바 중체서용(中體西用)에서 '그것으로는 안 된다'는 두 번째 각성을 하게 되었다.

서양의 공장을 모방해 만든 무기·직포·도자기 등 공기업이 부패한 경영자나 관료에 의해 제대로 운영되지도 않았다. 신해혁명 뒤에는 또다시 원세개에 의해 복벽(復僻) 움직임까지 일어나고, 재래의 충효를 강조하는가 하면 존공(尊公) 제천(祭天)의 행사도 벌어졌다.

이때 전반적인 서구화, 반전통주의의 기치를 선명히 내세운 이들이 진독수, 호적, 이대조, 노신 등이다. 이들의 운동은 5·4신문화운동이었다. 정치적 투쟁보다도 문화·사상의 혁명이 더 중요하다는 것을 이들 지식인은 깨달은 것이다. 그리고 이때부터 일부 지식계층 아닌 민중의 의식도 충효를 근간으로 하는 전통의 권위주의 사고에서 조금씩 벗어나기 시작했다. 당시 어떤 학생의 고백으로는 "공맹을 비판하는 선생님의 말을 듣고 벼락이 떨어지는 것처럼 놀랐다"고 했다.

이들 신문화운동의 주역들 가운데 가장 격렬하게 전통사상을 비판한 사람은 진독수였다. 상당수 지식인들이 중국의 고전에 나타나는 민본(民本)을 민주주의와 유사한 것이라고 보거나 그것에서 근대 민주주의의 뿌리를 찾아보려고 했지만 그는 이런 시도에 쐐기를 박았다.

"백성이 귀하고, 사직은 둘째이며, 군은 가벼운 것이다", "민은 나라의 바탕이다"라는 좋은 말도 민을 주체로, 민에 의한 정치는 아니며 근대 민주주의와는 같은 것이 아니라고 그는 천명했다. 그는 "옛날의 민본주의를 현대의 민주주의라고 말하는 것은 말가죽을 호랑이 가죽이라고 속이는 것이다"라고 했다.

5·4신문화운동은 이후 중국의 정치사상에서 두 가지 방향으로 계승되었다. 그것은 오늘의 대륙과 대만으로 표현된다. 그러나 어느 쪽도 실질적 의미에서 민에 의한 통치는 수용하지 않았다. 한쪽은 국민당에 의해, 다른 한쪽은 공산당의 독재가 시작되었다. 호의적으로 보아 전쟁과 내란과정에서 일당지배 외에는 선택의 여지가 없었다고 볼 수도 있으나 중국의 지식인들 자신이 민의 역량이 민주시민으로서 터무니없이 부족하다는 것을 잘 알고 있었을 것이다.

강력한 지배력 없이는 민족이고 국가고 유지할 수 없다는 역사의 교훈이 강박관념이 되었을지도 모른다. 그러나 뒤늦게라도 양쪽 모두 자유화의 길로 나섰다. 국민당 쪽이 앞섰지만……

현재의 중국이 어느 정도의 속도로 탈권위주의에 나설지는 예측하기 어렵다. 그 제일보는 물론 공산당 외의 정당을 용인하는 것이 될 것이다. 부분적인 재산 사유화에 이어 다당체제가 된다면 외형적으로는 권위주의 정치체제를 탈피하는 것이다.

그러나 사회 전반에 걸쳐 탈권위주의는 수십 년의 세월을 요할 것이다. 그러나 현실은 현실인 것이다. 아무런 민주적 질서에 대한 훈련이 없는 나라에서 갑작스런 민주화가 초래할 혼란은 해방 후로부터 얼마 전까지 우리가 겪었고, 현재의 러시아가 경험하고 있다. 어느 정도의 개선이 적당한 수준인가. 이는 밖에서 보는 것과 안에서 느끼는 것이 다를 것이다. 중국 지도자들은 전통적으로 천하대란이 무엇을 의미하는지 잘 알고 있다. 그것은 자체 혼란에 이은 외족의 침입이었다.

중국에 공산정권이 들어선 이후 수천 년 동안 지속된 민중에 대한 수탈은 없어졌다. 이 가운데 농민층이 가장 큰 혜택을 받았다. 그러나 전제왕권 대신에 들어선 공산정권은 돈과 영리와 개인의 자유를 무시했다. 그 결과 민중의 수탈자는 제거되었지만 민중의 삶의 수준 향상은 등소평 이후에나 실현되었다.

이제 장구한 중국의 역사를 진보의 시각에서 정리해 보자.

한마디로 중국의 변화는 오직 표면적이었다. 대략 200, 300년마다 바뀌는 왕조의 교체가 그것이다. 중국에서 서민 출신인 한의 유방(劉邦)이 황제에 오른 후, 왕후 장상의 씨가 따로 없다는 말은 일반적으로 수긍이 되었다. 따라서 하나의 왕조가 들어선 후 초기의 긴장이 이완되면 민란이나 군의 반란이 이어지고 여기서 혼란중에 승자가 제위에 오른다. 제위다툼이 극심할 때에는 수십 개의 왕조가 들어섰고, 짧게는 3, 4년, 길어야 수십 년 만에 망하는 작은 나라도 수두룩했다. 이런 격변 속에서 민은 혼란의 단초를 제공하기는 했으나 어떤 경우에도 민중 스스로의 정권, 즉 공화정을 세운 적은 없었다.

명(明)의 주원장은 서민 출신에 홍건적 틈에서 입신했으나 나중에 동료 홍건적을 기습해 섬멸하고 유생들과 손잡았다. 민중의 고난을 뼈아파했다는 태평천국의 홍수전도 제위에 올랐다. 중국 역사상 최고의 명신이요 현신이라는 제갈량도 민에 의한 정권은 상상도 못해 유비한테 제위에 오르라고 권유했다.

　이런 상황에서 백성이 시민계급으로 성장하는 것은 불가능하다. 경제 분야에서라도 상공 계층이 성장했다면 정치문화도 바뀔 가능성이 있지만, 중국에서의 상행위는 정신적으로 천시되었고, 실제로 억제되었다. 그래서 막스 베버의 지적대로 중국의 자본주의는 싹이 자라다가 잘리고 만 꼴이 되었다.

# 동·서양은 왜 달라졌을까

우리는 앞에서 문명은 큰 강을 낀 살기 좋은 곳에서 생겨났음을 살펴보았다. 그리고 문명발상지에서 강력한 지배구조가 하늘의 위세를 빌려 또는 가부장적 권위에 의탁해 생겨났음을 살펴보았다. 이 책의 근본 취지는 역사나 정치학적 접근을 통해 어떤 지식을 축적하자는 것이 아니다. 다만 정신문화의 형성과정을 알기 위해서는 이런 방법이 꼭 필요하기에 언급했을 뿐이다.

그동안 우리는 너무나 독선에 빠져 있었다. 다시 말하면 어떤 외형적이거나 내적인 현상을 한가지 이유로 명쾌하게 논증하려는 도그마에 젖어 있었다는 것이다. 예컨대 어떤 사람은 종교로서, 어떤 사람은 인종적 우수성으로, 어떤 사람은 경제로서, 어떤 사람은 영웅이나 천재로 설명하려 한 것이다. 물론 특정 시기의 특정 현상을 설명하는 데 가장 큰 영향을 준 요인은 있을 수 있다.

그러나 역사의 전반적 흐름을 하나의 원리로 해석하는 것은 분명히 무리이다. 과거 우리는 사적 유물론이니 유심론이니 하는 철학적 용어를 많이 들었다. 유물론처럼 생산력과 생산양식의 변화가 사회 전체에 끼치는 영향을 누구도 부인하지는 못할 것이다. 그러나 그것이 전부일까? 예컨대 오늘날 러시아의 혼란과 쇠퇴가 생산력의 위축에서 비롯된 것일까.

경제보다는 사람이었고 사람을 게으르게 한 관료제도와 계획경제를 실시한 정치 시스템에 근본 원인이 있었던 것이 아닌가. 사고의 지평을 넓혀 생각한다면 유물사관도 인류생활의 많은 것에 조명을 해 주지만 그것이 유일한 원리는 아니며, 이 밖에 종교, 풍토, 전쟁, 영웅, 천재지변 등 갖가지 요인을 함께 검토해야 할 것이다.

과거 중세 유럽에서의 기독교, 중국과 한국에서의 유교, 현재 아랍권의 이슬람교는 정신적, 사회적 현상의 1차 원인으로 종교를 생각하지 않을 수 없다. 아시아 여러 나라의 근대화라는 혁명적 변화도 서세동점으로 불리는 충격이 없었다면 전혀 불가능했을 것이다. 이것은 종교로 설명할 수 없다.

우리나라의 경제성장도 만약 2차대전 후 우리가 소련이나 중국의 세력권에 포함되었다면 가능했을까. 전쟁과 국제정치의 소용돌이 속에 우연히 미·일 경제권에 편입된 것이 우리의 어떤 의지보다도 결정적 여건으로 작용한 것이다. 북한의 경우를 유추해 보면 쉽게 짐작이 간다.

어쨌든 많은 철학적 주장이 어느 한 면의 진실을 밝혀 주는 이점은 있지만 그 이상으로 과신은 말아야 할 것이다.

앞에서 문명 발상지의 얘기를 했지만 문명이 바로 자연의 선물이었다. 따라서 우리는 동·서양의 갈라짐을 검토하면서 무엇보다 우선으로 두 지역의 자연적 조건의 차이에 시선을 두지 않을 수 없게 된다.

전제권력 또는 권위주의와 관련해 자연적 조건을 최초로 언급한 사람은 200여 년 전의 프랑스 법학자 몽테스큐이다. 그는 '아시아의 예속과 유럽의 자유'라는 항목에서 이렇게 말했다.

"아시아에는 항상 대제국이 나타나곤 했다. 유럽에서는 그렇지 않았다. 아시아는 큰 평원을 가지고 있으며 산과 강이 통행에 지대한 불편을 주지도 않는다. 이런 곳에서는 권력은 항상 전제적이어야 한다. 만약 그렇지 않다면 곧 분열되기 때문이다. 유럽에서는 자연적 경계가 심해 보통 크기의 국가가 많이 생겨났다.여기에서는 법의 통치가 가능하다. 아시아에서는 예속제의 정신이 지배하고 그것이 없어진 적이 없다. 자유의 정신을 찾아볼 아무런 흔적도 없다. 아시아에서는 영웅적 행위만이 발견된다."

몽테스큐가 지적한 대로 유럽과 아시아는 자연조건이 다르다. 따라서 유럽인이 장기간 소규모의 농업과 가축 기르기를 해오면서 집단보다 개인주의적 생활을 영위했다는 것은 집단적 농업생활을 해온 동양권과 다른 정신문화를 키웠을 것이다.

여기에서 유럽이라고 해도 북유럽과 지중해 연안은 구별해서 생각해야 한다. 알다시피 북유럽은 음습한 삼림지대이다. 위도로는 굉장히 북쪽에 치우쳐 있으나 시베리아만큼 춥지는 않다. 멕시코 난류의 영향이라고 알려져 있다.

영국의 런던이나 독일의 베를린은 러시아의 하바로프스크와 사할린 중간지대와 위도가 비슷하지만 기후는 딴판이다. 우리나라도 대륙성 기후로 여름과 겨울, 낮과 밤의 기온차가 심하지만 위도로는 태양의 나라라는 스페인이나 이탈리아와 비슷하다.

유럽 중에서 추운 지대에 속하는 북유럽인들의 옛 생활에 대한 기록은 희소하다. 약간의 로마인들이 간단히 언급했을 뿐인데 주로 인용되는 것이 타키투스가 쓴 《게르마니아》이다. 이 책에는 게르만인들이 마을을 이루기보다는 숲속에서 드문드문 떨어져 살며 집 주변에 약간의 곡물을 재배하고 다소의 가축을 기른다고 기록되어 있다. 이

들은 독립심이 강한 반면 단결을 할 줄 몰라서 용감하기는 하나 로마
군의 적수가 되기는 어렵다고 했다. 여자들도 용감해서 전쟁터에서
젖통을 드러내고 물건을 운반하는 모습을 흔히 볼 수 있다고 했다.

케사르의 《갈리아 전기》에는 현재 프랑스에서의 전역(戰役)이 주
로 적혀 있는데, 이곳 사람들은 게르만처럼 공격성을 띠고는 있지
않으나 훌륭한 지도자가 나타나면 큰 힘을 발휘한다고 했다. 이들
역시 모여 살아 도시를 만들지는 못한다고 했다. 케사르는 영국에
관한 기술에서도 부족끼리 단합을 못 하는 어리석음을 지적했다.

우리는 현재도 북유럽 출신 사람들이 숲속의 생활을 좋아하는 것
을 알고 있다. 미국에는 가족도 없이 혼자서 숲속에 사는 남자들도
상당수 있다.

북유럽 사람들이 그리스·로마문명을 접촉하기 이전에 개인주의적
인 생활을 했다는 옛 기록은 동·서양을 비교할 때 대단히 중요하다.

현대의 서구학자들 가운데에서도 자유를 말할 때 자유의 연원은 원
시 게르만 사회에서 찾을 수 있다고 말하는 사람이 적잖이 있다. 이런
주장은 유럽의 자연환경을 고려할 때 맞는 말이라고 보며 몽테스큐가
지적한 아시아와 유럽의 비교와도 일치한다. 그러나 이런 주장을 하는
학자 가운데는 인종주의자가 상당수 있다. 그들은 자유의 전통을 백
인, 특히 북구인의 인종적 특성으로 미화하고 있는 것이다.

이제 많이 알고 있지만 지중해 쪽으로 잠깐 시선을 옮겨보자. 이쪽
은 라틴문화권이라 불린다. 그리스인의 철학, 정치권력의 정당성에 대
한 고찰, 종교·예술에 대한 진지한 태도는 오늘날까지 경탄의 대상이
되고 있다. 서구인들은 그리스를 정신적인 고향으로 생각하고 있다.

로마는 그리스로부터 배우면서 자기네 체질에 맞게 수정했다. 로
마의 귀족 자제는 그리스인 가정교사에게 배웠고, 그리스로 유학을
가는 게 보통이었다. 로마가 강성해졌을 때 그리스는 타락의 길을

밟고 있었지만 로마인은 그리스를 존중했다. 그래서 될수록 속주로 삼지 않고 자치권을 주었다.

케사르는 그리스인들에게 "당신들은 조상의 은혜를 입고 있어요. 조상의 빛나는 업적 때문에 당신들은 자유를 누리고 있는 거요"라고 비꼬는 식으로 말했다. 그리스는 그 후 2천여 년 뒤에도 조상의 덕을 보았다. 유럽인들이 그들의 독립을 지원했으며 그리스 독립전쟁에 바이런이 참여한 것은 유명한 이야기이다.

일본의 시오노 나나미 여사가 쓴 《로마인 이야기》는 자세하고 친절해 로마인의 모든 것을 이해하는 데 대단히 유익한 책이다. 여사는 이 책 곳곳에 로마인의 보편주의를 찬양하며 은근히 조국 일본의 현대보다도 낫다는 암시도 하고 있다.

그리스와 로마의 전통은 그레코-로망이라는 말로 표현된다. 서양문화는 그레코-로망의 전통과 기독교라는 양대 축으로 형성되어 있다.

기독교가 압도적으로 우세했던 중세에서조차 그리스의 철학이나 논리학은 배척되지 않았다. 토마스 아퀴나스는 두 가지를 조화시키려고 노력한 신학자로 유명하다. 북유럽은 케사르를 통해 그리스 로마문명을 접촉하게 된다. 기독교 역시 남쪽에서 올라왔다.

북유럽의 고대사회나 중세 초기에 세련된 문화는 없었지만 앞서 말한 대로 부족 내에 자유의 정신이 있었고, 지도자에 충성은 하지만 복종과 지배의 배후에는 계약정신이 강했기에 그리스·로마의 문화에 쉽게 융화될 수 있었을 것이다.

권위주의 측면에서 살펴볼 때 그리스는 원래가 자유전사(戰士)의 집단으로 개인의식이 강했으며 상업사회의 성격상 에게해 건너의 대륙과는 다른 민주적 성향을 키웠다.

최초의 역사가라는 헤로도투스의 《페르시아전쟁사》에는 이미 대제국 페르시아와 그리스인의 차이점이 곳곳에 나타난다. 예컨대 페르시아에서는 신전에서 자기 자신을 위해 기도하는 것이 금지되어 있었다고 한다. 오직 제국과 왕을 위해 기도해야 했다. 또 그리스에서는 일부일처제가 원칙이었지만 페르시아에서는 복수의 아내가 인정되었다고 한다. 중요한 언급은 법과 권력에 관한 기록인데 페르시아에서는 왕이란 인격체에 복종하지만 그리스에서는 노모스(법)에 복종하는 게 시민의 의무라고 되어 있다.

이렇게 바다 하나를 사이에 두고 해양성 상업문화의 그리스와 대륙형 농업사회의 페르시아는 색깔을 달리했던 것이다.

그 후 시대가 지날수록 동·서양의 이질화는 가속화했다. 외형적인 것뿐만 아니라 당연히 생각하는 것, 말하는 것도 이질화했다. 예컨대 서양에서는 로고스가 지배했고, 동양은 직관에 의존했다고 한다.

로고스는 원리, 말, 이성, 논리 등을 뜻한다. 서양인들의 의식이나 행동, 가치판단 등이 철저히 이성적 기초 위에 서 있음은 명백하다. 그들은 일상의 대화 중에서도 비논리적이면 간단히 상대방 말의 내용을 무시해 버린다.

비이성적(irrational)이라거나 감정적(emotional)이라고 응답하는 것은 '당신 말은 아무 가치도 없는 것'이라는 뜻이다. 물론 표면적으로 상대를 불쾌하게 하지는 않는다. 동의할 수 없으면 그냥 '흥미있군'(interesting) 하는 정도로 그친다. 그러나 학술대회나 정치무대에서는 노골적으로 공격한다.

동양 쪽의 논리 부족은 직관 또는 감성문화의 필연적 결과일 것이다. 서양 문물을 도입한 지 100년이 지나도 이것은 쉽게 고쳐지지 않고 있다. 논리학은 이름만 있고 학교에서 거의 가르치지 않는다.

동·서양의 표현방법의 차이도 주목할 필요가 있다. 흔히 서양은 말, 동양은 문자라고 말한다. 서양인들은 말과 대화를 중시하는데, 동양 쪽은 문자로 씌어진 것을 높이 평가한다는 것이다. 말, 즉 대화는 결국 시비를 따지는 데 기울고, 문자는 일방적 의사표시나 명령에 적합한 성질을 갖고 있음을 우리는 느끼고 있다.

서양이 개인주의 사회라면 동양은 집단주의 사회라는 인식도 옳은 얘기다. 아시아권에서 평야와 큰 강을 끼고 일찍 문명이 일어났으며, 몽테스큐의 지적대로 자연조건은 대제국을 건설하기에 알맞았다. 이런 대륙적 풍토에서는 강력한 권력과 함께 지배의 이데올로기가 생겨난다. 계층질서는 자연질서처럼 당연시되며 일반 민중은 시민으로 성장할 수 없고 백성으로 묶여진다.

이 같은 아시아적 특성도 앞에서 살핀 대로 원시 씨족 또는 부족사회에서는 생겨나지 않았을 것이다. 서양과 마찬가지로 적은 인구가 흩어져 살며 현재보다 훨씬 울창한 삼림으로 고립이 심해 개인의식이 강했을 것이다.

그러나 문명의 발상지에서 보듯, 우선 모여 살기에 편리한 곳에서 국가와 권력이 수립되고, 이것이 주변을 정복, 동화시키면서 아시아적 전제주의로 성장했을 것이다. 연구자들이 '동양적 전제주의'(Oriental despotism)라고 부르는 것의 기원은 이렇듯 자연환경을 배제하고는 설명이 불가능하다.

인류학자들의 조사에 따르면 현재에도 그리스나 유고의 산간지대에 사는 고립된 목축민은 매우 독립심이 강하며 외부인이나 외래문화에 대해 적대적이라고 한다. 평야지대 사람과는 반대의 기질을 갖고 있는 것이다. 코소보 사태를 야기시킨 세르비아인의 완고함도 그들의 자연적 환경조건과 연결시켜 생각할 수 있다.

결국 북유럽인은 고립된 숲속의 생활에서 개인주의가 싹트고 해양성 상업문화인 그리스·로마와 접목하면서 합리적 개인주의로 성장했으며, 아시아는 대륙형 집단주의가 일찍 정착, 장구한 세월 계속되어 온 것으로 정리할 수 있겠다.

# 저항 없이 자유 없다
—영국의 투쟁사

이탈리아에는 그리스·로마의 전통이 강하게 남아 있는데다 중세기 내내 동방무역으로 부유한 도시가 많이 생겨났다. 십자군전쟁으로 동방에서의 영향도 상대적으로 많이 받았고, 또 동로마의 멸망을 전후해 고전 지식을 많이 갖춘 지식인이 대거 피난 온 것도 지적 토양을 기름지게 했다.

르네상스 이후 고대로의 시선 옮김은 사변적인 것뿐 아니라 실제의 역사에도 관심을 갖게 했다. 그리스의 민주정과 혼란, 군주정의 위험 등이 연구되고 로마의 법과 공화정에 대한 관심도 높아져 갔다.

시민혁명기의 정치사상가나 헌법 연구자들에게 솔론의 개혁이나 페리클레스시대의 민주정, 그리고 로마가 타르퀴니우스왕을 몰아내고 공화정을 세운 것, 케사르가 민중 편이었음에도 왕이 되려다 피살당한 것 등은 계속 시민혁명의 역사적 정당성을 입증하는 데 인용되었다.

한편 신중한 사람들은 자유와 인권을 외치면서도 민중세력의 확대가 가져올 위험도 그리스의 도시국가나 이탈리아 여러 도시의 사례

에서 파악했다. 영국에서 점진적으로 보통선거가 실시된 것, 프랑스
가 그 격렬한 혁명 후에도 재산으로 투표권을 엄격히 제한한 것, 미
국 건국의 아버지 가운데에도 '민주주의는 자살하고 만다'고 경고한
사람이 있었던 것은 역사에서 얻는 분별력이 있었기 때문이다.

근대를 살펴볼 때 우리는 우선 영국에 시선을 집중해야 한다. 〈마
그나 카르타〉를 가능하게 하고 나중에 청교도혁명 때 런던 거리에서
국왕의 목을 내리칠 정도의 저항정신이 어디에서 싹튼 것인지, 그리
하여 시민혁명의 선구가 된 경위를 알아두는 게 중요하다.

일찍이 십자군전쟁 당시 서구의 여러 기사들 가운데 이런 평판이
있었다고 한다. '영국인에게는 자유정신이 있다. 프랑스 기사는 기
사도 정신에서 으뜸이다.' 비슷한 환경, 즉 교황의 지배와 영주에 얽
매인 유럽 봉건사회에서 영국인에 뚜렷했다고 칭송된 자유혼의 유래
는 어떤 것일까.

이것은 영국의 중세 이후 역사뿐 아니라 그 지리적 조건, 풍토, 민
족의 구성, 켈트나 앵그로색슨의 전통 등을 종합해 봐야 가능할 것
이지만, 여기서는 그 동안의 연구 성과를 대강 소개하는 데 그칠 수
밖에 없다. 필자의 능력을 초과하는 과제이기 때문이다.

영국은 그 위도에 비해서는 날씨가 온난한 편이고 발달한 해안선
때문에 농업이나 목축에 좋은 조건을 갖추었고, 무역도 일찍부터 성
한 편이었다. 종족적으로는 극도의 혼혈이다. 원래의 토착민에다 스
톤헨지로 상징되는 비커족의 침입, 이어 켈트족과 앵글로색슨의 대
규모 침입이 있었다. 나중에·11세기에는 프랑스에서 노르만이 들어
와 왕족과 귀족의 주요 구성원이 되었다. 이 같은 혼혈과 이질문화
의 혼합은 영국의 전통에 상대주의 정신을 심어 주었다는 해석이 있
다. 여기에다 해양성은 개방정신의 성장에 기여했을 것이다.

영국인의 주류인 앵글로색슨은 유틀랜드반도와 서북부 독일에서

건너온 게르만인으로 그 특징은 케사르나 타키투스가 기술한 게르만의 일반적인 모습과 다름이 없다. 강한 독립심, 용기, 지도자에 대한 충성, 가정의 신성시, 여자의 정절, 의리 등.

시민사회 형성이란 관점에서 중요한 것은 정복왕 윌리엄이 영국에 들어왔을 때 이미 유럽대륙과 영국과는 자유의 정도에서 상당한 차이가 있었다는 것이다. 원래 켈트족 사이에서는 드루이디즘이라는 종교의 승직자가 재판을 하고 인간을 제물로 바치기도 하는 등 큰 영향력을 행사했으며, 추장의 세력은 미약했다. 켈트족을 압박하고 자리잡은 앵글로색슨족에게도 추장 또는 왕이라 할 수 있는 지도자가 있었으나 그 권한은 약한 편이었다. 과세권리도 없어 자기 영지에서의 수입에 의존하는 정도였다. 왕위도 귀족들로 구성된 자문회의 멤버들이 왕족 가운데에서 뽑아 계승시켰다고 한다.

정복왕 윌리엄은 앵글로색슨보다 훨씬 강화된 왕권을 이식했으며, 귀족의 재산을 빼앗아 자기 부하에게 영지로 내주었다. 대륙식 봉건주의가 시작된 것이다. 그러나 노르만인은 소수여서 두 개의 체제가 혼합되었지만 영국에서는 앵글로색슨의 전통이 우세하게 유지되었다.

이 노르만의 왕조, 즉 앙주왕조의 존왕 때 〈마그나 카르타〉가 만들어졌다. 후에 민권 승리의 효시이자 상징이라고 찬양되었지만 이것은 귀족들이 존왕의 변덕과 난폭함으로부터 신체와 재산을 지키고자 왕을 강요해 만든 봉건 계약식의 문서이다.

그러나 대단히 중요한 의미가 있는데, 그것은 왕권의 전제권력화 과정에서 왕권에 굴복하느냐 단결해 저항하느냐 하는 위험한 선택에서 귀족들이 저항을 택했다는 것이다. 그럼으로써 왕권은 제한될 수 있고 경우에 따라 왕이 추방될 수도 있다는 인식을 심어 주는 데 성공한 최초의 모델이 수립된 것이다.

실례로 그 후 귀족 아닌 평민도 자유의 확대를 요구할 때마다 〈마그나 카르타〉를 들먹였다. 존왕 시절에 로빈훗으로 알려진 의적도 나왔는데, 이것은 민중 역시 가만 있지 않았다는 상징성을 보여 주는 얘기이다.

이처럼 영국에서의 자유의 확대는 주로 귀족들이 왕권을 제한하는 형태로 시작되었다. 흔히 요즘에도 역사가 순조롭게 발전한 나라, 성공적인 사회의 모범으로 영국을 꼽고 있는데, 다른 나라에 비교해서 말한다면 틀린 표현은 아니라고 본다.

하지만 우리가 간과해서 안 될 것은 영국도 민주화 과정에서 엄청난 피를 흘린 경험이 있다는 것인데, 이것이 프랑스의 대혁명보다 140년이나 앞서 있었기 때문에 자칫 사람들이 주의를 기울이지 않는 경향이 있다.

1649년 1월, 런던 시내에서는 엄청난 사건이 벌어졌다. 국왕 차알스 1세가 군중들이 보는 가운데 도끼로 목이 잘렸다. 이 날 처형된 왕의 죄명은 '폭군, 반역자, 살인자, 국민의 공적'이라는 것이었다.

이 사건에 앞서 국왕 측과 청교도가 주축이 된 의회군 사이에는 약 7년 간의 참혹한 내전이 있었다. 국왕 처형 후 의회는 "왕이란 존재는 필요없다. 국민의 부담만 될 뿐이다. 국민의 자유, 안전, 공공의 이익에 아무런 도움이 안 된다"고 선언했다. 이로써 대강 아는 바와 같이 크롬웰 시대와 왕정복귀, 그리고 명예혁명이 뒤따른다.

여기서 우리가 진리이자 교훈으로 얻는 것은 자유의 전통이 강했던 영국에서조차 엄청난 피를 흘리면서 권위주의가 무너지기 시작했다는 것이다. 권위에 순종하는 민족은 영원히 백성으로 남는다.

2차대전 후 아시아의 많은 나라들이 외형으로는 민주, 공화정을 채택했지만 저항 없이 실질적인 민주주의를 달성한 예는 드물다. 우리 역시 마찬가지였다. 그러나 민주주의는 정치 분야에 한정된 것만은 아니다. 이것이 앞으로의 과제이다.

# 과거 추종과 과거 비판

독자들은 《그리스·로마 신화》나 《일리아드》, 《오딧세이》, 《에네아스》를 읽으면 상당한 흥미를 느낄 것이다. 그 옛날의 얘기에서 이색적인 모험과 로맨스를 만끽할 수 있다. 서양사를 읽는 것도 동양사를 읽을 때보다 재미있다. 변화가 많기 때문이다.

역사, 전설, 문학작품에서도 서양은 분명 이쪽과 다르다는 것을 느끼지 않을 수 없다. 그러나 이제는 동·서양을 자꾸 구분할 때도 아니고 그럴 필요도 없다. 우리 인류 모두의 원산지가 아프리카라는 과학자의 지적은 제쳐 놓더라도 문화유산은 어차피 인류 공유의 것이다.

서양의 근대문명도 동양에서의 자극이 없었다면 과연 그 활력과 추진력이 생겨났을지 의문이다. 서양인들이 지난 1천년 동안의 최대 발명으로 인쇄술을 꼽고 있지만 종이 없이 인쇄술이 가능했을까. 종이는 알다시피 당(唐)나라 때 고구려 출신 고선지 장군이 서역과 전쟁을 벌이는 과정에서 포로가 된 종이 기술자가 이슬람권에 전해 준 것이다. 그것이 십자군전쟁을 통해 서양에 알려졌다.

이 밖에도 조셉 니덤이라는 영국학자가 쓴 유명한 책 《중국의 과

학과 문명》에 따르면 실로 상상하기도 어려울 만큼의 기술과 발명품
이 동양에서 건너간 것이다. 농업에서조차 이랑 재배방식이 서양에
서는 18세기가 되어서야 보급되었는데, 중국에서는 이미 기원전 6세
기에 시작됐다는 것이다.

쇠로 된 쟁기도 비슷한 시기에 중국에서 사용되었는데, 이것으로
농부의 노고가 얼마나 줄어드는지 밭일을 좀 해 본 사람이면 잘 안
다. 쇠 쟁기는 17세기에 네덜란드 선원이 중국에서 가져가 곧 영국·
프랑스·미국으로 전파되었다고 한다. 이 밖에 마구(馬具), 지도 제
작법, 나침반, 화약 등 잘 알려진 것 외에도 독한 맥주 제조법, 혈액
순환원리, 수학의 십진법, 독가스, 석궁, 로켓 등 우리가 서양의 발
명품이라고 알고 있는 것 가운데 대부분이 중국을 모체로 하고 있다
는 것이다.

이런 것은 니덤의 저서가 나오기 이전까지 서양인들 자신도 잘 몰
랐다고 한다. 클린턴 대통령이 중국을 방문했을 때 "서양은 중국에
많은 빚을 지고 있었다"고 말한 것은 과거 역사에 대해 많은 얘기를
들었기 때문이었을 것이다.

서양에서의 농업혁명과 산업혁명은 모든 것을 너무나 엄청나게 바
꿔 놓아 그 이전의 발견, 발명을 우습게 만들어 버렸다. 동양의 전통
은 어두운 그림자 속으로 사라져 보이지도 않게 되었다. 여기서 우
리는 이런 옛 역사를 들먹이며, 동양이 우위였느니 어쩌니 하는 것
은 바보스러운 짓이다.

고대 한반도의 문화가 일본에 전래된 것을 자꾸 강조하면서 자존
심을 세우려는 것도 마찬가지다. 역사는 역사이고, 현재는 현재이
다. 오히려 과거에 찬란했던 조상의 업적이 있었음에도 그것을 더욱
발전시키지 못한 책임을 후손된 자로 죄송스럽고 부끄럽게 생각해야
마땅하다. 영국인들은 로마의 지배를 받았다거나 노르만의 침입을

받아 정복왕조가 세워진 것을 부끄럽게 생각하지 않는다. 물론 이런 의식의 배경에는 성취한 자의 자신감이 깔려 있겠지만.

여기서 우리는 아무리 출발이 훌륭했다 해도 변화, 특히 질적 변화가 없는 곳은 상대적으로 뒤처진다는 교훈을 진실로서 알게 된다. 우리는 앞에서 권위주의 수직사회는 경직성을 띨 수밖에 없다는 것을 살펴보았다. 경직된 사회와 경직된 사고는 결국 반복이며, 그것도 조금씩 위축되는 반복이다.

서구사회의 정신적 원천은 그리스이다. 그리고 그리스는 역동적인 사회였다. 이 지역은 앞서 언급한 비옥한 초승달 너머에 있다. 해안선이 발달되고 산악이 많다는 것은 중앙집권을 어렵게 해서 작은 도시국가가 많이 생겨났다. 지중해의 잔잔한 물결은 통상을 쉽게 했다.

그리스인의 정신생활은 우리가 역사교실을 통해서 많이 알고 있다. 다만 그것을 개념적으로 파악하고 있는 것이 대부분인데, 실제 플라톤이나 아리스토텔레스의 저서 한 권이라도 읽어 보는 것이 그리스에 대한 겉핥기 식의 지식보다 나을 것이다.

예컨대 플라톤의 《공화국》을 보면 그가 한 사회에서의 정의나 질서를 위해 얼마나 세심한 고찰과 사색을 하고 있는지 감탄하게 된다.

동양의 고전이 많은 예지와 덕목을 가르치고 있지만 어느 한구석에서도 왕정(王政)이 왜 좋은지 그것은 타락할 가능성이 없는 것인지, 그럴 경우 어떻게 하는 것이 다수 사람을 위해 좋을 것인지에 대해 분석적으로 검토한 구절이 있는가. 필자가 동양 고전을 다 읽어 보지는 못했지만 이제까지의 경험으로는 그런 대목이 있는지 알지 못한다.

기껏 먼 후대의 일이지만 청나라의 고염무(顧炎武)가 천하대사에는 필부(匹夫)도 책임이 있다고 한 것 정도이다. 요와 순 등 공자가 떠받든 성인 같은 존재를 모범으로 삼자고 아무리 외쳐 보았자 그것이 지배자에게 현실적으로 호소력이 있었던가. 중국사에서 권위주의 지배에 대한 반성은 없었다.

'하늘이 변하지 않으면 도(道) 역시 변하지 않는다'는 동중서의 선언처럼 전혀 새로운 환경, 즉 서구의 침입으로 국가와 민족이 존망의 위기에 처할 때까지 전통적 사상의 줄기는 불변이었다.

그러나 그리스의 플라톤은 오늘날까지 그토록 많이 연구되고 비판되고 있지만 이 위대한 이상주의자는 당대에 이미 심각한 비판을 자기 제자로부터 받았다. 우리가 아는 아리스토텔레스이다. 그의《정치학》은 플라톤을 비꼬는 것이었다.

오랜 극기과정과 엄격한 교육을 통해 철인정치를 모색했던 플라톤과 달리 그는 "민중 개인은 전문가에 뒤지지만 집단으로는 그렇지 않다", "요리에 대해서는 손님이 요리사보다 잘 평가한다", "거대한 힘과 위대한 덕은 친척이 아니다"라고 냉정하게 세상을 관찰, 평가하는가 하면 "여자와 아이를 공유하는 나라에서 산다면 사랑은 얼마나 싱거울 것인가" 하며 이상국가를 놀려댔다.

그 후의 서양인들이 스승을 비꼰 자라고 아리스토텔레스를 비난했다는 말은 들어보지 못했다. 서양의 과학사가들은 근대과학의 성립에서 아리스토텔레스의 공헌을 인정하면서도 이렇게 평가했다. "근대 서양의 과학은 아리스토텔레스 없이 싹틀 수 없었고 또한 아리스토텔레스의 극복 없이 성장할 수 없었다."

이런 말에서 우리는 동·서양의 근본적인 정신적 분수령을 짐작할 수 있을 것이다. 과거를 맹목으로 따르는 정신풍토와, 과거를 계승하되 극복하는 자세와의 차이가 바로 동·서양을 진보와 정체로 갈라 놓은 것이다.